ALISHA R

Wenn deine Hand

Weiterer Titel der Autorin:

Wenn dein Blick mich trifft

Titel auch als Hörbuch erhältlich

ALISHA RAI

WENN DEINE HAND MICH HÄLT

Forbidden Hearts

Roman

Übersetzung aus dem amerikanischen Englisch
von Nicole Hölsken

lübbe

MIX
Papier aus verantwortungsvollen Quellen
FSC® C014496
FSC
www.fsc.org

Dieser Titel ist auch als Hörbuch und E-Book erschienen

Titel der amerikanischen Originalausgabe:
»Wrong to Need You«

Textredaktion: Doreen Reeck, Köln
Umschlaggestaltung: ZERO Werbeagentur, München
Einband-/Umschlagmotiv: © shutterstock.com: kzww | Chinnapong
Satz: hanseatenSatz-bremen, Bremen
Gesetzt aus der Adobe Garamond Pro
Druck und Einband: GGP Media GmbH, Pößneck

Printed in Germany
ISBN 978-3-7857-2747-8

2 4 5 3 1

Sie finden uns im Internet unter: www.luebbe.de
Bitte beachten Sie auch: www.lesejury.de

Er kannte sich in der engen Küche aus, was sie einmal mehr daran erinnerte, dass dieses Café für ihn in seiner Kindheit ebenso vertraut gewesen war wie der Supermarkt auf der Straßenseite gegenüber. Vielleicht sogar mehr noch als für Paul, den man von Anfang an darauf vorbereitet hatte, als Co-CEO der C&O-Handelskette in die Fußstapfen seines Vaters zu treten.

Er gab Gruyère auf das Brot, und beim Anblick des schmelzenden Käses lief ihr das Wasser im Mund zusammen. Als Nächstes warf er ein paar in Scheiben geschnittene Pilze in die Pfanne, schwenkte sie in Butter und ein paar Kräutern, ehe er in einem weiteren Tiegel ein Ei aufschlug.

Er füllte die mit Käse überbackenen Brotscheiben mit den Pilzen und goss die Béchamelsauce, die auf dem Ofen vor sich hin geköchelt hatte, darüber. Gekrönt wurde das Ganze von dem Spiegelei. Automatisch wischte er den Rand des bereits blitzblanken Tellers ab und stellte ihn mit wenigen fließenden Bewegungen vor sie hin, legte das Besteck daneben und lehnte sich gegen die Theke.

Jegliche Verlegenheit, die sich hätte einstellen können, weil er ihr beim Essen zusah, verflog, als sie den ersten Bissen in den Mund schob.

Dies war verdammt noch mal das himmlischste Grilled-Cheese-Sandwich, das sie seit Langem gegessen hatte.

Für Tai, Ash und Pinky.

Kapitel 1

SADIA

Manche Frauen fanden eine Stimme besonders verführerisch, eine Berührung oder einen Blick. Bei Sadia Ahmed waren es die Hände.

Oder zumindest … *seine* Hände.

Sie waren groß, geradezu perfekt, um ihren Po zu umfangen und sie an sich zu pressen. Oder um sich an ihren Nacken zu schmiegen, während seine Daumen die Mulde ihrer Kehle liebkosten. Oder um ihre Brust zu umfassen und seine Lippen auf die Spitze zu drücken.

Sadia nahm sich ein Glas und fing an, es mit präzisen und langsamen Bewegungen abzutrocknen. Ihrer Miene ließ sie mit keiner Regung anmerken, dass sie sich insgeheim ausmalte, wie sie mit einem der Gäste der Kellerbar Sex hatte. Auch wenn ihre Libido auf Hochtouren lief, gab sie sich nach außen hin kühl. Sie war Mutter, zudem Witwe. Wie sie hatte feststellen müssen, war es das, was die meisten Leute in erster Linie in ihr sahen. Nicht Sadia, die Frau.

Sie ließ den Leuten ihre Illusionen. Zum einen machte dies ihr Leben leichter, zum anderen war sie von Natur aus kein Rebell. Sollten andere die Welt schockieren – Hauptsache, sie konnte sich ungestört ihren Tagträumen hingeben.

Verstohlen musterte sie die Hände des unbekannten Mannes. Da er eine Baseballcap tief ins Gesicht gezogen trug und es in der Bar ziemlich dunkel war, konnte sie sich lediglich an den Konturen seines Körpers ergötzen. Was ihr vollauf genügte.

Seine Finger waren lang und elegant. Sie waren breit genug, dass er sie mit einem einzigen hätte erfüllen können, aber sie würde zwei einfordern. Sie spürte ein Ziehen in ihrem unter der weichen Baumwolle ihres Shirts verborgenen Bauch. Es waren die Hände eines Künstlers. Und doch besaß er den Körper eines Kriegers.

Sie ließ den Blick über seine Gestalt gleiten. Breite Brust, starke Schultern, Schenkel wie Baumstämme, und dieser Bizeps – wow!

Verdammt sexy.

Sorgsam stellte Sadia das nun trockene Glas ab und nahm das nächste zur Hand. In der letzten Woche hatte sie die Kunst, ihren geheimnisvollen Gast während ihrer Schichten heimlich zu beobachten, geradezu perfektioniert. Am Montag hatte sie ihn zum ersten Mal in einer dunklen Ecke ganz hinten in der Bar bemerkt. Am Mittwoch hatte er sich einen besser beleuchteten Platz gesucht, hell genug, sodass ihr seine Hände auffielen. Seither hatte sie gar nicht mehr aufhören können, sich seine Finger auf und in ihr vorzustellen.

Heute Abend war zwar viel los gewesen, aber dennoch hatte sie bewusst nach ihm Ausschau gehalten. Nachdem die Flut der Gäste an diesem Donnerstagabend langsam verebbt war, hatte er ihren Blick wie magisch angezogen. Wieder saß er in einer dunklen Ecke, wieder verbarg eine tief in die Stirn gezogene Kappe sein Gesicht. Er war allein und hielt sich seit einer Ewigkeit an dem Ginger-Ale fest, das er bestellt hatte. Seine stille, in sich gekehrte Haltung unterschied ihn deutlich von den lärmenden Gästen, die sonst die Bar bevölkerten.

»Hey, Sadia.«

Sadia schreckte auf. Hastig riss sie sich zusammen und schenkte ihrem Boss ein fröhliches Grinsen, das hoffentlich ihre sündigen Gedanken überspielte. »Hey, was gibt's?« Michael war der Besitzer des O'Killian's, und zwar schon mindestens so lang, wie sie hier arbeitete, also – mit ein paar Unterbrechungen – seit ihrem einundzwanzigsten Geburtstag.

»Ich wollte dir noch mal danken, dass du diese Woche so viele Schichten übernommen hast.«

Sie warf sich das Geschirrhandtuch über die Schulter. »Kein Problem. Du weißt doch, dass mir Überstunden immer gelegen kommen.« Die Trinkgelder waren gut, und als Mutter eines kleinen Sohnes konnte Sadia das Geld brauchen. Außerdem wollte sie ihr Können als Barkeeperin immer auf dem neuesten Stand halten.

Das alles sagte sie jedenfalls, wenn sie jemand fragte, warum sie immer noch in der Bar arbeitete, obwohl sie doch alle Hände voll mit dem Café zu tun hatte, das sie von ihrem Ehemann geerbt hatte. Und es war nicht gelogen.

Aber es war nicht die volle Wahrheit, denn die hätte bei ihren Mitmenschen wohl für einiges Stirnrunzeln gesorgt.

Mein Mann hatte Schulden, von denen er mir nichts erzählt hat. Vom Trinkgeld kaufe ich Lebensmittel.

Ich habe Angst, dass das Café unter meiner Leitung pleitegeht, und brauche eine alternative Einnahmequelle für den Notfall.

Und es gab noch einen weiteren guten Grund, aber den konnte sie nun wirklich niemandem verraten. Der war ihr Geheimnis.

»Ich weiß. Wirklich fantastisch, wie flexibel du bist.« Mit der Hand fuhr Michael sich über seinen kahlen Schädel. Er war schon älter, klein und gedrungen, freundlich, ein Mann der leisen Töne. Es gefiel ihr, hier eine Atempause von ihrer Chefinnenrolle im Café zu haben und für jemand anders zu arbeiten. Zumal dieser Jemand ein anständiger Mensch war. »Hör mal, ich muss dich etwas fragen.«

Sie nickte und hoffte, dass er nicht vorhatte, den Dienstplan für nächste Woche zu ändern. Da sie Kinderbetreuung und Personalbesetzung fürs Café organisieren musste, war es wichtig für sie, ihre Schichten so früh wie irgend möglich in Stein gemeißelt zu wissen. Veränderungen auf den letzten Drücker waren ein Albtraum für sie und kaum zu bewältigen.

Verstohlen sah er sich um und rückte näher. »Na ja, meine Frau liegt mir damit ständig in den Ohren, und ich weiß, dass es nicht sonderlich professionell ist, aber … stimmt es, dass Nicholas Chandler einen Himmelsschreiber und eine Blaskapelle engagiert hat, um Livvy Kane zurückzugewinnen?«

Sadia blies die Wangen auf. In ihre Erleichterung mischten sich Belustigung und Ärger.

Das ging jetzt schon die ganze Woche so. Das Kane-Chandler-Drama war von jeher *das* Stadtgespräch gewesen. Kein Wunder, dass alle neugierig waren.

Sadia würde ein ernstes Wörtchen mit ihr reden müssen, wenn Livvy von dort zurückkehrte, wo auch immer sie mit ihrer alten Flamme hingeflüchtet war. Als Livvys beste Freundin und Ex-Schwägerin war sie natürlich die Erste, die die Leute fragten, was in Gottes Namen beim berüchtigtsten Paar der Stadt passiert war, sodass aus Todfeinden wieder die wie einst in ihrer Jugend glücklich Verliebten geworden waren. Doch Sadia musste die Leute enttäuschen. »Ich bin ziemlich sicher, dass weder Skywriting noch eine Blaskapelle im Spiel waren.«

Michael wirkte enttäuscht. »Aber er hat sie doch nach Frankreich entführt, oder? Das hat meine Frau von ihrem Friseur erfahren.«

Sadia zuckte mit den Schultern. Soweit sie wusste, war ihre Freundin tatsächlich in Frankreich. Livvy hatte ihr eine Nachricht geschrieben, dass sie und Nicholas sich an einen geheimen Ort zurückziehen wollten, um ihre Probleme zu lösen. Zunächst war Sadia besorgt gewesen. Doch dann hatte sie mit Livvys Tante Maile gesprochen. Die hatte Livvy angerufen, hatte etwas von miserablem Empfang gesagt, aber immerhin verkündet, sich sobald wie möglich wieder melden zu wollen.

Immerhin hatte Livvy also ein Lebenszeichen von sich gegeben, und das war erst einmal die Hauptsache. Sadia würde wohl auf eine ausführliche Erklärung nach ihrer Rückkehr warten müssen. Also hatte sie ihr zurückgeschrieben, dass sie happy sei, solange Livvy das war, und jederzeit ein offenes Ohr für ihre Freundin habe. Allerdings musste sie sich selbst hart am Riemen reißen, sich das auch selbst abzunehmen. Denn insgeheim war sie ein wenig verschnupft. Immerhin hatte sie von Livvys Romanze nicht als Erste, sondern zusammen mit dem Rest der Stadt in dem Moment erfahren, als Nicholas sich in aller Öffentlichkeit zu seiner Liebe zu ihr bekannt hatte.

Livvy war ihre beste Freundin, verdammt noch mal, auch wenn sie in den letzten zehn Jahren nicht mehr ganz so viel Kontakt gehabt hatten. Eigentlich hätte Sadia vor allen anderen wissen müssen, was in Livvys Leben los war.

Du hast Livvy ja auch nicht alles über deine Ehe erzählt.

Weil sie mit ihrem großen Bruder verheiratet gewesen war, zu dem Livvy schon damals ein schwieriges Verhältnis gehabt hatte. Sadia hatte kein Öl ins Feuer gießen wollen. »Ich habe wirklich keine Ahnung, wo sie oder Nicholas stecken. Oder ob sie überhaupt zusammen losgezogen sind«, fügte sie hinzu.

»Oh, ich kapier' schon. Du willst nicht tratschen. Feiner Zug.«

Sadia nickte. Diese Begründung war so gut wie jede andere, also würde sie wohl kaum widersprechen. Unterhaltungen wie diese führte sie jetzt bestimmt zum fünfzehnten Mal.

Dafür, dass du einfach abgehauen bist, ohne mir wenigstens eine offizielle Version der Ereignisse zu hinterlassen, darfst du ab sofort ganz häufig abends bei mir babysitten, Livvy.

Michael betupfte sich die Stirn mit einem Taschentuch.

»Wie auch immer, noch mal Sorry, dass ich überhaupt gefragt habe, aber meine bessere Hälfte war neugierig.«

Ja klar. Die bessere Hälfte.

»Du kannst jetzt Feierabend machen, wenn du willst.«

»Bist du sicher?« Sie zerrte sich schon das Handtuch von der Schulter.

»Wir machen sowieso gleich dicht, und hier ist nichts los. Guck, dass du ein bisschen Schlaf kriegst. Wahrscheinlich ist dein Sohn morgen in aller Herrgottsfrühe schon wieder wach.« Ihr Boss lächelte, und Sadia musste ihre ganze Willenskraft aufbieten, um nicht buchstäblich zusammenzuzucken, als sie das Mitleid in seinem Blick las.

Wie oft hatte sie ihrem Mann vorgeworfen, allzu stolz zu sein. Stets hatte er dann mit dem Finger auf ihr Rückgrat getippt und geantwortet: *Das hier, das ist aus reinem Stahl.*

Na gut, sie hatte ebenfalls ihren Stolz, und Mitleid war ihr verhasst. Allerdings hatte sie sich seit Pauls Tod vor über einem Jahr an traurige Blicke, verständnisvolles Tätscheln und Sonderbehandlungen leider gewöhnen müssen. Die Leute meinten es gut, deshalb akzeptierte sie diese Gesten zähneknirschend, egal, wie sehr sie sich innerlich dagegen sträubte. »Ja, Kareem ist ein Frühaufsteher. Mach ich.«

Michael schlenderte davon, um sich mit dem anderen Barkeeper, Jason, zu unterhalten. Wahrscheinlich wollte er in Erfahrung bringen, ob Sadia *ihm* irgendwelche pikanten Details anvertraut hatte.

Während sie sich aus dem Computer ausloggte, spürte sie plötzlich ein Prickeln im Nacken.

Irgendjemand beobachtete sie.

Beiläufig und wider alle Wahrscheinlichkeit hoffend, dass der Gegenstand ihrer heimlichen Fantasien dieses Gefühl ausgelöst hatte, sah sie sich nach Mr. Perfect Hands um. Der ruckartig den Kopf abwandte und die Wand anstarrte.

Ihre Handflächen wurden feucht. Natürlich musste das nichts zu bedeuten haben, aber immerhin zeigte er zum allerersten Mal Interesse an ihr.

Sadia sah auf ihre Armbanduhr. Es war kurz vor zwei. Sie konnte sich durchaus ein paar Minuten für sich selbst abzwacken.

Hitze durchflutete ihren Körper. Sie war bereit zur Jagd. Sie jagte zwangsläufig immer nur kurz, aber das Objekt ihrer Begierde zu verfolgen bereitete ihr fast genauso viel Vergnügen wie der Sex selbst.

Sie sah sich um. Die wenigen Gäste, die noch in der Bar saßen, waren alle in ihre eigenen Eroberungen oder Gedanken vertieft, und die Mitarbeiter waren damit beschäftigt, sich auf den Feierabend vorzubereiten.

Mit flinken Bewegungen goss sie Whiskey, frischen Limonensaft und Ahornsirup in einen Shaker mit Eis und gab die Flüssigkeit in ein Glas. Dann garnierte sie den Cocktail mit einer Limettenzeste.

Mit jedem Schritt, den sie fort von der Bar und auf Mr. Perfect Hands zu machte, wurde sie ruhiger und ihr Schritt selbstbewusster.

Das war es. Das war der geheime Grund, warum sie an diesem Job festhielt, der Grund, von dem ihre Familie, ihre Verwandten, die Angestellten im Café und die übereifrigen Vollzeitmütter der Schulkameraden ihres Sohnes nie etwas erfahren durften.

Ich kann mir hier fremde, erwachsene Menschen suchen, die sich um meine körperlichen Bedürfnisse kümmern, ohne großartige emotionale Gegenleistungen zu erwarten.

Natürlich kamen viele Einheimische in die Bar, aber sie hatte ihr Lebtag in Rockville verbracht und wusste, wie man ihnen am besten aus dem Weg ging. Es gab genug Fremde, mit denen sie flirten konnte. Mit denen sie Sex haben konnte.

Erst vor wenigen Monaten war ihr aufgegangen, wie sehr sie sich nach menschlicher Berührung verzehrte. Schon vor seinem Tod hatten sie und Paul beinahe ein Jahr lang nicht mehr miteinander geschlafen, und sie kam sich vor wie eine Verhungernde. Die Krankenpflegerin, die ihre Dürreperiode beendet hatte, war angesichts ihres Appetits zwar zunächst etwas verblüfft gewesen, hatte sich aber schnell auf sie eingelassen.

Nach ihr hatte Sadia weitere Männer und Frauen getroffen, ausschließlich solche, in deren Gesellschaft sie sich wohlfühlte. Sie besaß eine gute Menschenkenntnis, Charakternullen hatten bei ihr nicht den Hauch einer Chance. Niemals nahm sie ihre Eroberungen mit nach Hause – auf gar keinen Fall. Normalerweise ging sie mit zu ihnen, landete also meist in irgendeinem Hotelzimmer.

Die Begegnungen waren hastiger Natur, gerade lang genug, dass beide Seiten auf ihre Kosten kamen, ehe sich Sadia in Windeseile davonmachte. Es war wie ein Juckreiz, der ihre Aufmerksamkeit einforderte, also kratzte sie, und zwar so unauffällig wie möglich. Und das auch nur in der Zeit, in der sie sich ohnehin nicht um ihren Sohn kümmern konnte, sodass sie ihm gegenüber kein schlechtes Gewissen haben musste. Wenn sie in der Bar arbeitete, schlief Kareem bereits, warm eingekuschelt in seinem Bett, während eine ihrer Schwestern in ihrem Haus übernachtete und auf ihn achtgab.

Niemand durfte davon wissen. Das hier gehörte ihr und ihr allein. Das einzige Vergnügen, das sie sich gönnte.

Sie näherte sich dem Mann in der Ecke, und er regte sich. Seine Armmuskeln traten hervor und entspannten sich wieder. Bei jedem anderen Mann hätte sie vermutet, dass er das rote Henley-Shirt eine Nummer zu klein gekauft hatte. Doch bei diesem Kerl fragte sie sich, ob es für ihn überhaupt eine passende Größe gab. Vermutlich hatte er mit sämtlichen Kleidungsstücken zu kämpfen.

Ein Kampf, den sie sich durchaus gern einmal angesehen hätte.

Er blickte nicht auf, auch nicht, als sie an seinem Tisch stehen blieb. Leise räusperte sie sich und stellte den Drink vor ihm hin, neben das längst vom schmelzenden Eis verwässerte Ginger-Ale. »Hi«, sagte sie, wobei sie einen möglichst leisen, heiseren Ton anschlug. Obwohl er diese blöde Baseballmütze so tief in die Stirn gezogen hatte, dass sie seine Züge fast vollständig verbarg, war das, was sie von seinem Profil erkennen konnte, perfekt. Volle Lippen, ausgeprägtes Kinn, die Nase schmal wie eine Klinge.

Sie wünschte sich, dass er aufblicken möge, damit sie ihn richtig in Augenschein nehmen konnte, aber diesen Gefallen tat er ihr nicht. Er nahm ihre Anwesenheit nicht mal zur Kenntnis.

»Den habe ich für dich gemixt. Ich hoffe, er schmeckt dir«, versuchte sie es ein weiteres Mal und schob ihm das Glas zu. Aus der Nähe entdeckte sie kleine Narben auf seiner Haut, winzige weiße Spuren, die das warme Hellbraun durchzogen, als habe man ihm mehrere Schnittwunden beigebracht. Doch der Schönheit dieser verdammten Hand tat das keinerlei Abbruch.

Unruhig trat sie von einem Fuß auf den anderen. Enttäuschung überkam sie, als er sich immer noch nicht rührte. Sie wollte sich gerade wieder abwenden, als er antwortete. »Ich habe nichts bestellt.«

Ein Schauer lief ihr über den Rücken. Oh Mann, diese Stimme. Eine Stimme wie aus feinem Schmirgelpapier, eingehüllt in Samt. Sie war heiser und leise, als komme sie nicht häufig zum Einsatz.

Allein diese Stimme wäre imstande, ihr einen Höhepunkt zu bescheren, ohne eine einzige Berührung, einfach indem sie ihr schmutzige Dinge ins Ohr flüsterte. Falls er sich auf sie einließ, würde sie womöglich sogar genau das von ihm verlangen.

Nervös nestelte sie an ihrem Pferdeschwanz herum. »Geht aufs Haus.«

Geplänkel. Flirten. Tanzen. Sie trat einen weiteren Schritt näher. Da sie direkt ihre Highschool-Liebe geheiratet hatte, hatte sie nie wirklich an ihren Flirtkünsten feilen müssen, aber nun, im reifen Alter von fast dreißig, war sie langsam recht gut in diesem Spiel. »Er heißt Revolving Door«, fügte sie hinzu und schlug bewusst einen ebenso ruhigen Ton an wie er. Sie hätte ihm sogar das genaue Jahr nennen können, in dem der Drink erfunden worden war – 1929 –, aber man wusste schließlich nie, wie ihr Faible für historische Cocktail-Details bei dem jeweiligen Gegenüber ankam, also hielt sie den Mund.

Wenn sie mit dem Kerl schlafen wollte, musste er schließlich nicht alles an ihr lieben. Er musste lediglich ihren Körper genauso begehrenswert finden wie sie den seinen.

»Ich trinke keinen Alkohol.«

Das nahm ihr den Wind aus den Segeln. Wer bitte ging in eine Bar, um Softdrinks zu schlürfen? »Dafür hast du dir ja einen seltsamen Ort ausgesucht.«

Keine Antwort. Kein Augenkontakt. Ach, was soll's. Sie hatte den ersten Schritt getan, und wenn er nicht darauf reagierte, war es nicht zu ändern.

Sie verzog die Lippen und nahm das Glas wieder an sich. »Na, dann gute Nacht.«

Sie erstarrte, als er ihre Hand mit der seinen umfasste. Sie spürte die Schwielen seiner Handflächen auf ihrer Haut, und ihr Herz machte einen Satz. Oh Gott. Wie gut sie sich auf ihrem Körper anfühlen würden.

Sie leckte sich über die Lippen. »Gibt's ein Problem, Sir?« Sie ließ das »Sir« so verführerisch wie möglich klingen, versuchte, ihm so unsägliche Lust und sinnliche Freuden zu verheißen.

Na ja, jedenfalls so viel Lust und Freuden, wie man in eine

Dreiviertelstunde hineinpacken konnte. Es war schon spät, und sie musste morgen früh raus.

Sein Griff wurde fester. »Sadia.«

Sie fuhr zusammen und starrte seine Kappe an. Eigentlich hätte ihr unbehaglich sein sollen, weil er ihren Namen kannte. Doch es war vielmehr die Art, *wie* er ihn aussprach, die ihr Herz schneller schlagen ließ.

Als sei ihr Name ihm schon eine Million Mal über die Lippen gekommen, auf eine Million unterschiedliche Arten. Als kenne er sie.

Ein Verdacht kroch in ihr hoch, doch sie schüttelte kurz den Kopf, um sich davon zu befreien. Nein, das war unmöglich. Dieser Mann war so viel größer als der Junge, den sie einst gekannt und geliebt hatte. Ja, er war damals schon groß gewesen, aber mager, und seine unfertigen Züge waren stets von seinem langen Haar verdeckt gewesen.

Dieser Junge hatte nach einer Reihe von Tragödien die Stadt verlassen und war nie zurückgekehrt. Nicht einmal ihretwegen. Obwohl sie ihn darum gebeten hatte.

Livvy hatte erzählt, dass er in der Stadt gewesen war, dass er zurückkommen würde.

Aber Livvy war jetzt nicht hier, oder?

Sie musterte seine wunderschöne, perfekte Hand. Die Narben waren neu, ebenso wie die Schwielen. Aber diese Finger, nun, da sie sie genauer betrachtete …

Er drehte die Hand um. Am Handgelenk prangte eine Narbe. Sie war dabei gewesen, als er sie sich eingehandelt hatte, damals, in der dritten Klasse auf dem Schulhof, wo sie sich zum ersten Mal begegnet waren. Er hatte ihretwegen Schläge eingesteckt. Der andere hatte ihn gegen einen Zaun gestoßen. Und ein Nagel hatte seine Haut aufgeschlitzt.

Er hob den Kopf, und mit einem Mal blickte sie in ein Paar dunkler Augen, die ihr mehr als vertraut waren.

Sie waren denen von Paul bemerkenswert ähnlich. Und das war kein Wunder, denn dieser Mann – jener Mann, nach dem sie sich verzehrt hatte, den sie während der gesamten letzten Woche im Geiste ausgezogen hatte, mit dem sie unbedingt hatte schlafen wollen – war der Bruder ihres verstorbenen Mannes.

»Jackson?«, flüsterte sie.

Kapitel 2

JACKSON

Das war nicht geplant.

Wären die vergangenen paar Wochen Kapitel im Buch seines Lebens gewesen, hätten sie vermutlich genau diesen Titel getragen: Das war nicht geplant.

Zunächst einmal hatte er nicht so lang in dieser Stadt bleiben wollen. Zumal seine Schwester, die immerhin der Grund für seine Rückkehr war, nicht einmal hier war. Und ganz bestimmt hatte er nicht vorgehabt, seine Schwägerin zu stalken.

Ex-Schwägerin? Frühere Schwägerin? Wie lautete die korrekte Bezeichnung für die Witwe des eigenen Bruders?

Tabu.

»Jackson?«, wiederholte sie.

Er war ohnehin aufgeflogen. Also nutzte er Sadias Schockstarre, um sie genau zu betrachten. Die flüchtigen, verstohlenen Blicke, die er sich bislang gegönnt hatte, waren ihm nicht mal annähernd genug gewesen.

Sie wirkte weicher, als hätte jemand das Bild, das er von der neunzehnjährigen Sadia Ahmed im Kopf gehabt hatte, verwaschen. Früher war ihr Haar so lang gewesen, dass sie auf den dunklen Strähnen hätte sitzen können, doch jetzt trug sie es kürzer. Sie hatte die glatte braune Mähne zu einem hohen Pferdeschwanz zusammengefasst, dessen Spitzen über ihre Schulter fielen. Sämtliche Angestellten der Bar trugen eine schwarze Hose oder Jeans und ein eng anliegendes schwarzes Shirt. Der

Stretch-Stoff ihrer Hose schmiegte sich perfekt an ihre üppigen Kurven. Der weite Ausschnitt ihres Tops gab den Blick frei auf goldbraune Haut, ein paar Schattierungen dunkler als die seine.

Die anderen Kellnerinnen hier gaben sich freizügiger als sie, aber wenn Sadia in der Nähe war, nahm er ohnehin keine andere Frau wahr. Das war immer schon so gewesen. Und hatte sich nicht geändert.

Er hatte sich eingeredet, dass er sie aus reiner Neugier beobachtet hatte. Dass hier in der Bar herumzusitzen eigentlich nichts anderes war, als in den sozialen Medien nach Leuten zu stöbern, mit denen man in der Vergangenheit mal zu tun gehabt hatte. Aber das war gelogen. Denn vor langer Zeit, in einer weit, weit entfernten Galaxie, hatte er Sadia von ganzem Herzen und mit ganzer Seele geliebt.

Auch sie hatte ihn geliebt. Als Bruder. Als besten Freund.

Aber das war vorbei. Er hatte schon so lange niemanden mehr geliebt, dass er kaum noch wusste, wie das ging. Seine Beziehung zu seiner Schwester war der beste Beweis. Und Sadias Miene zufolge quoll auch sie nicht gerade vor Liebe zu ihm über.

Sie schüttelte den Kopf, und er runzelte die Stirn, als er bemerkte, dass sie zitterte. »Sadia.« Ohne sich dessen wirklich bewusst zu sein, veränderte er den Druck seiner Hand, streichelte ihre Finger. Ihre Haut war so weich.

Sie gehörte zu den wenigen Menschen, die er nicht nur gern berührt hatte, sondern von denen er sich auch hatte berühren lassen. Er ging mit Frauen ins Bett, ja, aber es gab keine Umarmungen. Sie hatten Sex miteinander, rau und ohne emotionale Beteiligung. Dann trennten sich ihre Wege wieder, und weder er noch die Frauen schauten jemals zurück.

»Hey.« Er streichelte ihren Daumen, aber sie zitterte nur noch mehr.

Ihre Augen schimmerten feucht, und er zog die Hand zurück. Gespräche und Umarmungen fielen ihm schwer genug, aber mit Frauen, die in seiner Gegenwart in Tränen ausbrachen, konnte er noch viel weniger umgehen.

Doch dann vernahm er verblüfft ein tiefes, knurrendes Geräusch ihrerseits. »›Hey‹? Mehr hast du mir nicht zu sagen? ›Hey‹?«

Er sah sich um, aber in der Bar war es so laut und dunkel, dass keiner auf sie achtete. »Beruhige dich.«

Sie riss die Augen auf. »Wie bitte?! Ich soll mich beruhigen?! Das kann nicht dein Ernst sein!«

Er musterte sie. Doch, genau das hatte er gemeint, aber es schien sie nur wütender zu machen. Das Gegenteil von ruhig.

»Du willst also, dass ich mich beruhige.« Sie nickte. »Klar, warum eigentlich nicht, Jackson? Warum beruhige ich mich nicht einfach? Wo ich doch auch gar keinen Grund habe, mich aufzuregen? Du warst ja nur zehn Jahre wie vom Erdboden verschluckt, hast keine meiner E-Mails beantwortet und nicht nur die Geburt deines Neffen ignoriert, sondern es war dir auch egal, wie schlecht es deiner Schwester und deiner Mutter ging. Sogar die Beerdigung deines eigenen Bruders hat dich nicht interessiert.«

Er zuckte zusammen. Dass er in einer Gefängniszelle gesessen hatte, als sein Bruder vor etwas mehr als einem Jahr gestorben war, war geradezu Ironie des Schicksals gewesen. Damals war ihm die allerdings entgangen.

Im Grunde hatte sie Recht. Nur ein Ungeheuer konnte es fertigbringen, jedes einzelne Wort, das sie ihm in den letzten zehn Jahren geschrieben hatte, zu übergehen. Und jemand, der nach dem Tod ihres Mannes – seines Bruders – noch nicht einmal den Anstand gehabt hatte, wenigstens anzurufen, konnte nur ein gefühlloser grober Klotz sein.

Genau das war er, genau das wollte er sein. Am Leben, aber

bar jeglicher Gefühle. Sein Herz schlug, sein Blut pulsierte, seine Organe taten ihren Dienst. Das war's. Das genügte.

Zumindest glaubte er das.

»Aber *ich* soll mich beruhigen. Kein Grund zur Aufregung.« Tränen hingen zitternd an ihren unteren Wimpern. »Verflucht, du egoistisches ...«

»Nutzloses, mieses Arschloch«, beendete er leise den Satz, womit er die Worte ihrer letzten E-Mail zitierte.

Jetzt rannen ihr die Tränen die Wangen herab. »Und verdammt sollst du sein, weil du mir nie geantwortet hast. Nicht einmal, als ich dich explizit darum bat.«

Oh.

Der Eisklumpen in seiner Brust hatte sich noch nie gegen Sadias Trauer bewähren müssen. Jede einzelne Träne, die ihr die Wangen hinabrann, verätzte seinen Schutzwall wie Säure. »Sadia. Hör auf zu weinen.«

Sie riss die Augen noch weiter auf. Ach Mist, er hatte schon wieder das Falsche gesagt. »Sag mir nicht, was ich tun soll.« Sie schnappte sich den Cocktail und schüttete ihm das Getränk mit einer schnellen Bewegung ihres Handgelenks ins Gesicht.

Dann wirbelte sie herum und stampfte davon, zerrte am Knoten ihrer Schürzenbänder, die gleich über ihrem Po zusammengebunden waren. Diesem runden, appetitlichen Hintern, den er so gern umfangen, geknetet ...

Er riss seinen Blick los. Um Himmels willen! Er durfte auf keinen Fall an ihren Hintern denken. Oder an ihre Schenkel, die bei jedem Schritt erbebten.

Er leckte sich über die Oberlippe. Der Drink tropfte ihm am Hals hinab, floss in seinen Kragen. Er trank nicht allzu häufig Alkohol, aber was immer sie ihm da gemixt hatte, hatte ein rauchig-süßes Aroma. Genau wie sie.

Meine Güte, in seinen kühnsten Träume hätte er sich kaum ausmalen können, welche Anziehungskraft von einer zur

Frau erblühten Sadia im Flirtmodus ausging ... nein, das musste er aus seinem Gedächtnis tilgen, genau wie so viele andere Dinge.

Jackson tupfte sich, so gut es ging, das Gesicht trocken, zog seine Kappe tiefer ins Gesicht und erhob sich.

Sein Motorrad hatte er in der äußersten Ecke des Parkplatzes abgestellt, weitab von dem Lichtklecks, den das zerborstene Neonschild der Bar auf den Parkplatz warf. Er lehnte sich an die Maschine aus Metall und Chrom und wartete. Nach etwa einer Viertelstunde hörte er das Motorengeräusch eines Autos hinter dem Café, dann verließ ein gepflegter Crossover den Parkplatz.

Dass Sadias Wangen von Tränen feucht waren, als sie davonfuhr, bildete er sich wahrscheinlich nur ein, oder?

Er sank gegen sein Bike und vergrub den Kopf in den Händen, rieb sich die Augen. Keine Tränen. Er hatte nicht mehr geweint seit ... nun ja, seit seiner Kindheit, die er in genau dieser Stadt verbracht hatte.

Langsam streifte er Jacke und Helm über, stieg auf die Maschine und schlug die entgegengesetzte Richtung ein. Am liebsten wäre er ihr gefolgt, aber das Motorrad wäre in ihrem topgepflegten Wohnviertel allzu sehr aufgefallen. Was er deshalb so gut wusste, weil er schon häufiger an ihrem Haus vorbeigefahren war.

Ein Wunder, dass noch niemand die Cops auf dich gehetzt hat.

Sich dauernd in ihrer Nähe herumzutreiben war ein ziemlich riskantes Spiel, zumal die hiesigen Gesetzeshüter nicht gerade viel von ihm hielten.

Jackson ließ den Motor aufheulen und bog scharf nach links ab, sodass das Licht seines Scheinwerfers die nachtschwarze Finsternis durchschnitt. Nur ganz vereinzelt beleuchteten Laternen die Straße, aber die brauchte er eigentlich gar nicht. Er hätte sich mit verbundenen Augen in dieser Stadt zurechtgefunden. Auch ein Jahrzehnt selbst auferlegten Exils änderte nichts daran.

Er war in Rockville geboren worden. Als zweiter Sohn einer einflussreichen Familie und Enkel eines Mannes, der dazu beigetragen hatte, einem verschlafenen Fleckchen im Hinterland von New York Zivilisation einzuhauchen. Seine Kindheit und Jugend waren wie im Bilderbuch gewesen – bis auf die letzten paar Wochen, die er hier verbracht hatte. Eine Gefängniszelle war nun mal kein Zuckerschlecken, und schon gar nicht für einen Jungen, der in privilegierten Verhältnissen aufgewachsen war.

Er bog nach rechts ab, würdigte die Bibliothek, in der er nach der Schule stundenlang herumgehangen hatte, genauso wenig eines Blickes wie den exklusiven Blumenladen, in dem er Sadia einen Ansteckstrauß für den Abschlussball gekauft hatte.

Zum ersten Mal seit seiner Rückkehr atmete er tief ein. Die Luft roch nach Holzspänen und Äpfeln, was schon fast verloren geglaubte Erinnerungen in ihm zum Leben erweckte. Es duftete nach Heimat. Und doch wollte er nicht hier sein, in der einen Stadt auf der Welt, in der er unerwünscht war.

Jackson drosselte das Tempo, als er sich dem Hauptplatz der Stadt näherte. Er sah erst nach links, dann nach rechts.

Ein einzelnes Auto sauste über die Kreuzung, und er wusste, dass er sich nur einbildete, dass der Fahrer ihn eindringlich musterte. Dennoch kauerte er sich tiefer nach vorn, wie um sich zu verstecken. Von einem der Stadtbewohner erkannt zu werden war nun wirklich das Letzte, was er wollte.

Du wirst es nicht glauben, Jan. Ich glaube, ich habe heute Jackson Kane auf der Straße gesehen. Nein, Pauls kleinen Bruder. Weißt du nicht mehr? Er hat den C&O niedergebrannt. Na ja, die Anklage wurde fallengelassen, aber trotzdem wussten alle, dass er es war. Gleich danach verließ er die Stadt. Er wäre doch nicht abgehauen, wenn er nicht schuldig gewesen wäre.

Er konnte die Stadt wieder verlassen. Jetzt sofort.

Wenn er hier rechts abbog, gelangte er direkt zur Auffahrt auf den Highway. In ungefähr sieben Stunden würde er in New York City sein. In einem knappen Monat stand dort ohnehin ein Gig für ihn an. Seine Reisetasche und sein ganzer Kram befanden sich zwar noch in seinem schäbigen Hotelzimmer, aber eigentlich bedeuteten ihm all seine Sachen nichts. Er konnte sie problemlos hier zurücklassen.

Hinter ihm näherte sich ein Auto, und er winkte das Fahrzeug vorbei. Dann hielt er den Atem an. Der Wagen überholte und bog links ab.

Er sah den roten Rücklichtern hinterher. Nach links zu fahren kam für ihn nicht infrage. Denn dann würde er ins Stadtzentrum kommen. Innerhalb von drei Minuten wäre er an dem Supermarkt angelangt, der einst seiner Familie gehört hatte. Und an dem Café, das jetzt Sadia leitete.

Jackson erschauerte. Der Wind pfiff durch seine Lederjacke hindurch, und trockenes Laub wurde auf der Straße aufgewirbelt. Trotzdem war ihm nicht kalt. Im Gegenteil: Auf seiner Oberlippe hatten sich ein paar Schweißperlen gebildet.

Er setzte den Blinker nach rechts. Sah sich auf der leeren Kreuzung um, als halte er nach jemandem Ausschau, der ihm sagen würde, was zu tun war.

Der Blinker tickte im Gleichklang mit dem Pulsieren seines Bluts. Er löste die Bremse. Schlitterte einen halben Meter nach vorn. Dann noch einen.

Dann bog er links ab.

Zweieinhalb Minuten später manövrierte er seine Maschine zwischen den beiden Bauten hindurch, die das Vermächtnis seiner Eltern darstellten. Als er das große Gebäude auf der einen Seite zum letzten Mal gesehen hatte, war es bis auf die Hälfte abgebrannt gewesen.

Ein Molotowcocktail konnte verdammt viel Schaden anrichten, wenn er auf eine Gasleitung traf. Aber man hatte es wieder aufgebaut – größer. Und an der Vorderseite prangte ein anderer Name.

Chandler's.

Früher hieß der Laden C&O. Der Vater seiner Mutter, Sam Oka, hatte zusammen mit seinem besten Freund, John Chandler, den Grundstein dafür gelegt. Die Chandlers und die Oka-Kanes waren seit zwei Generationen sowohl geschäftlich als auch privat miteinander verbunden gewesen. Bis zu jener eisigen Nacht vor zehn Jahren, als Jacksons Vater geradewegs gegen einen Baum gefahren war. Mit Maria Chandler, Nicholas' Mutter, auf dem Beifahrersitz. Beide waren gestorben.

Statt den trauernden Witwer zu spielen, hatte Brendan Chandler die Gelegenheit genutzt, um die deprimierte Tani Oka-Kane um ihre Hälfte des C&O-Imperiums zu betrügen.

Aus Rache, so erzählte man es sich in der Stadt, habe Jackson daraufhin das Aushängeschild der Handelskette niedergebrannt.

Er wandte den Blick ab und fuhr auf den leeren Parkplatz des Cafés. »Kane's Café« stand dort in roten, von hinten beleuchteten Lettern, deren Neonfarbe sich auf den Asphalt ergoss.

Er stellte den Motor ab und nahm den Helm ab, fuhr sich mit der Hand durchs Haar, das er ungewohnt kurz trug. Im Gegensatz zu dem neuen Bau, der nun anstelle des alten C&O hinter ihm prangte, wirkte dieses kleine, gedrungene Gebäude eher gemütlich als grandios. Die Eltern seines Vaters waren sehr beliebte, gesellige Menschen gewesen. Sie waren aus Hawaii hierher gezogen, als Robert Kane noch ein Baby gewesen war. Die Stadtbewohner waren allesamt entzückt gewesen, als der einzige Sohn der Kanes sich in die damals amtierende Prinzessin des C&O-Imperiums verliebt hatte.

Jackson stieg von seinem Motorrad und ging auf das Gebäude zu. Er sah sich hastig um, dann umrundete er den Bau und wandte sich der Hintertür zu. Der schwarze magnetische Schlüsselhalter unter der Regenrinne befand sich auch nach all den Jahren immer noch dort. Sein Großvater war nun mal verdammt vergesslich gewesen.

Er öffnete die Hintertür und trat ein, wartete mit angehaltenem Atem auf einen womöglich ausgelösten Alarm, aber alles blieb still.

Er ging in den vorderen Raum, sorgsam darauf bedacht, dass der Schein seiner Handy-Taschenlampe nicht im Fenster zu sehen war. Das Café sah immer noch so aus wie in seiner Erinnerung: die roten Sitzecken, die weiße Theke, die fröhlichen, stets wechselnden Werke lokaler Künstler an der Wand.

Er fuhr mit dem Finger über den goldenen Schriftzug des Café-Namens auf einer der Speisekarten neben der Kasse. Jackson war sicher, dass es Paul eine diebische Freude bereitet hatte, dass ihr Name zumindest in einem kleinen Teil der Stadt präsent blieb. Der ausgerechnet genau gegenüber dem Chandler's lag. Es hatte ihn fertiggemacht, dass sie ihren Anteil am C&O verloren hatten. Bis zu jenem Abend, an dem ihre Mutter ihre Hälfte des Unternehmens abgetreten hatte, war Paul der goldene Thronerbe gewesen, der zukünftige Co-CEO der Lebensmittelkette.

Überrascht registrierte Jackson einen stechenden Schmerz in der Brust. Normalerweise ging er den Geistern seiner Vergangenheit geschickt aus dem Weg. Er war nicht allzu glücklich, verspürte aber auch keinen Schmerz.

Er ließ die Hand auf dem Schriftzug ruhen, befühlte den Apostroph im Namen Kane's, der die Besitzverhältnisse deutlich machte. Auch wenn Paul tot war, dieses Café war seins. Erstaunlicherweise steigerte dieser Gedanke Jacksons Schmerz sogar noch. Alles gehörte Paul. Dieses Unternehmen, diese Stadt. Die Frau, der er wie ein Idiot hinterherspionierte.

Ich vermisse dich.
Ich denke die ganze Zeit an dich.
Ich liebe dich.
Komm zurück.

Unwillkürlich rieb er mit dem Finger über den Bildschirm seines Handys. Jede einzelne E-Mail, die seine einst beste Freundin ihm im Laufe der letzten zehn Jahre geschickt hatte, war darin gespeichert, und er kannte sie alle auswendig. Sie waren der Grund, warum er überhaupt so ein Ding besaß, damit er sein E-Mail-Postfach überall mit hinnehmen konnte. Es war die moderne Variante eines mit einem Band verschnürten Stapels Briefe.

Sie hatte kurz nach seiner Flucht damit begonnen, ihm Mails zu schreiben. Manchmal mehrere in einer Woche, manchmal mit längeren Pausen dazwischen. Vor einem Jahr war der Strom dann ganz versiegt, und zwar mit wenigen Worten. Jackson. Paul ist tot.

Vor ein paar Wochen aber war er in Hongkong aufgewacht, hatte nach seinem Handy gegriffen und wäre beinahe vom Bett gefallen, als er Sadias Namen in seinem Posteingang entdeckte. Also, du Mistkerl. Ich will dir nur mitteilen, dass deine Schwester wieder zu Hause ist und sich ganz allein mit allen möglichen Problemen herumschlägt: mit deiner Mom, mit Nicholas, mit seiner bescheuerten Familie. Wenn sie dir auch nur das Geringste bedeutet, könntest du dich vielleicht mal bei ihr melden. Aber mir ist klar, wie unwahrscheinlich das ist, denn du bist ein egoistisches, nutzloses, mieses Arschloch, das sich für niemanden interessiert, ausser für sich selbst.

Wenn sie dir auch nur das Geringste bedeutet …

Als er sich freiwillig aus seiner Heimatstadt ins Exil begeben und alle zurückgelassen hatte, die er einst geliebt hatte, hatte er geglaubt, jegliche Weichheit, jegliches Mitgefühl weitgehend aus seinem Inneren verbannt zu haben. Zum Selbstschutz war das notwendig gewesen. Gefühle konnte man manipulieren. Stein nicht.

Aber damit hatte er sich selbst etwas vorgemacht. Wie viel ihm seine Schwester bedeutete, war ihm klar geworden, als er erfahren hatte, dass Livvy sich in Nicholas' unmittelbarer Nähe befand. Seine Angst um seine Zwillingsschwester war förmlich greifbar gewesen. Dieser Mann hatte ihr seinerzeit so übel mitgespielt, dass sie hatte sterben wollen.

Er hatte geglaubt, seiner Rolle gerecht geworden zu sein. Dass sie nicht zu Nicholas zurückkehren würde, dass sie sich erholen würde und sie alle getrennter Wege gehen konnten. Aber er hatte sich getäuscht. Er musste die Sprachnachricht, die seine Zwillingsschwester ihm vor einer Woche hinterlassen hatte, nicht nochmals anhören, um sich Wort für Wort daran zu erinnern.

»Hey, ich bin's … Livvy. Ich, ähm, wollte dir sagen, dass Nicholas und ich eine Weile fortgehen werden. Ein paar Wochen vielleicht. Ich weiß, diese Kehrtwende kommt ziemlich plötzlich, aber er, äh … jedenfalls reden wir miteinander, mehr nicht. Ich ruf dich an, wenn ich kann. Mach dir keine Sorgen um mich.« Ihre Stimme wurde weich. »Ich erwarte nicht, dass du meinetwegen in der Stadt bleibst. Vielleicht bist du ja auch schon fort, und das ist okay. Ich liebe dich, Jackson.«

Er starrte zur vorderen Fensterfront hinaus. *Ich erwarte nicht, dass du meinetwegen in der Stadt bleibst.*

Kein Wunder. Auch wenn er es gewesen war, der Livvy vor vielen Jahren im Arm gehalten hatte, als sie geschrien hatte, dass sie sterben wolle, hatte er sich seither rar gemacht. Nach Pauls Tod hatte sie erneut eine schwere depressive Episode durchgemacht, wie sie ihm letzte Woche erzählt hatte. Bis dahin hatte er davon noch nicht mal gewusst.

Ist das nicht genau das, was du wolltest? Du kannst problemlos wieder abhauen. Hier gibt es niemanden, der zu dir gehört. Niemand erwartet von dir, dass du bleibst. Es ist niemand da, der dich braucht.

Sein Blick glitt zu dem Schild, das im Fenster hing. Das Spiegelbild im Glas war leicht lesbar.

KOCH GESUCHT

Er kniff die Augen zusammen und öffnete den Webbrowser seines Handys. Er brauchte nur wenige Augenblicke, um eine Restaurantbewertung zu finden – eine gewisse Sally R. aus Rockville ließ sich traurig darüber aus, dass der langjährige Koch das Kane's verlassen hatte und die Kochkünste der Besitzerin eine Menge zu wünschen übrig ließen. Jackson checkte das Datum. Der Eintrag war zwei Wochen alt.

Rick hatte gekündigt? Bei ihm hatte Jackson Kochen gelernt.

Er scrollte sich durch ein paar weitere Beurteilungen. Sein Stirnrunzeln wurde immer größer, als er die Beschwerden über angebrannte Backwaren und mittelmäßigen Lunch las. Falls in den letzten Tagen kein Wunder geschehen war, konnte Sadia immer noch nicht kochen.

Aber er konnte es.

Er hatte sich schon gefragt, warum sie in der Bar arbeitete. Das Café würde nie die Gewinne des C&O einbringen, schon gar nicht, solange man es nicht modernisierte. Aber es hatte seinen Großeltern – und, wie er annahm, auch Paul und Sadia – durchaus ein geregeltes Einkommen verschafft. Brauchte sie das zusätzliche Geld?

Im Geiste sah er Livvy vor sich, die Arme vor ihrer zierlichen Gestalt verschränkt. *Sie hat immer an deiner Seite gestanden. Du bist ihr was schuldig, Jackson. Sie braucht dich.*

Oh, Fuck.

Es gab ein paar Dinge, die offenkundig auf der Hand lagen:

Sadia brauchte einen Koch.

Er war ein Koch.

Sie hasste ihn, und das zu Recht, denn er hatte sie mies behandelt. Was wiederum hieß … dass er ihr tatsächlich etwas schuldig war, und zwar in einem Ausmaß, von dem Livvy nicht mal ansatzweise etwas ahnte.

Es wäre eine praktische und logische Entscheidung, zu bleiben und Sadia hier zur Hand zu gehen, in dem alten Café seiner Familie, während er auf Livvys Heimkehr wartete. Wahrscheinlich war er der letzte Mensch auf dieser Welt, der diesen Ort genauso gut kannte wie seine Großeltern.

Und, verdammt noch mal, er *wollte* ja bleiben.

Er stopfte sein Handy in die Tasche und neigte den Kopf erst zur einen, dann zur anderen Seite, um seine Nackenmuskeln zu lockern. Wie gut, dass er nie viel Schlaf brauchte. Eine schnelle Mahlzeit, eine Dusche, eine Rasur, und schon würde er zurück sein, bereit, gegen Sadia in die Schlacht zu ziehen, um sich das Privileg zu erobern, ihr helfen zu dürfen.

Er fuhr sich mit der Zunge über die Oberlippe, schmeckte den Whiskey, den sie ihm ins Gesicht geschüttet hatte. Es würde zweifellos ein harter Kampf werden.

Kapitel 3

SADIA

Sadia keuchte und riss die Augen auf. Noch ehe sie überhaupt klar sehen konnte, griff sie schon nach ihrem Handy, das auf dem leeren Kissen neben ihr lag. Sie hielt es sich dicht vors Gesicht und versuchte blinzelnd, die Uhrzeit zu erkennen.

Sie stieß die Luft aus, und ihre Panik klang etwas ab. Früher hatte sie es genossen, langsam aufzuwachen, sich bedächtig durch jede einzelne Schicht des Schlafes an die Oberfläche zu arbeiten. Seit Pauls Tod hatte sich das geändert. Jetzt kam sie täglich mit einem Ruck zu sich, voller Angst zu verschlafen.

Der Tag hatte nun mal nur eine begrenzte Anzahl an Stunden, und sie hatte so viel zu erledigen. Sie konnte es sich nicht leisten, die Zeit mit Schlafen zu vertrödeln.

Sadia stellte den Wecker aus, der erst in zwanzig Minuten hätte klingeln sollen, und starrte an die Decke. Von draußen kroch das erste Licht der noch nicht angebrochenen Dämmerung durch die Vorhänge. Ihre Augen waren verklebt und müde. Sie hatte schon lange nicht mehr schlaflos wach gelegen. In letzter Zeit war sie so erschöpft, dass sich der Schlaf beinahe unter Garantie einstellte. Besonders nach den Spätschichten in der Bar.

Andererseits war der gestrige Abend ohnehin alles andere als normal verlaufen.

Denk nicht dran.

Sie hatte sich lange hin und her gewälzt, wobei ihre Unruhe

sich mit jedem Blick auf die Uhr gesteigert hatte, weil ihr Hirn automatisch nachgerechnet hatte, wie viel Schlaf sie jetzt noch bekommen würde. Drei Stunden, dann zwei, dann eine. Endlich war sie eingedöst. Ihre schweren Lider hatten ihr Gedankenkarussell niedergerungen.

Sie hatte gehofft, am nächsten Morgen so tun zu können, als wäre die Begegnung mit Jackson lediglich ein Traum gewesen, aber das erwies sich als unmöglich. Zwei Minuten. Sie würde sich noch zwei Minuten gestatten, um darüber nachzudenken, dann würde sie aufstehen. Diese zwei Minuten konnte sie innerhalb ihres Tagespensums erübrigen.

Sadia reckte sich. Die Muskeln ihrer Schultern schmerzten von der gebeugten Haltung, die sie tagsüber entweder am Herd oder am Schreibtisch einnahm. Seit Pauls Tod stand sie ständig unter Strom, und mit jedem noch so winzigen Rückschlag wurde der innere Druck größer. Und Jackson wiederzusehen war solch ein Rückschlag.

Sie hatte versucht, Verständnis für ihn aufzubringen, als er damals, gleich nachdem er aus dem Gefängnis entlassen worden war, aus der Stadt verschwunden war. Aber sie waren schon so lange beste Freunde gewesen, dass sie den unbändigen Drang verspürte, mit ihm zu reden. Also schrieb sie Mails. Als sie nach einem Jahr noch immer keine Antwort erhalten hatte, hatte sie vermutet, dass ihre Mails ins Leere gingen. Die Briefe waren inzwischen zu einer Art Ventil für sie geworden, eine Möglichkeit, Gedanken zu formulieren, die sie nicht laut aussprechen konnte oder wollte. Erst nach Pauls Tod hatte sie damit aufgehört, denn nun blieb ihr keine Zeit mehr, alberne Nachrichten zu schreiben, die ohnehin niemand las.

Dann aber hatte sie erfahren, dass er auf Livvys E-Mails, die diese an die gleiche Adresse schickte, durchaus antwortete. Das bedeutete, dass er auch die ihren erhalten haben musste.

Du hast keine meiner E-Mails beantwortet und nicht nur die

Geburt deines Neffen ignoriert, sondern es war dir auch egal, wie schlecht es deiner Schwester und deiner Mutter ging. Sogar die Beerdigung deines eigenen Bruders hat dich nicht interessiert.

Aber was sie am meisten getroffen hatte, hatte sie ihm verschwiegen: Er hatte *sie* ignoriert.

Zorn und Schmerz tobten in ihrem Innern. Sie hatte ihn so sehr geliebt, und sie hatte geglaubt, dass er diese Liebe erwiderte. Aber letztlich war es ihm leichtgefallen, sie zu ignorieren und aus seinem Leben zu verbannen.

Sie ließ den Schmerz ganz nah an sich heran. Er fühlte sich gut und ehrlich an, und offen gesagt war sie lieber wütend, als über die vielen Stunden nachzugrübeln, als er für sie noch ein unbekannter heißer Typ in der Bar gewesen war und sie sich vorgestellt hatte, wie seine Hände sie berührten.

Auf gar keinen Fall! Sie verdrängte den Gedanken daran ein für alle Mal. Sie hoffte nur inständig, dass er nicht bemerkt hatte, dass sie mit ihm geflirtet hatte. Das wäre megapeinlich.

Wieder warf sie einen Blick auf ihr Handy. Ihre zwei Minuten waren vorüber. Wie gern hätte sie sich die Decke über den Kopf gezogen – wie damals als Kind, als sie sich vor der Schule gefürchtet hatte. Aber sie war jetzt erwachsen und musste sich auch wie eine Erwachsene benehmen.

Das war das Schlimmste.

Widerstrebend wälzte sie sich aus dem Bett, zog die Leggins und das T-Shirt aus und warf sie auf dem Weg ins Bad in den Wäschekorb. Im Morgengrauen aufzustehen war nicht gerade ihr Hobby – schon gar nicht nach einer schlaflosen Nacht –, aber bis sie einen Koch gefunden hatte, der so vertrauenswürdig und zuverlässig war wie Rick, der seit der Eröffnung des Kane's zum Inventar gehört hatte, würde sie diese Tortur in aller Herrgottsfrühe auch weiterhin auf sich nehmen müssen.

Sie duschte nur kurz, kaum lang genug, um die Schläfrigkeit oder ihre Unruhe zu vertreiben. Paul hatte immer schon einen größeren Warmwasserboiler in diesem Haus einbauen wollen, aber es hatte ihnen stets an Zeit oder Energie gemangelt, und sie scheute davor zurück, jetzt Geld dafür auszugeben. Das heiße Wasser reichte für Kareems Bad am Abend. Das war vorerst gut genug.

Ihre Hände wurden langsamer, während sie ihre Brüste einseifte. Kritisch musterte sie ihren Körper. Jackson wirkte nach all den Jahren wie aufgepumpt – ein einziger Muskelberg. Seine Arme waren so riesig, dass man ihnen eine eigene Postleitzahl verpassen könnte. Sie selbst war nie besonders grazil gewesen, aber nach Kareems Geburt war sie noch fülliger geworden. Sie piekte den Finger in ihren weichen Bauch und runzelte die Stirn.

Was tust du denn da?

Sie schüttelte den Kopf und seifte ihren restlichen Körper ein. Sie hatte schließlich schon zwei Minuten damit verschwendet, an Jackson zu denken, und diese spontane Unsicherheit sah ihr so gar nicht ähnlich. Ihr Körper war gesund und fit und – wie sie wiederholt festgestellt hatte – in der Lage, nicht nur Lust zu empfangen, sondern auch zu schenken. Sie war froh, dass sie ihn hatte. Ein paar Speckröllchen hin oder her.

Sie achtete kaum darauf, was sie anzog. Ihre Garderobe bestand mittlerweile vornehmlich aus bügelfreien Klamotten, die sich leicht kombinieren ließen. Das war effizienter, und Effizienz war zu ihrer absoluten Priorität geworden. Ihr schärfstes Schwert in diesem Kampf: Listen, Planer und Stifte.

Und wenn sie ihr Leben bis auf die letzte Minute durchorganisieren musste, dann würde sie das eben tun. Das gehörte zu ihren zahlreichen Waffen in ihrem endlosen Bemühen, sich selbst und der Welt zu beweisen, dass sie die erfolgreiche Sadia Ahmed war und auf keinen Fall eine Versagerin.

Nachdem sie angezogen war, öffnete sie die kleine Schachtel auf ihrem Schminktisch. Auch dafür hatte sie einen festen

Platz in ihrer Morgenroutine vorgesehen. Im Deckel war ein Bild von ihr und Paul eingelassen, das auf ihrem Senior-Prom-Ball aufgenommen worden war. Paul war attraktiv und sah auf jene für ihn typische sorglos-arrogante Art äußerst selbstgefällig drein. Sie trug ein funkelndes silbernes Kleid und lächelte strahlend in die Kamera. Kareem liebte dieses Bild, und sie tat es ebenfalls. Sie waren damals wahnsinnig verliebt ineinander gewesen und sich ihres Platzes in der Welt absolut sicher: sie das mittlere Kind zweier erfolgreicher Mediziner, die absolut vernarrt in ihre Kinder waren; er der Erbe eines Vermögens und zukünftiger Co-CEO eines landesweit erfolgreichen Unternehmens.

Drei Jahre später hatten sie sich verlobt. Immer noch wahnsinnig verliebt. Aber ihre Welt war nicht mehr dieselbe gewesen.

Liebevoll strich sie über die einzigen anderen Gegenstände in der Schachtel: ihre Eheringe. Sie und Paul hatten vielleicht keine Bilderbuchehe geführt, dennoch hatte sein Tod eine Lücke in ihrem Leben hinterlassen. Mehr als einmal hatten ihr wohlmeinende Menschen versichert, dass sie trauern müsse. Daraufhin hatte sie höflich gelächelt und genickt. Sie verstanden es nicht. Sadia hatte keine Zeit, ununterbrochen zu trauern. Ihr blieben hin und wieder ein paar Minuten. »Ich vermisse dich. Ich tue mein Bestes«, flüsterte sie. Einen Herzschlag später stellte sie die Schachtel wieder ab und ließ den Deckel zuschnappen.

Sie streifte gerade ihre Socken über, als sie hörte, wie sich am Ende des Flurs eine Tür öffnete. Schnell schnappte sie sich den Rucksack mit ihrem Kram für den Tag und der Kleidung für abends. Wenn sie viel Glück hatte, würde sie noch Zeit finden, nach der Schule nach Hause zu rennen, um Kareem bei den Hausaufgaben zu helfen und ihm etwas zu essen zu machen. Aber falls sie das nicht schaffte, musste sie Wechselklamotten dabeihaben, um sich in Windeseile in eine Barkeeperin zu verwandeln. Ähnlich wie Wonderwoman, die mit einer superschnellen Pirouette auf magische Weise in ihr Kostüm schlüpfte, in dem sie es mit jedem Verbrecher aufnahm. Nur dass Sadia die erschöpfte Version der Superheldin – Marke alleinerziehende Mutter – war.

Sie trottete die Treppe hinab und zog eine Augenbraue in die Höhe, als sie Ayesha lesend am Frühstückstisch entdeckte, während Jia gerade eine Kapsel in die Kaffeemaschine gab. Wenn sie abends in der Bar arbeitete, blieb stets eine ihrer jüngeren Schwestern bei Kareem. Da sich Sadia in letzter Zeit aber schon auf den Weg ins Café machte, noch bevor er aufstand, übernachteten sie entweder oder schauten morgens noch schnell vorbei und kümmerten sich um ihn, bis er in den Schulbus stieg.

Ohne ihre Schwestern wäre sie verloren gewesen. »Hey«, flüsterte sie. »Jia, wann bist du gekommen?« Als sie gestern Abend das Haus verlassen hatte, war Ayesha diejenige gewesen, die es sich auf der Couch mit ihren Unibüchern und ein paar Chips gemütlich gemacht hatte. Die medizinische Fakultät, an der Jia und Ayesha studierten, war nicht weit von Sadias Haus entfernt, weshalb es für sie ganz praktisch war, hier zu schlafen.

Ayesha schloss ihr Lehrbuch, verdrehte die Augen und antwortete ebenfalls leise: »Die hier«, sie deutete mit dem Finger auf ihre Zwillingsschwester, »hat ihre Autobatterie gekillt. Sie ist gerade erst angekommen. Hat sich ein Taxi genommen, damit ich sie nicht auch noch abholen muss.«

»Ich kapiere nicht, warum im Kofferraum ein Licht ist. Schließlich vergisst man doch so leicht, ihn zu schließen.« Jia sah vom Kaffeeautomaten auf. Ihre kajalumrahmten Augen weiteten sich. »Wow, schlechte Nacht gehabt?«

Sadia kniff die Augen zusammen, während sie die unschuldige, arglose Miene der Vierundzwanzigjährigen musterte.

Ayesha stieß die Luft aus. »So etwas sagt man nicht. Das ist unhöflich.«

Jia blickte von einer zur anderen. »Aber normalerweise sieht sie nicht so aus. Ist also eigentlich doch ein Kompliment. Dachte ich zumindest.«

»Nein«, antwortete Sadia. »Definitiv unhöflich.«

»Es liegt vornehmlich an den Tränensäcken«, schob Jia hinterher.

Ayesha stand auf. »Jia, halt einfach den Mund.«

Sadia rieb sich mit dem Finger die Partie unter einem Auge. »Konnte nicht so recht schlafen.«

»Da kann ich etwas gegen tun. Ich habe meinen Make-up-Koffer dabei«, bot Jia an.

Sadia zögerte. Normalerweise hätte sie Einwände erhoben, aber dann dachte sie an den kurzen Augenblick der Unsicherheit unter der Dusche. Es konnte nicht schaden, wenn sie ihr Selbstbewusstsein ein wenig aufpolierte. Sie sah auf ihr Handy. »Schaffst du das in drei Minuten?«

Jia schnaubte. Die meisten Medizinstudentinnen sahen um fünf Uhr morgens wahrscheinlich nicht wie Modepuppen aus, aber in dem hübschen, langen blau-weißen Kleid und der schwarzen Jacke aus Lederimitat wirkte ihre kleine Schwester, als sei sie gerade dem Cover eines Modemagazins entsprungen. Sogar ihr Hidschab passte zu ihrem Kleid – zwei Schals, die im Zickzackmuster um ihren Kopf geschlungen waren. »Ich schaffe ein komplettes Gesicht in zweieinhalb Minuten.«

Das bezweifelte Sadia keine Sekunde. Auf dem College hatte Jia einen Blog mit Make-up- und Fashion-Tipps gestartet, zu dem sich schon bald Videos und Podcasts hinzugesellten. Sie ließ sich also auf einen Stuhl an der Theke plumpsen, während Jia in ihrem Designerrucksack herumkramte.

Ayesha ging derweil zum Kühlschrank und griff sich eine Milchtüte. Dann holte sie die Packung Rosinen-Cornflakes heraus, die Sadia für ihre jüngeren Schwestern immer im Haus hatte. »Hör mal«, begann Ayesha. »Du musst uns unbedingt sämtliche schmutzigen Details über die Chandlers erzählen. An der Uni fragen uns alle ständig danach.«

Jia näherte sich ihr mit einem kleinen Make-up-Beutel. »Und wir stehen da wie die Ahnungslosen, obwohl unsere Schwester mit der Familie verwandt ist.« Sie betupfte Sadias Augenringe großzügig mit Concealer und verteilte ihn dann sorgfältig auf ihrer Haut.

»Ich bin nicht mit den Chandlers verwandt.« Sie schloss die Augen, als Jia ihren schwarzen Eyeliner herausholte.

»Du bist mit Livvy verwandt, und Livvy ist offenbar wieder mit Nicholas zusammen, also im Grunde schon.« Mit einem Klirren stellte Ayesha zwei Schüsseln auf die Kücheninsel.

»Don sagte …«

»Och ne, ich hasse diesen Typen. Der kann uns nach all den Jahren immer noch nicht auseinanderhalten.« Sadia musste die Augen nicht öffnen, sie konnte Jias höhnisches Grinsen regelrecht spüren. Obwohl sie eineiige Zwillinge waren, waren die beiden immer wieder verblüfft darüber, dass jemand sie miteinander verwechseln konnte. Ayesha war ruhig und beherrscht, während Jia ungestüm und laut war. Ayesha war vorsichtig, Jia impulsiv. Jia bevorzugte leuchtend bunte Kleidung und auffälliges Make-up, während Ayesha sich eher neutral kleidete und sich nur selten schminkte oder Schmuck trug. Heute hatte sie einen beigefarbenen Pullover und eine dunkle Jeans gewählt und ihr Haar mit einem einfachen schwarzen Schal verhüllt.

»Don jedenfalls meinte, Nicholas habe das Chandler's an der Main Street geschlossen, davor ein riesiges Banner mit seinem Liebesgeständnis für Livvy aufgehängt und sie gebeten, ihn zu heiraten – und zwar mit einem Megaklunker, den er beim Pokern gewonnen hat.«

Jia trat einen Schritt zurück, und blinzelnd öffnete Sadia die Augen. Der Eyeliner fühlte sich auf ihren sonst ungeschminkten Lidern ungewohnt an. »Warum bei einem Pokerspiel? Er ist CEO, kein Pokerspieler.«

»Weil alle reichen Typen, die besonders männlich wirken wollen, Poker spielen?«, mutmaßte Jia.

»Und zufällig jede Menge Schmuck herumliegen haben?«

Jia zuckte mit den Schultern. »Das erzählen die Leute halt. Ich hab nie behauptet, dass die ganzen Gerüchte einen Sinn ergeben.«

»Ich kann zumindest bestätigen, dass das mit dem geschlossenen Laden und dem Banner stimmt«, räumte Sadia ein.

»Und sie sind tatsächlich auf eine Privatinsel in der Karibik geflogen, oder?« Jia tauchte einen Pinsel in den Puder.

»Sie sind jedenfalls verreist. Keine Ahnung, wohin.«

»Sind sie also zusammen?«, fragte Ayesha.

»Mädels, ich weiß es nicht. Sagt Don und all euren Freunden, dass ihr keine Ahnung habt. Wir sind keine Klatschtanten und werden ganz sicher nicht anfangen, hinter Livvys Rücken über sie zu tratschen.«

»Sadia …«, versuchte es Jia in einem einschmeichelnden Ton.

Sadia schüttelte entschlossen den Kopf und schnitt ihr damit das Wort ab. »Nein. Ihr habt Recht. Livvy gehört zu meiner Familie. Und damit auch zu eurer.«

Wie erwartet brachte das ihre beiden Schwestern zum Schweigen. Die Familie war ihr Ein und Alles.

Nun schlug Sadia einen sanfteren Ton an. »Bist du fertig?«, fragte sie Jia in der Hoffnung, ihre Schwester durch die Frage vom Thema abzulenken. »Ich möchte kein zu auffälliges Make-up.«

Jia schürzte ihre leuchtend roten Lippen. »Ich würde dich nie auffällig schminken. Du brauchst etwas Leichtes, das im

Laufe des Tages nicht verwischt. Einen Hauch Eyeliner und etwas von meinem superlanganhaltenden Lippenstift …« Sie kramte in ihrem Rucksack herum und holte ein Röhrchen mit malvenfarbenem Liquid Lipstick heraus. »Halt still.« Sorgsam umrahmte sie Sadias Lippen und malte sie aus, dann trat sie wieder einen Schritt zurück. »Et voilà.«

Sadia duckte sich etwas, um ihr Spiegelbild im Toaster betrachten zu können. »Oh. Nicht übel.«

Ayesha grinste. »Du bist die Hübscheste von uns allen, maschallah.«

Es war so lange her, dass sie sich das letzte Mal geschminkt hatte, dass sich Sadia am liebsten noch etwas Zeit genommen hätte, um ihr Gesicht zu bewundern, aber die drei Minuten, die Jia ihr versprochen hatte, waren bereits vorbei. »Pah. Das ist nur Jias Geschick zu verdanken.«

Jia zwinkerte. »Zugegeben, ich bin ziemlich gut, oder? Aber ich hatte ja auch Glück mit dem Model.«

»Du bist ein Profi.«

»Ich weiß. Eigentlich sollte ich das beruflich machen.«

Sadia lächelte zerstreut. »Ja, ha! Okay, ich muss los.« Sie stand auf. »Kareem hat gestern Abend sein ganzes Gemüse aufgegessen. Er kriegt also heute eine Tüte Chips in seine Lunchbox.«

Ayeshas Lippen zuckten. »Kommt mir nur gerecht vor.«

Sadia sah auf ihr Handy und schob es in ihre Tasche. Im Geiste überschlug sie schon die Verspätung in ihrem Zeitplan. »Danke euch beiden. Ich schwöre, ich werde ganz bald einen Babysitter engagieren.« Im Stillen drückte sie sich dafür selbst die Daumen. Erst einmal musste sie möglichst schnell einen Koch finden. Eine Nanny oder Kindertagesstätte konnte sie sich einfach nicht leisten. Seit Pauls Tod hatte sie es mit der Unterstützung ihrer vier Schwestern, ihrer Eltern, von Tante Maile und Pauls Mutter Tani irgendwie immer wieder geschafft, im Notfall eine Betreuung für Kareem zu haben. Aber frühmorgens war das schon eine ziemliche Herausforderung.

»Kein Problem. Wir sind ja hier. Ich muss sowieso noch einiges lesen.« Jia verstaute ihre Make-up-Tasche wieder in ihrem Rucksack und zog ein Lehrbuch hervor. Alle ihre Schwestern waren äußerst gewissenhaft, wenn es um Hausaufgaben ging. Im Gegensatz zu Sadia. Sie hatte die Paukerei immer gehasst.

»Danke. Dann bis morgen Abend?« Die ganze Familie versuchte, sich etwa einmal die Woche zum Abendessen zu treffen, was bei fünf Schwestern und Eltern, die ebenfalls noch mitten im Leben standen, nicht immer ganz einfach war.

Ayesha schob ihrer Zwillingsschwester eine Schüssel hinüber und machte sich über ihr eigenes Frühstück her. »Ja, bis dann.«

Auf der Fahrt zum Café herrschte nur wenig Verkehr. Sie schaltete den Radiosender ein, den sie am liebsten hörte. Kareem hasste Radio, weshalb sie die Gelegenheit nutzen musste, wenn sie allein im Auto saß.

Sie entspannte sich, während sie einem Beitrag über Baseball-Spieler lauschte. Sport hatte sie nie sonderlich interessiert, aber Baseball-Spieler sah sie sich gern an. Besonders ihren Hintern.

Der Gedanke ließ ihre Finger am Lenkrad jäh zucken. Sie verriss das Steuer und schlingerte. Vielleicht sollte sie in nächster Zeit lieber nicht über Sex oder Pos oder Hände nachdenken. So langsam wurde es zum Problem, dass sie ständig Sex im Kopf hatte.

Sie parkte den Wagen auf ihrem Platz hinter dem Café und zog ihren Planer aus der Tasche. Sie machte sich gern eine Übersicht für den vor ihr liegenden Tag und übertrug die Aufgaben, die sie tags zuvor nicht geschafft hatte.

Sie überflog die Liste, dann fügte sie noch einen Punkt

hinzu. *Nur insgesamt eine einzige Stunde an Jackson denken. Ihm keine Mail schicken oder deine früheren Mails an ihn lesen.*

Es war das erste Mal, dass Jackson auf ihrer offiziellen To-do-Liste auftauchte. Normalerweise war der Gedanke an ihn für die Momente reserviert, in denen sie sich kurz vor ihren täglichen Pflichten drückte.

Am unteren Rand der Seite notierte sie die Worte, die sie jeden Tag auf ihre Liste schrieb. *Du schaffst das, und wenn du es heute nicht schaffst, dann schaffst du es morgen. Du bist keine Versagerin.*

Diesen Planer durfte ihre Familie niemals zu Gesicht bekommen. Sie würden sich über ihre Affirmationen vielleicht nicht direkt lustig machen, aber das Konzept der Selbstfürsorge war ihren Eltern doch weitgehend fremd.

Sadia war mit ihren Gedanken noch ganz bei ihrer mentalen To-do-Liste, als sie das Café betrat, sodass ihr zunächst gar nicht auffiel, dass in der Küche Licht brannte. Hatte sie es am Abend zuvor nicht ausgeschaltet? Das sah ihr eigentlich so gar nicht ähnlich. Schließlich wollte sie keinen Cent mehr als nötig für Strom ausgeben.

Ein Topf schepperte gegen Metall, und ihre Augen weiteten sich. Der Duft nach Zimt und Gebäck stieg ihr in die Nase. Sie packte ihren Schlüssel so, dass die Metallstifte zwischen ihren Fingern hervorsahen. Sie bezweifelte, dass potenzielle Angreifer sich in ein geschlossenes Café schlichen und zu kochen anfingen, aber sie hatte genug Berichte im Fernsehen gesehen, um zu wissen, dass Serienmörder viele Gesichter haben konnten. Also stieß sie die Küchentür auf, bereit zum Angriff.

Und blieb wie angewurzelt stehen. Oh verdammt. Das war schlimmer als jeder Serienmörder. Letzterer würde womöglich versuchen, sie zu töten. Jackson aber lief Gefahr, von *ihr* ermordet zu werden.

Statt des langärmeligen Shirts trug er nun ein weißes

T-Shirt, das seine appetitlich muskulösen Unterarme entblößte. Ein schwarzes Tattoo lugte unter seinem Ärmel hervor, breite, ineinander verflochtene geometrische Linien, die seinen Bizeps entlangliefen.

Sie riss den Blick von seiner perfekten goldbraunen Haut los und starrte die fleckige Schürze an, die er sich um die schmale Taille gebunden hatte. »Was zum Teufel?« Sie wusste nicht so genau, ob diese Worte ihr selbst oder ihm galten.

Er warf ihr aus diesen wunderschönen schwarzen Augen einen schnellen Seitenblick zu. »Hi, Sadia.« Dann fuhr er fort, einen großen Teigklumpen zu kneten, als sei alles Notwendige zwischen ihnen gesagt.

Von wegen. »Äh, was machst du denn da?«

»Backen.« Mit einem Kopfnicken deutete er auf die Ablage, auf der Tabletts mit appetitlich goldgelben Croissants und Muffins abkühlten. Bei dem Duft, der ihr in die Nase stieg, lief ihr das Wasser im Mund zusammen. Allesamt Klassiker auf der Speisekarte des Kane's. Aber es sah irgendwie besser aus als alles, was jemals ihre Auslage geschmückt hatte.

Das denkst du doch jetzt nur, weil du nicht selbst backen musstest.

»Das sehe ich.« Sie legte ihre Schlüssel beiseite und trat in den Raum. Die Tür schlug hinter ihr zu. »Die Frage ist, warum du hier bist und backst?« Sie war sogar ein bisschen stolz darauf, wie rational und ruhig diese Frage klang, wenn man bedachte, dass sie diesem Mann noch vor wenigen Stunden einen Cocktail ins Gesicht geschüttet hatte.

Denn sie *war* ruhig und rational. Sie verlor nur selten die Nerven.

»Du brauchst Hilfe.«

Sie wartete auf eine Erklärung, er aber widmete sich nur weiter dem Teig. Sie biss die Zähne aufeinander. Sie hatte vergessen, wie wortkarg Jackson war. Er hatte wohl nie kapiert, dass Menschen keine Gedanken lesen konnten. »Nein, brauche ich nicht.«

»Doch.«

»Ich versichere dir, bei mir läuft es hervorragend.«

Er schlug mit der Faust auf den Teig. »Seit Rick gekündigt hat, bekommst du schlechte Kritiken. Du stehst hier in aller Herrgottsfrühe in der Küche und übernimmst zudem Nachtschichten in der Bar, um die Kasse aufzubessern.« Wieder ein Blick. Streitlustig straffte sie die Schultern. »Und offensichtlich bist du erschöpft.«

Sie kniff die Augen zusammen. Zum Glück hatte Jia sie mit Concealer bearbeitet, sonst hätte er angesichts ihres abgespannten Erscheinungsbilds womöglich noch ausgewachsenes Mitleid entwickelt. »Ich bin nicht erschöpft.« War sie wohl. »Warte, wir haben schlechte Kritiken?«

Paul hätte nie schlechte Kritiken bekommen.

Nach dem Tod von Robert Kane und Maria Chandler und der darauffolgenden Explosion des C&O hatten sich die Reichen der Stadt auf die Seite der Chandlers geschlagen. Aber das Kane's war schon immer ein Café der einfachen Leute gewesen. Sie hatten auf den sozialen Abstieg der Kanes mit Mitgefühl – zuweilen auch mit Neugier – reagiert, waren ihnen aber treu geblieben. Nicht zuletzt Pauls Charme hatte das Publikum auch weiterhin in seinen Bann gezogen. Das Café hatte zwar kein Vermögen abgeworfen, ihnen aber ein gutes Auskommen gesichert. Wenn Paul nicht gestorben wäre, wären auch die Darlehen kein Riesenproblem gewesen.

Sie war kein geborener Gastwirt wie Paul, und sie war definitiv keine Köchin. Kein Wunder, dass die Kritiken im Augenblick ätzend waren.

Jackson wendete den Teig. »Ein paar. Die Leute merken, dass Rick nicht mehr da ist.«

»Oh.«

»Schau nicht so entmutigt drein.«

Automatisch straffte sie die Schultern. »Ich bin nicht entmutigt.«

»Ich kann dir helfen.«

»Bist du jetzt etwa unter die Bäcker gegangen?« Ihre Frage war ernst gemeint, nicht sarkastisch. Sie hatte Jackson im Laufe der Jahre mehr als einmal gegoogelt, aber die meisten Einträge drehten sich nach wie vor um den Brand im C&O und seine darauffolgende Festnahme. Jackson hatte in der Tat gerade eine Ausbildung zum Koch gemacht, als alles den Bach heruntergegangen war und seine Familie auseinandergerissen wurde.

»Ich bin Koch. Aber ich backe auch ganz anständig.«

»Warte, echt jetzt?«

Er grunzte.

Das war keine richtige Antwort. »Arbeitest du irgendwo in einem Restaurant?«

»Ich arbeite hier und da.«

»Gelegenheitsjobs?«

Er senkte den Kopf. »Ich habe wechselnde Engagements. In einem Monat ist das nächste. Bis dahin kann ich dir helfen.«

Sie spürte, dass die Situation ihr entglitt, und holte tief Luft. Kontrollverlust stand nicht auf der heutigen To-do-Liste. Sie öffnete den Mund, um ihm mit aller Entschiedenheit zu erklären, dass sie ihn im Augenblick nicht brauchte. Leider lenkte er sie genau in diesem Moment damit ab, dass er zum Backofen hinüberging, sich vorbeugte und hineinspähte, wobei sein Shirt weit genug hinaufrutschte, um ein Stück seines nackten Rückens zu enthüllen. Als sie die beiden Grübchen dort entdeckte, hätte sie sich beinahe an ihrer eigenen Zunge verschluckt.

Wow, hatte er die immer schon gehabt?

Sie riss den Blick von seinem Po los. Einem ziemlich hübschen Po.

Den hatte er mit Sicherheit schon immer gehabt, nur war er ihr früher nicht als besonders attraktiv aufgefallen.

Konzentrier dich. Kein Hintern, keine Hände. Sex ist reserviert für die Bar, nachts, mit Fremden, die sich in gegenseitigem Einverständnis darauf einlassen. Das hier ist nicht der richtige Ort, und er ist nicht die richtige Person.

»Was zur Hölle soll das, Jackson?«

»Was meinst du?«

»Dich. Was für ein Spiel spielst du? Erst lungerst du in der Bar herum, und jetzt bist du hier.«

»Ich spiele kein Spiel.«

»Du willst doch auf irgendetwas hinaus. Du warst eine Ewigkeit lang abgetaucht und kommst nun zurück und denkst allen Ernstes, du kannst hier einfach so hereinspazieren und dir …« Sie holte tief Luft, atmete ein und aus. Nein, sie würde nicht wieder die Beherrschung verlieren wie gestern Nacht.

»Ich spiele kein Spiel«, wiederholte er. »Du brauchst Hilfe. Ich kann dir helfen.«

»Seit wann willst du mir helfen?« Sie konnte die Verbitterung in ihrer Stimme nicht verbergen. Trotzdem war sie stolz darauf, dass sie ihn nicht anschrie.

»Seit ich weiß, dass du Hilfe brauchst. Ich habe keine Hintergedanken. Das hier ist reiner Pragmatismus.«

Himmelherrgott noch mal. Anscheinend wusste er, dass er sie mit vernünftigen Argumenten herumkriegen konnte.

Denn er kannte sie. Zumindest hatte er sie damals gekannt, als sie noch ein winziges Menschlein gewesen war. An ihrer renommierten Privatschule war Sadia die ideale Zielscheibe für Hänseleien gewesen – obwohl sie zwei ältere Schwestern hatte, waren ihre Eltern nicht gerade auf dem Laufenden, was unter amerikanischen Kids als cool galt. Sadia hatte ständig auf der Hut sein müssen, weil die Leute sich über ihr Haar, ihren Lunch oder ihre Klamotten lustig machten.

Bis Jackson auf der Bildfläche erschienen war.

Jackson hatte nur in ihrer Nähe auftauchen müssen, schon hatten sich ihre Peiniger verdrückt. In ihrer Kindheit und Jugend war kaum ein Tag vergangen, den Sadia nicht mit Jackson oder Livvy oder beiden zusammen verbracht hatte.

Aber dann war er abgehauen und hatte den Kontakt abgebrochen. Sie richtete sich steif auf, und wieder kroch der Zorn in ihr hoch. »Nein, danke. Ich verzichte. Ich …« Ihr Handy klingelte, und sie erschrak.

Sie sah auf das Display und runzelte die Stirn. »Moment.« Sie wandte ihm den Rücken zu und ging ans Telefon. »Was ist los?«

»Nichts«, antwortete Ayesha beruhigend. Als Ärztin würde sie einmal hervorragend mit Patienten umgehen können. »Aber, ähm, Kareem hat sich gerade übergeben.«

Oh, nein. »Du lieber Gott …«

»Er ist in Ordnung! Versprochen. Ich habe Noor angerufen, und sie meinte, in der Schule ginge ein schlimmer Magen-Darm-Keim um. Wahrscheinlich sei der Spuk in einer Stunde oder so schon wieder vorbei. Er hat sich jetzt im Bett zusammengerollt und schläft.«

Der Sohn ihrer ältesten Schwester war in Kareems Klasse. Noor wusste also, wovon sie sprach. Trotzdem wurde Sadia vor Sorge übel.

»Jia hat jetzt ein Seminar, aber ich kann bis Mittag hierbleiben. Meinst du, du findest jemanden, der danach auf Kareem aufpassen kann?«

Eine Woge der Liebe durchflutete Sadia, so überwältigend und riesig, dass sie kaum eine Antwort herausbrachte. Was würde sie nur ohne ihre Schwestern anfangen? »Ich werde, ähm … ich werde mir für den Nachmittag etwas überlegen. Ich ruf dich zurück.«

Sie legte auf und tippte sich einen Moment lang mit dem

Handy gegen den Oberschenkel. Ihre älteren Schwestern und ihre Eltern mussten allesamt arbeiten, und Maile war tagsüber normalerweise ebenfalls beschäftigt. Tani laborierte immer noch an ihrer gebrochenen Hüfte herum.

Und sie konnte nicht hier weg, denn …

Denn sie hatten keinen Koch. Obwohl, streng genommen, hatten sie im Moment durchaus einen.

Ach, scheiß drauf …

Sie biss die Zähne zusammen und wandte sich zu ihm um. Dieser Kerl machte sie noch verrückt. »Mein Sohn ist krank.« *Der Junge, den du nie kennengelernt hast.*

Jackson wischte sich die Finger an der fleckigen Schürze ab. »Tut mir leid, das zu hören.«

»Er wird nicht oft krank.«

Nichts, nicht ein Hauch von Interesse.

Sie atmete tief ein, versuchte den Schmerz und die Wut in Schach zu halten, um der Vernunft die Oberhand zu lassen. »Du kannst heute bleiben. Ich zeige dir heute Morgen alles …«

»Sadia, mein Name steht an der Tür. Du musst mir nichts zeigen.« Er wies auf den Ofen. »Genau hier habe ich kochen gelernt. Ich habe hier früher auch für dich gekocht. Geh jetzt nach Hause und bleib bei deinem Sohn.«

Sie war drauf und dran, ihrem Mutterinstinkt sofort nachzugeben und zu Kareem nach Hause zu eilen, aber sie hatte gelernt, dass man Instinkten manchmal nicht nachgeben durfte. Sie konnte Jackson nicht so einfach hier zurücklassen, nicht ohne ihn dem Personal vorzustellen und sich davon zu überzeugen, dass er die Speisekarte noch immer draufhatte.

In den nächsten paar Stunden war Kareem in der sicheren Obhut seiner Tante. Sie würde also noch hierbleiben und einen Teil ihrer Aufgaben erledigen. »Ich bleibe bis Mittag«, verkündete sie entschlossen. Die Hintertür öffnete sich, und sie sah zur Küchentür hinüber. »Das dürfte Darrell sein. Ich stell dich ihm vor.«

»Wie viele Angestellte hast du?«

Die Frage klang so scharf, dass sie die Stirn runzelte.

»Im Augenblick zwei bis drei. Aber ich will noch mehr einstellen.«

Seine Züge verkrampften sich, als auf den Fliesen draußen schwere Schritte zu hören waren. »Hm.« Er wandte sich dem Herd zu.

Von der Tür ab.

Sie starrte seinen Rücken an, bemerkte, wie er die Schultern zusammenzog. Was sollte das?

Darrell trat durch die Schwingtüren. Er wirkte erheblich frischer als sie selbst, aber mit seinen knapp neunzehn Jahren war das auch kein Wunder. Er trug Jeans und ein lässiges Button-down-Hemd, dazu leuchtend orangefarbene Sneakers. Sadia hatte vor ein paar Monaten die Uniformen abgeschafft, vornehmlich, weil sie sich diese Ausgabe nicht leisten konnte und sie ihrer Belegschaft nicht zumuten wollte. Darrell lächelte sie an und zog sich die Kopfhörer von den Ohren. Er nahm sich gerade ein Jahr Auszeit zwischen Highschool und College. Aber vor allem war er nett, verlässlich, und die Kunden mochten ihn. »Hey, Boss.«

Tatsächlich behandelte er sie wie seine Chefin und nicht wie Pauls inkompetente Witwe. Pauls Team hatte sehr an ihm gehangen, und es hatte seine Zeit gebraucht, bis sie sich an Sadia gewöhnt hatten. Einige von ihnen hatten sogar gekündigt. Die Fluktuation in der Branche war ohnehin hoch, und das ständige Kommen und Gehen von Personal war keineswegs zwingend eine Folge ihrer mangelnden Fähigkeiten, aber dennoch hatte ihr das einen Stich versetzt.

Darrell hob fragend eine Augenbraue und sah Jackson an. Oder vielmehr seinen Rücken. »Äh. Und wer ist das?«

»Wir haben einen Koch. Nur für heute«, wich sie aus. »Das ist …«

»Jay«, unterbrach Jackson sie, bevor sie fortfahren konnte. Er wandte sich nicht um.

»Nett, dich kennenzulernen. Ich bin Darrell«, sagte er nur gelassen, ging zu den Abkühlgittern hinüber und griff nach zwei Tabletts mit Gebäck. »Ich lege die schon mal in die Theke. Die sehen ja fantastisch aus.«

Sadia schniefte. Sie wusste, dass die Bemerkung kein Seitenhieb gegen ihre Backkünste sein sollte. Jacksons Backwaren sahen objektiv betrachtet tatsächlich fantastisch aus.

Seine *Backwaren*. Du liebe Güte.

Darrell blieb neben ihr stehen. »Sie können jetzt auch irgendwas anderes erledigen, Boss. Ich denke, ich und Jay, wir kommen eine Weile allein klar.«

Sadia sah zwischen ihm und Jackson hin und her. Letzterer hatte sich bislang nicht ein einziges Mal die Mühe gemacht, Darrell auch nur anzusehen. »Ich bin dann im Büro. Vor dem Mittagessen muss ich wahrscheinlich verschwinden. Sag Bescheid, wenn es Probleme gibt.« Sie würde so viel Papierkram wie möglich erledigen und zwischendurch ab und an nach Jackson sehen. Wenn er den Frühstücksansturm bewältigt bekam, würde er den Lunch problemlos auch ohne sie schaffen.

Nachdem Darrell gegangen war, rief sie Jackson und sich selbst ins Gedächtnis: »Es ist nur für heute.«

Jackson vergrub die Hände im Teig. Seine langen Finger kneteten das Mehl.

Oh je. Falscher Ort. Falscher Zeitpunkt. Falsche Person.

Er zog den Teig zwischen seinen starken, geschickten Händen auseinander. »Wie du meinst.«

Kapitel 4

JACKSON

Nur für heute? Auf gar keinen Fall.

Sadia brauchte ihn, wahrscheinlich mehr, als ihr bewusst war.

Jackson drehte den Knopf, um die rechte Flamme zu entfachen, und fluchte. Immer noch nichts. In dieser Küche gab es nur zwei funktionierende Gasflammen. Wie sollte man ohne das richtige Equipment vernünftig arbeiten?

Zugegeben, es war nicht so viel los wie früher zur Frühstückszeit. Er und der Junge waren mit Leichtigkeit mit den Bestellungen fertig geworden. Der Teenager hatte sie ihm nach hinten zugerufen, und Jackson hatte die Speisen durch die Durchreiche geschoben. Er war in seine Rolle in dieser Küche so leicht hineingeschlüpft, wie er eine Jeans überstreifte.

Reichtum hin oder her, sowohl die Chandlers als auch die Kanes hatten von allen Kindern erwartet, dass sie schon in jungen Jahren arbeiteten. Robert hatte angenommen, dass seine beiden Söhne das C&O-Imperium, in das er eingeheiratet hatte, eines Tages gemeinsam leiten würden. Er war also ziemlich enttäuscht gewesen, als Jackson die Arbeit bei Rick vorgezogen hatte.

Als er merkte, dass er die Zähne aufeinanderbiss, lockerte er bewusst seinen Kiefer. Er wünschte, er hätte ein ebenso unkompliziertes Verhältnis zu Robert gehabt wie Livvy. Ihr Vater hatte seine einzige Tochter absolut vergöttert. Von seinen Söhnen hatte er erwartet, dass sie zu starken, erfolgreichen Männern heranwuchsen, und Robert hatte eine ziemlich genaue Vorstellung von Stärke und Erfolg gehabt. Paul hatte ihr entsprochen. Jackson nicht.

Aber er hatte seine Mutter gehabt. Sie waren einander ähnlich gewesen, beide ruhig und zurückhaltend. Jackson wischte sich mit dem Handrücken über die Stirn, um den Gedanken an seine Mutter zu vertreiben.

In der kleinen Küche war es heiß. Während einer Pause hatte er sich die Klimaanlage im hinteren Teil genauer angesehen. Der altersschwache Kompressor musste dringend überholt werden. Hatte Paul überhaupt irgendetwas in diesem Café verändert?

Hör bloß auf, mich im Nachhinein zu kritisieren, kleiner Bruder!

Er erstarrte, als er die energische Stimme seines Bruders in seinem Kopf vernahm, als stünde dieser direkt neben ihm.

Aber er war nicht da. Er würde nie wieder da sein.

Jackson und Paul hatten kein besonders gutes Verhältnis gehabt. In vielerlei Hinsicht hatte Paul Nicholas viel nähergestanden als ihm. Aber sie waren Brüder gewesen. Und er war nur drei Jahre jünger gewesen. Jackson hatte keine Ahnung, wie sie als Erwachsene zueinander gestanden hätten, aber in seiner Kindheit und Jugend hatte er Paul immer für allwissend und besonders klug gehalten.

Jacksons Handy klingelte, und er angelte es aus seiner Tasche. Nur wenige Leute hatten seine Nummer, was ihm mehr als recht war. Seine eigene Kontaktliste war lächerlich kurz.

Er ging ans Telefon, vornehmlich weil er wusste, dass diese spezielle Anruferin ohnehin nicht aufgeben würde, bis sie ihn erreichte. »Ja?«

»Jackson, mein Lieber. Noch nicht vom Bigfoot gefressen worden?«

Ariel Nelson war Jacksons Partnerin, Managerin, Mentorin … alles in einem. Sie waren jetzt seit neun Jahren Freunde und Geschäftspartner, und noch immer wusste Jackson nicht, wie er ihre Funktion passend bezeichnen könnte. Auf jeden Fall war sie es, die ihn und den Rest des Teams am Laufen hielt.

»Hallo Ariel. Noch nicht.« Ariel war in London geboren und aufgewachsen. Alles, was keine große Weltmetropole war, betrachtete sie also gewissermaßen als Wilden Westen.

»Gut. Ich wäre auch tief enttäuscht, wenn meine goldene Gans gefressen würde.«

Jacksons Lippen verzogen sich zu einem schwachen Lächeln. Ariel hatte ihn als verängstigten, aber begabten Einundzwanzigjährigen kennengelernt und als Souschef in ihrem winzigen Restaurant in London eingestellt.

Als er von zu Hause fortgegangen war, hatte er Mutter und Tante verloren, jene beiden Mutterfiguren, denen er am nächsten gestanden hatte. Ariel hatte diese Lücke so nahtlos ausgefüllt, dass er erst zu spät bemerkt hatte, wie voll und ganz er sich ihr anvertraut hatte. Abgesehen von seiner Familie wusste sie mehr von ihm und seiner Vergangenheit als jeder andere Mensch.

Als ihn in England das Fernweh packte, hatte sie ein neues Projekt vorgeschlagen: Ein Pop-up-Restaurant, das um die Welt reisen konnte – und zwar nach eigenen Terminvorgaben.

Seine einzige Bedingung war, dass seine Anonymität als Koch gewahrt wurde, worauf sie sich eingelassen hatte. Anfangs hatten sie zusammen gekocht, aber nachdem er im Laufe der Zeit seine Fähigkeiten verfeinert und seinen eigenen Stil entwickelt hatte, hatte sie ihm die Küche komplett überlassen. Doch ohne ihr Organisationstalent und ihren ausgeprägten Geschäftssinn wäre er niemals so weit gekommen.

»Also, was brauchst du? Kommst du nach New York? Ist

schon alles organisiert. Ich habe dir ein Hotelzimmer gebucht in …«

»Nein. Ich bleibe noch eine Weile.«

Ariel schwieg einen Augenblick lang, dann seufzte sie lautstark. »Oh, mein Lieber, was machst du nur?«

»Ich …« Er sah sich in der Küche um, aber alles war still. Sadia war im Büro, Darrell kümmerte sich vorne um ein paar Nachzügler. »Ich helfe einer alten Freundin«, murmelte er.

»Ich dachte, du wolltest nur so lange bleiben, bis du nach deiner Schwester gesehen hast.«

»Das tue ich auch immer noch.« Ätzend, wie kindisch er klang – als wolle er sich verteidigen, aber in Ariels Gegenwart ging ihm das häufig so. Vielleicht, weil sie ihn an seine Tante erinnerte. Die gleiche starke, dynamische, aber freundliche Persönlichkeit.

Seine Lippen zitterten leicht. Im Dunkel der Nacht war er zwei Mal am Haus seiner Tante vorbeigefahren, hatte es aber nicht über sich gebracht, an die Tür zu klopfen. Er hatte keine Ahnung, ob er es jemals schaffen würde.

»Aha. Lass mich raten: Die Freundin, der du hilfst … das ist die Frau deines Bruders, stimmt's?«

Sie hatte mal wieder den Nagel auf den Kopf getroffen. »Witwe.«

Ariel schnaubte. Offensichtlich war ihr nicht entgangen, wie schnell er damit bei der Hand war, sie zu korrigieren. »Die Frau, in die du so wahnsinnig verliebt bist.«

Jackson richtete sich auf, blickte sich hektisch im Raum um, als hätte jemand Ariels Worte belauschen können. »Damals war ich fast noch ein Kind, Ariel.«

»Gefühle lassen sich nicht so leicht abstellen.« Ihre Stimme nahm einen anderen Klang an, und Jackson wusste, dass sie an ihren verstorbenen Partner dachte. »Ich weiß das. Glaub mir.«

»Das hier ist etwas anderes«, beharrte er.

»Einen Teufel ist es. Dieser Ort tut dir einfach nicht gut.«

Hatte er seiner Schwester vor ein paar Wochen nicht genau dasselbe gesagt? Hatte er ihr nicht geraten, sich zu beeilen, zu klären, was auch immer sie hier klären musste, und so schnell wie verdammt noch mal nur irgend möglich wieder aus der Stadt zu verschwinden?

Und jetzt konnte er dem eigenen Ratschlag nicht folgen. Wahrscheinlich, weil er nicht die blasseste Ahnung hatte, *was* er hier zu klären versuchte.

Ich erwarte nicht, dass du meinetwegen in der Stadt bleibst. »Ich packe nur ein wenig mit an.«

»Aha«, machte Ariel, klang aber alles andere als überzeugt. »Sie hat ein Kind, oder? Wie ist dein Neffe denn so?«

»Er liegt krank zu Hause im Bett.« Er hatte sich auf die Zunge beißen müssen, um nicht nachzufragen, was Sadias Sohn fehlte. Im Laufe der Jahre hatte sie ihm unzählige Bilder von dem Jungen geschickt, auf den ersten war er noch ein winziges, brüllendes Baby gewesen.

Aber Fotos hatten keine Bedeutung. Er kannte das Kind nicht, und es kannte ihn nicht. »Ich habe ihn noch nicht getroffen.«

»Aber das wirst du.« Ariels Stimme wurde weicher. »Jackson …«

»Schon gut. Ich arbeite nur ein wenig im alten Café meiner Großeltern. Das ist alles.« Er drückte das Handy fester ans Ohr, und sie schnaubte. »Sie braucht Hilfe, ich habe sonst nichts zu tun, und verdammt … ich bin ihr etwas schuldig, Ariel.« Er war nicht hier, weil er sie immer noch liebte. Egal, wie wunderschön sie heute aussah in ihrem lockeren Pullover und der Skinny Jeans, die Haut taufrisch und jung, die Augen irgendwie dunkler und geheimnisvoller, dazu der malvenfarbene Lipgloss.

Denk nicht an ihre Lippen.

»Ich will nicht, dass man dir wehtut, mein Lieber. Tiefe Gefühle machen verletzlich.«

Er umklammerte sein Handy fester. Einst hatte er tiefe Gefühle gehabt, aber er hatte seine Lektion gelernt. Tiefe Gefühle gingen meist mit großem Schmerz einher. Er hatte manche Erinnerungen aus seinem Gedächtnis verbannt – das und eine gewisse Gefühllosigkeit schützten ihn nun schon seit zehn Jahren. Wie einem Schwarz-Weiß-Fernseher die Farben, fehlten seinem Herz die Emotionen. Es schlug. Aber es fühlte nichts.

Ich erwarte nicht, dass du meinetwegen in der Stadt bleibst.

Ariels Sorgen waren berechtigt. Wenn er klar denken könnte, würde er sich auch Sorgen machen.

Ariel gab einen bedrückten Laut von sich. »Hast du viele Leute aus der Stadt getroffen? Behandelt dieser wütende Mob dich schlecht?«

»Nein. Ich habe kaum jemanden gesehen. Und mich hat ja auch damals kein wütender Mob aus der Stadt gejagt.« Es war vielmehr das nicht enden wollende Getuschel gewesen und das beständige unheimliche Gefühl, dass die Leute ihn anstarrten.

Jackson war so daran gewöhnt, Teil eines Teams aus Menschen zu sein, die allesamt bestrebt waren, seine Identität zu schützen, dass er gar nicht daran gedacht hatte, dass er sich mit Sadias Angestellten würde auseinandersetzen müssen, wenn er im Café arbeitete. Ihnen konnte er wohl kaum Stillschweigen auferlegen. Falls Darrell ihn erkannt hatte, mimte er den Unbeteiligten. Hoffentlich ging das auch in Zukunft so weiter.

Doch Gerüchte verbreiteten sich in dieser Stadt wie ein Lauffeuer. Sobald er Sadia dazu gebracht hatte, dass er länger hier arbeiten konnte, musste er sich eine Strategie überlegen.

»Aus deinem Mund klang es durchaus wie ein wütender Mob. Mit Heugabeln.«

»Keine Heugabeln.« Als er hörte, wie die Tür sich öffnete,

wandte er sich um. Eigentlich hatte er Sadia erwartet, die immer mal wieder – wenn auch nur kurz – nach ihm gesehen hatte. Doch stattdessen sah er in die blauen Augen einer Frau, an die er sich vage aus Jugendtagen erinnerte.

An ihrer Miene war deutlich abzulesen, dass sie ihn erkannt hatte, und ihr entfuhr ein Schrei. Das Tablett mit Gläsern in ihrer Hand krachte zu Boden. »Du?«, rief sie und deutete mit dem Finger auf ihn. »Was hast du hier zu suchen?«

Jackson sah sie unverwandt an, misstrauisch, aber nicht beunruhigt. Noch nicht. »Ich ruf dich zurück«, sagte er zu Ariel.

»Wer ist das?«, fragte sie.

»Könnte eine Abgesandte des Mobs sein.«

SADIA

Jackson war ein Traum.

Er wusste genau, was er tat. Jedes Gericht, das er zubereitete, war besser als alles, was sie oder sogar Rick zustande gebracht hatten. Er war effizient und geschickt. Den ganzen Morgen über hatte sie sich ihrem Riesenberg an Papierkram widmen können in dem festen Vertrauen, dass er die Küche im Griff hatte.

Morgen würden ihr wohl die Tränen kommen.

Warum genau willst du ihn wieder wegschicken? Lass ihn bleiben.

Weil … weil … weil sie ihm nicht vertraute. Weil sie nicht wusste, was für ein Mensch er inzwischen war. Er mochte behaupten, dass er ein paar Wochen bleiben wolle, und sich dann doch wieder verdrücken und nie mehr etwas von sich hören lassen, egal, wie oft sie versuchte …

Blinzelnd sah sie auf den Computerbildschirm und fing wieder an zu tippen. Sie würde den heutigen Tag als kurze Atempause von wenigstens einem Teil ihrer Verpflichtungen betrachten. Morgen würde sie weitersehen.

Sie beendete ihre E-Mail an den Kaffeebohnenlieferanten und drückte gerade auf *Senden*, als ein Scheppern und ein schriller Schrei aus der Küche zu hören waren. Besorgt schob Sadia ihren Stuhl zurück. Was war da los?

Es war Harriet. Sie stand im Rahmen der Küchentür, die Arme vor der Brust verschränkt. Ein Tablett mit Gläsern lag zerbrochen auf dem Boden. Jackson hockte davor und hob die Scherben auf. Sadia schob den Gedanken, was diese Gläser sie kosten würden, beiseite. Sie hatte kleinere Verluste finanziell durchaus eingeplant, also würde sie sich über Kleckerbeträge jetzt keine Sorgen machen. »Ist alles okay?«, fragte sie, trat ein, und die Tür schloss sich hinter ihr.

Harriet wirbelte herum und sah sie an. Wie Rick hatte auch sie schon zu Lebzeiten der Kane-Großeltern hier im Café gearbeitet. Ihr von Grau durchzogener brauner Zopf schwang über ihre Schulter, und ihr zierlicher, beinahe zerbrechlicher Körper bebte. Mit einem Finger deutete sie wild auf Jackson. »Was zum Teufel hat dieser Verbrecher hier zu suchen?«

Sadia blieb der Mund offen stehen. Jackson hielt den Kopf gesenkt und verbarg das Gesicht. Aus den Augenwinkeln jedoch bemerkte sie, wie sich seine Schultern beinahe unmerklich anspannten.

Bevor Sadia antworten konnte, deutete Harriet erneut auf den knienden Jackson. »Wusstest du überhaupt, dass er hier ist? Ist er vielleicht eingebrochen?«

Sadia war jetzt hellwach. Harriet sprach laut genug, dass Darrell und die Kunden sie hören konnten, aber vor allem bekam Jackson das alles hautnah mit.

Sie mochte noch so stinksauer auf ihn sein, das gab immer

noch niemandem das Recht, ihn zu beschimpfen. »Harriet«, blaffte sie. »Pass auf, was du sagst.«

Harriet klappte den Mund zu und blinzelte. Kein Wunder, dass sie überrascht war. Nie sprach Sadia in scharfem Ton mit ihren Angestellten, noch nicht einmal dann, wenn es angebracht war.

Aber natürlich ließ Harriet sich nicht lang den Mund verbieten. Sie straffte die Schultern und hob das Kinn. »Darrell sagte, dass wir heute einen Gastkoch hier haben. Sag mir, dass es nicht dieser Mann ist.«

Sadia bemühte sich zu lächeln, obwohl sie innerlich brodelte vor Zorn. Sie hatte Harriet nie besonders gemocht – sie stolzierte hier herum, als gehöre das Café ihr, was Sadia immer schon genervt hatte. Mit Sicherheit war sie davon überzeugt, es deutlich besser leiten zu können als Sadia selbst.

Bislang hatte sie darüber hinweggesehen. Aber indem sie Jackson beleidigte, ging Harriet eindeutig zu weit. »Wir unterhalten uns in meinem Büro. Nicht hier.«

Harriet presste die Lippen aufeinander, gehorchte aber und rauschte aus dem Zimmer. Sadia warf Jackson einen Blick zu, aber er mied noch immer ihren Blick. Sie dachte daran, wie verschlossen er sich Darrell gegenüber gezeigt hatte, und plötzlich traf sie die Wahrheit mit der Wucht eines Vorschlaghammers.

Sie erinnerte sich an eine Unterhaltung mit Maile, etwa eine Woche, nachdem Livvy und Jackson die Stadt verlassen hatten. Livvy hatte sich beinahe täglich bei ihr gemeldet, aber Jackson war wie vom Erdboden verschluckt gewesen. Sadia hatte damals am Küchentisch Maile gegenübergesessen. *Ich verstehe nicht, warum er unbedingt weg wollte.*

Schatz, du kennst doch Jackson. Wenn es eins gab, das dieser Junge stets hasste, dann war es Aufmerksamkeit. Kannst du dir vorstellen, wie er sich gefühlt haben muss, als er das Polizeirevier verließ? Als ob eine Million Augen auf ihn gerichtet wären.

Sadia runzelte die Stirn. Und doch war er hergekommen. Um ihr zu helfen. Im vollen Bewusstsein, dass zumindest ein paar Leute ihn sehen und auch wiedererkennen würden. Zwar hatte es über alle Kanes stets Klatsch und Tratsch gegeben, aber über Jackson ganz besonders. Dass er sich jetzt diese Art von Aufmerksamkeit, die er so sehr fürchtete, gefallen lassen musste und dazu noch in diesem Café, an dessen Fassade sein Name stand ... das würde sie ganz sicher nicht zulassen.

Verdammt, verdammt, verdammt! Sie wollte Jackson weder dankbar noch glücklich darüber sein, dass er hier war, wollte sich von ihm nicht angezogen fühlen oder Mitgefühl empfinden oder sonst irgendwas. Sie wollte einfach nur reine, unkomplizierte Wut fühlen.

Sadias Zorn wuchs mit jedem ihrer Schritte, aber er richtete sich keineswegs gegen Jackson. Sie folgte Harriet in ihr Büro, und kaum hatte sie die Tür hinter sich geschlossen, wirbelte sie auch schon herum. »Du wirst nie wieder so mit ihm reden«, sagte sie und war stolz darauf, wie beherrscht und ruhig ihre Stimme klang. »Hast du mich verstanden?«

Harriet wich zurück, erholte sich aber schnell von ihrem Schreck. »Dieser Mann ...«

»Er hat einen Namen.«

»Er ist kriminell.«

Sadia verschränkte die Arme vor der Brust. »Jackson ist kein Verbrecher. Die Anklage wurde fallen gelassen.«

»Mein Cousin hat gesehen, wie er das C&O abgebrannt hat.«

Oh, Mist. Das hatte Sadia völlig vergessen. An jenem Dienstagabend vor über zehn Jahren war Harriets Cousin auf dem Heimweg gewesen, als er, wie er später behauptete, Jackson dabei beobachtet hatte, wie er etwas durch das Schaufenster des C&O schleuderte.

Aufgrund des Augenzeugenberichts waren die Cops wie aus dem Nichts in der Villa der Kanes aufgetaucht, wo die Familie nach Roberts Tod und dem Verlust ihrer Firmenhälfte immer noch in Schockstarre verharrte.

Sadia war nicht dabei gewesen, aber Livvy hatte hinterher in ihren Armen schluchzend davon erzählt, wie die Polizei das Haus auf den Kopf gestellt hatte. Schließlich hatten sie einen Benzinkanister mit Jacksons Fingerabdrücken in der Garage gefunden. Ein nicht besonders beweiskräftiges Indiz, aber Grund genug, um ihn zu verhaften. Da die Familie trotz des kürzlichen Verlusts der Firma immer noch wohlhabend war, hatte sich der Richter geweigert, eine Kaution festzusetzen.

»Ich habe vergessen, dass der Augenzeuge dein Cousin war«, sagte Sadia nun. »Aber ich habe nicht vergessen, dass er seine Aussage zurückgezogen hat.« Der Widerruf war ein paar Wochen später gekommen, aber er war gekommen. Da Jackson niemand sonst am Tatort gesehen hatte, hatte der Staatsanwalt auf eine Anklage verzichtet. Er war sofort wieder auf freien Fuß gesetzt worden.

Noch in der gleichen Nacht hatte er die Stadt verlassen, ehe Sadia ihn überhaupt zu Gesicht bekam und in Erfahrung bringen konnte, ob es ihrem besten Freund gut ging.

Harriet schüttelte den Kopf. »Jemand muss ihn unter Druck gesetzt haben. Val hätte sich eine solche Geschichte niemals ausgedacht.«

Sadia zog eine Augenbraue in die Höhe. »Wie bitte? Willst du damit andeuten, dass jemand aus meiner Familie deinen Cousin bestochen hat?«

»Oder ihn auf andere Weise zum Schweigen gebracht hat.«

»Und wer soll das getan haben, hm? Wer hat diese Straftat begangen? Meine betagte Schwiegermutter? Mein toter Ehemann? Meine eins fünfzig große Schwägerin?«

Harriet wurde blass, aber auch die Erwähnung von Paul, den sie durchaus gemocht hatte, konnte sie nicht bremsen. »Ich … ich habe keine Ahnung.«

»Aber dein Cousin hat behauptet, dass man ihn eingeschüchtert und so zum Schweigen gezwungen habe?«

Die ältere Frau presste die Lippen aufeinander. »Nein. Er sagte nur, dass er nicht mehr mit Sicherheit sagen könne, dass es Jackson war. Aber ich kenne meine Familie, und er hätte sich erst gar nicht gemeldet, wenn er nicht sicher gewesen wäre.«

»Und ich kenne die meine.« Was für ein Mensch Jackson heute war oder wer der Jackson war, der ihre zahlreichen E-Mails gelesen hatte, wusste sie zwar nicht. Aber der Jackson von früher wäre zu einer solchen Tat gar nicht fähig gewesen. Zumal er damit womöglich Menschen in Gefahr gebracht hätte. »Jackson ist ein Kane. Er hat mehr in diesem Café zu suchen, als jeder andere von uns.«

Harriet richtete sich zu voller Größe auf. »Er ist vielleicht nicht verurteilt worden, trotzdem fühle ich mich in Gegenwart eines so labilen Menschen nicht wohl. Solange er hier ist, werde ich nicht mehr kommen.«

Sadia spielte ihre Möglichkeiten durch. Sie konnte Harriet versichern, dass Jackson nur für heute hier sein würde, oder sie konnte sie besänftigen, indem sie ihn sofort hinauswarf und die Küche wieder selbst übernahm.

Oder sie würde einfach nichts von alldem tun, denn sie war stinksauer, und diesmal ausnahmsweise nicht auf Jackson. »Wenn du ein wenig Urlaub machen willst, habe ich nichts dagegen.«

»Oh, das ist kein Urlaub. Ich kündige.«

Du hast sowieso schon zu wenig Mitarbeiter. Versuche, sie zum Bleiben zu bewegen.

Wieder dachte sie an Jackson und daran, wie er schweigend das Glas vom Boden aufgehoben hatte. Ihr fiel ein, dass Jackson dieser Frau in all den Jahren nie anders als mit distanzierter Höflichkeit und Respekt begegnet war.

Die Menschen hatten damals keine Sekunde daran gezweifelt, dass Jackson der Täter war, und warum? Weil er groß und schroff und anders war? Nach ihrer Hochzeit mit Paul hatten alle sehr schnell verstanden, dass sie in Sadias Anwesenheit besser kein böses Wort über Jackson verlieren sollten. Aber davor hatte sie ihn mehr als einmal verteidigen müssen, insbesondere nach dem Brand. »Tut mir leid, das zu hören. Du warst eine gute Mitarbeiterin. Danke für deinen jahrelangen Einsatz.«

Harriet erbleichte. Einen Moment lang erwartete Sadia, dass sie einen Rückzieher machen würde, aber dann zog sie ihre Schürze aus und warf sie ihr an den Kopf.

Das brachte das Fass zum Überlaufen.

Ihre Wut brach sich Bahn.

Sadia war durchaus langmütig und geriet nicht so leicht aus der Fassung, aber niemand wagte es, in ihr Café hineinzustolzieren, über ihre Familie herzuziehen und ihr dann irgendetwas an den *Kopf* zu werfen.

Sollte sie doch bleiben, wo der Pfeffer wuchs! Harriet hatte sie immer schon fürchterlich genervt. Auch Paul hatte sich über sie beklagt, aber zumindest hatte er die Frau immer um den Finger wickeln können.

Als hätte sie ihre Gedanken gelesen, wandte sich Harriet zur Tür um. »Paul hätte das nicht gutgeheißen. Alle wussten doch, dass er seinen Bruder hasste.«

Okay. Das reichte nun wirklich. »Ich glaube, ich kannte meinen Ehemann besser als du«, antwortete sie mit flüsterleiser Stimme. »Und niemals hätte Paul einer Außenseiterin den Vorzug vor der eigenen Familie gegeben.« Das war eine der vielen Eigenschaften gewesen, die sie an Paul angezogen hatte. Sie hatten ähnliche Wertvorstellungen gehabt.

Ihr Mann hatte Livvy scharf kritisiert, weil sie von zu Hause fortgegangen war, und wenn es um Jackson ging, hatte er stets geschwiegen, aber Sadias Ansicht nach bestand kein Zweifel daran, dass er seine jüngeren Geschwister innig geliebt hatte. Er hatte es ihnen nur nicht zeigen können, denn sein Stolz hatte ihm im Weg gestanden.

Aber nie hätte er es geduldet, dass jemand irgendeinen Mist über eins seiner Familienmitglieder verbreitete, egal, was er für die Person empfand.

»Bist du dir da so sicher?«, hatte Harriet noch den Nerv zu fragen.

»Absolut.«

»Wenn die Leute erfahren, dass er hier arbeitet …«

Sadia ballte die Faust um die Schürze und trat zwei Schritte vor, wobei sie ihre Körpergröße nutzte, um sich regelrecht vor Harriet aufzubauen. »Bevor du gehst, will ich eines noch deutlich klarstellen. Wenn ich auch nur einen Hauch von Klatsch und Tratsch über Jackson oder die Familie Kane höre, dann mache ich dich fertig, das schwöre ich dir. Du glaubst mir das im Moment vielleicht nicht, weil du mich für so nett und harmlos hältst, aber ich versichere dir: Wenn es um meine Familie geht, bin ich nichts von alldem. Haben wir uns verstanden?«

Anscheinend war ihre Miene bei diesen Worten so bedrohlich, dass die andere Frau einen Schritt zurücktaumelte. »Äh, ja. Ja.«

Harriet verließ das Café, und Sadia tat drei tiefe, befreiende Atemzüge. Sie musste sich zusammenreißen, schließlich wollte sie noch mit Jackson reden. Sie sah auf die Uhr und stöhnte. Und diese Unterredung musste schnell stattfinden, denn zu Hause wartete bereits ihr Sohn auf sie.

Vor der Küche drückte sich Darrell herum, der sie mit großen Augen ansah. »Hat Harriet wirklich gekündigt?«

»Ja.« Mist, jetzt musste sie das auch noch erklären. »Jackson ist Pauls …«

»Ich weiß«, unterbrach Darrell sie. Dann lächelte er über ihren verwirrten Gesichtsausdruck. »Ich war schon auf der Welt, als das alles passiert ist. Wenn du meinst, dass er in Ordnung ist, dann ist er das.«

Ihre Schultern entspannten sich. »Danke.«

»Meine ältere Schwester ist zu Hause. Soll ich sie fragen, ob sie heute hier aushelfen kann?«

Damit war zumindest eines ihrer Probleme schon mal gelöst. Darrells Schwester hatte bereits ein paar Mal im Café gearbeitet. »Ja, bitte. Dafür wäre ich dir sehr dankbar.«

Sie wartete, bis Darrell gegangen war, dann wandte sie sich der Küchentür zu und straffte die Schultern. Was würde sie jetzt tun? Sadia biss sich auf die Unterlippe. Sie war natürlich immer noch stinksauer, aber ihr war auch klar, dass Jackson ein ziemlich großes Opfer gebracht hatte, indem er ihr seine Hilfe angeboten hatte. Die Tatsache, dass er sie im Stich gelassen hatte, machte er dadurch zwar nicht wieder gut, aber …

Doch ihr Argument gegenüber Harriet, dass das Kane's in erster Linie den Kanes gehörte, galt auch für sie. Sie hatte kein Recht, ihn von diesem Ort fernzuhalten. Wenn sie und Paul nicht geheiratet hätten, wäre das Café nach dem Tod seines Bruders schließlich ihm zugefallen.

Verflixt und zugenäht.

Sadia stieß zögernd die Tür auf. Ihre Gedanken überschlugen sich. Jackson stand vor dem Herd, wandte ihr das Profil zu, während er in irgendeinem Topf herumrührte. Die Glasscherben waren verschwunden. Sie holte tief Luft. »Jackson …«

»Setz dich.« Mit einem Kopfnicken deutete er auf den Hocker.

»Ich …«

»Wir können reden, nachdem du dich hingesetzt hast. Du

hast heute noch keinen Bissen zu dir genommen. Zuerst wird etwas gegessen.«

»Ich habe keinen Hunger.« Was gelogen war. Essensduft stieg ihr in die Nase, und erst jetzt merkte sie, dass ihr Magen knurrte. Außerdem war ihr ein kleiner Gesprächsaufschub durchaus recht. Immerhin wusste sie nicht mal so genau, was sie sagen wollte. Sie trottete also zu einem der Hocker hinüber. »Na gut ...«

Und dann hielt sie den Mund – schließlich quatschte man einem Künstler nicht rein, während er etwas Großartiges schuf.

Seine Handgriffe waren präzise und kontrolliert. Geschickt und in atemberaubender Geschwindigkeit schnitt er zwei dicke Schreiben Brot auf und warf sie auf den Grill. Er hatte Recht. Sie konnte zwar nicht kochen, aber sie erkannte einen guten Koch, wenn er vor ihr stand. Die Speisekarte des Cafés war zweifelsohne schlicht: Backwaren, Pasteten, Sandwiches und Suppen. Ihre Kunden wussten die frischen Zutaten zu schätzen. Zudem kamen viele Einheimische, die in der Stadt aufgewachsen waren und sich gelegentlich einen Besuch im Café um der guten alten Zeiten willen gönnten.

Letztere Gruppe jedoch schwand langsam dahin, denn die Leute zogen weg oder starben. Der Strom der Gäste würde immer dünner werden und irgendwann ganz versiegen.

Denk jetzt nicht daran. Im Augenblick wollte sie nur eins: Jackson bei der Arbeit zusehen.

Er kannte sich in der engen Küche aus, was sie einmal mehr daran erinnerte, dass dieses Café ihm in seiner Kindheit ebenso vertraut gewesen war wie der Supermarkt auf der Straßenseite gegenüber. Vielleicht sogar mehr noch als Paul, den man von Anfang an darauf vorbereitet hatte, als Co-CEO der C&O-Handelskette in die Fußstapfen seines Vaters zu treten.

Er gab Gruyère auf das Brot, und beim Anblick des schmelzenden Käses lief ihr das Wasser im Mund zusammen. Als

Nächstes warf er ein paar in Scheiben geschnittene Pilze in die Pfanne, schwenkte sie in Butter und ein paar Kräutern, ehe er in einem weiteren Tiegel ein Ei aufschlug.

Er füllte die mit Käse überbackenen Brotscheiben mit den Pilzen und goss die Béchamelsauce, die auf dem Ofen vor sich hin geköchelt hatte, darüber. Gekrönt wurde das Ganze von dem Spiegelei. Automatisch wischte er den Rand des bereits blitzblanken Tellers ab und stellte ihn mit wenigen fließenden Bewegungen vor sie hin, legte das Besteck daneben und lehnte sich gegen die Theke.

Er hatte nicht vergessen, wie sie ihr Croque Monsieur am liebsten aß – ohne Schinken, dafür mit einer Extraportion Käse. Mit dem Messer schnitt sie das Ei entzwei. Rick hatte die Eier niemals so perfekt hinbekommen, dass das seidenweiche Eigelb sich über das Sandwich ergoss. Jegliche Verlegenheit, die sich hätte einstellen können, weil er ihr beim Essen zusah, verflog, als sie den ersten Bissen in den Mund schob.

Dies war verdammt noch mal das himmlischste Grilled-Cheese-Sandwich, das sie seit Langem gegessen hatte.

Sie hatte diese vegetarische Variante eines Croque Monsieurs in den letzten zwanzig Jahren in dieser Küche bestimmt schon Hunderte, nein Tausende Mal gegessen, aber nie hatte es so köstlich geschmeckt wie heute, der Gipfel der Sandwich-Kunst. Woran mochte es liegen? Thymian? Ach, keine Ahnung. Sie hatte nun mal nicht den Gaumen eines Kochs.

»Ist es gut?«

Perfekt.

Sie sah zu ihm auf und merkte mit einem Mal, dass sie die Hälfte ihrer Mahlzeit schon verputzt hatte, ohne ein Wort zu sagen. Er beobachtete sie mit einem unergründlichen Ausdruck in den Augen, während er vollkommen reglos dastand. »Schmeckt großartig«, bekannte sie und aß weiter.

»Liebst du es?«

Den vertraulichen Ton in seiner Stimme bildete sie sich sicher ein, aber sie erschauerte trotzdem. »Ja.«

Er verstummte, und viel zu schnell hatte sie das Sandwich aufgegessen. Nur ein wenig Eigelb und Béchamelsauce sowie ein paar Pilze klebten noch auf ihrem Teller. Wäre er nicht hier gewesen, hätte sie wohl das Porzellan abgeleckt.

Sie tupfte sich die Lippen mit der Serviette ab und holte dann tief Luft. »Harriet ...«

»Hat gekündigt. Das hat sie mir beim Hinausgehen mitgeteilt. Es tut mir leid.«

»Mir nicht. Du gehörst hierher. Sie hat in dieser Sache nichts zu sagen.«

Falls es ihn überraschte, dass sie ihn in Schutz nahm, ließ er sich zumindest nichts anmerken, sondern behielt seine stoische Teilnahmslosigkeit bei.

»Bist du immer noch bereit, hier ein paar Wochen zu arbeiten?«, fragte sie.

Er nickte.

Wenn er hier aushalf, hätte sie endlich Zeit, sich einen neuen Koch zu suchen. Die Küche zu schmeißen und gleichzeitig nach neuem Personal Ausschau zu halten hatte sie vollends überfordert. *Vorübergehend.* Natürlich würde er nur vorübergehend hier arbeiten. Das durfte sie nicht vergessen oder sich langfristig auf ihn verlassen. »Du weißt, dass es zu weiteren unangenehmen Zusammentreffen mit anderen Leuten kommen könnte?«

»Damit komme ich klar. Ich habe Harriet nur nicht erwartet. Ich bin ganz gut darin, mich unsichtbar zu machen, wenn ich will.«

Äh, wie bitte? So groß wie er war, konnte man ihn kaum *über*sehen. »Wir haben an den meisten Abenden bis sechs geöffnet, aber die Küche macht um drei dicht. Danach kannst du also Schluss machen. Und montags haben wir Ruhetag.«

Er nickte wieder.

»Ich werde dich bezahlen.«

Sofort wehrte er ab. »Ich will dein Geld nicht.«

»Du kannst doch nicht umsonst hier arbeiten.«

»Ich *brauche* dein Geld nicht.«

»Das ist nicht verhandelbar.« Sie spießte einen übrig gebliebenen Pilz auf und steckte ihn in den Mund.

»Wenn du versuchst, mich zu bezahlen, komme ich einfach immer vor dir ins Café, bereite sämtliche Gerichte für den ganzen Tag zu und verschwinde wieder.«

»Wenn du das tust, dann werde ich …« Plötzlich musste sie beinahe lachen. Noch nie hatte sie jemandem Geld förmlich aufdrängen müssen.

»Dann wirst du was?«

Ja, was? Sie konnte kaum so herzlos sein und damit drohen, ihm dann die Cops auf den Hals zu hetzen. *Jackson, wenn du nicht tust, was ich sage, dann … dann umarme ich dich.*

Damit hatte sie ihm immer gedroht, als sie noch Kinder waren. Aber das war lange her. Sie kannte diesen Mann nicht gut genug, um ihn zu necken. »Ich meine es ernst. Ich werde nicht zulassen, dass du umsonst für mich arbeitest.«

»Dann stecken wir wohl in einer Sackgasse.« Er zog eine Schulter hoch. »Schon gut. Ich kann auch jeden Tag einbrechen.«

Sie stockte. »Moment! Du hast mir noch gar nicht erzählt, wie du heute Morgen überhaupt ins Café gekommen bist.«

Sein unergründlicher Blick machte klar, dass sie keine Antwort auf diese Frage bekommen würde … und dass seine Drohung durchaus ernst gemeint war.

Sie runzelte die Stirn. »Okay. Was, wenn ich … dich auf andere Weise entlohne?« Oh verdammt. Hatte das in seinen Ohren genauso anzüglich geklungen wie in ihren? Eilig stellte sie klar: »In Form von Kost und Logis? Wo wohnst du?«

Er nannte ihr ein ziemlich schäbiges Hotel, und sie zog die Nase kraus. »Über meiner Garage ist ein Apartment.« Ihr Herz zog sich kurz schmerzhaft zusammen, aber sie schob das Gefühl zur Seite. »Du kannst dort wohnen anstelle eines Gehalts.«

Jackson kratzte sich am Kinn. »Bei dir?«

»Ja, genau. Du solltest nicht in irgendeinem Hotel wohnen. Du gehörst zur Familie.« Der letzte Satz war eher für sie selbst als für ihn bestimmt. Eine Mahnung.

Er war ihre Familie. Angeheiratete Familie. Und vor ihrer Hochzeit mit Paul war Jackson ein Wahlverwandter gewesen.

Sie mochte wütend auf ihn sein, aber die Familie stand nun mal an erster Stelle. Komme, was da wolle. Und es würde überhaupt kein Problem sein, dass der Mann, der sie auf erotischer Ebene plötzlich so stark anzog, in ihrer unmittelbaren Nähe lebte. Sie hatte sich schließlich im Griff.

Das würde sie sich stets vor Augen halten.

Er wischte sich eine Hand an der Schürze ab. »Das Angebot nehme ich an. Danke.«

Sie freute sich, als er zustimmte. Viel zu sehr. Verdammt, verdammt, verdammt.

Ihre Uhr piepte, und sie sprang auf. »Heute habe ich allerdings keine Zeit, das Gästezimmer vorzubereiten, weil Kareem krank ist.«

»Morgen reicht vollkommen. Ich habe gehört, wie Darrell jemandem erzählte, dass du samstags eigentlich nicht arbeitest.«

Als Mutter standen samstags Sport, Musikstunden und Lebensmittelgroßeinkäufe auf dem Programm. In letzter Zeit hatten allerdings ihre Schwestern Kareem zu seinen Terminen chauffiert. »Früher nicht, aber seit Rick gekündigt hat …«

»Morgen kommst du jedenfalls nicht. Ich kriege das allein hin.«

Ein freier Tag wäre eine Riesenentlastung. Sollte Kareem

morgen noch krank sein, würde sie eine Betreuung für ihn brauchen. Außerdem würde sie sich ohnehin den ganzen Tag nur Sorgen machen, wenn sie ins Café fuhr. Aber dennoch. »Ich halte das für keine so gute Idee.«

»Ich rufe dich an, wenn ich dich brauche.«

»Du hast nicht mal meine Nummer.«

Er zog sein Handy hervor. »Dann gib sie mir.«

Erst zögerte sie, doch dann spulte sie sie herunter. Ein dumpfer Schmerz regte sich in ihr, als sie zusah, wie er sie zu seinen Kontakten hinzufügte. Ihr Handy brummte in ihrer Tasche, und sie legte die Hand darauf. Seine Nummer. »Ich komme trotzdem vorbei …«

»Sadia. Dein Sohn ist krank. Kümmere dich um ihn. Wenn wir dich morgen brauchen, rufen wir dich an. Ich bin ein Kane, weißt du noch? Dieser Ort gehört genauso gut mir wie jedem anderen Mitglied unserer Familie. Ich komme hier klar.«

Hatte er ihre Unterhaltung mit Harriet belauscht? Forschend sah sie ihn an, aber seine Miene war arglos. »Okay«, gab sie nach. An einem Samstag nicht ins Café zu müssen kam ihr vor wie der reine Luxus, aber einem geschenkten Gaul sah man nun mal nicht ins Maul. Zumal sie schon diesen Nachmittag bei ihrem Sohn sein konnte. »Du kannst morgen nach dem Mittagessen vorbeikommen und es dir in deinem Zimmer bequem machen. Ich schreibe dir meine Adresse.«

»Bis dann also.«

»Ja. Bis dann.« Zwei Worte, die sie früher so leichthin, aber nun schon seit einer Ewigkeit nicht mehr zu Jackson gesagt hatte.

Überraschend lautlos für einen solchen Riesen ging er zur Gefriertruhe hinüber. »Geh schon. Ich krieg das hin.«

Sie zweifelte nicht an seinen Fähigkeiten. Nicht in diesem Moment. »Ich bin immer noch wütend auf dich«, brach es aus ihr heraus. Sie *war* wütend. Wütend und verärgert und immer noch ein bisschen misstrauisch. Außerdem fand sie ihn anziehend. Und hätte ihn tief im Innern tatsächlich gern umarmt.

Aber vor allem war sie wütend.

Er wandte sich nicht um. »Du kannst so lange wütend sein, wie du willst. Damit kann ich leben. Hauptsache, du lässt mich dir helfen.«

Kapitel 5

JACKSON

Jackson ist ein Kane.

Jackson bog von der Hauptstraße in Sadias beschauliches Wohnviertel ab, achtete aber nur beiläufig auf den Weg. Er dachte über ihre Worte nach, die ihm seit vierundzwanzig Stunden nicht mehr aus dem Kopf gehen wollten.

Wahrscheinlich hätte er die Unterhaltung zwischen Sadia und Harriet nicht belauschen sollen, obwohl man eigentlich gar nicht von Belauschen sprechen konnte. Ihre Stimmen waren so laut gewesen, dass er sie im Flur mühelos hatte verstehen können. Es hatte ihn bestürzt, dabei zuzuhören, wie diese Frau, der er so viel Unrecht getan hatte, ihn verteidigte.

Niemals hätte Paul einer Außenseiterin den Vorzug vor der eigenen Familie gegeben.

In diesem Moment war er in die Küche zurückgekehrt. Er hatte keine Lust gehabt, sich noch mehr darüber anzuhören, was Paul in Bezug auf ihn getan oder nicht getan hätte.

Jackson hatte Harriet nie sonderlich gemocht, schon als Kind nicht, als er neben Rick in der Küche gestanden und unter den Adleraugen des schrulligen alten Mannes Eier aufgeschlagen hatte. Sie war ihm schon immer mit einer gewissen Geringschätzung begegnet, Paul hingegen hatte sie übertrieben freundlich behandelt.

Das war allerdings nichts Ungewöhnliches. Viele Leute hatten Paul gemocht, sich von Jackson aber ferngehalten. Es war ihm nie gelungen, den Menschen mit einem Lächeln oder Witzchen die Befangenheit angesichts seiner Erscheinung zu nehmen.

Kriminell.

Ein Kind, das in einem Vorgarten Ball spielte, hörte jäh damit auf und starrte ihn an. Er hätte sich lieber eine hübsche, unverdächtige Limousine mieten sollen. Normalerweise war er immer nur auf dem Motorrad unterwegs, aber in dieser Gegend war die Maschine mit ihrem Metall und Chrom einfach zu laut und zu auffällig. Ein Auto hätte einen Schutzwall zwischen ihm und den Menschen bieten können.

Er bemühte sich bewusst, die Schultern locker zu lassen. Harriets Cousin war jener Augenzeuge gewesen, der behauptet hatte, ihn am Tatort gesehen zu haben. Nicht jeder würde so auf ihn reagieren. Was er zu Ariel gesagt hatte, entsprach der Wahrheit. Aus der Stadt getrieben hatte ihn das Gerede hinter seinem Rücken, kein wütender Mob mit Mistgabeln.

Seine Mutter hatte ihm einmal erzählt, dass er als Kleinkind immer in Tränen ausgebrochen war, wenn jemand ihn zu lange ansah. Die Familie hatte immer darüber gelacht, aber für Jackson war diese Angst vor Aufmerksamkeit kein Spaß.

Es war ihm sogar schwergefallen, mit diesem Teenager, Darrell, und seiner ebenso jungen Schwester, die gestern und heute im Café ausgeholfen hatte, zusammenzuarbeiten. Bis auf neugierige Blicke hatten ihn die beiden eigentlich in Ruhe gelassen. Doch ihm war klar, dass sie darüber Bescheid wussten, was damals geschehen war.

Jackson drosselte das Tempo. Harriets Wutausbruch hatte immerhin die erwünschte Wirkung gehabt – Sadia hatte ihn nicht sofort wieder weggeschickt. Und nicht nur das, sie hatte sich sogar einen ganzen Tag freigenommen. Er hatte mitbekommen, dass sie Darrell ein paar Mal angerufen hatte, wahrscheinlich, um sich davon zu überzeugen, dass alles glattlief.

Aber anscheinend hatte der Junge sie beruhigen können. Auch ihm selbst hatte sie eine Textnachricht geschickt, aber das war nur ihre Adresse gewesen. Die er dank seiner Schnüffelei bereits kannte.

Vor einem gepflegten Backsteinbau hielt Jackson an. Er unterschied sich deutlich von dem alten Anwesen der Kanes oder auch der vornehmen Villa, in der Sadia aufgewachsen war, aber das Haus war trotzdem hübsch. Ordentlich, gut in Schuss, wahrscheinlich mit mehreren Schlafzimmern, nicht allzu weit vom Haus seiner Tante entfernt.

Zugegeben, es war eine äußerst blöde Idee, hier einzuziehen. Er konnte förmlich hören, wie Ariel missbilligend mit der Zunge schnalzte. Sadias Vorschlag, ihm im Apartment über der Garage Asyl zu gewähren, hatte eine Kurzschlussreaktion in seinem Hirn ausgelöst, sodass die Nervenbahnen, die Lust- und Schmerz-Impulse an sein Hirn sandten, sich miteinander verhedderten.

Du hattest keine Wahl. Schließlich konntest du schlecht Geld von ihr annehmen.

Er hatte es nicht getan, weil er so lang wie möglich in ihrer Nähe hatte sein wollen. Nein, ganz sicher nicht.

Er streifte seinen Helm ab und schwang sich vom Bike. Die freistehende Garage lag ein Stück versetzt hinter dem Haus, sodass sie von der Straße aus nicht einsehbar war. Gut. Je mehr Privatsphäre, umso besser.

Eine Metalltreppe führte ins obere Stockwerk. Die Tür dort stand weit offen, und sanfte Bluestöne drangen nach draußen. Anscheinend bereitete Sadia immer noch alles für seine Ankunft vor. Gäste machten sie immer nervös, das war bereits früher so gewesen. Nie hatte er ihr Haus oder ihr Zimmer anders als in tadelloser Ordnung erlebt.

Als er an Sadias Auto vorbeikam, verlangsamte er seinen Schritt. Er warf einen Blick hinein und stockte, als er das

Spielzeug entdeckte, das sich über den gesamten Rücksitz verteilte.

Er hatte gehört, wie Darrell seiner Schwester erzählte, dass es Kareem besser ging, und er freute sich darüber. Trotzdem wurde ihm mulmig bei dem Gedanken, dass er den Jungen bald treffen würde.

»Kareem«, schrie ein kleines Mädchen plötzlich aus dem Nachbargarten, und Jackson zuckte zusammen. »Fang den Ball.« Ein kindliches Kichern wehte über den Zaun zu ihm herüber.

Ein merkwürdiges Gefühl beschlich ihn, als er zum Zaun schlich und hinüberspähte. Er erhaschte einen Blick auf einen kleinen Jungen mit schimmerndem schwarzen Haar und wich schnell wieder zurück, presste den Rücken gegen das Holz, als habe man ihn bei einer gesetzeswidrigen Aktion ertappt.

Lieber Jackson, das Baby ist da! Er ist so wunderschön. Ich hänge ein Bild an. Wir haben ihn Kareem genannt, aber sein zweiter Vorname ist Robert. Meine Mutter und Maile bekamen sich im Krankenhaus beinahe in die Wolle darüber, wem er mehr ähnelt. Ich finde, er sieht aus wie eine Schildkröte. Oder ein Gnom.

Livvy kam für einen Tag nach Hause, um ihn zu sehen. Könntest du nicht auch kommen? Ich möchte, dass du deinen Neffen kennenlernst, Jackson.

Jacksons Auge zuckte. Diese Mail hatte ihn vor sechs Jahren in einem heruntergekommenen Internetcafé in Berlin erreicht. Er hatte den flackernden Monitor angestarrt und war beim besten Willen nicht imstande gewesen, sich über seine Gefühle klar zu werden.

Sadias Glückseligkeit sprach nicht nur aus ihrem strahlenden Lächeln auf dem angefügten Foto, auf dem ein kleines, in

Tücher gewickeltes Bündel Mensch auf ihrer Brust zu sehen war, sondern auch aus ihren Worten und aus dem, was zwischen den Zeilen stand.

Ob in ihren Mails oder früher in ihren Gesprächen: Das Unausgesprochene zwischen den Zeilen war ihm nie entgangen.

Sadia und Paul hatten etwa einen Monat, nachdem er die Stadt verlassen hatte, geheiratet. Von diesem Augenblick an, bis zu Kareems Geburt vier Jahre später, hatte sie ihre Eltern nicht mehr erwähnt, nicht ein einziges Mal.

Jackson lehnte sich an den Zaun und schob die Hände in die Taschen. Mein Gott. Nach der Geburt dieses Kindes war er tatsächlich versucht gewesen heimzukehren. Seinen Bruder wiederzusehen, seine Mutter.

Dieses Kind zu sehen, das ein derartiges Leuchten auf Sadias Gesicht gezaubert hatte und dem es gelungen war, sämtliche wie auch immer gearteten Differenzen und Probleme zwischen Sadia und ihrer eigenen Familie zu überbrücken. Wenn das Baby die Risse in Sadias Familie kitten konnte … vielleicht konnte Kareem auch die Wunden in Jacksons Familie heilen?

Aber Kinder waren kein Wundermittel und eine Happy-End-Garantie sowieso nicht. Statt also einen Flug nach Hause zu buchen, war er aufgestanden, hatte das schäbige deutsche Café verlassen und war in seine Mietwohnung zurückgekehrt.

Jackson presste die Hand gegen den verwitterten Zaun, sodass er das raue Holz an seiner Haut spürte. Er war ein großer Mann, physisch so einschüchternd, dass die Menschen ihm aus dem Weg gingen. Aber in diesem Moment spürte er beim Gedanken daran, dass er diesem Kind bald Auge in Auge gegenüberstehen würde, pure Angst.

Pauls Sohn. Sein Neffe. Vielleicht hatte der Kleine von seinen Eltern oder in der Schule Geschichten über ihn gehört.

Vielleicht hatte er schon eine feste Vorstellung davon, wer Jackson war.

Für ihn war das ganz und gar neues Terrain. Er fragte sich, was geschehen würde, wie sie beide sich fühlen würden, was sie sagen würden. Er atmete tief ein und wieder aus, lang und bedächtig. Gleich würde er sich auf die Suche nach Sadia machen und wahrscheinlich auch bald dieses Kind kennenlernen. Aber zuerst brauchte er noch einen Moment für sich.

SADIA

Sadia ließ den Staubsauger über den Teppich vor- und zurückgleiten, die stumpfsinnige Bewegung beruhigte ihr erschöpftes Hirn. Sie war einen Großteil der Nacht auf gewesen, da Kareem sich immer wieder hatte übergeben müssen. Gerade als sie schon geglaubt hatte, eine ihrer älteren Schwestern anrufen zu müssen, hatte er sich beruhigt. Gegen Morgengrauen waren sie eng umschlungen in seinem Bett eingeschlafen.

Als er ein paar Stunden später aufwachte, war er beinahe vollkommen wiederhergestellt. Was fantastisch war, aber im Grunde auch bedeutete, dass ihr Samstag genauso verlaufen konnte, wie sie es ursprünglich geplant hatten. Das Fußballtraining hatten sie ausfallen lassen, aber immerhin ging es Kareem schon wieder gut genug für seine Geigenstunde. Mittendrin hatte auch noch Tani angerufen und gefragt, ob Sadia mit Kareem vorbeikommen wolle. Immerhin hatte sie ihn in letzter Zeit nicht allzu häufig gesehen, wie sie demonstrativ hinzufügte.

Sadia unterdrückte das aufkeimende Schuldgefühl. Erstaunlich, dass Pauls und ihre eigene Mutter nicht enger miteinander befreundet waren. Die Fähigkeit, ihr grundlos ein schlechtes Gewissen einzureden, beherrschten sie jedenfalls beide aus dem Effeff.

Tani sah Kareem ziemlich häufig. Seit Pauls Tod hatte Sadia peinlich genau darauf geachtet, seiner Mutter und seiner Tante nicht das Gefühl zu geben, dass sie nicht mehr Teil von Kareems Leben seien. Eigentlich fand Sadia, dass sie ihre Sache recht gut machte, aber sobald Tani eine derartige Bemerkung fallen ließ, sah es in ihr schon wieder anders aus.

Sadia stieß die Luft aus. So wichtig war es nun auch wieder nicht. Ihre Gedanken klebten nur deshalb an ihrer früheren Schwiegermutter, weil sie das hervorragend von ihrer momentanen, unangenehmen Aufgabe ablenkte.

Sie sah sich im Zimmer um. Ein paar Wochen nach Pauls Beerdigung hatte sie bis auf kleinere Erinnerungsstücke und Fotos, die sie leichten Herzens weggeben konnte, einen Großteil seiner Sachen aus dem Elternschlafzimmer und dem restlichen Haus in große Kisten gepackt. Seltsamerweise hatte sie sich auch nicht von den Trauerkarten, die sie zu seinem Tod bekommen hatte, trennen können. Auch die hatte sie also eingepackt und sämtliche Kisten ordentlich an einer Wand des Apartments aufgestapelt. Die tiefere Bedeutung dessen, dass sie seine Sachen ausgerechnet hier verstaut hatte, war ihr dabei mehr als bewusst gewesen.

Mit lediglich einem Bett, einer Kommode und einem Nachttisch hatten sie und Paul diesen Raum spartanisch eingerichtet. Das angrenzende Bad war gleichermaßen einfach und karg ausgestattet. Sie hatten den Raum hin und wieder als Gästezimmer für ihre Schwestern und Freunde von außerhalb genutzt.

Wäre Paul noch am Leben, wäre es aber womöglich er, der nun hier in diesem Apartment wohnte.

Ihre Ehe hatte nicht in lautem Streit geendet, sondern mit

wachsendem Schweigen und immer größerer Distanz. Am Abend vor seinem Tod, dem Vorabend ihres Hochzeitstags, hatten sie am Esstisch gesessen, den sie gemeinsam angeschafft hatten, und Paul hatte ihr ein Ultimatum gestellt.

Wir können so nicht weiterleben, Sadia. Wir müssen uns scheiden lassen.

Sie blinzelte heftig, sie fühlte sich heute noch genauso verraten und überrumpelt wie damals. Oh, ihr war schon eine ganze Weile bewusst gewesen, dass ihre Ehe am Ende war. Aber niemand sonst hatte davon gewusst, weder ihre noch seine Familie und auch keiner ihrer Freunde. Paul war jeden Morgen schon in der Küche gewesen, wenn Kareem aufstand, hatte seinen Sohn gedrückt und ihm Frühstück gemacht. Dann hatte er ihr einen Kuss auf die Wange gegeben und war zur Arbeit gegangen. Nur sie beide hatten gewusst, dass dies reine Luftküsse waren.

Manchmal heiratete man seine Jugendliebe und entwickelte sich mit ihr gemeinsam weiter. Und manchmal wollten beide ab einem bestimmten Punkt nicht zusammen weitergehen. Sadia war darüber nicht glücklich gewesen, hatte sich aber damit arrangiert.

Eine Scheidung hätte das Ganze offiziell gemacht. Jeder hätte gewusst, dass ihre Ehe vorüber war. Jeder hätte gewusst, dass Sadia gescheitert war.

Ihre Finger klammerten sich fester um den Griff des Staubsaugers, und sie drückte das Ding so fest auf den Teppich, dass es Streifen hinterließ. Paul hatte versucht, sie zu beruhigen. *Ich werde eine Weile über der Garage wohnen. Um es Kareem leichter zu machen.*

Sie hatte nicht die Worte gefunden, um ihm zu erklären, dass Kareem keineswegs ihre einzige Sorge war. Also hatte sie nur schweigend dagesessen und die Tasse Tee umklammert, die langsam kalt wurde. Er hatte geseufzt, ihr einen Kuss auf die Stirn gegeben und sich ins Büro zurückgezogen, um dort auf der Couch zu schlafen. Als sie am nächsten Morgen aufgewacht war, hatte er das Haus bereits verlassen. Er war zu jenem Wanderweg gefahren, den sie an ihren Hochzeitstagen stets gemeinsam gegangen waren. Es war der Weg, auf dem sie frisch verheiratet unterwegs gewesen waren und darauf angestoßen hatten, dass sie jung und verliebt und zusammen waren.

Er war nie nach Hause zurückgekehrt.

Sie wischte sich mit dem Handrücken die Nase ab. Dann widmete sie sich der Ecke, in der vorhin noch Pauls Kisten gestanden hatten, die sie nun in die Garage geschafft hatte. Energisch zerrte sie den Staubsauger über die Stelle hin und her, um sämtliche Abdrücke aus dem Teppich zu bekommen. Sie musste Kareem zum Abendessen bei ihrer Familie fertig machen und alles für Jackson vorbereiten. Also blieb keine Zeit, an Paul zu denken. Sadia zog den Staubsauger mit sich ein paar Schritte rückwärts und stieß geradewegs gegen etwas Hartes.

Jemand Hartes.

Die Berührung durchfuhr sie wie ein Stromstoß, und sie bekam eine Gänsehaut. Sie machte einen Satz und stolperte über das Kabel des Staubsaugers. Es wickelte sich um ihren Fußknöchel, und für den Bruchteil einer Schrecksekunde glaubte sie, geradewegs auf dem Gesicht zu landen.

Sie wappnete sich für den peinlichen Aufprall, aber der blieb aus. Ein Arm schlang sich um ihre Taille, pflückte sie für einen Moment so leicht und mühelos vom Boden, als sei sie ein Kind. Ihre Gefühle waren allerdings alles andere als unschuldig, als sie an diesen starken Körper gepresst wurde.

Falscher Ort, falsche Zeit, starker Körper des falschen Typen, schrie ihr Verstand.

Oh, aber er roch so verdammt gut. Eine Mischung aus Zucker, Obst und Zimt und was er sonst noch heute gebacken hatte. Ob alle Köche so köstlich dufteten? War ihr Jacksons Geruch früher jemals aufgefallen?

Sie sah auf den glatten, muskulösen Arm hinab, der sich um ihre Mitte legte. Dann wanderte ihr Blick weiter zu der Hand, die sie festhielt, deren Finger sich in ihre Taille gruben.

Oh Gott. Diese Hand. »Äh, jetzt falle ich bestimmt nicht mehr«, quiekte sie.

Er löste einen Finger nach dem anderen und zog seinen Arm zurück. Doch ihre Haut glühte, was nichts mit der Tatsache zu tun hatte, dass es ungewöhnlich warm draußen war. Sie schaltete den Staubsauger aus und wandte sich um, wobei sie jetzt sehr genau darauf achtete, wohin sie trat. »Du hast mich erschreckt.«

Er sah auf sie herunter. In den dunklen Jeans und einem weiten, langärmeligen Shirt – diesmal in Blau –, über das er achtlos seine abgewetzte Lederjacke gezogen hatte, sah er genauso appetitlich aus wie er roch. Wie konnten seine Augen nur so strahlen, wenn er schon seit dem Morgengrauen auf den Beinen war?

»Sorry. Ich habe angeklopft, aber anscheinend hast du mich nicht gehört.«

Sie nestelte am Kragen ihres T-Shirts herum. Sie hatte morgens kaum Zeit gehabt, zu duschen und frische Klamotten anzuziehen, und da Jia ihr heute nicht zur Seite gestanden hatte, sah sie wahrscheinlich genauso fertig aus, wie sie sich fühlte.

Eine Berührung, und schon machst du dir Gedanken über dein Äußeres? Ausgerechnet Jackson interessiert sich doch nun wirklich nicht dafür, wie du aussiehst.

»Ich habe versucht, hier ein bisschen aufzuräumen.«

»Das wäre nicht nötig gewesen.«

»Doch. Es war ganz schön staubig und schmutzig. Hier drin hat schon länger keiner mehr gewohnt.«

Jackson ging zum Bett hinüber und ließ seine Reisetasche

darauffallen. Geschäftig zog sie das Kabel des Staubsaugers ein. Solange ihre Hormone dermaßen verrückt spielten, war es keine gute Idee, sich in seinen Anblick zu vertiefen, während er ausgerechnet neben dem Bett stand.

Er zog die Jacke aus und warf sie ebenfalls auf die Matratze. »Gemütlich hier.«

»Ich hoffe, es ist okay.«

»Schöner als die meisten Zimmer, in denen ich gewohnt habe.« Er ging zum Bad und steckte den Kopf hinein. Dabei stützte er sich am Türrahmen ab, sodass sein Bizeps sich wölbte.

Wo warst du denn überall?

Das ging sie nichts an, und wahrscheinlich würde er es ihr sowieso nicht sagen. Um von diesem Thema abzulenken, platzte sie mit dem Erstbesten heraus, was ihr in den Sinn kam. »Ich war heute Morgen bei deiner Mom und Tante Maile.«

Sein Rücken spannte sich an. »Hast du ihnen gesagt, dass ich hier bin?«

»Nein.« Sie hatte daran gedacht, aber auch wenn sie Teil ihrer Schwiegerfamilie waren, war sie zu dem Schluss gekommen, dass es nicht an ihr war, es ihnen zu erzählen. Maile war fröhlich gewesen und Tani wie immer distanziert. Deshalb ging Sadia davon aus, dass sie entweder keine Ahnung von Jacksons Anwesenheit in der Stadt hatten oder mit ihr nicht darüber reden wollten.

»Danke.«

»Du musst mir nicht danken.« Sie war zu erschöpft gewesen, um sich mit dem unweigerlichen Gefühlsausbruch oder den Fragen auseinandersetzen zu wollen. Wahrscheinlich würden sie es über kurz oder lang herausfinden und dann sauer auf Sadia sein, weil sie nichts verraten hatte. Aber damit würde sie sich beschäftigen, wenn es so weit war. »Du solltest ihnen selbst sagen, dass du hier bist.«

Er gab keine Antwort, machte lediglich einige Schritte vom Bad weg zurück ins Zimmer, ohne sie dabei anzusehen.

Letztes Endes mussten sie das selbst regeln, sie würde sich da raushalten. »Maile sagte, Livvy geht's gut.« *Wenn dich das überhaupt interessiert*, hätte sie beinahe hinzugefügt, fand die Bemerkung aber dann doch allzu bitter. »Wo immer sie sich auch gerade aufhält, hat sie keinen allzu guten Empfang, aber sie will sich regelmäßig bei Maile und Tani melden.«

Er tigerte zum Nachttisch hinüber und fuhr mit dem Finger über die Holzoberfläche. »Und wo genau ist sie?«

Sie kniff die Augen zusammen. Jacksons Stimme klang ein wenig zu beiläufig. »Weiß nicht so genau.«

»In der Nähe?«

Ah, ja. Diese Art kannte sie noch sehr gut von Paul, aus der Zeit, als Livvy mit Nicholas anbändelte. Ihr Mann hatte bei Doubledates mit den beiden stets den strengen großen Bruder gegenüber Nicholas raushängen lassen.

Damals hatte Sadia das ganz süß gefunden. Aber heute nervte sie dieses Männlichkeitsgetue nur noch. Zum einen hatte sie selbst Schwestern, zum andern war sie für derlei Mätzchen einfach zu alt. »Wenn sie wollte, dass du weißt, wo sie ist, dann würde sie es dir sagen. Oder mir.«

»Ich will mich nur vergewissern, dass Nicholas sie anständig behandelt.«

»Und was hast du vor, wenn er es nicht tut?«

Er richtete sich auf. »Dann werde ich mich um ihn kümmern.«

»Du kannst Nicholas nicht einfach zusammenschlagen.«

Er wandte sich um. »Warum eigentlich nicht? Wenn irgendein Typ eine Abreibung verdient hat, dann er.«

Wie oft hatte sie in den letzten Jahren selbst damit gedroht, Nicholas zu erdolchen, weil er Livvy fallengelassen hatte, aber jetzt schüttelte sie nur den Kopf und runzelte energisch die

Stirn. »Nein. Die beiden sind zusammen, und wir werden uns für Livvy freuen.« Zumindest bis sie Gegenteiliges hörte. Ihren Dolch würde sie weiterhin griffbereit in der Nähe behalten.

Er verzog die Lippen, sodass es verdächtig nach Schmollmund aussah, grunzte dann aber. Zustimmend, wie sie annahm. Für Jackson hätte sie ein Grunzgeräusch-Lexikon brauchen können.

»Ich habe mein Motorrad auf der Straße abgestellt. Ist das in Ordnung?«

Der Themenwechsel kam ihr gelegen. »Geht klar, aber ich kann auch in der Garage etwas Platz dafür schaffen.«

»Nein, mach dir keine Mühe.«

Ihr Handy dudelte einen Alarm. »Ich muss los …«

Trippelnde Füße auf der Treppe unterbrachen sie, und ein kleiner Wirbelwind platzte herein. »Mom!«

Kareem stürmte durch die Eingangstür und warf sich Sadia in die Arme. Sie fing ihn automatisch auf, taumelte einen Schritt zurück, prallte gegen den Staubsauger. Wie schnell er wuchs! Er würde groß werden, genau wie sein Daddy.

Sie strich ihm das seidige schwarze Haar aus dem runden Gesicht. »Hey, Baby.«

»Draußen steht ein Motorrad. Wem gehört das …« Er reckte den Hals und spähte über seine Schulter. »Hi.«

Ihr Puls ging schneller. Sie drehte Kareem herum, um ihm seinen Onkel vorzustellen. »Kareem, das ist der Bruder deines Daddys, dein Onkel Jackson.«

Jackson stand vollkommen reglos da. Seine Miene war wie versteinert. Seine schwarzen Augen blickten seinen Neffen unverwandt an.

Sie zwang sich zu einem Lächeln. »Onkel Jackson, das ist Kareem.«

Kareem musterte den vor ihm stehenden Mann. »Bist du der Bruder von Tante Livvy?«

Paul hatte sich über seine Geschwister ausgeschwiegen, aber Sadia hatte Kareem durchaus von Livvy und Jackson erzählt. Trotzdem hatte ihr kleiner Sohn immer noch Mühe, die Verwandtschaftsverhältnisse zu durchschauen. Sie wartete darauf, dass Jackson antwortete, aber als er weiterhin schwieg, sprang sie in die Bresche. »Ja. Er, Tante Livvy und Daddy waren alle Geschwister.«

Kareem sah zu ihr auf. »Flucht er auch so gern?«

Sadia zuckte zusammen. Im Augenblick war sie zwar wütend auf Livvy, doch normalerweise freute sie sich, wenn sie mit ihr und Kareem zusammen war. Aber dass er sich ihre derbe Sprache anzueignen begann, gefiel ihr ganz und gar nicht.

Aus diesem Grund war auch Kareems Lehrerin von dessen Tante nicht allzu begeistert. »Spielt keine Rolle. Wir benutzen keine Erwachsenen-Wörter, auch nicht, wenn die Erwachsenen es tun.«

Kareem zuckte mit den Schultern und sah Jackson wieder an. »Hallo.« Nach einigen Augenblicken schmiegte sich Kareem enger an sie und begann, an einem Stück Schorf an seinem Arm herumzukratzen.

Sadia legte ihm die Hand auf die Schulter. Vor Enttäuschung tat ihr das Herz weh. Ihr Sohn besaß eine ausgeprägte Intuition, und ihr war klar, dass er in diesem Moment Jacksons offensichtliches Unbehagen spürte. Auch Livvy sah ihren Neffen nicht allzu häufig, aber sie war stets liebevoll mit ihm umgegangen und hatte sich bemüht, Kareem näher kennenzulernen.

Doch so etwas konnte man von Jackson nicht erwarten. Warum nur hatte sie dennoch darauf gehofft? *Weil du dir immer wieder vorgestellt hast, wie du Kareem in die großen Arme seines Onkels legst und Jackson dahinschmilzt.*

Die Familie war ihr Ein und Alles. Sie hatte so viel geopfert, um Kareem den Schutz eines großen Clans zu bieten, und es hatte sie stets geschmerzt, dass Pauls Familie nicht ein Teil davon gewesen war.

Hinzu kam, dass Jackson nicht nur der Bruder ihres Mannes war, sondern auch ihr eigener bester Freund. Er hätte mehr als jeden Grund haben sollen, Kareem zu lieben.

Sie musste sich stets vor Augen halten, dass das hier nicht der Jackson war, mit dem sie aufgewachsen war. Er hatte sich verändert. Sadia streichelte Kareems Schulter und wollte dieses peinliche Zusammentreffen gerade beenden, als Jackson sie daran hinderte. »Hallo«, sagte er.

JACKSON

Jackson räusperte sich. Sein »Hallo« hatte rau und barsch geklungen, denn er hatte keine Ahnung, wie man sanft und liebevoll sprach.

Jeder hatte eben sein Päckchen zu tragen. Und solch ein Päckchen konnte weitergetragen werden, verschenkt, vererbt. Auch wenn Jackson sein Herz seit damals abgeschottet hatte, konnte er die Gefühle, die ihn beim Gedanken an seinen Bruder durchfluteten, niemals ganz von sich wegschieben. Insbesondere nicht die Bitterkeit oder den Zorn.

Jackson hatte Kareem nicht kennenlernen wollen, weil er die Emotionen fürchtete, die das bei ihm auslösen würde. Was wäre, wenn er auf den ersten Blick feststellen musste, dass ihm dieses Kind verhasst war? Was für ein Monster wäre er dann?

Auf Zehenspitzen erkundete er seine eigene Seele, und sein Atem ging schneller, als er erkannte, dass nicht der kleinste Groll darin verborgen war.

Neugier. Wehmut. Der Funke von etwas, das sich gefährlich ähnlich wie … Zuneigung anfühlte. Oder vielleicht sogar etwas Stärkeres.

Keine Grausamkeit, kein Bedürfnis, Pauls Sohn zu bestrafen. Jacksons Hände zitterten vor Erleichterung.

Gott, dieser Junge war so schön. Er kam nach Sadia, hatte ihren Hautton und ihre Augen geerbt und die gleichen Pausbacken, die sie als Kind gehabt hatte. Aber seine Gesichtsform, sein Lächeln, sein Kinn erinnerten Jackson auch an seinen Bruder. An ihn selbst.

Aber winzig war er. Waren alle Kinder so klein? Wie kamen sie nur in dieser Welt zurecht?

In dem instinktiven Versuch, sich auf die gleiche Ebene mit diesem Minimenschen zu begeben, kniete er nieder. »Du siehst größer aus als beim letzten Mal, als ich dich sah.«

»Wann hast du mich gesehen?«

»Ich …« Er zögerte und mied Sadias Blick. »Ich habe dich auf Fotos gesehen.« So viele Fotos. Wann immer er das Büroklammersymbol an Sadias Mails entdeckt hatte, hatte er begierig als Erstes den Anhang geöffnet

Kareem machte ein paar Schritte auf ihn zu, sodass er ihn jetzt mit der Hand hätte berühren können. Eine Haarlocke stand ihm geradewegs vom Kopf ab, und Jackson ertappte sich bei dem Impuls, sie glatt streichen zu wollen, aber er hielt sich zurück. Er kannte den Jungen schließlich nicht und wollte ihn nicht gleich erschrecken.

Kareem sah ihm forschend ins Gesicht. »Ich habe auch Bilder von dir gesehen. Mom hat sie mir gezeigt. Aber darauf warst du noch klein.«

Sadia hatte ihrem Sohn also Fotos von ihm gezeigt. »Ich war ja auch mal klein.«

»Wohnst du jetzt hier?«

»Nein, Kareem«, unterbrach Sadia. »Onkel Jackson ist nur zu Besuch hier.«

Ich erwarte nicht, dass du meinetwegen in der Stadt bleibst.

Kareem legte den Kopf schief, wandte aber den Blick keine Sekunde lang von Jackson ab. Dann trat er noch einen Schritt näher. »Wo wohnst du?«

»Überall.« Überall und nirgends. Er hatte kein wirkliches Zuhause. Verdammt, noch nicht einmal ein Land, das er seine Heimat nennen würde.

Er zermarterte sich das Hirn nach einem unverfänglichen Thema, über das er mit dem Kind reden konnte. Er wunderte sich selbst darüber, dass er die Unterhaltung noch nicht beenden wollte.

Motorräder. Der Junge hatte seines erwähnt, als er hereingeplatzt war. »Magst du Motorräder?«

»Ja. Darf ich auf deinem mitfahren?«

»Nein«, rief Sadia entschieden.

Kareem entblößte seine weißen Kinderzähnchen in einem gleichmäßigen Lächeln. »Vielleicht sagt Onkel Jackson trotzdem Ja.«

Wie schlau Kinder doch waren. »Wahrscheinlich wäre das keine gute Idee.« Der Junge wirkte geknickt, und sofort kam er sich vor wie ein Unhold. »Aber du darfst dich draufsetzen«, bot er an und sah zu Sadia auf, unsicher, ob sein Vorschlag unpassend war. »Wenn deine Mom dabei ist.«

Sie beobachtete ihn genau und runzelte heftig die Stirn. Nach einer winzigen Pause nickte sie. »Das erlaube ich.«

Kareem strahlte wieder. »Und dann machen wir ein Foto von mir, das ich meinen Freunden zeigen kann.«

»Ja, wir machen einen richtigen Pressetermin daraus«, meinte seine Mutter trocken. Wieder ein Biepen ihres Handys, und konditioniert wie ein pawlowscher Hund sah sie sofort auf die Uhr. Sadia hatte auch in ihrer Jugend immer schon eine Uhr getragen, aber er erinnerte sich nicht daran, dass sie so oft draufgesehen hatte. Allerdings hatte sie heute ja auch erheblich mehr unter einen Hut zu bekommen als früher. »Okay, Kareem, komm. Wir müssen dich zum Abendessen fertig machen.« An Jackson gewandt fügte sie hinzu: »Familiendinner im Haus meiner Eltern.«

Jackson schluckte sämtliche Fragen über Sadia und ihre Eltern herunter und ignorierte auch das Ziehen in der Magengrube bei dem Gedanken an seine eigene Mutter. Er wollte nicht an Tani denken. Jetzt noch nicht. Also nickte er nur.

»Neiiiin, ich will nicht hin.«

»Wir müssen.« Sadia versetzte ihrem Sohn einen sanften Schubs und griff nach dem Staubsauger. Beinahe hätte er ihr angeboten, ihn zu tragen, aber irgendetwas sagte ihm, dass Sadia es gewohnt war, viele Dinge gleichzeitig zu jonglieren.

»Ich will niiiiiiicht.«

Wow. Der Kleine konnte ein einsilbiges Wort geradezu endlos in die Länge ziehen.

Sadia ließ sich nicht erweichen. »Deine Cousins freuen sich auf dich.«

Anscheinend war das eine Art Zauberformel, denn Kareems Miene hellte sich auf. »Oh, okay. Bis später, Onkel Jackson.« Er wirbelte auf dem Absatz herum und rannte aus dem Raum.

Langsam erhob Jackson sich wieder. Sadia verlagerte ihr Gewicht auf eine Hüfte. Es war ein ziemlicher Kraftakt für Jackson, ihr weiter ins Gesicht zu sehen und nicht daran zu denken, wie ihre Taille sich angefühlt hatte. Ihr Po hatte sich perfekt an seine Schenkel geschmiegt, und der kleine Streifen nackter Haut über dem Bund ihrer Jeans hatte sich in seiner Hand ganz wunderbar angefühlt.

Daran durfte er jetzt nicht denken.

»Brauchst du noch irgendetwas, bevor ich gehe?«, erkundigte sie sich höflich.

Die perfekte Gastgeberin. »Nein. Alles gut.«

»Ich habe nicht daran gedacht, dir Lebensmittel zu besorgen, aber wenn du unsere Küche benutzen willst, nur zu.«

Oh Gott, nein. Ihre Küche musste er unbedingt meiden. Ihre Taille zu berühren und über ihrer Garage zu wohnen war schon genug Nähe. Sich in ihrem Haus an den Herd zu stellen und für sich selbst zu kochen … genauso gut hätte er sie bitten können, sich hier und jetzt nackt auszuziehen.

Er schüttelte entschieden den Kopf. »Ich finde schon etwas zum Abendessen.«

Sie zögerte und musterte ihn eindringlich. »Schreib mir oder ruf mich an, wenn du irgendwelche Fragen hast.«

Jackson nickte. Natürlich würde er das nicht tun, aber wahrscheinlich fühlte sie sich verpflichtet, es ihm anzubieten.

Sie schloss die Tür hinter sich, und er sank aufs Bett. Er verschränkte die Hände zwischen seinen Knien und sah sich in dem kleinen Zimmer um. Es war bar jeder persönlichen Note. Im Laufe der Jahre hatte er in Hunderten, wenn nicht gar Tausenden ähnlicher Zimmer gewohnt, einige besser, andere schlechter. Aber in keinem von ihnen hatte er sich zu Hause gefühlt.

Hier auch nicht. Du bist nur vorübergehend hier und das auch nur, weil Sadia es niemals über sich gebracht hätte, dich ohne Bezahlung für sich arbeiten zu lassen.

Er zog sein Handy aus der Tasche und rief seine Kontaktliste auf. Er scrollte sich hindurch, hielt inne, als er Sadias Namen entdeckte, dann kehrte er zu Livvys zurück. Sein Finger schwebte über dem Namen seiner Schwester und dem Nachrichten-Symbol daneben.

Es gehörte mehr dazu, als nur auf einen Knopf zu drücken, um sich bei jemandem zu melden. Er brachte es einfach nicht fertig.

Also warf er das Handy aufs Bett und erhob sich. Er würde zurück ins Café fahren und die Küche nach seinem Geschmack umräumen, um dort besser arbeiten zu können. Dann würde er mit ein paar Rezepten herumexperimentieren. Er konnte sich voll und ganz im Duft, der Textur und dem Geschmack seiner Gerichte verlieren. Wo auch immer er sich in all den Jahren herumgetrieben hatte, war die Küche seine Konstante gewesen, der Ort, an dem er völlig er selbst sein konnte. Eine Heimat und Kraftquelle, die ihm half, sich auf alles Unbekannte um ihn herum einzustellen.

Er rieb sich über die Brust. Diese Stadt mochte ihm vertraut sein – die Gefühle, die er empfand, waren es mit Sicherheit nicht.

Kapitel 6

SADIA

Sadias Eltern hatten stets alles getan, um ihren fünf Töchtern jegliche Voraussetzungen für einen guten Start ins Leben zu verschaffen – egal, ob sie dafür einen Gefallen einfordern, um etwas bitten, Geld bezahlen oder gar schummeln mussten. Was dazu geführt hatte, dass die Tage der fünf Mädchen von morgens bis abends komplett durchgeplant gewesen waren. Auch der elterliche Terminkalender war immer randvoll. Ihre Mutter Farzana betrieb erfolgreich ihre eigene gynäkologische Praxis, ihr Vater Mohammad war Professor an der medizinischen Fakultät. Aus diesem Grund hatten beide darauf bestanden, dass die Familie wenigstens einmal in der Woche für eine gemeinsame Mahlzeit zusammenkam. Das Ganze war meist eine ziemlich förmliche Angelegenheit im großen Esszimmer des ahmedschen Elternhauses. Zumindest die Enkel durften auf einem Tuch picknicken, das auf dem Wohnzimmerboden ausgebreitet wurde. Da alle außer Sadia selbst beruflich mit Medizin zu tun hatten – die Ehemänner ihrer älteren Schwestern waren ebenfalls Ärzte –, drehten sich die Gespräche vornehmlich um wissenschaftliche Themen, von denen Sadia nichts verstand.

Viel lieber waren ihr daher die Momente nach dem Essen, wenn sie und ihre Schwestern alles aufräumten, während die vier Enkelkinder mit den Großeltern spielten.

Sadia tauchte die Hände in das seifige Wasser im Spülbecken und genoss den Singsang der weiblichen Stimmen um sie herum. Sie spürte, wie die Anspannung nach und nach von ihr abfiel, während sie Töpfe und Pfannen schrubbte. Dabei konnte sie ebenso ihre Schulden vergessen wie die Aufgaben, die morgen auf sie warteten, und ihre gemischten Gefühle für ihren Ex-Schwager/Koch/ehemaligen besten Freund. Eine kurze Atempause.

In den ersten Jahren ihrer Ehe hatte Sadia diese gemeinsamen Abendessen vermisst. Sie war zu halsstarrig gewesen, um ohne ihren Ehemann hinzugehen.

Sie hatte sicher keine Begeisterungsstürme vonseiten ihrer Familie erwartet, als sie und Paul nur knapp zwei Monate nach Robert Kanes Tod heimlich geheiratet hatten. Aber mit einer dermaßen heftigen Reaktion hatte sie nun auch wieder nicht gerechnet. Ihr Vater hatte stocksteif und mit versteinerter Miene in der Ecke seines riesigen Arbeitszimmers gestanden, während ihre Mutter auf der Couch in Tränen ausgebrochen war. Dann hatte sie angefangen, Sadia anzuschreien, hatte geschworen, dass sie ihr nicht länger das College finanzieren würde, nachdem sie so töricht gewesen war, ihr Leben für diesen Jungen fortzuwerfen.

Sadia hatte sich den Wünschen ihrer Eltern zwanzig Jahre lang gefügt und sich verzweifelt an all den Dingen abgemüht, die ihren Schwestern zuflogen, aber in diesem Moment hatte sie die Beherrschung verloren. Insgeheim war sie beim Gedanken daran, das Studium an den Nagel hängen zu können, erleichtert gewesen – sie war ohnehin nicht besonders gut. Sie hatte ihren Eltern verkündet, dass sie Paul als ihren Ehemann entweder akzeptieren oder es lassen könnten. Dann war sie davongestürmt.

In den darauffolgenden vier Jahren war das Verhältnis zu ihren Eltern angespannt gewesen, aber zumindest ihre Schwestern hatte sie weiterhin regelmäßig gesehen. Jia und Ayesha hatten immer wieder Pläne für eine Versöhnung geschmiedet, während Noor nur den Kopf geschüttelt und ihre zweitälteste

Schwester Zara angeboten hatte, ihnen allen eine Familientherapie zu vermitteln. Vergebens. Erst Kareems Geburt hatte alles verändert.

Sadia hatte ihn im Krankenhaus in den Armen gehalten, ihre Mutter angerufen und geweint. Ihre stoische, halsstarrige Mutter war ebenfalls in Tränen ausgebrochen, und noch am gleichen Tag waren Farzana und Mohammad im Krankenhaus aufgetaucht.

Man konnte ihren Eltern vieles vorwerfen, doch ihre Enkel liebten sie abgöttisch, und Kareem stellte keine Ausnahme dar. Sie waren genauso vernarrt in ihn wie in Noors und Zaras Kinder.

Manche Leute hätten ihre Eltern vielleicht als elitäre Snobs bezeichnet, und vor zehn Jahren noch hätte Sadia ihnen möglicherweise beigepflichtet, aber im Laufe der Jahre war sie klüger und nachsichtiger geworden. Ihre Eltern hatten einfach sehr klare Vorstellungen davon, was Erfolg im Leben bedeutete. Und Sadias täglicher Existenzkampf passte einfach nicht in dieses Bild.

Eine Woche nach Kareems Geburt war Sadia mit dem Neugeborenen zum ersten Mal wieder beim Familiendinner erschienen, überglücklich, wieder Kontakt zu ihrer Familie zu haben. Paul war froh gewesen, weil sie glücklich war, hatte sich aber geweigert mitzukommen, und ihre Eltern hatten es nie verlangt. Sadia vermutete, dass sie darüber sogar ein wenig erleichtert gewesen waren, denn seine Gegenwart hätte die Spannungen wieder aufleben lassen und stets an ihre Entfremdung erinnert. Es hatte wehgetan, insbesondere, da ihre Eltern mit den Ehemännern ihrer Schwestern ein so herzliches Verhältnis hatten, aber sie hatte keine Möglichkeit gesehen, beide Seiten zum Einlenken zu bewegen.

Kareems Kichern wehte in die Küche hinein, und automatisch musste Sadia lächeln. Wie sehr sie sein Lachen liebte.

»Ich denke darüber nach, eine zweite Praxis zu eröffnen«, verkündete Zara und nahm den Teller entgegen, den ihr Sadia zum Abtrocknen hinhielt. Sadias zweitälteste Schwester arbeitete als Psychiaterin. Sie hatte einen durchtrainierten Körper, strahlende Haut und schimmerndes Haar. Ihr Mann, Al, war gleichermaßen umwerfend, groß und athletisch. Er stammte aus Äthiopien und hatte alle sofort um den Finger gewickelt, als Zara ihn von der Uni mit nach Hause gebracht hatte. Es war eine Schande, dass er an diesem Abend Bereitschaftsdienst im Krankenhaus hatte – sie alle waren verrückt nach Al.

Noor trommelte mit den Fingernägeln auf die Arbeitsfläche und blätterte in einer Zeitschrift, die jemand auf der Kochinsel liegengelassen hatte. Mit ihren siebenunddreißig Jahren war sie die unumstrittene Nachwuchs-Matriarchin. Sie war eine ebenso entschlossene wie nüchterne Frau, was sich zuweilen in schmerzhaft unverblümten Bemerkungen Bahn brach. Sadia konnte nur hoffen, irgendwann einmal ebenso pragmatisch zu werden wie Noor.

Ihr Mann war ein wahnsinnig netter, aber schweigsamer Kinderarzt. Rohan saß wahrscheinlich mit ihrem Vater im Wohnzimmer, häufig schien er in seiner eigenen Welt zu sein und starrte dann geistesabwesend vor sich hin, während er vermutlich irgendwelchen brillanten Gedanken nachhing. »Hast du mal einen Steuerberater über deine Finanzen drüberschauen lassen?«, fragte Noor nun. »Du solltest nichts übereilen.«

»Die Praxis läuft richtig gut«, antwortete Zara. »Ich will unbedingt mein Revier markieren, bevor mir ein Konkurrent dazwischengrätscht.«

Noor nickte. »Du könntest eine kleine zweite Praxis eröffnen und die größeren Fälle an die Mutterpraxis überweisen.«

»Ja, genau so hatte ich es vor.«

Sadia schrubbte weiter an den Töpfen herum. Meist hatte

sie zu Gesprächen wie diesem nichts beizusteuern, aber in der Küche fühlte sie sich immer noch weniger ausgeschlossen als im Esszimmer.

»Mama, sieh dir mal meine Nägel an!«

Zara sah zu ihrer einzigen Tochter am Frühstückstisch hinüber und strahlte über deren winzige blau-grün lackierte Fingernägel. Jia beugte sich über die andere Hand des Mädchens. »Wunderschön, Amal.«

»Das sind Meerjungfrauen«, versicherte die vierjährige Amal mit ernster Miene. Sie hatte die dichten Löckchen ihres Vaters geerbt, aber ansonsten sah sie genauso aus wie jede der fünf Schwestern in diesem Alter. Als einzige Enkeltochter wurde Amal ganz besonders verwöhnt.

»Meerjungfrauen-Nägel«, berichtigte Jia sie. Sie zwinkerte Zara zu. »Das ist dieser luftdurchlässige Nagellack, den man mir zum Ausprobieren geschickt hat. Amal war so nett, sich als Versuchskaninchen zur Verfügung zu stellen.«

»Das täte sie bestimmt am liebsten den ganzen Tag.« Zara fuhr fort, das Geschirr abzutrocknen. »Vielleicht kann ich sie ja sogar mit Hilfe des Nagellacks zum Essen überreden«, murmelte sie mit gesenkter Stimme.

»Das ist nur eine Phase. Mach dir nicht so viele Gedanken.« Sadia spülte ein Glas aus. »Kareem ist superwählerisch, aber wenn er richtig Hunger hat, knickt er ein. Dann motzt er zwar herum, isst aber, was ich ihm hinstelle.«

Noor sah auf. Sie trug eine Brille und war füllig wie ihre Mutter. Später einmal würde sie Farzana bis aufs graugesträhnte Haar ähneln. »Noah und Jacob essen immer alles auf, maschallah.«

Zara schenkte Noor ein süßes Lächeln, in dem ein wenig Anspannung mitschwang. »Na ja, du hast ja anscheinend nie irgendwelche Probleme mit deinen Kindern, oder?«

Noor sah ihre jüngere Schwester an und klimperte mit den

Wimpern. Zara war nur achtzehn Monate jünger als sie, was zu einem ständigen Konkurrenzkampf zwischen ihnen geführt hatte, bei dem Sadia zum Glück außen vor war. »Nein, nicht wirklich.«

Ayesha griff sich den Stapel abgetrockneter Teller, um ihn wegzuräumen, wobei sie sich geschickt zwischen die beiden älteren Schwestern schob, bevor ein quälend höflicher Streit entbrennen konnte. »Hey, wir sollten über die letzten Vorbereitungen zur Party für Moms und Dads Hochzeitstag reden, okay?«

Sadia reichte Zara den letzten Teller, ließ das Wasser ablaufen und trocknete sich die Hände ab. »Auf jeden Fall. Wir müssen langsam Nägel mit Köpfen machen.« Das Fest sollte in wenigen Wochen stattfinden. Sadia managte die Vorbereitungen, weil – nun ja … sie war nun mal ein Organisationstalent.

Sie holte ihren Planer aus der Tasche, setzte sich auf einen der Hocker an der Bar und ignorierte das Stöhnen ihrer Schwestern. »Es läuft nun mal alles reibungsloser, wenn man sich die Dinge aufschreibt«, sagte sie entschieden. »Das wisst ihr doch.«

»Sprecht ihr über die Party?« Farzana rauschte in die Küche und strahlte sie an. Sie war rundlich und deutlich kleiner als ihre Töchter.

»Ich dachte, es sollte eine Überraschung werden.« Ohne aufzublicken, gab Jia Amals Nägeln den letzten Schliff.

Farzana winkte ab. »Die Einzelheiten sind ja nach wie vor eine Überraschung für uns. Aber ich möchte, dass ihr noch jemanden auf die Gästeliste setzt.«

Sadia wartete, während ihr Stift über dem Papier schwebte.

»Wir haben einen neuen Assistenzarzt. Aus Ägypten. Gutaussehend. Und Single.«

Oh-oh. »Wie schön«, meinte Sadia langsam.

»Ich finde, du solltest ihn kennenlernen«, schloss ihre Mutter sanft. Sanft und bestimmt.

Mist. Sie hatte geahnt, dass so etwas über kurz oder lang passieren würde. Seit einem Monat machten ihre Eltern immer wieder Andeutungen, dass sie doch mal wieder mit Männern ausgehen sollte, aber bislang war es ihr gelungen, das abzublocken. Sie legte ihren Stift hin. »Warum?«

»Es wird Zeit, dass du dir wieder einen netten Mann suchst. Kareem könnte eine Vaterfigur in seinem Leben brauchen.«

»Er hat jede Menge Vaterfiguren. Ich habe im Augenblick kein Interesse daran, Männer oder Frauen kennenzulernen«, antwortete sie gleichermaßen bestimmt.

Ihre Mutter ignorierte den Teil mit den Frauen. Sadia war immer offen mit ihrer Sexualität umgegangen, und ihre Mom war stets ebenso plakativ darüber hinweggegangen. Eigentlich hätte Sadia sich daran stören sollen, aber sie hatte sich angewöhnt zu akzeptieren, was sie nicht ändern konnte. Insbesondere im Zusammenhang mit ihren Eltern.

»Vielleicht änderst du deine Meinung ja, wenn du ihn kennenlernst«, rief Farzana.

»Werde ich nicht.« Ihre Familie wusste nichts von ihrem derzeitigen Gefühlschaos. Woher sollten sie auch? Sie kapierte ja selbst kaum, was los war. »Ich habe im Moment sowieso viel zu viel zu tun«, fügte sie in dem Versuch hinzu, eine Begründung zu finden, mit der sich ihre Familie zufriedengeben würde.

Für viel Arbeit hatten sie immer Verständnis.

»Im Café, meinst du?« Noor schnaubte abfällig. »Verkauf es, Sadia. Wir finden etwas Besseres für dich.«

Ein stressiger Job in einer ihrer Praxen wahrscheinlich. Sie war jahrelang Vollzeitmutter gewesen und hatte ein wenig Erfahrung in der Restaurantleitung. Das war es dann aber auch schon mit ihren Qualifikationen.

Sadia schluckte, spürte, wie ihre Selbstachtung in sich zusammenfiel, wie immer, wenn sie sich mit ihren Schwestern maß. Ihre Liste beruflicher Verdienste und täglicher Leistungen war im Vergleich zu den ihren ziemlich kümmerlich.

Ich habe einen weiteren Tag überstanden.
Ich habe geduscht.
Ich bin aus dem Bett gekommen.
Ich habe mir die Haare gekämmt.

Dies waren nicht die Art Erfolge, an die ihre Familie gewöhnt war.

Aber es waren ihre Erfolge. Und romantische Verwicklungen konnte sie im Augenblick nun wirklich nicht brauchen. Immerhin knabberte sie noch immer am Scheitern ihrer letzten Beziehung. »Das Café läuft gut, danke.«

Ihre Mutter machte den Mund auf, um einen weiteren Angriff zu starten, als ihr Mann hinter ihr in die Küche stürmte. Noors elf und sechs Jahre alten Söhne hingen an seinem Hals und auf seinem Rücken, während Kareem sich an seine Beine klammerte.

Mohammad Ahmed wurde mit dem Alter immer magerer. Mit seinen schlecht sitzenden Kleidern und der zerzausten Mähne wirkte er wie der Inbegriff des zerstreuten Professors. Der er irgendwie auch war. Seine Augen und den Mund umrahmten Fältchen, die vornehmlich vom Lachen und Zusammenkneifen der Augen herrührten. Ständig war er auf der Suche nach seiner Brille. »Geht es um die Party? Ich möchte nichts Förmliches. Keine Anzüge.«

Farzana vergaß augenblicklich ihre Verkupplungspläne und wirbelte zu ihrem Mann herum, während ihre Enkelsöhne von ihrem Opa abließen und zu Amal hinüberrannten, die sich zierlich über die Nägel pustete. Sadia versuchte, Kareem zu fassen zu bekommen, der mit schokoladenverziertem Kinn an ihr vorübersauste. Er war zu schnell für sie, aber nicht für Zara, die mit einer einzigen flüssigen Bewegung ihren widerstrebenden Neffen am Kragen packte, sein Gesicht mit einer Serviette abwischte und ihn dann wieder losließ.

»Ich will aber mein neues Kleid tragen«, sagte Farzana. »Deshalb werden wir um elegante Garderobe bitten.«

»Daddy, du trägst doch jeden Tag Anzüge«, mischte sich Ayesha mit ihrer stets besänftigenden Stimme ein. »Warum machst du jetzt deshalb Theater?«

»Ich mache Theater, *weil* ich täglich Anzüge trage und zu Hause eben keinen anziehen will.«

Farzana verschränkte die Arme über ihrer üppigen Brust und musterte ihren Mann aus schmalen Augen. Sie war von Kopf bis Fuß in Braun gekleidet und ähnelte einem herausgeputzten, drallen Spatz. »Du willst dich noch nicht einmal elegant anziehen, um zu zeigen, dass du glücklich darüber bist, mit mir verheiratet zu sein? Was werden die Leute denken?«

Sadia schürzte die Lippen und bemerkte, dass all ihre Schwestern plötzlich etwas anderes zu tun hatten. Noor studierte aufmerksam ihre Zeitschrift, Zara inspizierte die Leisten der Küchenmöbel, Jia reinigte ihre Nagellackfläschchen, und Ayesha starrte geradewegs zu Boden.

Was werden die Leute denken? Diese in sorgenvollem Unterton vorgebrachte Bemerkung war die stets im passenden Moment gezückte Trumpfkarte ihrer Mutter, mit der sie die Familie immer wieder in Schach hielt. Nur ein einziges Mal hatte dies bei Sadia nicht funktioniert, und zwar als sie beschlossen hatte, Paul zu heiraten.

Tatsächlich presste ihr Vater nun die Lippen aufeinander und gab nach. »Na gut. Jeder zieht an, was er will. Kommt, Kinder. In der Tiefkühltruhe unten gibt es Eis.«

Die Kids jubelten und rannten zu ihrem Großvater hinüber. Kareem warf sich ihm in die Arme, und die kleine Amal beeilte sich, um mit den anderen mitzuhalten. Farzana folgte der Prozession und schalt: »Pass auf, dass du dir nicht den Rücken verknackst.«

»Ja, ja.«

Als sie außer Hörweite waren, atmete Sadia auf. »Ich bin froh, dass sie das untereinander geregelt haben.« Sie strich den Punkt *Dresscode festlegen* von ihrer To-do-Liste.

»Das war ja klar, dass es deshalb Streit geben würde.« Jia gesellte sich zu ihnen an die Küchentheke und lehnte sich dagegen.

Geistesabwesend tätschelte Zara Jia den Rücken. Bei der Geburt der Zwillinge war sie schon zehn Jahr alt gewesen und bemutterte die beiden beinahe genauso wie ihre eigene Tochter. »Amals Nägel sind total schön geworden.«

»Oh, danke.« Jias Lachen klang gezwungen. »Ich sollte das beruflich machen, oder?«

Alarmiert hob Sadia den Kopf. Ihr fiel auf, dass Jia genau die Worte wiederholte, die sie gestern zu ihr gesagt hatte. Und dann auch noch mit dieser Betonung.

Als meinte sie es ernst.

Noor schnaubte. »Ja, klar. Hauptsache, du schmeißt jetzt nicht gleich dein Medizinstudium, um den nächsten Internetstar zu spielen.«

»Ich meine … so weit bin ich davon gar nicht entfernt, weißt du?« Jia leckte sich über die Lippen. »Und ich würde vermutlich noch viel schneller vorankommen, wenn ich mich voll und ganz darauf konzentrieren würde.«

Die Schwestern verstummten. Man hörte nur noch das entfernte Geschrei der Kids aus dem Keller der Eltern.

Sadia legte wieder ihren Stift hin. »Jia, willst du damit sagen, dass du für deinen Blog dein Studium abbrechen willst?«

»Für dieses Hobby?«, fragte Noor ungläubig.

Jia versteifte sich, und Ayesha legte der Schwester die Hand auf den Rücken. Als Einzige von ihnen schien sie nicht überrascht zu sein. Oder schockiert. Die Zwillingsschwestern taten nur selten irgendetwas, ohne dass die jeweils andere Bescheid wusste. »Das ist kein Hobby. Das ist ein Job. Und zwar ein guter, der sogar ziemlich viel Geld einbringt.« Sie sprach mit Bedacht, betonte jedes Wort, als hätte sie diese Rede auswendig gelernt.

Noor zog eine Augenbraue hoch. »Verdienst du genauso gut wie als Ärztin?«

»Ja, ich glaube sogar besser.«

Zara räusperte sich. »Liebes, vielleicht sollten wir uns diese Woche alle irgendwann mal in meiner Praxis treffen und uns unterhalten …«

»Ich brauche keine Therapie«, unterbrach Jia sie ungeduldig. »Ich brauche eure Unterstützung, damit ich Mom und Dad davon erzählen kann.«

Sadia war die Einzige, die ganz genau wusste, wie ihre Eltern reagierten, wenn eine ihrer Töchter das Studium abbrach. »Sie werden sich ziemlich darüber aufregen.« Was eine Riesenuntertreibung war.

Jia nickte. In ihren Augen schimmerten Tränen. »Ich weiß, dass sie darüber nicht glücklich sein werden. Deshalb brauche ich ja auch eure Hilfe.«

Noch bevor Jia den Satz überhaupt beendet hatte, schüttelte Noor schon den Kopf. »Ich kann das nicht gutheißen, Jia. Das ist kompletter Blödsinn.«

»Na ja, Blödsinn würde ich es nicht gleich nennen«, wandte Zara beschwichtigend ein. »Jia, ist irgendetwas vorgefallen? Hast du schlechte Noten geschrieben? Das Medizinstudium war für uns alle ziemlich hart. Es ist nun mal nicht leicht. Aber du kannst es nicht einfach aufgeben, nur weil du irgendwo durchgefallen bist.«

»Meine Noten sind in Ordnung«, antwortete Jia. »Es macht mir einfach nur keinen Spaß.«

»Ein Job muss nicht Spaß machen«, antwortete Noor, und

Ungeduld schwang darin mit. »Und genausowenig das Studium. Man bringt es hinter sich, wird die Beste in dem, was man tut, und hat dann das Geld für andere Dinge.«

»Mit meinen Videos verdiene ich schon jetzt jede Menge Geld. Ihr habt keine Ahnung, wie viel.«

Noor verschränkte die Arme über ihrem üppigen Busen. »Du hast Recht, das wissen wir nicht. Verdienst du damit mehr als jede andere an diesem Tisch?«

Jia sah in die Runde. Sadia zuckte zusammen, als der Blick ihrer Schwester an ihr hängen blieb. Also verdiente Jia wohl schon mal mehr als sie selbst.

»Ich glaube, was wir meinen, ist Folgendes, Jia: Auch wenn du im Moment erfolgreich bist, ist das Internet auf die Dauer vielleicht keine zuverlässige Einkommensquelle, um voll und ganz darauf zu setzen«, sagte Sadia schließlich.

»Ich weiß, dass es ein Risiko ist, aber das macht mir nichts aus. Ich bin jung, und wenn der Markt einbricht, kann ich mich auch wieder neu orientieren. Aber im Moment wäre es eben genau das Richtige für mich.«

Noor verzog das Gesicht. »Diese Diskussion ist doch lächerlich. Du bleibst auf der Uni.«

Ihre kleine Schwester straffte die Schultern. »Nein. Das werde ich nicht.«

Noor wischte ihre Worte mit einer Handbewegung beiseite. »Du bist zu jung, um eine so weitreichende Entscheidung zu treffen.«

»Ich bin vierundzwanzig! Mom war bei deiner Geburt sogar noch jünger, Noor.«

»Das waren andere Zeiten damals.«

»Sadia war jünger als ich, als sie Kareem bekam!«, fügte Jia triumphierend hinzu, und Sadia hätte beinahe laut aufgestöhnt. »Sie hat ihr Studium auch nicht abgeschlossen, und sie kommt prima klar.«

Offenbar hatte ihre Schwester eins nicht mitbekommen: Sie war das *schlechte* Beispiel, nicht das gute. Ihre Eltern würden wohl kaum wollen, dass eine ihrer jüngeren Schwestern in die Fußstapfen des schwarzen Schafes der Familie trat.

Noors Nasenflügel bebten. »Ach, wirklich? Tut sie das?«

Sadia atmete tief ein, steckte die Bemerkung ein wie ein Boxer einen Tiefschlag.

»Noor.« Zaras Stimme klang scharf, und sie stieß die ältere Schwester mit dem Ellbogen in die Seite. »Das gehört nicht hierher.«

Noor presste die Lippen aufeinander und schüttelte den Kopf. »Sorry, Sadia. Ich habe damit nicht Paul oder eure Beziehung gemeint.«

Oh, nein. Sadia hatte die Bemerkung keineswegs als Kommentar zu ihrer unbedachten Hochzeit aufgefasst. Noor hatte ihre desolate finanzielle Lage gemeint, die ebenso offensichtlich wie peinlich war. Auch ohne dass jemand vom Scheitern ihrer Ehe wusste, war Sadia in ihren Augen die Versagerin der Familie.

Es tut nicht weh. Lass nicht zu, dass es dir wehtut.

»Jedenfalls werde ich das Ganze nicht unterstützen, Jia«, wiederholte Noor.

Zara machte ein ernstes Gesicht und zog die glatte Stirn in Falten. »Ich glaube immer noch, du solltest zu mir in die Praxis kommen …«

»Nein.« Mit inständig flehendem Blick sah Jia Sadia an. »Sadia. Komm schon. Du verstehst mich doch, oder?«

Sadia mied den Blick ihrer älteren Schwestern. Natürlich verstand sie Jia. Sogar vollkommen. Sie hatte das Studium gehasst und war zudem nie annähernd so gut gewesen wie ihre Schwestern.

Aber wie konnte sie eine Entscheidung einfach so absegnen, von der sie wusste, dass sie ihrer kleinen Schwester jede Menge

Kritik und Schmerz einbringen würde? Noors Reaktion war nichts im Vergleich zu dem, was sie vonseiten ihrer Eltern erwartete. Außerdem: Was war ihr Rat schon wert? Sie bereute ihre Heirat nicht, aber Noor hatte Recht: Sie war nicht gerade die beste Werbung für das Lebensmodell »Folge deinen Träumen und alles wird gut«.

Ihre Eltern waren keine schlechten Menschen, aber von ihren Prioritäten waren sie nun mal schlecht abzubringen. Ihrer Ansicht nach sollte Jia weiter studieren und ihren Abschluss machen. Hatte sie den in der Tasche, konnte sie sich einen netten Mann suchen und heiraten, der genauso gebildet und ehrgeizig sein musste wie der Rest der Familie.

Natürlich liebten sie ihre Töchter und wünschten sich nur das Beste für sie. Aber sie verstanden nicht, dass ihre eigenen Vorstellungen sich von denen ihrer Kinder zuweilen eben unterschieden.

Sadia biss sich auf die Unterlippe. Sie wusste nicht, was sie sagen sollte.

Als sie schwieg, traten Jia endgültig die Tränen in die Augen, sie wirbelte herum und stapfte aus dem Zimmer. Ayesha warf allen Anwesenden einen verächtlichen Blick zu und folgte ihr.

Sadia blieb mit ihren älteren Schwestern zurück. Sie sah auf ihren Planer hinab und kritzelte müßig vor sich hin, während Noor und Zara sich leise unterhielten. Bald würde sie ihren Sohn einsammeln und in ihre eigene Welt zurückkehren, in der sie sich weiter den Hintern aufreißen und wie eine Wilde strampeln würde, um nicht unterzugehen.

Denn Untergehen kam nicht infrage.

Kapitel 7

SADIA

Sadias Wohnung lag nur zwanzig Minuten von ihrem Elternhaus entfernt, aber sie waren kaum losgefahren, da schlief Kareem auch schon. Sie war froh darüber, denn sie war nicht in der Stimmung, auf sein lebhaftes Geplapper über seine Cousins mit interessiertem Lächeln und zustimmenden Einwürfen einzugehen. Je länger sie fuhren, umso fester packte sie das Lenkrad, sodass ihre Knöchel schließlich weiß hervortraten. Sogar ihr Körper rebellierte gegen das Gefühl, eine Versagerin zu sein, das über ihr hing wie eine Wolke.

Irgendwann würde Sadia mit ihrer kleinen Schwester reden und versuchen, die Wogen wieder zu glätten, aber nicht jetzt. Nicht solange sie so wütend und aufgebracht über das Verhalten der Menschen war, die sie so liebte, dass es wehtat.

Ach, wirklich? Tut sie das?

Sie blinzelte heiße Tränen fort. Wie so häufig entfalteten die Auseinandersetzungen mit ihren Schwestern erst später ihre volle Wirkung.

Sadia presste ihre Hand aufs Herz. Sie hasste es, dermaßen von Gefühlen überwältigt zu werden. Kein Tagebucheintrag oder Plan der Welt vermochte diesem inneren Aufruhr die Stirn zu bieten. Sie wünschte sich verzweifelt, sie wäre immun gegen diese Art von Schmerz.

Sie parkte in ihrer Auffahrt und stieg aus dem Auto, wobei sie sich ihre ramponierte Ledertasche über die Schulter schob.

Als Teenager hatte sie die Designerhandtaschen ihrer Mutter aus deren Schrank stibitzt. Paul hatte es geliebt, wenn sie sich hübsch machte, und sie hatte es genossen, gut auszusehen.

Nach ein paar Jahren Ehe hatten sie sich beide immer mehr gehen lassen, und nach Kareems Geburt war daran ohnehin nicht mehr zu denken gewesen. Sie hätte es vor sich selbst nie rechtfertigen können, Geld für eine Tasche oder Kleidung für sich selbst auszugeben, mit dem sie ihrem Sohn ein neues Paar Schuhe kaufen oder ihn für eine Aktivität anmelden konnte, die sein Leben bereicherte.

Sie öffnete Kareems Gurt und zog ihn aus dem Sitz. Sein Gewicht lastete schwer auf ihr, und sie ächzte leise. Noch ein Wachstumsschub, und sie würde ihn überhaupt nicht mehr tragen können. Sie presste das Gesicht an seinen Hals und sog den Duft nach Seife und kleinem Jungen ein, um sich selbst etwas zu beruhigen.

»Kann ich dir helfen?« Die Stimme kam aus dem Dunkel der Garage, und vor Schreck hätte sie Kareem beinahe fallen lassen.

Ein großer Schatten löste sich von der Treppe und trat in den Lichtkegel der durch einen Bewegungsmelder ausgelösten Lampe über der Garage. Jackson. Angesichts der Aufregungen dieses Abends hatte sie beinahe vergessen, dass er hier war.

Wie ihr das gelungen war, war ihr schleierhaft. Normalerweise wäre ihr nicht so leicht entfallen, dass sie einen sehr großen Gast hatte, der schmerzhafte Erinnerungen im Gepäck hatte.

»Ich kann meinen Sohn ganz gut allein tragen«, antwortete sie. Der Schreck und der aufgestaute Frust von eben ließen ihre Stimme schärfer als beabsichtigt klingen. Es wäre jetzt zu viel für sie gewesen, den Jungen in seinen Armen zu sehen. Der Anblick hätte alle möglichen unvernünftigen Hoffnungen in ihr geweckt, die mit Sicherheit enttäuscht würden.

Genau wie sie immer enttäuscht worden war, wenn sie eine Mail geschickt, aber keine Antwort erhalten hatte. Dieser Mann war die wandelnde Enttäuschung, das durfte sie nie vergessen.

»Ja. Aber ich kann deine Tasche tragen, wenn du willst«, bot er leise an.

Sie schüttelte den Kopf. »Es geht schon. Danke.«

Mit der jahrelangen Übung einer Mutter, die es gewohnt war, ihren Sohn und andere Gegenstände gleichzeitig zu schleppen, betrat sie das Haus.

Sie ließ ihre Tasche auf dem Teppich fallen und trug Kareem in sein Zimmer, legte ihn auf das ungemachte Bett und zog ihm die Jeans aus. Im Haus war es warm genug, sodass er diese Nacht problemlos einfach im Shirt schlafen konnte.

Er rührte sich, als sie ihn zudeckte, und öffnete die Augen. »War das Onkel Jackson?«, fragte er verschlafen.

Onkel Jackson. Sie hatte versucht, Kareem von sämtlichen Familienmitgliedern, auch den abwesenden, zu erzählen. Paul hatte stets geschwiegen, wenn sie Tante Livvy und Onkel Jackson erwähnt hatte, weshalb sie es in seiner Gegenwart meist vermieden hatte. Davon abgehalten hatte er sie jedoch nie.

Sie setzte sich auf die Bettkante, und langsam vertrieb die Zärtlichkeit, die sie für diesen kleinen Jungen empfand, den Kummer des vergangenen Abends. »Ja.«

»Darf ich morgen auf seinem Motorrad sitzen?«

Dieses verdammte Motorrad. Sie wollte ihren geliebten Sohn nicht mal in der Nähe dieser gefährlichen Maschinen wissen, obwohl es wahrscheinlich nichts schaden konnte, wenn er auf dem Ding posierte. »Wir werden sehen«, antwortete sie schließlich.

Er runzelte seine kleine Stirn. »Das bedeutet Nein«, grummelte er.

Sie legte ihm die Hand auf den Schopf und strich die Haarlocke glatt, die stets widerspenstig vom Kopf abstand. »Nein, es bedeutet: Wir werden sehen.«

»Warum haben die Tanten und du in der Küche miteinander gestritten?«

Sie zögerte kurz, dann streichelte sie ihm weiter übers Haar. »Wir haben nicht gestritten. Wir haben uns unterhalten.«

Kareem nickte. Er akzeptierte ihre Erklärung ohne Weiteres. Paul war immer erstaunt gewesen, wie laut es in ihrer Familie im Vergleich zur seinen zugehen konnte, aber Kareem war da hineingeboren worden und daran gewöhnt. Er wusste, dass erhobene Stimmen nicht gleichbedeutend mit Ärger waren.

Sie blieb neben Kareem sitzen, bis er wieder in tiefem Schlummer lag, betrachtete seine wunderschönen symmetrischen Züge. Er hatte zweifellos das Beste von ihr und Paul in sich vereint.

Ein scharfer Schmerz fuhr ihr wie ein Dolch ins Herz. Es gab wohl niemanden, der Pauls Fehler besser gekannt und verstanden hatte als sie. Doch Kareem hätte mehr Zeit mit seinem Vater vergönnt sein sollen. Vom Augenblick an, als man ihm seinen Sohn in die Arme legte, hatte Paul den Jungen abgöttisch geliebt. Er war der Grund gewesen, warum ihr Mann diese Farce von einer Ehe so lang aufrechterhalten hatte. Paul hätte es einfach nicht übers Herz gebracht, von seinem Baby getrennt zu sein.

Sadia erhob sich vom Bett und ging zum Fenster hinüber. Sie zögerte, als sie die Jalousien herunterlassen wollte. Im Apartment brannte kein Licht, aber im hellen Mondlicht sah sie, wie Jackson ihren Wagen umrundete und alle Türen schloss.

Das war nett von ihm. Verdammt.

Sei ruhig weiter wütend auf ihn.

Was ihr nicht schwerfiel. Trotzdem hatte er ihre schnippische Reaktion vorhin nicht verdient. Schließlich konnte er nichts für ihre schlechte Laune. Die hatte sie einzig und allein ihrem eigenen Gefühl der Unzulänglichkeit zu verdanken.

Sie schloss die Jalousien und trottete nach draußen, wobei sie nervös an ihrer Bluse herumzupfte. Es war eins ihrer hübschesten Oberteile, aber da sie seit dem Kauf ziemlich abgenommen hatte, hing sie an ihr herunter wie ein Sack. Irgendwann würde sie wieder das Geld haben, um sich passende Klamotten zu kaufen. Vielleicht.

Vielleicht wurde Jia ja auch ein reicher Internet-Superstar. Dann konnte Sadia sich ohne Schuldgefühle Geld von ihrer milliardenschweren kleinen Schwester leihen. Träume waren ja wohl erlaubt.

Der Geruch nach Zigarettenrauch stieg ihr in die Nase, noch bevor sie in der Dunkelheit Jacksons Gesicht am Fuße der Treppe ausmachen konnte.

Sie hatte einen versöhnlichen Ton anschlagen wollen, aber sie war dermaßen verblüfft, dass ihre Stimme unwillkürlich anklagend klang. »Rauchst du neuerdings?«

»Gelegentlich.«

Sie machte einen vorsichtigen Schritt auf ihn zu. Er rückte zur Seite, dicht ans Geländer, und aus irgendeinem Grund konnte sie der stummen Einladung nicht widerstehen und setzte sich neben ihn.

Die Treppenstufe war ziemlich breit, und es blieb viel Abstand zwischen ihnen, dennoch kam sie sich vor wie ein in die Ecke gedrückter Zwerg. »Das ist nicht gut für dich.«

»Das ist mir klar.« Er machte eine Pause. »Hast du immer noch Asthma?«

»Nur wenn ich mal wieder einen Allergieschub habe.«

Er ließ die Zigarette auf den Kies fallen und drückte sie mit der Stiefelspitze aus. »Sorry.«

»Das wäre nicht nötig gewesen.«

»Ich war zu lange in Europa. Immer wenn ich dort bin, fange ich wieder damit an. Eine schlechte Angewohnheit, ich weiß.«

Sie verschränkte die Arme über ihrem Bauch. Dieses winzige Detail über sein Leben in der Ferne weckte ihre Neugier, und begierig fragte sie nach: »Wo in Europa?«

»Überall.«

»Hast du gearbeitet?«

»Ja.« Er zögerte, dann fuhr er fort. »Pop-up-Restaurants.«

»Oh. Also Restaurants auf Zeit?«

»Ja. Ich habe ein kleines Team. Wir mieten leerstehende Restaurants auf der ganzen Welt an, richten sie schnell wieder her und betreiben dann dort für ein paar Wochen einen Laden.«

Sie rutschte näher zu ihm, unwillkürlich fasziniert von diesem kleinen Blick in Jacksons Vergangenheit. »Und wie oft macht ihr das?«

»Anfangs fast jeden Monat. Jetzt alle paar Monate. In einigen Wochen eröffnen wir eins in New York. Das ist dann unser erstes in den Staaten.«

»Wie heißt denn dein … dieses Unternehmen?« Sie würde es später googeln.

»Kāne.« Er sprach es anders aus, wie KAH-neh. Als sie ihn fragend ansah, erklärte er: »Wird genauso geschrieben. Kāne ist die korrekte hawaiianische Aussprache. Als meine Großeltern herkamen, haben sie den Akzent auf unserem Nachnamen weggelassen.«

»Das hat mir noch nie jemand erzählt.«

»Ich hätte es auch nicht gewusst, wenn ich als Kind nicht so viel Zeit im Café verbracht hätte. Mein Großvater hat es mir erklärt.« Jacksons Gesicht wurde weich. »Sie waren gute Menschen.«

»Da bin ich sicher«, murmelte sie. »Heute Abend erfahre ich ja eine Menge.«

Er senkte den Kopf. »Manchmal merke ich gar nicht, dass ich Menschen bestimmte Dinge nicht erzähle. Ich habe keine Geheimnisse. Du musst nur fragen.«

Haha, wie bitte? Hatte sie ihn richtig verstanden?

Plötzlich war der Impuls, sich für ihre schnippische Art zu entschuldigen, wie weggeblasen.

»Ich muss nur fragen?« Sie stieß jedes Wort einzeln hervor. »Das ist alles?«

Sein Schweigen machte sie nur noch wütender, und sie ballte die Fäuste. »Dann sag mir mal eins: Warum hast du nie auf meine E-Mails geantwortet, Jackson?«

Er öffnete den Mund und schloss ihn wieder. »Ich habe mich geschämt.«

Sie musste sich vorbeugen, um seine Worte zu verstehen. »Geschämt? Weshalb?« Sie war es, die sich schämte. Sie hatte sich ihm in ihren Mails so voll und ganz anvertraut, wie sie es mit ihrem besten Freund getan hätte, wäre er hier an ihrer Seite gewesen. Er hatte gewusst, was in ihrem Leben ablief, und hätte ihr jederzeit schreiben, ja gar herkommen, ihr helfen oder sie einfach in die Arme nehmen können. Aber er hatte nichts dergleichen getan.

»Zuerst habe ich mich geschämt, weil ich dir nicht geantwortet habe. Und dann … nach einem Monat … und später einem Jahr … dachte ich, es sei zu spät.«

»Aber warum hast du nicht direkt zurückgeschrieben?«

Sein Gesicht war wie versteinert. »Es tat … weh.«

»Es tat weh, mit *mir* zu reden? Habe ich irgendetwas getan?«

»Nein, du hat nie etwas getan.«

Ihre Nasenflügel bebten vor Zorn. Nichts von dem, was er sagte, beantwortete auch nur eine ihrer Fragen. »Also gut.

Schlimm genug, dass du nicht auf meine Briefe oder auf die Nachricht von Kareems Geburt reagiert hast. Aber wie konntest du es fertigbringen, dich noch nicht einmal nach Pauls Tod bei mir zu melden?«

PAUL IST TOT. BITTE KOMM HEIM.

Diese Mail hatte sie fünf Minuten, nachdem der Polizist ihr Haus verlassen hatte, abgeschickt. Jackson hatte es noch vor Tani erfahren, vor Kareem. Sie hatte die Worte aufschreiben, sie schwarz auf weiß sehen müssen, um sie zu verstehen.

Sein Körper spannte sich an, und beinahe hätte sie die Frage zurückgenommen. Beinahe. Beinahe wäre sie aufgestanden, hätte sich dafür entschuldigt, ihm zugesetzt zu haben, hätte sich für ihre schnippische Bemerkung von vorhin entschuldigt, wie sie es ursprünglich vorgehabt hatte, um dann ins Haus zurückzukehren.

Nein. Verdammt noch mal.

Sie brauchte sich nicht zu entschuldigen. Es war in Ordnung, dass sie wütend war. Es fühlte sich richtig an.

Sie ballte die Hände noch fester. »Weißt du eigentlich, wie das für mich war? Ich habe nicht einmal mehr eine klare Erinnerung an diese Tage. Ich hätte dich gebraucht.« Die Schuld, die Trauer, diese niederschmetternde Einsamkeit. Sie hatte ihren besten Freund *gebraucht*. Livvy war da gewesen, aber die Verbindung zu ihr war schon in ihrer Jugend ganz anders als die zu Jackson gewesen.

»Ich konnte nicht kommen.«

»Was du nicht sagst. Ich brauche eine richtige Erklärung. Das reicht mir nicht.«

Er sah sie an. Der Blick seiner schwarzen Augen war tief und unergründlich. »Ich saß im Gefängnis. In Paris. Als ich rauskam und deine und Livvys Nachrichten bekam, war die

Beerdigung schon vorbei. Es waren schon einige Wochen vergangen.«

Sie wich zurück. »Im Gefängnis? Was zum Teufel? Was ist passiert?«

Er trommelte mit den Fingern aufs Knie. »Ich war auf einer Demo. Und die Sache geriet außer Kontrolle. Wahrscheinlich haben sie mich allein deswegen verhaftet, weil ich der größte Kerl dort war. Habe eine Weile gebraucht, um wieder freizukommen.«

»Wogegen hast du demonstriert?«

»Polizeigewalt. Ein junger Mann war von Polizisten verprügelt worden. Im ganzen Land gingen die Leute deswegen auf die Straße.«

Sie erinnerte sich vage an die Bilder in den Nachrichten, aber damals war sie nicht in der Verfassung gewesen, die Ereignisse jenseits des Atlantiks überhaupt zu registrieren. »Warum hast du dagegen protestiert?«

»Weil es falsch war.«

»Aber es war doch nicht mal dein Land.«

Er runzelte die Stirn, als verstehe er ihre Worte nicht. »Prinzipien kennen keine Landesgrenzen.«

Als Jackson vor vielen Jahren wegen Brandstiftung wochenlang in Haft gesessen hatte, war sie vor Panik halb wahnsinnig geworden. Sie wusste natürlich, dass er unschuldig war. Aber sie wusste auch, dass es in der Justiz nicht immer gerecht zuging.

Ein einziges Mal hatte sie ihn im Gefängnis besucht und sich die ganze Zeit zusammenreißen müssen, fröhlich zu wirken und nicht zu weinen. Nach diesem Tag hatte er sich geweigert, außer seiner Schwester und seinem Anwalt Besuch zu empfangen.

Ihr Atem ging schneller bei der Vorstellung, dass er auch anderswo im Gefängnis gesessen hatte. Und sie hatte noch nicht einmal davon gewusst. »Wie oft wurdest du verhaftet, seit du aus Rockville weggegangen bist?«

»Dreimal.«

»Warum?«

Er ließ die Schultern kreisen. Normalerweise hätte sie dies als Zeichen seines Unbehagens wahrgenommen und ihn in Ruhe gelassen, aber nicht heute. »Spielt das eine Rolle?«

»Ja. Weshalb bist du verhaftet worden? War es immer wegen irgendwelcher Proteste?«

»Ein weiteres Mal war es bei einer Demo. In London. Für das Existenzminimum.«

Ihr ganzes Leben hatte sie immer wieder gehört, wie die Kanes und die Chandlers ihr C&O-Motto rauf und runter beteten: *Menschen. Qualität. Fairness.*

»Und das dritte Mal?«

Er wandte den Blick von ihr ab und schwieg einen Moment lang. »Einer meiner Mitarbeiter wurde von seinem Ex drangsaliert. Ich habe mich des Arschlochs angenommen. Als wir uns prügelten, kamen die Cops. Sie warfen uns beide ins Gefängnis, aber der Typ hat schließlich auf eine Anzeige verzichtet.«

Sie musterte sein ernstes Gesicht und versuchte, das alles sacken zu lassen. Nachdem sie festgestellt hatte, dass Jackson ihre Mails zwar erhalten, aber nicht beantwortet hatte, hatte sie sich keine Erklärung dafür vorstellen können, warum er nicht zumindest zur Beerdigung seines Bruders heimgekehrt war.

Eine Gefängniszelle war allerdings eine ziemlich gute Erklärung.

Und dann auch noch aus diesen Gründen? Dass er stets nur dann mit dem Gesetz in Konflikt geraten war, wenn er sich für andere eingesetzt hatte, passte perfekt zu dem Jackson, den sie früher gekannt hatte. In seiner Jugend hatte er sich immer nur auf einen Streit eingelassen, wenn er sie oder Livvy beschützen wollte.

Menschen. Fairness.

»Du hättest mich anrufen können, als du entlassen wurdest«, sagte sie traurig. Sehnsüchtig.

»Ich weiß. Ich wusste einfach nicht, was ich tun sollte, also habe ich nichts getan. Es tut mir leid. Ich bereue das alles so sehr.« Seine Entschuldigung war schlicht und schnörkellos.

Genau wie er. So war er immer schon gewesen.

Sie mochte zehn Jahre lang nichts von ihm gehört haben und eigentlich verstand sie ihn immer noch nicht so ganz, aber jetzt, in diesem Moment …

Sie wollte glauben, dass es ihm aufrichtig leidtat. Sie wollte glauben, dass er sich tief im Innern nicht verändert hatte, dass er immer noch der Junge war, den sie so geliebt hatte.

Er war hier, stand ihr zur Seite. Nichts zwang ihn dazu. Er hätte auch weiterhin untätig bleiben können, sogar nachdem sie ihm jene letzte, wütende Nachricht geschickt hatte. Vielleicht versuchte er nun auf seine ganz eigene, unbeholfene Weise, alles wiedergutzumachen.

Das Atmen fiel ihr schwer. Sie sah auf seine Hand hinab. Er hatte sie auf seinem Schenkel so fest zur Faust geballt, dass die Knöchel weiß hervortraten.

In diesem Moment konnte sie einfach nicht anders, als ihn zu trösten. Sie legte ihre Hand auf die seine. Die Berührung ließ ein Prickeln in ihrem Arm aufsteigen. Er sah sie an. Das Weiß seiner Augen strahlte förmlich im Dunkeln.

Seine Haut fühlte sich warm und weich an. Vertraut.

Jackson rührte sich, unendlich langsam drehte er seine Hand und umschloss die ihre. Wie seltsam es war, die fremden Schwielen an der ansonsten so vertrauten Hand zu spüren. In der Stille waren nur die Laute von ein paar nachtaktiven Tieren zu hören.

Ein Teil von ihr wäre am liebsten ins Haus geflohen. Oder ins Auto gestiegen. Oder hätte ihren Planer gezückt, um den morgigen Tag zu durchdenken.

Das alles waren rationale, pragmatische Methoden, sich vor Jackson und den Emotionen, die er in ihr auslöste, zu drücken. Mit jedem Streicheln seines schwieligen Daumens zurrte er die Gefühle in ihr fester zu einem kleinen Paket zusammen, das sich nur auf eine Art wieder würde lösen lassen. »Darf ich dich in den Arm nehmen?«

Er erstarrte. »Bist du immer noch wütend auf mich?«

Sie überlegte. »Ja. Irgendwie schon. Aber ich schäme mich nicht mehr so sehr.«

»Warum hast du dich geschämt?«

»Meine Mails waren wie ein Tagebuch. Wäre es dir nicht peinlich, wenn jemand, den du gar nicht kennst, dein Tagebuch liest?« Sie streichelte seine Finger. »Aber ich kenne dich.«

»Oh.«

»Also, darf ich dich jetzt umarmen? Ich würde mich dann besser fühlen. Aber ich mache es nicht, wenn du es nicht willst«, schob sie nach.

Seine Lippen verzogen sich zu einem winzigen Lächeln. So entspannt hatte sie ihn seit seiner Heimkehr noch kein einziges Mal gesehen. Er hatte nie viel gelächelt, und plötzlich sehnte sie sich nach einem ausgewachsenen Grinsen. »Früher hast du nicht gefragt, ob du mich umarmen darfst, sondern mir damit gedroht.«

»Und du wolltest mich im Gegenzug durchkitzeln.«

»Kitzeln fandest du ätzend.«

»Genau wie du Umarmungen.«

»Ich fand Umarmungen nie schlimm. Nicht bei dir. Ich war nur nicht besonders gut darin. Das ist alles.«

Wenn er so weitermachte, war ihre Wut womöglich gleich

komplett verraucht. »Es ist ganz leicht.« Sie rückte näher und schlang ihm einen Arm um den Rücken, den anderen um die Taille.

Er rührte sich nicht. »Das ist irgendwie schräg.« Sie schluckte den absolut unangemessenen Impuls zu lachen herunter und reckte den Hals empor. Ihr Gesicht war dem seinen mit einem Mal so nah, dass sie jede einzelne seiner Wimpern zählen und eine kaum sichtbare Narbe auf seiner Wange erkennen konnte, die er sich irgendwann in den letzten Jahren eingehandelt haben musste.

»Mach dich mal locker.«

Er versuchte es. Nun konnte sie ihr Lachen nicht mehr unterdrücken, und er machte ein grimmiges Gesicht. »Ich hab dir doch gesagt, dass ich nicht gut darin bin.«

»Sorry, Sorry.« Sie ließ ihn los, stemmte seinen schweren Arm in die Höhe und zog und zerrte ihn so um ihre Schultern zurecht, dass sie sich an ihn schmiegen konnte. »Siehst du?« Dann schlang sie die Arme um ihn wie zuvor und lächelte. Zum ersten Mal seit einer gefühlten Ewigkeit fühlte sie sich jung und unbeschwert.

Oh, wie gut es tat, nicht stocksauer auf ihn zu sein. Wahrscheinlich hätte sie nicht so einfach nachgeben sollen, und vielleicht würde sie es sich morgen schon wieder anders überlegen, aber jetzt und hier wollte sie ihn einfach nur ganz dicht an sich ziehen. Genau in diesem Augenblick warteten keinerlei Verpflichtungen auf sie. Sie waren zusammen, und ihre Freundschaft war vollkommen. »Ganz leicht.«

Er grunzte. Sie machte sich auf irgendeine schlagfertige Antwort gefasst, aber er zog sie nur noch dichter an sich, bis ihre Oberkörper sich eng aneinanderschmiegten. Sie legte ihm den Kopf auf die Schulter und atmete tief ein, nahm den Duft von Muffins an ihm wahr.

Er roch nach ihrem Freund.

»Es wäre nie zu spät gewesen«, murmelte sie, und er erstarrte.
»Nein?«
»Nein.«

JACKSON

Jackson konnte sich nicht bewegen.

Er *wollte* sich nicht bewegen, denn sonst hätte sich das Ganze womöglich als ein zu perfekter und kostbarer Traum entpuppt.

Er kam sich zu groß und ungeschickt vor, wusste nicht wohin mit seinen Händen. Schließlich entschied er sich, ihr die eine auf die Taille zu legen und die andere an den Hinterkopf, wobei er sich ihr seidiges Haar durch die Finger gleiten ließ. Es war irgendwie merkwürdig, jemanden zu umarmen, der direkt neben einem saß. Zugleich verspürte er nicht den geringsten Impuls, sich von ihr zu lösen. Dieses Gefühl, diese Verbindung, die er spürte, war …

… einfach himmlisch. Er schloss die Augen. Und hoffte, dass sie nicht aufhören würde, ihn zu berühren.

Sadias Finger glitten über seine Seite, wobei sich seine Haut unter dem Baumwollshirt viel zu empfindlich anfühlte. Die Berührung war so hauchzart, dass man sie nicht einmal als Streicheln bezeichnen konnte, aber sie beruhigte ihn.

Ihr Haar, das irgendeinen Blumenduft verströmte, kitzelte ihn in der Nase. Am liebsten hätte er das Gesicht darin vergraben, sie in sich aufgesogen, um sie für immer bei sich zu haben. Mit den Händen wollte er ihren Körper erkunden, jeden Unterschied zwischen ihnen beiden ausloten. Aber das wäre unangemessen gewesen. In Bezug auf Sadia war er sich dessen, was angemessen oder unangemessen war, immer überaus bewusst gewesen.

Wann hatte er sich in sie verliebt? Als sie zehn gewesen waren und er sie vor einem Mitschüler beschützt hatte, der sie ärgerte? Als sie dreizehn gewesen waren und er dafür gesorgt hatte, dass sie fürs Zuspätkommen keinen Ärger bekam? Mit sechzehn, als er sie auf den Highschool-Ball begleitet hatte, nachdem ihr Date sie sitzengelassen hatte?

Eine geschlagene Stunde hatte er im Blumenladen verbracht, um ihr Ansteckssträußchen auszusuchen. Eine perfekte rote Rose, denn Rot war ihre Lieblingsfarbe und die Farbe ihres Kleides gewesen, das sie bei ihrer ersten Begegnung getragen hatte. Wahrscheinlich war ihr dieses kleine Detail nie aufgefallen. Ein leuchtendes Purpurrot. Er erinnerte sich heute noch daran, wie ihre Augen geleuchtet hatten, als er ihr den Strauß übers Handgelenk geschoben hatte. *Das wäre doch nicht nötig gewesen*, hatte sie schüchtern gesagt.

Denn damals waren sie nur Freunde gewesen. Dennoch hatte er noch genau vor Augen, wie sie in ihrem gold-roten Kleid ausgesehen hatte. So intensiv würde sich ein bloßer Freund wohl kaum daran erinnern. Er war fest entschlossen gewesen, sie als ihr festes Date zum Abschlussball zu begleiten.

Zu spät. Sein großer Bruder war derjenige an ihrer Seite gewesen.

Die Erinnerung daran, dass sie zu Paul gehört hatte, nicht zu ihm, brach mit eiskalter Brutalität über ihn herein. *Dein Herz darf nichts fühlen. Es muss nur schlagen, damit du am Leben bleibst.*

Er konnte sich um sie kümmern, er konnte in ihrer Schuld stehen, aber er durfte sie nie wieder auf diese Weise lieben. Wenn er sie liebte, würde er leiden. Denn diese Liebe war von vornherein zum Scheitern verurteilt gewesen.

Er zog sie fester an sich.

Schließlich regte sie sich und sah zu ihm empor. In diesem Moment verlagerte auch er sein Gewicht, und plötzlich waren ihre Münder nur noch eine Haaresbreite voneinander entfernt. Beunruhigt registrierte er ihre feuchten Augen und die Tränenspuren auf ihren Wangen.

»Warum weinst du?«

Sie biss sich auf die Unterlippe. »Weil ich dich vermisst habe.«

Er senkte den Kopf, war sich nicht sicher, was er tun wollte. Sie auf die Wange küssen vielleicht oder seine Stirn an die ihre lehnen. Aber dann trafen sich ihre Blicke, und in ihren Augen lag ein fragender Ausdruck. Sie hob das Gesicht, bot ihm ihre Lippen dar. Und er erfüllte die unausgesprochene Bitte.

Der Kuss war zaghaft, sanft, eine federleichte Berührung. Jackson umfing ihren Kopf, überließ sich ihrer Führung. Als sie den Mund heftiger auf seinen presste, reagierte er, leckte über ihre Unterlippe. Sie öffnete sich ihm, gewährte ihm Einlass. Er ließ die Zunge in ihren Mund gleiten, stöhnte auf, als die ihre scheu mit ihm flirtete. Sie schmeckte nach Pfefferminz. Vielleicht hatte sie sich die Zähne geputzt oder eins der Schoko-Minz-Bonbons gegessen, die sie immer in der Tasche hatte. Sie hatte sie so oft mit ihm geteilt, dass er den Geschmack gut kannte. Aber niemals hatte er ihn so geschmeckt, auf ihren Lippen.

Er hoffte nur, dass sie nichts von der Zigarette wahrnahm, die er vorhin noch geraucht hatte.

Er knabberte an ihrer Unterlippe und leckte darüber, als sie wimmerte, rückte ihr noch näher und presste ihren Rücken an die Treppen, während er ihren Kopf in seine Hand bettete. Ihm schoss die Frage durch den Kopf, ob man sie hier sehen konnte, aber nirgends brannte Licht. Und jemanden, der sich von der Straße oder dem Haus her näherte, würden sie hören, lange bevor man sie entdeckte.

Sie schlang ihm die Arme um den Nacken, und er küsste sie weiter, innig, berauschend. Ihre Begierde entlockte ihm ein Stöhnen, sie fühlte sich so perfekt und so absolut richtig an in seinen Armen, dass er vor Lust fast den Verstand verlor. Sein Penis wurde hart und pulsierte in seinem Schritt. Ein Traum schien wahr zu werden.

Er knabberte an ihren Lippen, sog sie tief in seinen Mund. Er kam sich vor wie ein kleiner Junge beim Der-Boden-ist-Lava-Spiel – er hüpfte von einem Sofakissen zum nächsten, ohne den Boden zu berühren. Denn dann würde ihn die Lava erwischen. Wenn er aufhörte, sie zu küssen, würde er anfangen nachzudenken. Oder sie würde es tun. So oder so, sie würden beide aufhören, sich ihren Gefühlen hinzugeben.

Er wollte niemals aufhören, genau das hier zu fühlen. So lange hatte er darauf gewartet. Sein ganzes Leben. Zumindest kam es ihm so vor. Mit dem Daumen strich er über die Wölbung ihrer Kehle.

Sie erstarrte, und dann schob sie ihn von sich. Er riss die Augen auf und wich so hastig zurück, dass er sich beinahe den Kopf am Geländer gestoßen hätte.

Er wusste, was jetzt kam. Die Lava.

Einen Moment verharrte sie, den Rücken gegen die Treppe gelehnt, und blinzelte mit geweiteten Augen zu ihm empor. Dann sprang sie auf, strich sich mit hektischen Bewegungen die zerknitterte Bluse glatt, wobei sie unaufhörlich »Oh mein Gott, oh mein Gott, oh mein Gott!« vor sich hin murmelte. Dann fuhr sie sich mit den Händen durch das zerzauste Haar. »Oh mein Gott.«

»Sadia«, setzte er an, aber seine Stimme war wenig mehr als ein heiseres Krächzen. Er wusste nicht, was er sagen sollte.

Sieh dich vor.

Diesen guten Rat hatte ihm Ariel gegeben. Er aber hatte

alles nur noch komplizierter gemacht, und zwar mit einem Kuss, der so vollkommen war, dass er ihn unmöglich bereuen konnte.

Der feuchte Schimmer in ihren Augen erstickte seine Lust. »Nicht weinen«, sagte er leise.

Sie wischte sich mit der Hand über die Wange, als sei sie selbst über ihre Tränen überrascht. »Oh Gott. Was hab ich getan ... was haben wir getan ...«

»Nichts. Wir haben nichts getan. Versprochen.«

»Ich kann nicht glauben, dass ich dich geküsst habe«, flüsterte sie. Stoisch registrierte er den Stich, den ihm der Widerwille in ihrer Stimme versetzte.

»*Ich* habe *dich* geküsst. Und es hat nichts zu bedeuten«, wiederholte er. Genau. Das würde er sich stets vor Augen halten.

»Doch, es bedeutet wohl etwas. Du bist ... und ich bin ...«

»Es war ein Ausrutscher, mehr nicht. Wir sind zwei gesunde junge Menschen, die viel um die Ohren haben. Da kann so was mal passieren. Das ist doch ganz natürlich.« Noch nie hatte er eine Frau aus Versehen geküsst, aber er würde gerade alles sagen, nur um diesen gequälten Ausdruck aus ihren Augen zu vertreiben.

Er streckte die Beine vor sich aus, wandte sich ein wenig ab, damit sie seine Erektion nicht bemerkte. »Soll ich abhauen?« *Bitte sag Nein.* Denn wenn sie Ja sagte, würde er gehen.

»Abhauen? Wohin denn?«

»Aus dem Haus? Aus der Stadt?«

Sie blinzelte ihn an. Er wappnete sich. Er würde nicht lang brauchen, um seine Siebensachen zusammenzusuchen, denn er hatte seine Reisetasche erst gar nicht ausgepackt. Er konnte Ariel anrufen und noch heute Abend im Flugzeug sitzen ... irgendwohin.

Er würde Sadia zurücklassen und den Neffen, den er so

gern kennenlernen wollte, ebenso wie die Familie, mit der er nicht reden konnte.

Bitte sag Nein.

Er liebte sie nicht mehr. Aber er konnte sie auch nicht verlassen.

»Das ist … Nein.« Sie schüttelte den Kopf. »Ich habe doch gerade erst aufgehört, wütend auf dich zu sein.«

»Wirklich?«

»Na ja, ein bisschen bin ich es immer noch.« Sie blickte zu Boden und schob die Hände in die Taschen. »Bleib hier. Ist schon gut. Das hier hat nichts zu bedeuten. Wir vergessen es einfach. Okay?«

»Ja.« Nein. Er würde es nie vergessen, sein ganzes Leben nicht. Aber das brauchte sie nicht zu wissen.

»Okay, gut. Ich muss … ähm. Ich muss jetzt gehen. Gute Nacht.« Bevor er noch Gelegenheit zu einer Antwort hatte, wirbelte sie herum und ging davon, lief immer schneller, sodass kleine Kieselsteinchen unter ihren Füßen nach rechts und links weghüpften.

Er wartete, bis sie im Haus war, bevor er die Stufen zu seinem Apartment erklomm. Er brauchte nur eine Minute, um seine Kleidung vom Körper zu streifen und unter die Dusche zu steigen. Heiß, nicht kalt, denn er wusste, dass er nur auf eine Art der Hitze zwischen seinen Beinen Erleichterung verschaffen konnte.

Er seifte sich ein. Der Dampf umhüllte ihn, ließ das Glas beschlagen, machte ihn unsichtbar, genau wie er es am liebsten hatte. Insgeheim schämte er sich. Das war von jeher so gewesen. Er ließ die Hand an seinem Bauch hinabwandern und umfing seinen Schwanz. Er war prall vor Verlangen nach der einen Frau, die er nicht haben konnte.

Er hatte stets versucht, sich nicht das Gesicht der Frau in seinen Fantasien vorzustellen, denn tief im Innern war ihm immer klar gewesen, wen er sehen würde. Dass Sadia sich in seine Träume schlich, konnte er nicht verhindern, aber solange er wach war, hatte er ein Wörtchen mitzureden.

Er stützte sich mit einem Arm an der Wand ab. Das Wasser prasselte auf seinen Rücken und seinen Hintern herab. Sein ganzer Körper fühlte sich heiß an, während er seinen Penis streichelte.

In seiner Fantasie öffnete sich die Tür. Er wusste, wer davorstand. Sie würde sich nicht mit Zuschauen begnügen, sondern zu ihm in die Dusche schlüpfen und sich an ihn schmiegen. Sein Inneres würde sich unter ihren Nägeln, die sie über seinen Bauch gleiten ließ, zusammenziehen, während sie die Führung übernahm.

Seine Finger krümmten sich an den Fliesen, aber in seiner Vorstellung vergruben sie sich in dichtem, dunklem Haar. Er würde sie dicht zu sich heranziehen, ihre Lippen umfangen und den Schoko-Minz-Geschmack auf ihrer Zunge wahrnehmen, während sie ihm Erleichterung verschaffte.

Oh, verdammt. Er presste die Lider aufeinander. Schoko-Minze.

Plötzlich sah er die Gesichtszüge der anonymen Frau in seiner Fantasie allzu deutlich vor Augen. Er bearbeitete seinen Schwanz so lange mit der Hand, dass das Wasser schon kalt wurde, doch er achtete nicht darauf. Nicht, solange eine nackte Sadia vor ihm stand.

In seinen Träumen.

Er würde ihr Haar fester greifen, woraufhin sie auf die Knie sinken würde. Er stöhnte, stellte sich vor, wie die Zunge, die eben noch in seinem Mund gewesen war, seinen Penis liebkoste, wie die Finger, die auf seinen Armen gelegen hatten, mit seinen Hoden spielten.

Er spreizte die Beine etwas breiter, seine Hüfte bewegte sich rhythmisch vor und zurück, als sei es nicht seine eigene schwielige Hand an seinem Glied, sondern Sadias warmer, feuchter Mund. Jackson packte fester zu und kam mit einem Stöhnen. Das Wasser wusch den Beweis seiner geheimen Wünsche davon. Er lehnte die Stirn gegen die Fliesen und atmete tief ein und aus.

Es hatte nichts zu bedeuten. Sie würden diesen Kuss vergessen. Er liebte sie immer noch nicht.

Sein Herzschlag pulsierte in seinen Ohren.

Schlage. Du darfst nichts fühlen. Bitte nichts fühlen.

Kapitel 8

SADIA

Sie bekam ihn einfach nicht mehr aus dem Kopf.

Im Halbschlaf rollte sich Sadia auf den Rücken, schlug die Decke beiseite, um seinen Händen Spielraum zu gewähren. Ungestüm und hastig schob er ihr Nachthemd nach oben, um an ihre Brüste zu gelangen. Sie hatte nichts dagegen, denn mit schwärmerischer Romantik konnte sie jetzt nichts anfangen.

Sie wollte Sex, ihn in sich spüren. Finger, Zunge, Penis oder Dildo war ihr gerade herzlich egal.

Er saugte an ihren Brustwarzen und knabberte mit den Zähnen daran, sodass ein Stromstoß durch ihren ganzen Körper fuhr. Seine perfekten Hände glitten über ihren Bauch. Er liebkoste die Wölbung, die sie ihrer Schwangerschaft und ihren Genen verdankte, ein Pölsterchen, dem mit keinem Sport der Welt beizukommen war. Dann wanderte er weiter nach unten.

Sie hatte sich schon eine ganze Weile nicht mehr rasiert, aber ihm schien das nichts auszumachen. Seine Finger spielten mit dem Haar ihrer Scham, als habe er einen Schatz gefunden. Sein Daumen tauchte zwischen ihre Schamlippen, glitt flüchtig über ihre geschwollene Klitoris und begann sie zu massieren, als sie bei der Berührung aufkeuchte. Unermüdlich beschrieb er bedächtige Kreise über die empfindliche Stelle, sodass sich ihr Innerstes lustvoll zusammenzog, während er weiter an ihrem Körper hinabrutschte. Mit zwei Fingern schob er ihre Schamlippen auseinander und ließ seine Zunge darübergleiten, als koste er eine Süßigkeit aus. Sie wand sich, und ihr ganzer Körper spannte sich an.

Groß, stark, muskulös – er war so wunderschön. Er saugte an ihrer Klitoris und schob einen großen Finger tief in sie hinein, bewegte ihn vor und zurück, immer wieder.

Das war so verdammt gut.

Sadia setzte sich auf, tastete nach ihrer Nachttischschublade, kramte zwischen diversen Gegenständen herum, unter denen sie das eigentliche Objekt ihrer Begierde versteckt hatte, und zog dann endlich ihren Lieblingsvibrator hervor.

Mehr brauchte sie heute nicht. Sie lehnte sich in die Kissen zurück, spreizte ihre Beine und fuhr mit der Spitze des pinkfarbenen Plastikgeräts über ihre feuchte Mitte.

Dann schaltete sie den Vibrator ein, erschauerte, als sie ihn an ihren Kitzler führte und ihn in kleinen, engen Kreisen darübergleiten ließ. Das reichte bereits aus. Sie musste ihn noch nicht einmal in sich spüren, um zu kommen. In ihrer Fantasie war es Jacksons geschwollener Schwanz, der sie voll und ganz erfüllte.

Sie kam leise, biss sich heftig auf die Unterlippe, während ihr Körper sich aufbäumte.

Sadia schlug die Augen auf und atmete tief ein und aus, während sie den Vibrator auf ihrem Bauch ruhen ließ. Dann schaltete sie das Ding ab.

Meine Güte. Schlimm genug, dass sie ihren Ex-Schwager geküsst hatte, aber jetzt träumte sie auch noch von wilden Höhepunkten mit ihm?

Sie wimmerte und presste die Lider wieder aufeinander. Was war nur los mit ihr?

Wärst du mal weiter sauer auf ihn gewesen. Das hast du jetzt davon, dass du mit ihm geredet hast.

Ihr Kuss war eine geschlagene Woche her, aber sie konnte

ihn einfach nicht vergessen, obwohl sie seitdem einander aus dem Weg gegangen waren – soweit wie das zwei Menschen, die zusammen wohnten und arbeiteten, möglich war. Tagsüber verschanzte Sadia sich im Büro des Cafés oder machte sich möglichst weit weg von der Küche nützlich. Jackson hingegen verließ das Haus in aller Herrgottsfrühe und kehrte erst spät in der Nacht zurück.

Aber es spielte keine Rolle, ob sie ihn sah oder nicht. Sie dachte trotzdem unaufhörlich an ihn, auch wenn sie versuchte, sich ihn aus dem Kopf zu schlagen. Unzählige Male hatte sie während der Arbeit parallel einen neuen Tab geöffnet und den Namen seines Pop-up-Restaurants ins Suchfeld eingegeben – absurd, aber nun ja, sie würde ihm wohl kaum ihren Suchverlauf zeigen.

Genauso absurd wie die Tatsache, dass eine weltbekannte Küchensensation gerade in ihrem kleinen Café am Herd stand. Zahllose Artikel spekulierten über die Identität des unbekannten Kochs. Sie allein hatte nun das Privileg zu wissen, dass der Mann, der sich hinter diesem auf Hausmannskost aller Herren Länder spezialisierten Restaurant verbarg, kein anderer als ihr Jackson war. Feinschmecker standen stundenlang Schlange, wenn er in ihre Stadt kam.

Sie schüttelte den Kopf und wünschte, Jackson hätte ihr nichts über seine immens erfolgreiche, wenn auch heimliche Karriere erzählt. Sein Erfolg schüchterte sie ein, und der Kuss tat sein Übriges.

Dieser Kuss. Im Geiste hatte sie alle möglichen Entschuldigungen und Rechtfertigungen bemüht. Vorübergehende Unzurechnungsfähigkeit als Stressreaktion auf den Tag, die Woche, den Monat, das Jahr? Auf den täglichen Überlebenskampf, während sie gleichzeitig so tat, als sei alles in bester Ordnung? Den brodelnden Groll und Frust über ihre Rolle in ihrer eigenen Familie?

Du warst ausgehungert nach Sex, das ist alles.

Nur zu gern hätte sie sich an dieser letzten Ausrede festgehalten, aber sie wusste es besser. Wenn sie es darauf anlegte, boten sich ihr genügend Gelegenheiten für unverbindlichen Sex. Am passenden Ort, wie zum Beispiel der Bar. Niemals in ihrem eigenen Haus.

Sie schnappte sich ihr Handy und checkte die Uhrzeit, stöhnte, weil sie schon fünf Minuten zu spät dran war. Sie hätte längst aufstehen sollen. Es war Samstag, und Jackson hatte ihr über Darrell ausrichten lassen, dass sie nicht im Café vorbeischauen müsse. Das war auch gut so, denn Kareem hatte heute Nachhilfe, Fußball und Klavierunterricht, sodass jede Minute ihres Tages verplant war.

Sie riss sich zusammen und wälzte sich aus dem Bett. Schluss damit. Sie hatte einfach keine Zeit, um ausgerechnet Jackson dauernd hinterherzuschmachten.

Sie duschte und konzentrierte sich auf ihre Morgenrituale. Nachdem sie angezogen war, hielt sie inne und nahm die Schachtel mit ihrem und Pauls Ehering zur Hand. »Ich habe deinen Bruder geküsst«, platzte sie heraus. Das Geständnis verschaffte ihr sogleich eine gewisse Erleichterung.

Es war nicht so, dass sie glaubte, Pauls Andenken beschmutzt zu haben, und nur weil Jackson sein Bruder war, war er noch lange nicht tabu. Dennoch fühlte sie sich hin- und hergerissen ob dieses eng verwobenen Beziehungsgeflechts. »Seitdem du gestorben bist, fand ich es kein einziges Mal komisch, jemand anderes zu küssen, aber niemand …« Niemand hatte Gefühle in ihr ausgelöst.

Mit den Fingern fuhr sie über sein Gesicht auf dem Foto. »Ich habe ihn nicht geküsst, weil er mich an dich erinnert oder etwas in der Art. Ihr beiden wart ja immer schon total unterschiedlich. Vielleicht habe ich ihn einfach nur ziemlich vermisst? Keine Ahnung. Wie auch immer, ich gebe mein

Bestes, aber ich weiß gerade nicht recht, wo mir der Kopf steht.«

Sadia, Baby. Es war nur ein Kuss. Alle möglichen Leute küssen sich. Entspann dich ein bisschen.

Sie lächelte zittrig. Pauls Stimme klang in ihrem Kopf plötzlich so klar, als stünde er neben ihr.

Es stimmte. Es war nur ein Kuss gewesen. Heute Abend würde sie Jackson zum Abendessen einladen. Er arbeitete für ein paar Wochen für sie, und sie hatten sich vorläufig wieder versöhnt. Sie würde cool und gelassen mit ihm umgehen und so tun, als sei nichts passiert.

Sadia weckte ihren Sohn und bereitete ihm ein schnelles Frühstück zu, dann rief sie im Café an. Darrells Schwester Kimmie ging ans Telefon. »Kane's Café.«

»Hey, Kimmie, hier ist Sadia. Wie läuft's?«

»Großartig. Alles reibungslos.« Ihre Stimme klang lebhaft. Sadia hörte Geschirr klappern und das Murmeln der Gäste im Hintergrund.

»Klingt ziemlich voll.«

»Wir kommen klar. Jay hat ein paar neue Acai-Bowls ausprobiert. Die sind der Hit.«

Sie runzelte die Stirn. Dass Jackson Gerichte einführte, die nicht auf der Speisekarte standen, war ihr neu. Nicht dass es eine Rolle spielte. Hauptsache, sie verdienten Geld.

Sie verabschiedete sich und legte auf. Kareem sah von seinem Frühstück auf. »Darf ich heute Onkel Jackson besuchen? Vielleicht will er ja mit mir spielen?«

Sadia nippte an ihrem Kaffee, um ihre Reaktion zu überspielen. In der letzten Woche hatte Kareem ihr diese Frage häufiger gestellt. Sicher war es der Reiz des Neuen, warum Kareem so versessen darauf war, seinen geheimnisvollen Verwandten zu sehen. Trotzdem war sie unwillkürlich gerührt. Verdammt süß, wie begierig er darauf war, seinen Onkel kennenzulernen.

Außerdem konnte sie ihm wohl kaum erklären, dass er Jackson nur deshalb nicht treffen durfte, weil Mommy ihn geküsst hatte und deshalb eine Krise nach der nächsten bekam.

Schluss damit. »Vielleicht heute Abend.«

Kareem sah enttäuscht aus, fing aber gleich darauf wieder an zu strahlen. »Können wir die Grandmas besuchen?«

Die Grandmas, so nannte er Tani und Maile. Sadia lächelte gezwungen. Da Jackson im Café arbeitete, hatte sie in der letzten Woche nicht allzu häufig eine Betreuung für Kareem benötigt. Das war ein Segen, denn zweifellos würde er ihren Schwestern oder seinen Großeltern mit Feuereifer von seinem geheimnisvollen Onkel, der wieder aufgetaucht war, berichten.

Sie hatte keine Lust auf die bohrenden Fragen ihrer Familie, genauso wenig wie auf das Drama, das ihre Schwiegermutter veranstalten würde. Das war vielleicht nicht besonders nett von ihr, aber sei's drum. Sie konnte nun mal nicht die ganze Zeit die Heilige spielen. »Vielleicht morgen«, antwortete sie ausweichend. »Komm jetzt, iss auf. Wir haben eine Menge vor. Ich muss vor dem Spiel noch schnell beim Supermarkt vorbei, um ein paar Snacks für deine Mannschaft zu kaufen.«

»Wenn du das vergisst, wird Mrs R. sauer. Die ist ein richtiger Armleuchter.«

Sie schloss die Augen und zählte bis zehn. »Wo hast du dieses Wort her, Kareem?«

»Ist das ein Schimpfwort?«

»Ein sehr unhöfliches Wort.«

»Tante Liv ...«

»Neue Regel, okay? Wir wiederholen keine Worte, die Tante Livvy sagt, und benutzen sie auch nicht für andere Leute.«

Kareem schürzte seine knospenförmigen Lippen. »Gar keine?«

»Nicht ein einziges.«

»Was, wenn sie zum Beispiel ... Popo sagt?«

Sadia zog die Augenbraue hoch, hatte jedoch Mühe, ernst zu bleiben, als Kareem wild zu kichern anfing. Ach ja. Er war der einzige Kane, an den sie heute denken wollte.

»Oh mein Gott, Sadia, stimmt es, dass Livvy und Nicholas nach Vegas durchgebrannt sind und geheiratet haben und gerade über die TV-Rechte für ihre eigene Realityshow verhandeln?«

Sadia starrte die Frau vor ihr, eine der Helikoptermuttis des Fußballclubs, ausdruckslos an und streckte ihr den Karton, den sie trug, entgegen. »Ich habe Chips mitgebracht.«

Die gut gekleidete Brünette nahm ihr die Chips aus der Hand, ohne einen Blick daraufzuwerfen. So leicht ließ sie sich nicht ablenken. »Du kannst es mir ruhig erzählen«, versicherte sie. »Ich verrate niemandem ein Sterbenswörtchen.«

»Ich habe keine Ahnung, wo Livvy und Nicholas sind«, antwortete sie und hoffte, dass ihre Antwort nicht zu auswendig gelernt klang. *Livvy schuldet mir nicht nur kostenloses Babysitting, sondern auch noch eine Million Tattoos. Falls ich jemals meine Angst vor Nadeln überwinde.*

Rachel wirkte alles andere als überzeugt, lächelte aber trotzdem strahlend. »Na ja, ich habe auch gehört, dass Livvys Bruder wieder in der Stadt ist. Ist er immer noch so süß wie früher?«

Sadia erschrak. »Keine Ahnung.« Verdammt. Es schien, als habe ihre Drohung Harriet gegenüber den unvermeidlichen Klatsch lediglich etwas aufgeschoben.

»Aber klar weißt du das. Immerhin arbeitet er für dich.«

»Ich rede nicht über meine Familie, Rachel.«

Einen Augenblick lang wirkte Rachel verblüfft, dann verärgert. Sie sah auf die Chips herab. »Ah, du hast nur normale Chips mitgebracht? Die Kids mögen lieber die großen Packungen mit verschiedenen Sorten. Nur so als Info.«

Nur so als Info: Du hast was von einem Armleuchter.

Sadia suchte das Weite und zog ihr Handy aus der Tasche. Keine Anrufe aus dem Café. Sie zögerte einen Augenblick, dann tippte sie eine Textnachricht ein.

Wie läuft es?

Jackson antwortete sofort, als habe er auf eine Nachricht von ihr gewartet. Gut. Keine Sorge.

Sie kaute auf ihrer Unterlippe herum. Erstaunlich, wie beruhigend seine Anwesenheit im Café auf sie wirkte. Dass sie selbst nicht vor Ort sein musste, war vor allem eins: eine Riesenerleichterung. Sie überlegte einen Moment und schrieb dann:

Willst du zum Abendessen rüberkommen?

Sie drückte auf *Senden* und sah sich um, als befürchtete sie, dabei ertappt zu werden, dass sie dem Mann, der in ihren feuchten Träumen auftauchte, Nachrichten schrieb. Zum Glück war keine der Übermuttis in der Nähe, um sie an den Pranger zu stellen, nicht einmal die armleuchternde Rachel.

Seine Antwort kam genauso schnell wie die erste. Ja.

Na gut. Sie nickte und versuchte, das schmetterlingshafte Flattern in ihrem Magen zu ignorieren. Nachdem zwischen ihnen eine Woche lang Funkstille geherrscht hatte, war sie einfach nur froh, wieder zu ihrem behutsamen Waffenstillstand zurückzukehren. Das war alles. Mehr steckte nicht dahinter.

Sie trommelte mit den Fingern auf die Rückseite ihres Handys, dann schrieb sie schnell noch eine weitere Nachricht. Kleine Vorwarnung: Anscheinend wissen ein paar Leute, dass du in der Stadt bist und für mich arbeitest. Vielleicht solltest du deiner Mom und Maile Bescheid geben, bevor sie es von jemand anderem erfahren?

Es ging sie eigentlich nichts an, dass er mit seinem Verhalten das nächste Drama geradezu heraufbeschwor, es lag aber sehr wohl in ihrem Interesse, es abzuwehren. Denn wenn Tani und Maile davon Wind bekamen, würden sie auch ihr die Hölle heißmachen.

Ihr Handy brummte. DANKE FÜRS BESCHEIDSAGEN.

Sie wartete, aber das war alles. Sadia verkniff sich ein Stirnrunzeln und sah auf, als sie die Stimme ihres Sohnes vernahm. Egal. Auch ohne die Familiendramen der Kanes hatte sie genug am Hals.

Sie versuchte, sich auf die Kinder zu konzentrieren. Bei diesen Bambini-Matches ging es einfach nur um den Spaß am Fußball, ohne dass allzu viel auf dem Spiel stand. Es war ihr wichtig, Kareem die gleichen Chancen zu eröffnen, die sie in ihrer Jugend gehabt hatte. Sadia wollte, dass ihr Sohn möglichst viel ausprobierte, damit er herausfand, was er liebte und worin er gut war.

Beim Anblick der niedlichen Fünf- und Sechsjährigen, die vor ihr übers Gras stolperten, hob sich ihre Laune ganz von allein. Sie jubelte, als Kareem in Ballbesitz kam. »Gut gemacht, Baby! Nein … du darfst deinen Kumpel erst nach dem Spiel umarmen!«

Sie lächelte, als ihr Sohn seinen Freund wieder losließ und die Daumen hochhielt. Ihr Blick wanderte am Spielfeld vorbei, hinüber zum Parkplatz.

Sie brauchte einen Augenblick, um den Mann im Rollstuhl einzuordnen, der am Rande des Platzes im Schatten eines Baumes saß. Doch als sie ihn erkannte, beschlich sie ein unbehagliches Gefühl, und ihr Lächeln verblasste.

Sadia teilte den Hass ihres verstorbenen Mannes auf John Chandler nicht. Paul hatte weder den Namen noch den Anblick irgendeines Mitglieds der Familie Chandler ertragen können. Zwar war ihr bewusst gewesen, dass sie das Ausmaß seines Verlustes durch den Tod von Robert Kane und Maria Chandler wohl nie im vollen Ausmaß würde nachvollziehen können, dennoch hatte es ihr ein wenig das Herz gebrochen, wie sehr diese Tragödie Pauls Leben geprägt hatte.

In diese ganze Kane-Chandler-Fehde wollte sie nie hineingezogen werden, was einer der Gründe gewesen war, warum sie nicht den Nachnamen ihres Mannes angenommen hatte. Viel genützt hatte das nicht. Sie war sich wie eine Verräterin vorgekommen, als sie nach Pauls Tod zum ersten Mal den Fuß in einen Chandler-Supermarkt setzte. Aber dieses Gefühl hatte sie schon bald überwunden, denn für sie zählte vor allem, dass sie für ihren Sohn die besten Lebensmittel kaufte.

Johns Anblick hier, sozusagen auf ihrem Hoheitsgebiet – und damit Kane-Territorium –, traf sie wie ein Schlag in die Magengrube. Livvy und John hatten sich wieder versöhnt, bevor ihre beste Freundin mit dem Enkel dieses Mannes durchgebrannt war, aber was um Himmels willen tat er jetzt hier? Kannte er eines der anderen Kinder, die bei den Fußball-Bambinis mitspielten? Schließlich hatte nicht jeder Lust, einem Haufen kleiner Kinder dabei zuzusehen, wie sie planlos umherpurzelten, sich gegenseitig umrannten und gelegentlich auch mal den Ball trafen.

Aber vielleicht … wollte er ja auch Kareem besuchen?

Ihre Mutterinstinkte sprangen an, und ehe es ihr bewusst wurde, hatte sie sich schon in seine Richtung in Bewegung gesetzt. Als sie nur noch wenige Meter von John entfernt war, wandte er die Aufmerksamkeit von den Kindern ab und sah ihr ruhig und gelassen entgegen. Offenbar hatte er erwartet, dass sie zu ihm herüberkommen würde. »Hallo, Sadia.«

Sie blieb etwa einen halben Meter vor ihm stehen und faltete die Hände vor dem Körper. »Mr Chandler.«

Er war lässig gekleidet, trug Jeans und ein kariertes Hemd. John hatte seinen Reichtum nie in irgendeiner Form zur Schau gestellt. Er lächelte schwach. »Früher hast du mich Grandpa John genannt.«

Das stimmte. Die Kanes waren bei den Chandlers ein und aus gegangen, und dieser Mann war wie ein Großvater für sie gewesen. Auch sie hatte seit ihrem zehnten Lebensjahr zur Familie gehört. »Ich habe dich lang nicht mehr gesehen.«

»Ja, ist schon eine ganze Weile her.« John blickte zum Spielfeld hinüber. »Dein Sohn ist ziemlich groß geworden.«

Jackson hatte etwas Ähnliches gesagt, aber ihm hatte Sadia Fotos von Kareem geschickt. John hatte dieses Privileg nicht gehabt, und sie war sicher, dass auch Paul nichts dergleichen getan hatte. »Hast du ihn denn überhaupt schon einmal gesehen?« Es gelang ihr nicht, den scharfen Klang in ihrer Stimme zu unterdrücken. Der Gedanke, dass jemand ihren Sohn beobachtete, ohne dass sie es mitbekam, verursachte ihr Unbehagen.

»Ja«, antwortete er überraschend aufrichtig. »Aber in letzter Zeit nicht mehr. Ich verlasse jetzt nicht mehr allzu häufig das Haus. Ich war neugierig.«

»Es ist mir egal, ob du neugierig warst«, gab Sadia höflich zurück. »Wenn ich mitbekomme, dass du noch einmal ohne mein Wissen in der Nähe meines Sohnes herumschleichst, bringe ich dich um.«

Er wirkte verblüfft, dann lachte er laut und heiser auf. »Mein Gott. Kein Wunder, dass Paul dich so angehimmelt hat.«

Sie verkrampfte die Hände ineinander. Noch immer spürte sie Pauls Lippen auf ihrer Stirn, als er ihr an jenem Abend vor seinem Tod einen Kuss gab, nachdem er sie eben um die Scheidung gebeten hatte. Es war vielleicht nicht mehr in sie verliebt gewesen, aber geliebt hatte Paul sie dennoch bis zum Schluss. Genau wie sie ihn.

John bemerkte ihre Anspannung und wurde wieder ernst. »Das mit Paul tut mir leid. Ich will, dass du das weißt.«

»Danke.«

»Und es tut mir leid, dass ich um deinen Sohn herumgeschlichen bin, wie du es formulierst. Ich wollte lediglich so viel wie möglich über Pauls Sohn erfahren.« Er sah zu ihr auf. Nur ein Herz aus Stein hätte sich von seinem traurigen Blick nicht erweichen lassen. »Er ist für mich so etwas wie ein Urenkel. Davon werde ich wohl keine weiteren mehr kennenlernen, Sadia. Das war der einzige Grund.«

Sie nickte langsam. Familie. »Ich verstehe.«

»Ich mache es nicht wieder. Und offen gesagt bin ich heute nur hier, weil ich mit dir reden wollte.«

»Mit mir?«

»Hast du irgendwas von Nicholas und Livvy gehört?«

Nun fiel die Anspannung vollends von ihr ab. Daher wehte also der Wind. »Nein. Soweit ich weiß, werden sie erst zurückkehren, wenn sie dazu bereit sind. Livvy hat sich aber während der letzten Wochen immer mal wieder bei ihrer Tante und ihrer Mutter gemeldet.«

John wirkte enttäuscht. »Nicholas meldet sich auch hin und wieder bei seiner Schwester. Ich glaube, indem er keinen Kontakt zu mir und seinem Vater sucht, will er uns eine Lektion erteilen ... aber das spielt eigentlich keine Rolle. Ich freue mich natürlich sehr, dass die beiden versuchen, ihre Probleme zu lösen.«

Sie brummte zustimmend. Ja, auch sie freute sich darüber. Zwar fühlte sie sich immer noch etwas außen vor gelassen, aber dennoch glücklich. »Wenn das alles war, was du mich fragen wolltest ...?« Sie wandte sich zum Gehen, zurück zu ihrem Sohn und fort von diesem vagen Gefühl, gerade ihre Familie zu hintergehen.

»Eigentlich gibt es noch etwas. Ich habe ein Gerücht gehört.«

Oh, Mist. Resigniert blieb sie stehen.

»Ich habe gehört, dass Jackson zurück ist.«

Sie biss sich auf die Unterlippe, brachte es nicht über sich, dies entweder zu bestätigen oder zu leugnen, nicht einmal vor diesem alten Mann. Seine blassblauen Augen blickten unsicher drein. »Kannst du ihn bitten, mich zu besuchen?«

Ach, du lieber Gott. »Ich weiß nicht so genau, ob ich das kann, Sir.« Zum einen hatte sie seit einer Woche nicht mehr mit Jackson gesprochen. Und ihr Friedensangebot – das Abendessen – war noch nicht mal gekocht.

»Natürlich.« John räusperte sich. »Ich wollte dich nicht in Verlegenheit bringen.«

Sie brummte wieder nur.

John drehte sich um und holte eine Tasche aus dem Beutel an seinem Rollstuhl. »Kannst du ihm wenigstens das hier geben? Mach es nicht auf. Es ist nur für ihn bestimmt.«

Zögernd nahm sie die Stofftasche entgegen. Sie war schwer, als sei ein Buch darin. »Ich will eigentlich mit alldem nichts zu tun haben.«

»Ja, ich weiß. Und ich frage dich auch nicht gern, wirklich nicht.« Der Wind zerzauste seine weiße Haarmähne. »Aber ich brauche nun mal deine Hilfe. Diese Tasche gehört Jackson.«

»John …«

»Irgendwann im Leben kommt man an einen Punkt, Sadia, an dem man über all die Fehler nachdenkt, die man gemacht hat, und sich vor Augen hält, was einem fehlt. Man denkt an die Menschen, die man niemals wiedersehen wird.« Sein Blick schweifte über das Spielfeld und die Kinder. Ein wehmütiges Lächeln umspielte seine Lippen. »Ich liebte Sams Enkel wie meine eigenen, auch Jackson. Ich weiß, dass er dieses Feuer nicht gelegt hat. Ich will ihm nicht wehtun. Ich vermisse ihn. Ich vermisse meine Familie.«

Ihr Herz machte einen Satz, und sie presste die Tasche dichter an die Brust. »Okay. Ich weiß natürlich nicht, wie Jackson reagieren wird, aber ich werde ihm das geben.«

»Aber nicht reinschauen«, warnte er sie noch einmal.

»Mach ich nicht«, versprach sie. Sie wandte sich dem Fußballspiel zu und hielt sich die Hände trichterförmig an den Mund. »Kareem! Komm mal bitte her!«

Als sie John wieder ansah, waren dessen Augen feucht. Tränen schwammen in ihnen, als Kareem auf sie zugelaufen kam.

Sadia ging neben Johns Stuhl in die Hocke und legte ihre Hand auf die seine. Sie fühlte sich weich und faltig an.

Nur weil man neutral bleiben wollte, musste man nicht unbeteiligt sein. Egal, welche Absichten und Ziele John haben mochte, er war Pauls Großvater gewesen. Und Livvy zufolge hatte er mit der Geschäftsübernahme von C&O nichts zu tun gehabt. Er hatte weder ihrem Mann noch ihr selbst ein Unrecht getan. Weder ihm noch ihrem Sohn durfte sie das Recht vorenthalten, einander zumindest kennenzulernen.

Es war höchste Zeit, diese Fehde ein für alle Mal ruhen zu lassen. Wenn Nicholas und Livvy tatsächlich als Paar wieder zueinanderfanden, sah Kareem diesen Mann heute sicher nicht zum letzten Mal. Und falls sie selbst jemals gezwungen sein würde, zwischen Neutralität und Familie zu wählen, würde sie sich stets für Letztere entscheiden.

Kareem sah neugierig zwischen ihr und John hin und her. »Hi.«

John räusperte sich. »Hallo.«

»Kareem, das ist Daddys Großvater. Dein Uropa.«

Kareem musterte John. »Ich wusste ja gar nicht, dass Daddy einen Großvater hatte.«

John neigte sich ihrem Sohn zu. »Er hatte sogar mehrere Opas. Und ich hatte das große Glück, einer von ihnen zu sein.«

Kareem schien das durchaus einzuleuchten. »Kann dein Rollstuhl schnell fahren?«

»Kareem.«

»Nein, schon gut.« Johns Augen leuchteten auf. »Sogar ziemlich schnell. Vielleicht lass ich dich ja irgendwann mal mitfahren.«

»Cool.« Kareem blickte zu Sadia auf. »Ich geh jetzt wieder spielen. Bye, Grandpa«, sagte er lässig zu John und rannte davon.

Beim Anblick der puren Freude auf Johns Gesicht zog sich Sadias Herz zusammen. »Hör zu, ich besuche dich mal mit Kareem. Was meinst du?«

Sein Adamsapfel hüpfte auf und ab. »Du bist ein guter Mensch, Sadia.«

»Nein. Einfach nur egoistisch, wenn es um die Familie geht. Ich bringe es nicht fertig, Menschen abzuweisen, die meinem Sohn etwas Gutes wollen. Aber wenn du ihn wiedersehen willst, dann lauere ihm nicht irgendwo auf. Ruf mich an. Wenn du weißt, wo mein Sohn Fußball spielt, wirst du ja wohl auch mit dem Handy umgehen können.«

»Genau das werde ich tun.« Als sie sich zum Gehen wandte, hielt er sie am Handgelenk fest. »Sam wäre von der Ehefrau seines Enkels entzückt gewesen.«

Sie zuckte mit den Schultern. Lob dieser Art machte sie immer verlegen. »Danke, Sir.«

Er legte die Hände in den Schoß. »Darf ich mir den Rest des Spieles ansehen?«

»Klar. Soll ich dir einen Saft von unserem kleinen Snack-Buffet bringen?«

»Gibt es Kirschsaft?«

»Obstpunsch.«

Er dachte einen Augenblick lang nach, dieser Multimillionär, der aus dem Nichts ein Imperium und eine ganze Stadt errichtet hatte.

»Das wäre nett.«

Kapitel 9

JACKSON

VIELLEICHT SOLLTEST DU DEINER MOM UND MAILE BESCHEID GEBEN, BEVOR SIE ES VON JEMAND ANDEREM ERFAHREN?

Jackson fuhr mit dem Daumen über die Nachricht. Was für ein Wechselbad der Gefühle, erst lud sie ihn zum Abendessen ein, nur um ihn gleich darauf an seine Pflichten gegenüber seiner Familie zu erinnern. Sadia wusste wirklich, wie man seine Aufmerksamkeit erregte.

Ihm war klar, dass Sadia ihn seit einer Woche mied, und das war völlig in Ordnung für ihn. Jeden Tag war er mit ihrem Geschmack auf seinen Lippen aufgewacht und abends mit dem Klang ihrer Seufzer im Ohr in einen unruhigen Schlaf gefallen. Die restliche Zeit hatte er entweder mit der Arbeit im Café und der Produktion von Unmengen von Lebensmitteln verbracht oder die Umgebung nach neuen Lieferanten abgegrast.

Oder hatte sich in der Nachbarschaft seiner Mom herumgetrieben. Jackson sah an dem Haus empor, vor dem er jetzt stand.

Kein Wunder, dass sich Gerüchte über ihn verbreiteten. Er war so sehr damit beschäftigt gewesen, Sadia aus dem Weg zu gehen, dass er ansonsten unvorsichtig geworden war.

Er ließ sein Handy in die Tasche gleiten. Sobald das Mittagsgeschäft vorbei gewesen war, hatte er das Café verlassen. Ohne einen rechten Plan im Kopf hatte er das Motorrad ein paar Straßen weg von dieser typischen Vorstadt-Sackgasse, in der er nun stand, geparkt. Er wusste nur, dass ihm schon bei der Vorstellung, Tani und Maile könnten von jemand anderem erfahren, dass er noch in der Stadt war, leicht übel wurde.

An diesem späten Sonntagnachmittag lag die Straße ziemlich verlassen da. Das Haus war ein Hochzeitsgeschenk der Familie seiner Mutter an die seines Vaters gewesen. Etwas hübscher als Sadias Haus, aber dennoch nicht annähernd so prächtig wie die Villa, in der er aufgewachsen war.

Seine Mutter hatte sein Elternhaus verkauft und war mit ihrer Schwägerin zusammengezogen. Eine gute Idee, wie er fand. Auch wenn die Beziehung zu ihr nicht gerade unkompliziert war, wünschte er ihr nichts Böses. Weiterhin in dem Haus zu wohnen, in dem sie mit ihrem geliebten Ehemann gelebt hatte, wäre womöglich ihr Tod gewesen.

Außerdem hatte sie vermutlich ein hübsches Sümmchen dafür bekommen. Tani war nie berufstätig gewesen. Als sie geboren wurde, hatte C&O bereits ordentliche Gewinne eingefahren. Er wusste nicht, wie sie jetzt ihren Lebensunterhalt bestreiten sollte, nahm aber an, dass das Geld, das sie für ihren Firmenanteil und das Haus bekommen hatte, ihr und Maile ein einigermaßen angenehmes Auskommen sicherte.

Er rieb sich den Nacken, als er den gewundenen Fußweg entlangging. Die Häuser standen dicht beieinander, und wenn irgendwelche Nachbarn zufällig aus dem Fenster sahen, würden sie sicher sofort erraten, wer er war. Er sah seinem Vater einfach allzu ähnlich.

Er ging zur Tür und klopfte leise an. Bloß nicht zögern, sonst überlegte er es sich womöglich noch anders.

Keine Reaktion. Er klopfte noch einmal.

Nichts.

Er legte die Hand auf den Türknauf. Er hätte das Schloss knacken können – das hatte er mal von einem besonders widerlichen Hilfskellner gelernt –, aber das war gar nicht nötig. Der Knauf ließ sich ganz leicht drehen.

Ihn beschlich ein mulmiges Gefühl. Seine Mutter war vor nicht allzu langer Zeit an der Hüfte operiert worden. Und auch Maile war kein junger Hüpfer mehr. Was, wenn seiner Tante etwas zugestoßen war und seine Mutter einen Unfall gehabt hatte?

Die Tür schwang auf. Er trat ein und schloss sie hinter sich. Das Haus sah noch genauso aus wie damals, als seine Großeltern noch hier gewohnt hatten. Ohne darüber nachzudenken, zog er die Schuhe aus.

Drinnen war es dunkel und still. Auf bloßen Füßen durchquerte er den Flur, ging zum Wohnzimmer und spähte hinein. Allzu viel hatte sich nicht verändert. Eine neue Couch, ein neuer Fernseher. Die gleiche Potpourri-Schale auf dem Couchtisch. Das gleiche gerahmte Familienfoto über dem Kamin.

Sein Herz zog sich zusammen, als er zum Kaminsims hinüberging. Er erinnerte sich noch gut an den Tag, als es aufgenommen worden war. Ein Profifotograf war ins Haus gekommen. Er selbst war noch ein Kind gewesen, vielleicht fünf oder sechs Jahre alt. Auf dem Bild trug er einen dunklen Anzug, der zu dem seines Bruders und seines Vaters passte. Letzterer hielt Livvy auf dem Arm. Sie machte ein missmutiges Gesicht. Ihr Kleid war zerknittert, und eine Schleife hing ein wenig schief in ihrem Haar. Wenn er es noch richtig im Kopf hatte, hatte seine Schwester kurz vor der Aufnahme einen Wutanfall gehabt. Ihre Mutter wollte, dass sie ein leuchtend pinkfarbenes Kleid anzog, aber Livvy war ganz versessen auf ihr Lieblingskleid gewesen. Es war weiß und mit riesigen grünblauen Palmwedeln bedruckt. Sie hatte sich zwar durchgesetzt – auf dem

Foto trug sie tatsächlich das Kleid mit dem Tropenpflanzen-Motiv –, wirkte aber verdrossen. Er berührte das Kleid auf dem Bild. Seine Schwester hatte es ständig getragen, bis es ihr buchstäblich vom Leib gefallen war.

Sein großer Bruder Paul hatte den Arm um ihn gelegt und presste ihn an sich. Die Hand seiner Mutter ruhte auf seiner Schulter. Er fuhr mit dem Daumen über Pauls Gesicht, dann über das seiner Mutter.

Was zum Teufel machte er nur hier?

Als er hinter sich ein Geräusch hörte, wandte er sich um. Seine Mutter stützte sich mit der einen Hand schwer auf einen Gehstock. Mit der anderen hielt sie sich am Türrahmen fest.

Lange verharrten sie so. Ihre Miene war ausdruckslos. Er war sicher, dass auch sein Gesicht keine Gefühlsregung verriet. Darin waren sie beide immer gut gewesen. Nie hatte einer von ihnen allzu viel Emotionen gezeigt.

Früher hatten sie eine ganz besondere Verbindung geteilt, die beiden stillen Menschen in einem zuweilen so chaotischen Haushalt. Zumindest hatte er das geglaubt.

»Was machst du hier?«

Seit zehn Jahren hörte er zum ersten Mal wieder die Stimme seiner Mutter, und unwillkürlich zuckte er zusammen. Sie klang nicht mehr so wie in seiner Erinnerung. Ihre Stimme war höher. Schwächer. Aber vielleicht lag das auch an dem Schreck, den ihr sein Anblick versetzt hatte.

Er versuchte, genauso sachlich und spröde zu sprechen wie sie, doch seine Antwort klang hölzern. »Ich bin für ein paar Tage in der Stadt. Ich helfe Sadia im Café.«

Sie trug den gleichen hellrosa Lippenstift wie damals, aber inzwischen umrahmten ein paar Fältchen ihren Mund, in die die Farbe hineinsickerte. »Ich habe dich nicht gefragt, warum du in der Stadt bist, sondern was du hier im Haus machst?«

Er hatte keine Ahnung. Warte. Doch. Hatte er wohl. »Ich

wollte dir Bescheid sagen, dass ich in Rockville bin. Bevor du es von Fremden erfährst.«

Sie schnaubte, ein undamenhaftes Geräusch, wie er es noch nie bei ihr gehört hatte. »Das weiß ich schon seit Wochen. Schon bevor Livvy törichterweise mit diesem Jungen davongelaufen ist.« Sie trat zwei Schritte ins Zimmer. Er spannte sich an. Instinktiv wollte er ihr helfen, aber falls sie sich nicht drastisch verändert hatte, würde sie darauf verärgert reagieren. Sie setzte sich aufs Sofa und lehnte den Gehstock dagegen.

Als er vom Unfall seiner Mutter erfahren hatte, hatte er Ariel gebeten, ein paar Erkundigungen einzuziehen. Seine Partnerin hatte ihm berichtet, dass Tani sich von dem Eingriff gut erholte. Bis ihn Sadias Schimpftirade per Mail erreichte, hatte er sich weiter keine Gedanken gemacht. Und auch dann hatte seine Sorge nur Livvy gegolten.

Doch jetzt erschien ihm Tani sehr klein und zerbrechlich. Vielleicht lag es aber auch daran, dass er sie eine Ewigkeit lang nicht gesehen hatte. Natürlich war sie in den vergangenen zehn Jahren älter geworden, genau wie er selbst. »Wie geht es deiner Hüfte?«, fragte er schroff.

Seine Mutter starrte geradeaus vor sich hin auf den toten Fernsehbildschirm. »Gut.«

»Wo ist Maile?«

»Im Supermarkt.«

»Ah. Brauchst du irgend …«

»Nein. Ich brauche nichts von dir. Du kannst jetzt gehen.«

Er zuckte zusammen bei ihren Worten, doch sie überraschten ihn nicht. Jackson war schon beinahe an der Tür, als sie weitersprach. »Ich weiß, dass du mir die Schuld gibst.«

Er erstarrte, wandte sich aber nicht zu ihr um. »Du nimmst es mir übel, dass ich nach dem Tod deines Vaters nicht für dich da war«, fuhr sie fort.

Nein. Das stimmte nicht. Er konnte sie nicht ansehen,

denn dann hätte er keinen Ton herausgebracht. Trotzdem musste er es richtigstellen. »Ich nehme dir das nicht übel.« Er wusste nicht, ob Tani ebenso wie Livvy unter Depressionen litt oder ob ihre Schwermut nach dem Tod seines Vaters nur der Trauer geschuldet gewesen war, aber eigentlich war das auch egal. Er hatte verstanden, wie tief verzweifelt seine Mutter gewesen war. Wie hätte er seine weinende Schwester im Arm halten können, ohne das gleiche Mitgefühl für seine Mutter zu empfinden?

Wenn Tani es zugelassen hätte, hätte er auch sie damals getröstet. Aber sie hatte sich allein in ihr Zimmer zurückgezogen. Ihm war nichts weiter übrig geblieben, als dafür zu sorgen, dass ihrer aller Leben nicht noch mehr aus den Fugen geriet.

Sein Lid zuckte. Das Haus nach Tabletten und scharfen Gegenständen zu durchsuchen, aus Angst, dass eines der Familienmitglieder sich etwas antun könnte, während ihn selbst die Trauer um den Vater zutiefst erschüttert hatte, war wohl das Schwerste, das er je in seinem Leben getan hatte.

»Tust du wohl«, beharrte sie.

»Nein. Dir ging es schlecht. Du hast Dad geliebt.« Seine Stimme wurde weicher. »Das haben wir alle.« Er konnte ihr nur eins nicht verzeihen: Dass sie gerade lange genug für eine einzige Entscheidung aus dieser Depression emporgetaucht war. Eine Entscheidung, die ihm das Herz gebrochen hatte.

»Warum dann?« Ihre Stimme war fest, gab keinerlei Gefühlsregung preis. »Warum bist du nie nach Hause zurückgekehrt?«

Er riskierte einen verstohlenen Blick auf sie. Sie hielt den Kopf gesenkt. Das Haar am Hinterkopf war etwas dünner geworden. »Du meintest, ich solle die Polizei begleiten.«

Scharf sog sie die Luft ein.

Er ballte die Hand zur Faust. Es war keine Wut, vielmehr

fühlte er sich wieder wie der Neunzehnjährige, der in einer Gefängniszelle saß. Der Kontrast zu der zugegeben überbehüteten und wohlhabenden Welt, in der er aufgewachsen war, hätte nicht krasser sein können. »Du hast gesagt, dass ich mitgehen soll, dass nichts passieren würde, dass ich mit niemandem reden solle. Du sagtest, du würdest dafür sorgen, dass ich schnell wieder herauskäme.« Er hatte damals seiner Mutter in die Augen gesehen, jener Frau, die ihm immer so nahe gewesen war, und hatte ihr vertraut.

»Ich …«

»Zwei Wochen.« Er schnitt ihr das Wort ab. Normalerweise war er schweigsam, aber jetzt konnte er sich nicht bremsen. Es war, als hätte etwas seine seit einem Jahrzehnt vor sich hin köchelnden Gefühle zum Überlaufen gebracht. »Du hast mich geschlagene zwei Wochen im Gefängnis sitzen lassen, während mich die Cops bearbeitet haben und mein Name in den Nachrichten durch den Dreck gezogen wurde. Livvy und Maile waren diejenigen, die versucht haben, mich wieder herauszubekommen. Sie waren diejenigen, die mir einen Anwalt verschafft, die mich besucht haben.« Und Sadia. Aber sie hatte er nach dem einen Mal nicht mehr sehen wollen.

Am Anfang hatte er noch gefragt, wann seine Mutter kommen werde. Livvy hatte ihm schließlich erzählt, dass Tani sich in ihrem Zimmer eingeschlossen habe und sich weigere, überhaupt mit einem von ihnen zu reden. Über nichts wolle sie reden. Insbesondere nicht über ihn.

Es rege sie zu sehr auf, hatte Livvy ihm entschuldigend erklärt. Sie hatte Verständnis gehabt, obwohl sie mit ihren eigenen Depressionen kämpfte.

»Aber auch das alles hätte ich dir verzeihen können. Ich hätte es mir damit erklärt, dass du in tiefer Trauer und nicht in der Verfassung warst, mir zu helfen. Aber du wusstest es, nicht wahr? Du wusstest, dass Paul mich belogen hatte. Und indem du nichts dagegen unternommen hast, hast du deine Entscheidung getroffen. Bis dahin magst du an meiner Seite gewesen sein, aber in diesem Augenblick hast du mich letztendlich im Stich gelassen.«

Sie rieb sich mit ihren zierlichen Fingern die Schläfen, gab aber keine Antwort. Verteidigte sich nicht.

Er schob beide Hände in die Taschen. »Kannst du mir glaubhaft versichern, dass du es nicht gewusst hast?« Und plötzlich war ihm klar, warum er hergekommen war. »Sag mir, dass du keine Ahnung von Pauls Lüge hattest, mit der er mich dazu brachte, mich verhaften zu lassen. Sag es mir.«

Lüg mich jetzt an, falls du davon wusstest.

Aber sie sagte immer noch nichts, was ihn nicht sonderlich überraschte. Er atmete aus. »Ich bin froh, dass es dir gut geht. Mir geht es auch gut. Wenn du jemals Geld brauchen solltest, sag Livvy Bescheid. Sie weiß, wie sie mich erreichen kann.« Mit diesen Worten verließ er das Zimmer.

Er zitterte am ganzen Körper, als er auf die Eingangstür zuschritt. Er öffnete und schloss sie leise hinter sich. Auf der Veranda hielt er plötzlich inne. Die breitschultrige, große Frau, die die Treppe hinaufstieg, blieb ebenfalls stehen. Die Einkaufstasche in ihrer Hand fiel krachend zu Boden.

Tante Maile war die jüngere Schwester seines Vaters. Auf der ganzen Welt gab es keine warmherzigere, fürsorglichere Frau. Normalerweise hielt er sich von ungestümen, extrovertierten Menschen fern – was ein Grund dafür war, dass sein Vater und er sich nicht allzu nah gestanden hatten –, aber Maile hatte seine ruhige Art verstanden und akzeptiert, ohne ihm das Gefühl zu geben, dass irgendetwas mit ihm nicht stimmte.

Als sie sich nach seiner Entlassung aus dem Gefängnis gegenübergestanden hatten, hatte sie ihn fest an sich gezogen und ihm ein Bündel Geldscheine in die Hand gedrückt. Er musste mit keinem Wort erwähnen, dass er es nicht hätte ertragen können, noch einmal auf seinen Bruder zu treffen oder in einer Stadt zu bleiben, in der gefühlt jeder ihn anstarrte, entweder mitleidig, beunruhigt oder verängstigt. Sie hatte es auch so gewusst.

Ihr Haar war inzwischen von grauen Strähnen durchzogen, und ein paar neue Linien umrahmten Augen und Mund, aber das waren wohl eher Lach- als Altersfalten. Maile hatte sich immer jugendlich gekleidet. Heute trug sie enge Jeans, ein lila Top und einen gleichfarbigen Cardigan. Das lange Haar hatte sie zu einem flotten Pferdeschwanz zusammengefasst.

Reglos stand sie da. Also ging er langsam auf sie zu und bückte sich, um den Beutel aufzuheben. Er war schwer.

Mit zitternder Hand strich sie ihm über die Wange, und er ließ es geschehen. Maile war groß, größer als Sadia, sodass sie beinahe auf Augenhöhe mit ihm war. »Mein Gott.« Ihre Augen wurden feucht. »Du bist deinem Vater wie aus dem Gesicht geschnitten.«

Unsicher trat er von einem Fuß auf den anderen. Tränen brachten ihn immer völlig aus dem Konzept.

Glücklicherweise ergriff sie die Initiative und zog ihn an sich. Er zögerte einen Moment, dann erwiderte er die Umarmung. Sie drückte ihn fest, und er schloss die Augen. Er war nicht sicher, ob es daran lag, dass er erwachsen oder sie älter und schwächer geworden war, aber ihre Umarmung erschien ihm nicht mehr so fest wie in seiner Erinnerung.

Wenn ihm als Kind alles zu viel geworden war und er eine Zuflucht gebraucht hatte, war er auf ihren großen, weichen Schoß geklettert, wo er sich zusammenrollen und ein wenig Ruhe finden konnte.

Diese Zeiten waren vorbei, und selbst der Gedanke daran schien seinem Alter völlig unangemessen.

Schließlich räusperte sie sich und löste sich von ihm. Dankbar erkannte er, dass sie unter Tränen lächelte.

Deshalb war er auch umso überraschter, als sie ihm einen Schlag auf die Brust versetzte. »Au.« Er rieb sich die schmerzende Stelle.

»Wie konntest du es wagen, nach Rockville zurückzukehren und mich nicht sofort zu besuchen?«, fragte sie. »Hast du wenigstens darüber nachgedacht?«

Also wusste auch Maile, dass er schon seit Wochen hier war. Sie funkelte ihn so wütend an, dass er sich schämte. »Doch. Ich wusste nur nicht, wie.«

»Genauso wie du es gerade gemacht hast. Indem du zu mir kommst und mich in den Arm nimmst«, belehrte sie ihn. »Mehr ist nicht nötig.«

Er senkte den Kopf. »Ja, Ma'am.«

»Na ja, jetzt bist du ja da.« Sie atmete tief ein. »Du bist zu Hause.«

Zu Hause. Er hatte kein Zuhause. Seine Heimat war dort, wo immer er eine Küche fand, in der er kochen konnte. »Vorübergehend.«

»Wie lange bleibst du?«

»Keine Ahnung.«

Offenbar konnte sie nicht aufhören, ihn zu berühren, immer wieder tätschelte sie flüchtig seine Schultern und Arme. Schließlich ergriff sie seine Hände. »Livvy hat mir gesagt, dass sie in ein paar Tagen wieder da ist.«

Er nickte, und Erleichterung durchflutete ihn. »Geht es ihr gut?«

»Hört sich so an. Bis über beide Ohren verliebt.«

Er verkniff sich eine zynische Antwort. »Okay.«

»Glaubst du mir das nicht?«

»Ich glaube, dass sie verliebt ist. Die Liebe verführt einen oft zu allerlei Dummheiten.«

Streng musterte sie ihn. »Stimmt. Aber manchmal gibt sie einem auch erst die Sicherheit, derlei Dummheiten zu riskieren.«

Er wandte den Blick ab. »Ich traue Nicholas nun mal nicht über den Weg.«

»Na ja, das musst du ja auch nicht. Vertraue einfach deiner Schwester. Sie ist erwachsen, ebenso wie Nicholas. Entweder kriegen die beiden das hin oder eben nicht.«

Er brummte zustimmend, um das Thema abhaken zu können.

»Sie wird überrascht sein, dass du noch hier bist. Offengestanden bin ich es auch, das kannst du mir glauben. Ich habe eigentlich nur darauf gewartet, dass mir jemand von deiner Abreise erzählt.«

»Woher weißt du so genau über mich Bescheid?«

Sie machte eine wegwerfende Handbewegung. »Ich habe Augen und Ohren in der ganzen Stadt. Wenn ich nicht gewusst hätte, dass du gleich die Flucht ergriffen hättest, wäre ich sofort zu dir gekommen, als ich hörte, dass du im Café arbeitest.« Ihr Gesicht nahm einen wehmütigen Ausdruck an. Genau wie sein Vater, so hatte auch Maile in ihrer Jugend im Café ihrer Eltern ausgeholfen. Und ebenso wie sein Vater hatte sie weder kulinarische Fähigkeiten noch das geringste Interesse daran, den Betrieb zu führen. »Ich freue mich, dass du Sadia hilfst. Sie hat ein gutes Herz. Und sie kann Hilfe brauchen.«

Wahrscheinlich waren ihre Worte gar nicht als Vorwurf gemeint gewesen, aber Jackson wich unwillkürlich zurück. »Ich konnte nicht früher kommen. Ich bin …« Weggelaufen. Allen aus dem Weg gegangen, um all seine Schwachstellen sogar vor seinen wenigen Freunden zu verbergen. »Ich habe nicht gedacht, dass mich jemand braucht.«

»Das sollte kein Tadel sein, Jackson.« Mit zitternder Hand strich sie ihm über die Wange.

In seinem Innern brach eine ungeheure Sehnsucht auf, und er musste gegen den Drang ankämpfen, seine Tante an sich zu ziehen. Es war ebenso verlockend wie schmerzlich, gebraucht zu werden, jemanden zu haben, für den man sorgen konnte.

Er sah in ihre dunklen Augen. »Ich weiß nicht, was ich hier überhaupt tue«, hörte er sich selbst sagen.

Maile furchte die Stirn. »In meinen Augen erklärt sich das von selbst. Du liebst Livvy und Sadia.«

Sofort wehrte er ab. »Ich liebe Sadia nicht. Ich helfe ihr nur.«

»Könntest du das Feld räumen, wenn sie morgen jemanden anderen einstellen würde?« Als er schwieg, lächelte sie verhalten und doch triumphierend. »Die Liebe ist manchmal wie eine Sucht, nicht wahr? Sobald man davon kostet, will man mehr. Livvy, Sadia … die beiden sind gute Menschen, nach denen man durchaus süchtig sein darf.«

Er schüttelte energisch den Kopf. »Menschen zu lieben bedeutet, verletzt zu werden.«

»Manchmal. Menschen zu lieben, wieder mit denen Zeit zu verbringen, die man aus den Augen verloren hat, sich den eigenen Erinnerungen zu stellen … das alles kann durchaus schmerzhaft sein. Aber was ist die Alternative? Allein zu bleiben?«

Ja.

Er biss heftig die Zähne aufeinander.

Sie seufzte, als er ihr die Antwort schuldig blieb. »Solange Livvy noch fort ist, könntest du hier in ihrem Zimmer bleiben.«

»Nein.« Bei Sadia zu wohnen war schwierig, insbesondere nach diesem Kuss. Aber mit seiner Mutter unter einem Dach zu leben wäre unmöglich. »Ich habe eine Unterkunft.«

Sie sank etwas in sich zusammen, fand aber sofort zu ihrer munteren Art zurück: »Kommst du heute zum Abendessen?«

Noch bevor sie zu Ende gesprochen hatte, schüttelte er bereits den Kopf.

»Nein, geht schon.«

»Warst du bei …«

»Ja.«

Sie presste die Lippen aufeinander. So unterschiedlich sie auch waren, Tani und Maile waren stets gute Freundinnen gewesen. »Deine Mutter bedauert so vieles.«

»Ich möchte lieber nicht darüber reden.« Seine Worte klangen sanft, aber entschieden.

Entschieden genug, dass Maile nickte, obwohl ihr seine Antwort offensichtlich missfiel. »Willst du dich einen Augenblick zu mir setzen? Dann können wir uns noch ein bisschen unterhalten?«

Er wünschte, er hätte so ohne Weiteres Ja sagen können, aber so langsam war sein Redebedarf gedeckt. Früher einmal hätte Maile Verständnis gehabt für seine Schweigsamkeit, aber vielleicht hatte sich das geändert. Vielleicht würde sie ihn jetzt verletzen. Er wollte es lieber nicht riskieren. »Ich muss wieder los.«

»Aber wir sehen uns noch mal, ja? Solange du hier bist?« Ihr Blick war beschwörend, und er kam sich mies vor, weil er sie so betteln ließ.

»Ja. Ich komme dich besuchen. Zumindest, bevor ich wieder abreise.«

Ihre Lippen formten sich zu einem zittrigen Lächeln. »Okay. Ich liebe dich, Jackson.«

»Ich …« Er liebte sie ebenfalls, und es wäre grausam gewesen, es ihr in diesem Moment nicht zu sagen. »Ich liebe dich auch, Tante Maile.« Es war gar nicht so schwer, diese Worte auszusprechen, und er spürte die Wahrheit in ihnen. Das Aufleuchten ihrer Augen setzte ein ganzes Feuerwerk in seiner Brust in Brand. Er legte die Hand auf sein Herz. Es fühlte sich weder wie ein Stein noch wie ein Eisklotz an. Sondern … leicht. Beängstigend.

Gut.

Kapitel 10

SADIA

Sadia war bereits zwanzig Minuten zu spät dran, als der Reifen platzte. Bei dem Knall erschrak sie zu Tode und geriet ins Schlingern, bis sie am Straßenrand zum Stehen kam. Knirschend schabten die Felgen über den Asphalt.

»Was war das?«, schrie Kareem.

Sie brauchte eine Sekunde, um sich zu fangen und über die Situation klar zu werden. »Ein Reifen«, stieß sie mühsam hervor und versuchte, vor ihrem Sohn die Beherrschung zu bewahren. »Wir haben einen platten Reifen. Kein Drama. Bleib einfach sitzen, während ich ihn wechsele.«

»Darf ich zusehen?« Er öffnete die Gurtschnalle seines Kindersitzes.

»Klar.« Sie und ihre Schwestern waren nicht viel älter als Kareem gewesen, als ihre Eltern anfingen, ihren Töchtern kleinere Reparaturarbeiten beizubringen.

Doch schon zehn Minuten später musste sie sich geschlagen geben. Wer immer bei der letzten Inspektion die Radmuttern angezogen hatte, hatte ganze Arbeit geleistet. Sie hatte daran herumgezerrt wie eine Wilde, aber sie bewegten sich keinen Millimeter.

Also stieg sie wieder in den Wagen und zwang sich zu einem Lächeln für ihren Sohn, der hinter ihrem Sitz stand. Ein Handyalarm erinnerte sie an Kareems Klavierstunde, sie stellte ihn aus und warf gleichzeitig einen Blick auf die Uhr. Schon eine halbe Stunde zu spät dran. »Kein Problem. Aber wir brauchen Hilfe.« Sie hatte ihre Mitgliedschaft beim Automobilclub auslaufen lassen, um Geld zu sparen, aber vielleicht hatte ja eine ihrer Schwestern Zeit.

Sie schickte eine Nachricht in den Gruppen-Chat, und nach und nach trudelten drei Antworten ein. Zara war bestimmt zwei Stunden Autofahrt entfernt. Ayesha saß während der nächsten paar Stunden in einem Wochenendseminar fest, Noor hatte Bereitschaftsdienst. Jia antwortete nicht.

Wieder gab ihr Mobiltelefon einen Erinnerungston von sich. Wenn sie nicht gleich weiterfahren konnte, würde Kareem seine Klavierstunde definitiv verpassen.

Sie fuhr sich mit der Hand über die Stirn und registrierte entsetzt, dass sie nicht nur schwitzte, sondern auch schneller atmete.

Nein, nein, nein. Lass dir vor Kareem bloß nichts anmerken.

Sie hatte bislang nur wenige Panikattacken in ihrem Leben gehabt. Zum ersten Mal nach Jacksons Verhaftung, als es so ausgesehen hatte, als werde ihm tatsächlich der Prozess gemacht. Damals war Paul bei ihr gewesen, hatte ihr übers Haar gestrichen und beruhigend auf sie eingeredet. Am darauffolgenden Tag hatte sie sich in Grund und Boden geschämt, weil er sich ihretwegen hatte Sorgen machen müssen, während sein Bruder im Gefängnis saß.

Die übrigen Panikattacken waren erst nach Pauls Tod gekommen, aber meist erst spät am Abend oder ganz früh morgens. Sie schloss die Augen und atmete tief ein und aus. Dann noch einmal. Verzweifelt versuchte sie, die Attacke abzuwehren.

»Mom?«

Vielleicht waren ja Rohan oder Al zu Hause und konnten ihr helfen. Doch sie selbst musste sich jetzt erst mal darauf konzentrieren, ihre Panik in den Griff zu bekommen. Ein weiteres

Piepen ihres Telefons, das sie nur einmal mehr an ihre Verspätung erinnerte, wäre fatal. Ohne Kareem anzusehen, reichte sie ihm das Handy über die Schulter nach hinten. »Könntest du bitte einen deiner Onkel anrufen, Liebling?«

JACKSON

Jackson hatte gerade in der Auffahrt geparkt, als Sadia ihn anrief. Kurz bevor die Mailbox ansprang, ging er dran. »Hallo?«

Eine kleine Pause, dann hörte er Kareems hohe Kinderstimme. »Hi, wir haben einen platten Reifen. Kannst du kommen und uns helfen?«

Er runzelte die Stirn. »Euer Reifen ist geplatzt? Wo ist denn deine Mom, Kareem?«

»Sie ist hier. Sie wollte, dass ich dich anrufe. Ich kann nämlich schon mit dem Handy umgehen.«

»Scheint so.« Aber merkwürdig war es trotzdem, dass Sadia Kareem gebeten hatte anzurufen. »Geht es ihr gut?«

Kareems Stimme klang jetzt leiser. »Geht es dir gut, Mom?«

Dann war er wieder am Apparat. »Sie sagt, ja. Sie atmet aber so, als ob sie Yoga macht.«

Was? Sofort bekam er einen heftigen Adrenalinschub. »Hör zu, Kareem. Du kannst mir euren genauen Aufenthaltsort schicken. Kannst du die App mit der Karte aufmachen? Da gibt es eine Nadel …« Sein Handy brummte.

»Hast du's bekommen?«, fragte Kareem.

Waren die Kids heutzutage technisch alle so fit, oder war Kareem ein Genie? »Ja, hab ich. Danke.« Glücklicherweise waren sie nur etwa zehn Minuten von ihm entfernt.

Er brauchte nur die Hälfte der Zeit, um zu Sadia zu gelangen. Sofort entdeckte er ihren kleinen SUV am Straßenrand. Er stieg aus und ging um das Auto herum zur Beifahrerseite.

Als er die Tür öffnete, wusste er sofort, dass mit Sadia irgendetwas nicht stimmte. Kareem stand hinter ihr, die Hand auf ihrer Schulter, das kleine Gesicht angespannt. Ihre Augen waren geschlossen, und sie war beinahe weiß im Gesicht. Ihr Atem ging flach, und ihre Stirn war schweißnass. »Sadia.« Er legte seine Hand auf ihre.

Ihre Finger zuckten, und sie öffnete die Augen. Sprachlos sah er, dass sie voller Tränen standen. »Was tust *du* denn hier?«, keuchte sie.

»Ich hab ihn angerufen«, mischte sich der kleine Junge ein. »Das hast du mir doch gesagt.«

Sie verzog die Lippen, widersprach aber nicht.

»Ich glaube, Mom ist krank«, flüsterte Kareem Jackson laut zu.

»Kareem, warum schaust du dir nicht mal die Fotos auf meinem Handy an?« Jackson reichte dem Jungen sein Telefon. »Das sind Bilder von allen Orten auf der Welt, an denen ich gewesen bin.«

Der Kleine schnappte ihm das Handy aus der Hand. »Cool.« Damit kletterte er wieder in den Kindersitz.

In der Hoffnung, dass Kareem jetzt einigermaßen abgelenkt war, drückte Jackson Sadias Finger. »Sadia, ich rufe jetzt einen Krankenwagen.«

»Nein«, flüsterte sie, und eine Träne rann ihr über die Wange. »Bitte nicht.«

»Irgendetwas stimmt nicht mit dir.«

»Panikattacke. Bitte. Kein Krankenwagen.«

Eine Panikattacke. Forschend sah er ihr ins Gesicht. Ja, das könnte hinkommen. »Was kann ich tun?«

Ihr Atem ging flach und ungleichmäßig. »Kareem darf das nicht sehen. Bitte, ich muss nach Hause. Mein Schlafzimmer.«

Er wischte ihr die Träne von der Wange. »Dann bringe ich dich nach Hause.«

In Rekordgeschwindigkeit wechselte Jackson den Reifen, dann verfrachtete er Sadia auf die Beifahrerseite und setzte sich hinters Steuer. Ihre Atmung war noch flacher geworden. Ihre Brust hob und senkte sich, und sie hatte die Hand aufs Herz gelegt, wie um es von außen zu beruhigen.

Wie schlecht es Sadia ging, wurde ihm bewusst, als sie sich ohne jeglichen Protest von ihm ins Haus helfen ließ. Tatsächlich stützte sie sich sogar mit ganzem Gewicht auf seinen Arm.

Kareem hatte immer noch Jacksons Handy in der Hand und lief hinter ihnen her, während er sich durch die Fotos scrollte. Jackson sah sich nach ihm um. »Such uns doch mal einen Film heraus, Kareem, den wir uns zusammen ansehen können.«

»Aber ich habe Klavierstunde.«

Sadia versteifte sich in seinen Armen, und Jackson umfasste sie fester. »Die holen wir ein andermal nach.« Er war nicht sicher, ob seine Worte mehr Sadia oder Kareem galten.

Sie wies ihm den Weg zu ihrem Schlafzimmer im Obergeschoss, wo er sie aufs Bett setzte und vor ihr auf die Knie sank. Ihre Augen waren glasig, ihr Haar hatte sich aus dem Zopf gelöst und klebte ihr schweißnass im Nacken. Er hatte nicht allzu viel Erfahrung mit Panikattacken, aber ihre Symptome schienen wellenweise zu kommen und eher heftiger zu werden, statt nachzulassen. Er nahm ihre Hände in seine. »Hör mir zu«, sagte er leise. »Ich will, dass du tief ein- und ausatmest, ein und aus. Hör auf meine Atemzüge und pass dich ihrem Rhythmus an, okay?«

Sie schüttelte ruckartig den Kopf. »Es funktioniert nicht.« Sie rieb sich die Herzgegend. »Kareem ist ganz allein da draußen und …«

»Kareem ist im Wohnzimmer, und es geht ihm gut.«

Tränen rannen ihre Wangen herab. »Ich habe seine Klavierstunde verpasst.«

»Das kommt vor. Wie gesagt, wir finden einen neuen Termin.« Er versuchte, so ruhig und selbstsicher zu klingen wie möglich. »Hast du für solche Fälle Medikamente da, Sadia?«

Einen Moment lang glaubte er, sie würde nicht antworten, aber dann nickte sie und presste die Lippen aufeinander. »Ich reagiere ziemlich heftig darauf. Die Dinger hauen mich um. Ich darf nicht …« Sie keuchte und verzog das Gesicht.

»Du darfst. Wo sind sie?«

Sie deutete aufs Bad, und er sprang auf und lief schnell in den kleinen Raum. Ihr Medizinschrank enthielt die üblichen frei verkäuflichen Arzneien. Nur ein einziges Präparat war verschreibungspflichtig. Er las das Etikett, schüttelte eine kleine weiße Tablette aus der Pillendose und kehrte zu Sadia zurück. »Brauchst du Wasser?«

Sie sah ihn kläglich an. »Ich darf nicht einschlafen, solange Kareem …«

»Ich bleibe bei ihm. Ich passe auf ihn auf, während du schläfst. Nimm die Tablette, wenn sie dir hilft.«

Sie zögerte kurz, doch dann nahm sie sie mit zitternder Hand entgegen und steckte sie in den Mund. Ihre Kehle arbeitete, als sie sie herunterschluckte.

Er schlug die Decke zurück, und ohne Widerspruch kroch sie darunter. Er setzte sich auf die Bettkante und hielt ihre Hand, während sie die Augen schloss. Erschöpft atmete sie ein und aus. Er fragte sich, ob sie merkte, dass sie jetzt tatsächlich ihren Atemrhythmus dem seinen anpasste.

Wie lang mochte sie wohl schon unter diesen Attacken leiden? In ihrer Jugend hatte sie so etwas nie gehabt. Und auch in ihren Mails hatte sie nie dergleichen erwähnt.

Er wusste nicht so genau, wie lang er dort saß, aber endlich ging ihr Atem wieder ruhiger und natürlicher. Ihre Lider öffneten sich flatternd, ihr Blick war benebelt, aber zumindest war die Panik daraus verschwunden. »Kareem.«

Er drückte ihre Hand. »Ich kümmere mich jetzt um ihn«, versicherte er leise. »Du ruhst dich aus. Schlaf, solange du es brauchst.«

Sie blinzelte zu ihm hinauf und sah dann auf seine Hände herab. »Du hast so wunderschöne Hände.«

Noch bevor er auf diese Bemerkung überhaupt reagieren konnte, war sie schon eingeschlafen.

Endlich stieß auch er den Atem aus.

Oh Gott. Eine solche Angst hatte er schon sehr, sehr lange nicht mehr verspürt. Wenn er später ein wenig mehr Zeit hatte, würde er vielleicht genauer darüber nachdenken, warum ihm das solch einen Schrecken eingejagt hatte, aber im Augenblick saß ein kleiner Junge im Wohnzimmer, der vor lauter Langeweile vermutlich gerade Jacksons Handy auseinandernahm.

Kurz musterte er Sadia noch einmal, dann erhob er sich. Jackson ließ die Tür einen Spalt breit offen, damit er sie hören konnte, falls sie ihn rief.

Kaum hatte er das Wohnzimmer betreten, blieb er ruckartig stehen. Kareem saß auf der Couch, die Füße auf dem Tisch. Jackson hatte keinen blassen Schimmer vom Babysitten. Normalerweise hätte er jetzt nach ein paar Tipps gegoogelt, aber der Kleine hatte sein Handy.

Kareem sah von Jacksons Fotos auf. »Wieso hast du so wenig Bilder von anderen Leuten da drin?«

Autsch. »Ich habe auf meinen Reisen nicht allzu viel Gesellschaft.«

»Wieso nicht?«

»Hab ich einfach nicht.«

Kareem kratzte sich die Nase. Seine Hände waren voller Grasflecken, und irgendetwas Pinkfarbenes hatte er auf sein Shirt gekleckert. »Und reden tust du auch nicht allzu viel.«

»Stimmt.«

»Wieso nicht?«

Jackson blies die Wangen auf. »Ich bin schüchtern.«

Der Junge fing an zu zappeln. »Wie …?«

»Kochst du gern?«

Kareem zuckte mit den Schultern. »Keine Ahnung.«

»Warum machen wir uns nicht zusammen irgendetwas?« *Und hör auf, mir quälende Fragen zu stellen.*

»Cookies?«

»Klar.« Kekse beherrschte er im Schlaf.

Ein paar Minuten lang durchstöberte Jackson Sadias Küche, bis er alles zusammenhatte, was er brauchte. Er ließ Kareem die Eier aufschlagen und die Pfanne auf den Herd stellen. Währenddessen plauderte der Junge fröhlich mit ihm.

Plaudern war gar kein Ausdruck, Kareem war kaum zu stoppen. Aber seltsamerweise machte Jackson das nichts aus. Es tat gut, sich eine kleine Auszeit zu gönnen und etwas mit den Händen zu machen, während der Kleine munter drauflosschwatzte.

Du hast so wunderschöne Hände.

Er konzentrierte sich darauf, das Mehl abzumessen.

»Onkel Jackson?«

Wie seltsam dieses »Onkel« vor seinem Namen klang. Er hatte schon so lange keine Familie mehr gehabt. »Hm?«

»Du bist doch Daddys Bruder.«

Er hob die flüssigen Zutaten unter das Mehl und vermengte alles. »Ja.«

»Kannst du mir eine Geschichte von Daddy erzählen? Mom macht das auch immer.«

Er musste zweimal schlucken, bis er eine Antwort herausbrachte. »Was denn für eine Geschichte?«

Kareem lehnte sich an die Arbeitsfläche. Auf seinem Tritthocker war er beinahe groß genug, um darüber hinwegzusehen. »Irgendwas.«

Jackson betrachtete die Schüssel vor sich. Er fragte sich, ob dem Jungen bewusst war, wie viel Sehnsucht in diesem einzelnen Wort mitgeschwungen hatte.

Beim Tod seines Vaters war Jackson neunzehn gewesen. Er hatte beileibe keine unproblematische Beziehung zu ihm gehabt, dennoch trauerte er bis heute um Robert.

Was immer er für Paul empfunden hatte, er konnte sich kaum vorstellen, was dieser kleine Junge im Hinblick auf seinen Vater fühlte. »Diese Cookies waren die Lieblingskekse deines Opas.«

»Grandpa Johns?«

Jackson runzelte die Stirn. Woher kannte der Junge John Chandler? »Nein. Na ja, Grandpa John aß sie auch total gern, aber das Rezept stammt von Grandpa Sam. Ich habe diese Cookies mal für einen Wohltätigkeitsbasar in der Schule gebacken.« Diesen Backbasar hatte Sadia damals organisiert, und sie hatte ihn gebeten, auch etwas beizusteuern. Ohne ihr Drängen wäre er kaum auf die Idee gekommen, sich zu beteiligen. Er hasste es, Aufmerksamkeit zu erregen, und sein Vater hatte ihm stets vor Augen geführt, dass Kochen und Backen unter Jungs nicht gerade als cool galt. Geschäfte oder Golf, das ging. Aber nicht Backen.

»Einige der älteren Jungs kamen an meinem Stand vorbei und fegten die Kekse auf den Boden. Dein Dad hat das gesehen.«

Kareem machte große Augen. »Was hat er getan?«

Jackson zögerte. Paul hatte den Nächstbesten am Kragen gepackt und ihm einen Schlag ins Gesicht verpasst. Aber irgendetwas sagte Jackson, dass sogar die entspanntesten Experten in Sachen Kindererziehung es nicht gutheißen würden, einem Kind davon zu erzählen. »Er schimpfte sie aus, erklärte ihnen, dass es nicht nett sei, Sachen auf den Boden zu werfen«, beendete Jackson seinen Bericht etwas lahm. »Und danach bekamen sie Probleme.« Wenn er sich recht erinnerte, war auch Paul vom Unterricht suspendiert worden. Ihre Mutter war fuchsteufelswild gewesen, doch ihr Vater hatte mit kaum verhohlenem Stolz reagiert.

Jackson gab den fertigen Keksteig auf das gefettete Backblech. Diese Geschichte war ihm ganz entfallen. Paul hatte ihn oft gegen andere verteidigt, genau wie er selbst sich für Sadia eingesetzt hatte.

Anscheinend hast du was von ihm gelernt.

»Mein Daddy war wirklich mutig«, sagte Kareem bewundernd.

»Mhm.« Jackson öffnete die Ofenklappe und schob das Blech mit den Cookies hinein. Dann sah er Kareem an. Und nun? Er hatte keine Ahnung, wie lange Sadia außer Gefecht sein würde, und der Kleine brauchte Unterhaltung. »Worauf hast du jetzt Lust?«

Kareem vergrub die Hände in seinen Hosentaschen und sah ihn unschuldig an. »Wir könnten mit deinem Motorrad fahren.«

Jacksons Lippen zuckten. Der Junge war ganz schön hartnäckig, das musste er zugeben. »Vielleicht später.« Sein Motorrad stand noch am Straßenrand, wo er es zurückgelassen hatte, als er Sadia und Kareem aufgesammelt hatte. Aber die Stadt war eigentlich einigermaßen sicher, weshalb er sich keine Sorgen machen musste. Schlimmstenfalls wurde es von den Cops abgeschleppt, aber darum würde er sich später kümmern. »Wie wär's mit einem Film? Oder wir backen noch irgendwas?«

Kareem hüpfte vom Tritthocker herunter. »Film, aber mit Popcorn.«

»Gebongt.« Das war ja leicht gewesen.

Nachdem sie eine geschlagene Dreiviertelstunde darum gefeilscht hatten, welche Filme für Kareem geeignet waren oder nicht, danach einen Stoffhasen in seinem Zimmer gesucht und noch eine Ladung Kekse in den Ofen geschoben hatten, setzte sich Jackson aufs Sofa und griff in die Popcornschüssel, erwischte aber nur Körner. »Hast du etwa schon alles aufgegessen?«

Kareem leckte sich die fettigen Finger, während er völlig gebannt auf den Bildschirm starrte, auf dem der Vorspann des Disneyfilms lief. »Pst.«

Jackson schüttelte den Kopf und lehnte sich auf dem Sofa zurück. Als sei es das Natürlichste der Welt, rückte Kareem näher und schmiegte sich an seine Seite. Jackson erstarrte.

Es war keine Umarmung, aber so viel Körperkontakt hatte er noch nie mit einem Kind gehabt. Langsam, weil er fürchtete, dass der Junge wieder abrücken könnte, stützte er den Arm über Kareems Schulter ab und ließ die Hand auf seinem Haar ruhen. Sie war beinahe genauso groß wie Kareems ganzer Kopf. So zerbrechlich.

Ganz allein verantwortlich für ein menschliches Wesen zu sein, dem so leicht etwas zustoßen konnte, war kein Spaß. Sadia stand wirklich ganz schön unter Druck.

Sie hatten beinahe die Hälfte des Films angeschaut, als die Eingangstür aufging. Kareem setzte sich auf. »Wer ist da?«, rief er, bevor Jackson Gelegenheit dazu hatte.

Eine hübsche, modisch gekleidete junge Frau tauchte im Eingang zum Wohnzimmer auf. Ihr freundlicher Gesichtsausdruck verwandelte sich in Verblüffung.

Ach, verdammt. Sie war zwar ein wenig älter, aber unverkennbar eine von Sadias jüngeren Schwestern.

»Tante Jia!«, kreischte Kareem, womit auch die Frage geklärt war, welche der beiden Zwillingsschwestern vor ihnen stand, und rannte ihr entgegen. Jackson hielt den Film an und erhob sich. »Dich habe ich schon seit einer Ewigkeit nicht mehr gesehen.«

Jia fing den Jungen auf und nahm ihn auf den Arm. Dann

stellte sie ihn wieder auf den Boden. »Sorry, Kleiner, ich hatte die ganze Woche total viel zu tun. Und wie ich sehe, hab ich einiges verpasst.« Mit großen Augen sah sie ihn an. »Jackson?«

Jackson nickte. »Hallo, Jia. Gut siehst du aus.«

»Danke. Äh, du auch. Ich wusste ja gar nicht, dass du in der Stadt bist ...?«

»Ist nur eine Stippvisite.« Er hatte keine Ahnung, was Sadia ihrer Familie über ihn erzählt hatte. Nichts, vermutete er, wenn Jia noch nicht mal wusste, dass er hier war. Also würde er den Ball ebenfalls flach halten.

»Cool. Als ich dich zum letzten Mal sah, muss ich so um die vierzehn gewesen sein.«

Als sie vierzehn gewesen war, war er ins Gefängnis geworfen worden. Neugier und jede Menge Fragen standen ihr ins Gesicht geschrieben. »Ja, ist schon eine Weile her.«

»Na ja, eigentlich wollte ich Sadia besuchen. Sie hat nicht auf meine Textnachrichten geantwortet, und ich wollte nachsehen, ob ihr jemand bei ihrem Platten geholfen hat.«

Kareem legte den Kopf in den Nacken, um zu ihr aufzublicken. »Onkel Jackson hat beim Reifenwechsel geholfen. Die Schrauben waren zu fest für Mom.«

Jia zupfte liebevoll an seinen Haaren. Offensichtlich fühlten die beiden sich wohl miteinander. Das hatten sie ihm voraus. »Manchmal passiert so etwas sogar Supermüttern. Wo ist sie?«

»Sadia fühlt sich nicht wohl. Sie ruht sich in ihrem Zimmer aus. Ich passe auf Kareem auf, bis es ihr besser geht.«

»Wir haben Cookies gebacken, aber Jackson meinte, ich dürfe nur einen einzigen essen, solange sie noch warm sind.«

»Cookies! Ist ja cool.« Jia lächelte. »Ich kann den restlichen Abend bei Kareem bleiben, wenn du willst.«

Er wollte Nein sagen und dass er die Zeit mit Kareem genoss, aber das waren mehr Worte, als er jetzt herausbringen konnte.

Außerdem hatte diese junge Frau sicherlich ältere Rechte auf ihren gemeinsamen Neffen als er. »Na gut.«

Überraschend umarmte Kareem ihn, als er an ihm vorbeiging, und verlegen tätschelte Jackson ihm den Rücken, wobei er sich bemühte, seine Kraft zu zügeln.

Der Junge rieb sein Gesicht an Jacksons Shirt. »Danke für die Cookies.«

»Gern geschehen.«

Vor der Haustür blieb Jackson stehen und betrachtete den Schokoladenfleck auf seinem Hemd.

Und konnte sich ein Lächeln nicht verkneifen.

Kapitel 11

SADIA

Als Sadia erwachte, setzte die Panik sofort wieder ein. Ihr gewohnter Griff nach dem Handy neben sich ging ins Leere. Verwirrt richtete sie sich auf und sah sich um. Der Raum war dunkel, und beim Blick auf die Uhr stellte sie verblüfft fest, dass es beinahe 22 Uhr war.

Die Ereignisse des Nachmittags fielen ihr wieder ein, und sie sprang aus dem Bett. Kareem. Er hätte längst schlafen sollen. War er die ganze Zeit über bei Jackson gewesen? Dabei kannten die beiden sich doch kaum.

Welche Mutter schläft einfach ein und lässt ihr Kind mit einem Verwandten allein, den es kaum kennt?

Es war totenstill im Haus, als sie aus ihrem Zimmer trat. Sie schlüpfte durch den Flur zu Kareems Zimmer hinüber und öffnete einen Spalt breit die Tür. Mit einem leisen Seufzer der Erleichterung registrierte sie, dass Kareem eingekuschelt unter der Decke lag. Auf Zehenspitzen schlich sie näher. Er roch frisch gebadet, sein gewaschenes Haar schimmerte, und er trug seinen Schlafanzug.

Okay. Eine Sorge weniger. Sie sah aus dem Fenster zum Apartment über der Garage hinüber. Dort brannte kein Licht. Das bedeutete, dass Jackson schlief, ausgegangen oder noch in ihrem Haus war. Lautlos stieg sie die Treppe hinab und folgte dem Lichtschein, der aus dem Wohnzimmer drang. Aber es war nicht Jackson, der auf dem Sofa saß.

Ihr Magen machte einen Satz. Vor Erleichterung, nicht vor Enttäuschung. Jedenfalls sagte sie sich das. »Jia, was machst du denn hier?«

Jia ließ den Keks sinken, an dem sie geknabbert hatte, und strich sich die Krümel von ihrem leuchtend grünen Pullover. Die Farbe unterstrich das Hellbraun ihrer Augen. »Abhängen. Ich habe gehört, dass es dir nicht gut ging.«

Jetzt war sie *definitiv* erleichtert. Jackson hatte ihrer Schwester nichts von der Panikattacke erzählt. »Ja. Das Medikament, das ich genommen habe, war ein wenig stark.«

Jias Miene war mitfühlend. »Kopfschmerzen?«

»Ja, genau.« Sadia setzte sich auf die Holzkommode, die ihr gleichzeitig als Couchtisch diente. »Hast du Kareem zu Bett gebracht?«

»Ja.«

»Danke.«

»Kein Problem. War wohl alles ganz schön aufregend heute. Der war völlig erledigt.«

»Ja, es war aufregend.«

»Ich habe mir Sorgen gemacht, als du nach deinen Nachrichten nicht mehr ans Handy gegangen bist.«

»Ja.« Sadia sah sich um. »Ich weiß noch nicht mal, wo mein Telefon ist.«

»Ich habe es auf die Küchenablage gelegt, neben deine Tasche.«

»Danke.«

»Also, na ja … jetzt ist mir klar, warum du diese Woche nicht so viel Unterstützung mit Kareem brauchtest.« Jia deutete mit einer Kopfbewegung auf die Garage. »Du hast einen alten Freund zu Besuch.«

Sadia ballte die Fäuste. »Jackson ist vorübergehend hier. Nur ein paar Wochen.«

»Kareem hat erzählt, dass er auch im Café arbeitet.«

»Das hat nicht viel zu sagen.«

»Ah … okay. Aber ich hätte da noch ein paar Fragen. Erstens, war er immer schon so megaheiß? Zweitens, hat er dieses Feuer damals wirklich nicht gelegt? Drittens, auf einer Skala von eins bis zehn, wobei eins ziemlich attraktiv und zehn Ich-lasse-alles-stehen-und-liegen-attraktiv ist, wie gut findest du ihn …«

»Okay, okay.« Sadia hielt die Hand in die Höhe und hoffte inständig, nicht rot zu werden. »Erstens, er ist viel zu alt für dich, weshalb du ihn dir direkt mal aus dem Kopf schlagen solltest. Zweitens, nein, hat er nicht.«

»Er ist in deinem Alter! Also höchstens sechs Jahre älter als ich. Eigentlich kein Problem. Oh mein Gott, wäre das nicht der Wahnsinn, wenn wir beide Brüder heiraten würden …« Sie zuckte zusammen, denn offensichtlich fiel ihr in diesem Moment wieder Pauls Schicksal ein. »Tut mir leid. Das war ziemlich unsensibel, oder? Ayesha würde mir eine Ohrfeige geben.«

»Schon gut.«

Jia berappelte sich wieder. »Ist er hier, um Tani zu besuchen – so wie Livvy?«

»Unwichtig.« Sadia winkte ab. »Das Familiendrama der Kanes braucht dich nicht zu kümmern.«

»Aber es ist so spannend! Im Vergleich zu ihnen sind wir doch stinklangweilig. Als hättest du in den *Denver-Clan* eingeheiratet.«

»Woher kennst du denn den *Denver-Clan*?«

»Wiederholungen und Remakes in Endlosschleife.«

Sadia lehnte sich zurück. »Hör zu, wo wir gerade von Drama sprechen. Erzählen wir dem Rest der Familie vorläufig nichts davon, ja?« Es bestand keine Veranlassung, Noor oder ihren Eltern etwas von Jacksons Anwesenheit zu verraten. Das würde nur böse Erinnerungen wecken, und sie würden sich

Sorgen machen. Auf die Skandalgeschichten um die Kanes hatten ihre Eltern damals jedenfalls ziemlich entsetzt reagiert.

Was werden die Leute denken?, hatte ihre Mutter gerufen, als Sadia verkündet hatte, Paul heiraten zu wollen. *Angeblich hatte sein Vater eine Affäre mit der Frau, mit der er verunglückt ist, und sein eigener Bruder saß im Gefängnis. Das wird ihm für den Rest seines Lebens anhaften und dir auch.*

Aber sie hatte sich geirrt. Niemand, der Robert Kane gekannt hatte, glaubte ernsthaft, dass er mit Maria Chandler in diesem Auto gesessen hatte, weil sie zusammen durchbrennen wollten. Paul hatte seine Verbitterung über den Verlust der Firma nie ganz überwunden, aber dennoch war es ihr gelungen, im Schatten des Chandler's zu leben und ihren Sohn großzuziehen, ohne dass sie unter ständigen Gerüchten zu leiden hatten.

Dabei war sicherlich hilfreich gewesen, dass so viele Menschen Paul und die Kanes aufrichtig gemocht hatten. Wahrscheinlich wäre ihre Situation nicht ganz so unproblematisch gewesen, wenn das einzige schwarze Schaf der Familie – Jackson – in der Stadt geblieben wäre.

»Keine Sorge«, beruhigte Jia sie nun. »In puncto Familie habe ich meine eigenen Sorgen.«

»Denkst du immer noch darüber nach, dich als Influencerin selbstständig zu machen?« Sadia nahm sich einen Cookie vom Teller neben sich und biss hinein. Ihr blieb fast die Luft weg, als der intensive Schokoladen- und Keksteig-Geschmack auf ihrer Zunge explodierte. »Wow.«

»Ich weiß, die schmecken sogar besser als die vom Chandler's. Jackson hat sie gebacken.«

Mit zwei weiteren Bissen hatte sie den Keks verschlungen und griff sofort nach einem zweiten. Es waren unverkennbar die Chandler-Spezial-Cookies. Ganz frisch aus dem Ofen. Früher hatte sie Jackson immer angebettelt, sie zu backen.

»Um deine Frage zu beantworten: Ich denke nicht nur darüber nach, sondern hab bereits entschieden, mich ganz auf meine Internetkarriere zu konzentrieren.«

Sadia versuchte, den nächsten Cookie etwas langsamer zu essen. »Ist das nicht vielleicht etwas vorschnell?«

»Nein. Ich hasse das Medizinstudium. Und zwar nicht so, wie alle anderen die Uni hassen. Ich sehe doch, wie es bei Ayesha ist – auch für sie ist das Studium hart, und sie muss die Zähne zusammenbeißen. Trotzdem findet sie alles, was wir lernen, faszinierend und aufregend. Mir geht es nicht so. Ich sitze in diesen Seminaren und sehne mich beinahe immer danach, endlich wieder zu meinem Equipment nach Hause zu kommen und mich in die sozialen Medien einzuloggen.« Sie legte die Hand auf die Brust und sah Sadia beschwörend an. »Ich habe mich durchaus bemüht, mein Herz nicht dranzuhängen. Ich wusste, dass Mom und Dad das nicht feiern würden. Aber ich kann einfach nicht anders.«

Sadia rutschte unruhig hin und her. Unwillkürlich zog sie Parallelen zwischen Jias leidenschaftlichem Plädoyer und ihrer eigenen heimlichen Hochzeit mit Paul vor so vielen Jahren. Selbst wenn Paul damals immer noch der Erbe eines großen Vermögens gewesen wäre, hätten ihre Eltern und Schwestern etwas dagegen gehabt, dass sie mit gerade einmal 20 Jahren heiratete. Aber sie hatte ihn so sehr geliebt, dass sie einfach nicht anders konnte, als er sie an sich gezogen und um ihre Hand angehalten, ihr versichert hatte, dass sie das einzig Beständige in seinem Leben sei. Am Ende war ihre Ehe zwar alles andere als perfekt gewesen, dennoch hatte sie ihre Entscheidung nie bereut. Sie hatte ihr ein paar glückliche Jahre beschert, ganz zu schweigen von ihrem Sohn.

Aber Karriere und Ehe waren zwei verschiedene Paar Schuhe. »Hör zu, wenn du dich dazu entschließt, bist du im Grunde auf dich gestellt. Ich versichere dir aus erster Hand, dass es nicht leicht ist, ein Unternehmen zu leiten. Es bedeutet schlaflose Nächte und Sorgen und ständig für alles den Hut aufzuhaben.«

»Das ist mir klar. Aber dass man tut, was man liebt, entschädigt einen doch dafür, oder?«

Hm, vielleicht manche Leute. Aber Sadia wollte Jia jetzt nicht erläutern, dass sie sich dieses Leben als selbstständige Unternehmerin keineswegs selbst ausgesucht hatte. »Im Idealfall schon«, antwortete sie vage. »Aber es ist schwer.«

»Ich weiß.« Jia beugte sich vor, kramte eine Weile in ihrer Büchertasche herum und holte dann einen Ordner heraus, den sie auf den Couchtisch legte. »Ich bin nicht völlig weltfremd. Hier, ich hab dir das mitgebracht. Vielleicht könntest du mal drüberschauen.«

Sadia zog den Ordner näher zu sich heran und blätterte durch die unzähligen Tabellen, Berechnungen und Briefe von diversen Ausrüstern sowie Sponsorenangeboten darin.

»Das sind meine Einkünfte und meine Geschäftsprognose für die nächsten paar Jahre. Ich habe zwei Angebote von Sponsoren auf dem Tisch, die sich ziemlich lukrativ anhören. Hinzu kommt ein Lizenzvertrag für eine Spiele-App, deren Entwickler meinen Namen nutzen wollen. Wenn das alles klappt, würde ich allein damit einen geschätzten Umsatz von einer Million im Jahr machen, inschallah.«

Bei diesen Zahlen schwirrte Sadia der Kopf. Jia würde also nicht nur mehr als sie selbst verdienen … sondern auch mehr als jede ihrer Schwestern. Sie blätterte um und stutzte, als sie den Briefkopf auf dem schneeweißen Leinenpapier entdeckte. Fassungslos überflog sie das Schreiben. »Jia … du sollst als Werbebotschafterin für diese Make-up-Firma auftreten? In Fernsehspots?«

»Ja.« Jia nickte und ballte die Hände zu Fäusten. »Sie schicken mir ihre Produkte nicht ohne Grund zu. Keiner von euch versteht so richtig, was ich schon erreicht habe und wie groß das Ganze bereits ist. Ich liebe es. Ich bin stolz darauf. Und ich will, dass es ein Riesenerfolg wird. Wir reden hier von Musik, Modeln, Schauspielerei, vielleicht einem Buchvertrag. Von einem ganzen Medienkonzern, in dem ich das Sagen habe.« Ihre hellbraunen Augen sprühten vor Leidenschaft. So hatte Sadia sie noch nie erlebt. »So eine Gelegenheit wie diese bekommen Frauen wie ich normalerweise nicht, Sadia. Ich muss sie beim Schopfe packen. Bitte hilf mir.«

Sadia strich das Papier glatt. Es bewegte sie tief, dass ihre Schwester so für ihren Traum brannte. Sie räusperte sich. »Gib mir etwas Zeit, damit ich mir das alles ansehen kann.«

Jia nickte eifrig. »Behalt den Ordner, klar. Ich kann dir sämtliche Fragen beantworten.«

»Wenn ich zu dem Schluss komme, dass das alles eine gute Idee ist … was genau erwartest du von mir?«

»Im Idealfall?« Jia lächelte gewinnend. »Ich möchte, dass du auf meiner Seite bist. Dass du mit Noor und Zara redest. Wenn meine Schwestern mich unterstützen, werden Mom und Daddy irgendwann einlenken.«

Sadia hatte angefangen zu lachen. Doch dann merkte sie, dass Jia es ernst meinte. »Äh. Du kennst doch unsere Schwestern, oder?«

»Ich weiß, wie stur sie sind, aber auf dich hören sie.«

»Jia … keiner in dieser Familie hört auf mich.«

Jia beugte sich vor, und ihr hübsches Gesicht war ernst. »Natürlich tun sie das. Du bringst uns alle zusammen. Wie eine Brücke.«

Wenn sie eine Brücke war, dann brauchte sie dringend eine Generalüberholung.

»Eigentlich will ich das Studium im Lauf der nächsten paar Wochen schmeißen.« Jia verzog das Gesicht. »Ich sehe nicht ein, warum ich irgendwelche Prüfungen schreiben sollte, die mir nichts bringen.«

»Du willst also, dass ich die Familie in ein paar Wochen überzeugt bekomme.«

Jia biss sich auf die Unterlippe. »Na ja, zugegeben, so formuliert, klingt es schwierig …« Sie blickte auf ihre Hände hinab. »Ich halte das nur nicht mehr aus, das ist alles.«

Sadia blätterte die Papiere durch. Sie hatte keine Ahnung, was richtig oder falsch war, aber dass ihre kleine Schwester so unglücklich war, bekümmerte sie zutiefst. Also traf sie eine schnelle Entscheidung. »Ich versuche, mit Noor und Zara zu reden. Ich nehme an, Ayesha ist auf deiner Seite?«

»Das ist sie doch immer.«

Kein Wunder. Die Zwillinge waren seit jeher unzertrennlich.

»Okay. Dann schauen wir mal, wie wir das hinbekommen.«

Jias Lippen zitterten. »Danke. Ich wusste, dass ich auf dich zählen kann.«

»Bedank dich nicht zu früh bei mir.« Sadia hob den Ordner in die Höhe. »Du hast hier eine Kostenaufstellung drin, oder? Und auch Geld für Gesundheitsvorsorge eingerechnet?«

»Natürlich.«

»Rentenrücklagen?« Sie selbst besaß keine, aber das war noch lange kein Grund, warum Jia nicht für die Rente sparen sollte.

Jias selbstgefälliges Lächeln verblasste ein wenig. »Ähm, nein. Aber das kann ich ja noch nachtragen.«

»Gut.« Sadia verspeiste den Rest ihres Cookies. »Ich brauche unbedingt noch mehr Kekse.«

»Das waren die letzten.«

Mit zusammengekniffenen Augen sah sie ihre Schwester an. »Ist nicht dein Ernst.«

»Dann musst du eben deinen sexy Hausgast bitten, dir noch welche zu backen.«

Sadia machte den Mund auf, schloss ihn aber sofort wieder.

Jetzt errötete sie definitiv. Verdammt noch mal, nie hätte sie zulassen dürfen, dass Jackson ihr so nahe kommt. Sogar auf ihrem Bett hatte er gesessen. Sie konnte nur hoffen, dass sie kurz vor dem Einschlafen nichts Peinliches von sich gegeben hatte.

Morgen arbeitete sie wieder in der Bar. Vielleicht sollte sie auf die Jagd gehen und sich jemanden suchen, der sie von Jackson ablenkte. »Er ist definitiv zu alt für dich.«

»Aber gucken kann ich doch, oder?«

Das konnte Jia in der Tat. Aber Sadia durfte es nicht. Unter gar keinen Umständen.

Der Zug ist wahrscheinlich abgefahren, Schätzchen.

Kapitel 12

SADIA

Der Zug war definitiv abgefahren.

Diese Erkenntnis kam Sadia, als Jackson die Tür zu seinem kleinen Apartment öffnete – mit nacktem Oberkörper und einzig mit einer tief sitzenden grauen Jogginghose bekleidet. Da das Café heute Ruhetag hatte, war ihr schon den ganzen Tag die Frage im Kopf herumgegangen, ob Jackson wohl daheim war oder nicht.

Kaum, dass Jia aufgetaucht war, um den Abend über auf Kareem aufzupassen, hatte sie auch schon das Haus verlassen. Als sie verkündete, Jackson etwas vorbeibringen zu wollen, hatte ihre Schwester ihr einen lüsternen Blick zugeworfen. Absolut angebracht, wie sie nun bei seinem Anblick feststellte: Jacksons Körper war ein Meisterwerk. Die Brust beeindruckend breit, der Bauch definiert und muskulös. Seine kreisrunden, flachen braunen Brustwarzen ließen ihr das Wasser im Mund zusammenlaufen.

Er ist Pauls Bruder. Wegen dieser Brustwarzen solltest du besser nicht dermaßen aus dem Häuschen geraten. Du wirst dir heute in der Bar jemanden suchen, dessen Brustwarzen du ohne schlechtes Gewissen bewundern darfst.

»Sadia?«

»Du hast ganz schön viele Tattoos.«

Er sah auf seinen Arm hinab, als ob nichts dabei sei, dass sie so mit der Tür ins Haus fiel. Breite geschwungene und gerade Linien fügten sich auf seinem Oberarm zu einem wunderschönen Muster zusammen, das seine Muskeln umspielte. Grüne Palmwedel gingen in schwarze Ranken über, die sich auf Schulter und Brust zu einem Kreis vereinigten.

»So viele sind es gar nicht.« Er berührte seine Haut. »Das hier habe ich mir auf Maui stechen lassen. Mein Vater hatte ein ganz ähnliches.«

Sie zog die Augenbrauen hoch. In ihrer Erinnerung hatte Robert immer nur einen Anzug getragen und eine Aktentasche in der Hand gehabt. »Wirklich?«

»Ja.« Jacksons Blick wurde wärmer. »Auch wir bekamen es nur selten zu Gesicht. Meine Mom gab übrigens immer ihm die Schuld dafür, dass Livvy sich so für diese Kunst begeisterte.«

»Ah.«

Er zog die Tür weiter auf. »Willst du hereinkommen?«

Um mit ihm in einem Zimmer zu sein, in dem zu allem Überfluss auch noch ein Bett stand, und dabei an den Kuss von letzter Woche zu denken? Während er halbnackt neben ihr seine Tattoos präsentierte? »Nein.«

Möglich, dass ihre Stimme zu rigoros klang, aber Jackson ließ sich nichts anmerken. Er hob die Hand und stützte sie am Türrahmen ab, genau auf Höhe ihrer Augen. »Kann ich etwas für dich tun?«

Du könntest dich von mir ablecken lassen. »Ich wollte mich für gestern bedanken. Für deine Hilfe«, stieß sie hastig hervor.

Er zuckte nur mit den Schultern. »War doch nichts Besonderes.«

»Doch.« Sie suchte nach den richtigen Worten. »Diese Panikattacke. Woher wusstest du, was zu tun ist?«

»So genau wusste ich es gar nicht. Aber ich hatte mal einen Souschef, der an Sozialphobie litt. Ich habe ihn durch mehrere Attacken begleitet. Er nahm regelmäßig Medikamente dagegen.«

»Sollte ich wahrscheinlich auch besser tun. Nur kann ich mir so einen Ausfall wie gestern eigentlich nicht leisten.«

»Ist sicher echt schwer. Alleinerziehend zu sein.«

»Ich hatte schon mit Panikattacken zu kämpfen, bevor ich alleinerziehend war«, bekannte sie, als sei es ein dunkles Geheimnis.

»Na ja, der ganze zusätzliche Stress macht es sicher nicht besser.« Er sah über ihre Schulter hinweg zum Haus. »Und du machst deine Sache so gut. Perfekt.«

Ha, wie bitte? Von perfekt war sie nun wirklich meilenweit entfernt.

»Sorry, wenn ich jetzt etwas Falsches gesagt habe. Livvy hat mal gemeint, dass meine Versuche, sie zu trösten, das Ganze oft noch schlimmer gemacht haben. Was ich eigentlich sagen will: Ich finde, du machst das alles großartig, obwohl du so viel um die Ohren hast.«

Das stimmte sie wieder milder. »Danke. Alles gut, mach dir keinen Kopf.«

»Allerdings haben wir dann gestern doch nicht zusammen gegessen.«

Sie nestelte an ihrem Ohrring herum, verlegen wie ein junges Mädchen beim ersten Date. Hatte sie da etwa einen flirtigen Unterton herausgehört?

Seine Hilfe am Tag zuvor hatte auch den letzten Rest von Ärger aus ihrer Seele vertrieben. Solange er hier war, wollte sie auf jeden Fall versuchen, ihn als Freund zu betrachten. Einen Freund, dem sie nicht heimlich hinterherlechzte. »Das holen wir kommende Woche nach. Du kannst dir ja einen Abend im Kane's freinehmen, und wir bestellen etwas. Kareem möchte dich gern wiedersehen. Er hört gar nicht mehr auf, von dir zu reden.« Kaum war er von der Schule nach Hause gekommen, hatte er ohne Pause von Jackson gesprochen. Auch während ihres Besuchs bei Tani und Maile war er nicht zu bremsen gewesen. »Maile sagte, dass sie dich gestern gesehen hat. Also noch mal danke, dass du mir zu Hilfe gekommen bist, obwohl du gerade selbst mit deinem Familienkram beschäftigt warst.«

Das tat er mit einem Achselzucken ab. »Kein Problem.«

Maile hatte ihr nicht allzu viel verraten, und Tani hatte beim aufgeregten Geplapper ihres Enkels keine Miene verzogen, trotzdem wurde Sadia das Gefühl nicht los, dass das Zusammentreffen durchaus nicht völlig problemlos verlaufen war.

»Ist die für mich?« Er deutete auf die Tasche in ihrer Hand.

Sie schrak zusammen, als ihr klar wurde, dass sie vor lauter Tattoos und Muskeln ihr eigentliches Anliegen ganz vergessen hatte. »Oh, ja. Gestern traf ich zufällig auf …« Sie zögerte, Johns Namen auszusprechen. In Pauls Gegenwart hatte sie es nie gewagt. Ihrem Mann war jegliche Erinnerung an die verlorene Firma zuwider gewesen. »John Chandler. Er hat mich gebeten, dir das hier zu geben und dir auszurichten, dass er dich gern mal wiedersehen würde.«

Wie immer blieb Jacksons Gesicht vollkommen neutral. Er nahm ihr die Tasche ab. »Danke.«

»Ich hab ihn jetzt zum ersten Mal wiedergesehen«, fühlte sie sich bemüßigt zu erklären. »Zum ersten Mal seit … du weißt schon.«

»Ich würde es dir nicht verübeln, wenn du ihn schon häufiger getroffen hättest.«

»Paul wäre fuchsteufelswild gewesen«, rutschte es ihr heraus.

»Ich bin nicht Paul. Der Verlust der Firma hat mir nie so viel ausgemacht wie ihm.« Der Ausdruck in Jacksons Augen wurde hart. »Ich war wütend auf Nicholas, weil er Livvy ins Unglück gestürzt hat, aber John hatte nichts damit zu tun.«

Sie schluckte. »Ob es nun eine Rolle spielt oder nicht, Livvy hat mir jedenfalls versichert, dass John auch mit dem Betrug um die Firmenanteile nichts zu tun hatte.«

Er zuckte mit den Schultern, und sie nahm ihm die Gleichgültigkeit ab. Das C&O war ihm immer schon einigermaßen egal gewesen.

Sie wippte auf ihren Fersen zurück. »Na ja, ich muss jetzt los.«

Er ließ den Blick an ihrem Körper hinabwandern, so schnell, dass es ihr entgangen wäre, hätte sie ihn nicht so gut gekannt. »Schicht in der Bar?«

»Ja.«

»Viel Spaß.«

Auf seltsame Weise fühlte sie sich ertappt und hielt inne. Er konnte doch nicht ahnen, welche Art von Spaß ihr vorschwebte, oder? Nein, natürlich nicht. Und selbst wenn, es gab keinen Grund für ein schlechtes Gewissen. Sie nickte und machte sich schnellstens aus dem Staub.

JACKSON

VIEL SPASS?

Warum hatte er das gesagt? Jetzt würde ihn das Kopfkino quälen, auf welche Art von Spaß sie sich heute Abend wohl einlassen könnte.

Würde sie mit jemand anderem flirten, so wie mit ihm an jenem ersten Abend, ehe sie ihn erkannte? Tat sie womöglich sogar mehr als nur flirten?

Verdammt. Er hatte sich seine Worte so sorgsam zurechtgelegt, doch als sie in diesen engen schwarzen Klamotten vor seiner Tür aufgetaucht war, war sein Kopf wie leergefegt gewesen.

Ich habe mir gestern Sorgen um dich gemacht.

Und zwar mehr, als ich es bei jemandem, den ich nicht liebe, für möglich gehalten hätte.

Lass uns herausfinden, was das heißt.

Jackson verzog das Gesicht. Er setzte sich aufs Bett und wog die Stofftasche, die Sadia ihm gegeben hatte, in den Händen.

Dann zog er das Buch daraus hervor. Er erkannte es sofort. Jacksons Grandpa Kane war ein anständiger, bodenständiger Kerl gewesen, aber seinen Großvater mütterlicherseits, Sam Oka, hatte er nie kennengelernt. Sam und John waren diejenigen gewesen, die den Grundstein für das C&O-Imperium gelegt hatten. Sie hatten buchstäblich den ersten Spatenstich auf jenem Grundstück getan, auf dem der erste Laden entstanden war. Bis er niedergebrannt war.

John hatte die Erinnerung an Sam auch bei dessen Enkeln stets wachgehalten, indem er ihnen Geschichten erzählte und seine Traditionen weitergab. Nur so hatten sie etwas über ihre japanischen Vorfahren erfahren, denn Tani hatte nicht über ihre verstorbenen Eltern reden wollen. Paul und Livvy waren nie so versessen auf Sam gewesen wie Jackson. Kein Wunder also, dass seine Beziehung zu John mit der Zeit so eng geworden war.

Er strich über den Einband des Tagebuchs. Das Leder war an einigen Stellen gesprungen, aber insgesamt war es dank John noch gut erhalten. Sam war nicht der Typ für Tagebücher gewesen, wie John ihm damals berichtet hatte. Es gab nur dieses eine mit sporadischen Einträgen und einige Briefe, die John gewissenhaft aufbewahrt hatte.

Aufs Geratewohl öffnete er das Buch. Die Texte hatte er so oft gelesen, dass er sie im Schlaf hätte herunterbeten können.

HEUTE KAM TANI ZUR WELT. JOHN IST VÖLLIG AUS DEM HÄUSCHEN. AM LIEBSTEN WÜRDE ER BRENDAN UND SIE JETZT SCHON EINANDER VERSPRECHEN, UM SPÄTER EINMAL DIE FAMILIEN ZU vereinen. Keine Chance, sagte ich ihm. Was wenn der Junge sich später zum Arschloch mausert? Er tut sich doch jetzt schon schwer, seine Spielsachen mit jemand anderem zu teilen.

Grandpa Sam war ein kluger Mann gewesen.

Er blätterte zurück zum Eintrag über den ersten Laden.

Vier Wochen sind seit der Eröffnung vergangen. Alle sagen, ich solle mich mit dem Laden zufriedengeben und aufhören, so hart zu arbeiten, solle dafür sorgen, dass dieser eine ein Erfolg wird und nicht länger über Expansion nachdenken. Aber mir schwebt eine ganze Ladenkette vor. Mit Filialen im ganzen Land, zu denen die Menschen von weither kommen, nur um bei uns einzukaufen.

John glaubt, dass es mir nur ums Geld geht, und vielleicht hat er sogar Recht damit. Aber egal, wie oft mir John versichert, dass er mich versteht: Er kann es nicht. Ich will, dass meine Familie reich und mächtig genug ist, um es falls nötig mit der gesamten Bundesregierung aufzunehmen. Geld ist Macht. Geld regiert die Welt. Nichts sonst verschafft einem dieselbe Aufmerksamkeit und Stellung in der Welt, keine Freundlichkeit, keine Liebe, keine Güte. Ich will, dass meine Kinder alle Möglichkeiten haben, die ich ihnen mit Geld erkaufen kann. Genug, dass sie auch vor dem Gesetz Johns Kindern gleichgestellt sind.

Wir sind jetzt am Zug. Ich kann nicht aufhören oder ausruhen. Wenn ich aufhöre, geht womöglich alles wieder den Bach runter.

Ein undefinierbares Gefühl durchflutete Jackson. In jedem Interview, das John nach Sams Tod gegeben hatte, hatte er stets betont, dass Sam die treibende Kraft des C&O gewesen war, dass sie ohne ihn nicht groß genug gedacht hätten, um das Imperium zu errichten, das sie letztlich geschaffen hatten.

Jackson hatte neben John gesessen und ihm mit großen Augen zugehört, wenn er ihm diese Geschichte erzählt hatte. Aber sie in den eigenen Worten seines Großvaters zu lesen hatte ihn stets mit Ehrfurcht erfüllt und ihm ein für alle Mal das Format des Mannes vor Augen geführt, dessen Blut durch seine Adern rann.

Rigoros, stolz, realistisch.

Alles Eigenschaften, die Sam unweigerlich besessen haben musste, um in einem gesättigten Markt ein erfolgreiches Imperium zu errichten.

Nichts ist je vorbei, solange man nicht aufgibt. Er war sechs Jahre alt gewesen, als John ihm in seiner Küche zum ersten Mal Sams Lieblingsspruch verraten hatte. Dann hatte John gelacht und Jackson erzählt, dass Sams Familie ihn wegen seiner eigensinnigen und unbarmherzigen Art für einen Rebellen gehalten habe.

Als Jackson umblätterte, fiel ihm etwas in die Hände. Ein Blatt Papier. Es sah aus, als sei es viele Male gelesen worden, war beinahe so abgegriffen wie die Seiten des Tagebuchs.

Er faltete das Blatt auseinander und strich es glatt. Es war nicht die Handschrift seines Großvaters, und er musste erst drei oder vier Sätze lesen, bevor ihm klar wurde, von wem der Brief stammte.

Sein Blick huschte zum unteren Rand der Seite, und er sog scharf die Luft ein, als er Pauls Unterschrift erkannte.

Er sollte den Brief wieder beiseitelegen. Das hier war nicht für ihn bestimmt.

Aber er brachte es nicht fertig. Mit der Hand stützte er sich auf dem Bett ab und begann zu lesen.

Lieber Grandpa John,
wahrscheinlich habe ich mittlerweile das Recht verwirkt, Dich Grandpa zu nennen – aber es kam mir komisch vor, diesen Brief an Mr Chandler oder nur an John zu adressieren, also hab bitte Nachsicht mit mir. Ich will mich keineswegs bei Dir einschmeicheln.
Ich fasse mich kurz. Ich war derjenige, der das Feuer im C&O gelegt hat. Ich war aufgebracht und zornig. Ich machte Dich für den Tod meines Vaters und die Trauer meiner Mutter verantwortlich. Ich gab Nicholas die Schuld an Livvys Leid. Überwiegend jedoch gab ich Euch allen die Schuld dafür, dass Ihr mir die Firma weggenommen habt. Das C&O gehörte mir, und ich hatte das Gefühl, bestohlen worden zu sein.
Dieser Brief soll weder eine Erklärung noch eine Entschuldigung sein. Es gibt keine Entschuldigung für das, was ich getan habe. Und schon gar nicht dafür, was ich nach dem Brand getan habe. Als mir klar wurde, dass es einen Zeugen gab, der mich mit meinem Bruder verwechselt hatte, überredete ich Jackson, den Mund zu halten und sich verhaften zu lassen. Ich versicherte ihm, dass ich ihn so schnell wie möglich aus dem Gefängnis holen würde, dass die Anschuldigungen falsch seien. Ich habe ihn manipuliert. Das Wie und Warum ist jetzt nicht so wichtig, aber genau so ist es gewesen. Und ich wusste, dass er tun würde, worum ich ihn bat, denn Jackson war vor allem eins: ein liebenswerter Junge, dessen Herz größer war als sein Körper.
Es war reines Glück, dass der Zeuge seine Aussage widerrief und Jacksons Anwalt – den meine Tante und meine Schwester für ihn besorgt hatten, denn ich selbst war vor Panik und Zorn zu nichts fähig – ihn herausboxte. Aber vielleicht war es ja auch gar kein Glück. Falls Du derjenige bist, der den Zeu-

gen dazu überredet hat, seine Aussage zu widerrufen, danke ich Dir. Aus tiefstem Herzen danke ich Dir dafür, dass Du die Initiative ergriffen hast, als ich dazu nicht in der Lage war.

Ich erzähle Dir das alles, weil ich gerade im Krankenhaus sitze und meinem neugeborenen Jungen dabei zusehe, wie er auf der Brust seiner Mutter schläft. Diese beiden Menschen sind so wunderschön, dass es schmerzt. Ich wünsche mir für meinen Sohn vor allem, dass ihm das Gleiche vergönnt sein wird wie mir – mit einem Vater aufzuwachsen, der leidenschaftlich, mutig, liebevoll und stark ist, und vielleicht Geschwister zu bekommen, die ebenso stark und mutig sind und einander beschützen.

Ich bin nicht so stark, und das ist auch der Grund, warum ich vor all den Jahren diesen Molotowcocktail geworfen habe. Ich bin auch nicht mutig, sonst hätte ich diesen Brief direkt an die Polizei geschickt.

Aber Dir sage ich jetzt die Wahrheit, und zwar aus zwei Gründen. Zum einen sollst Du wissen, dass Dein Sohn nicht völlig im Irrtum war, als er sich das Unternehmen unter den Nagel riss. Ich erkenne nun, dass ich Dir ein hundsmiserabler Geschäftspartner gewesen wäre. Zum zweiten will ich Dir die Möglichkeit geben, diesen Brief als Geständnis an die Behörden weiterzuleiten.

Ich liebe meinen Bruder, und ich habe ihn trotzdem benutzt. Nichts bereue ich mehr. Das werde ich mir niemals verzeihen. Außerdem hätte jemand bei der ganzen Aktion verletzt werden können. Mir kommt es wie eine gerechte Strafe vor, dass nun das Damoklesschwert über mir hängt, was Du mit diesem Brief anfangen wirst.

Versuch nicht, Kontakt zu mir aufzunehmen. Wie üblich werde ich nicht antworten. Aber ich liebe Dich. Danke für alles, was Du je für mich und meine Geschwister getan hast.

Liebe Grüße
Paul

Ich liebe meinen Bruder.

Ich habe ihn trotzdem benutzt.

Nichts bereue ich mehr.

Jackson bemerkte erst jetzt, dass er die Hand zur Faust geballt und das Stück Papier beinahe zerknüllt hatte. Er atmete tief ein, dann lockerte er die Finger.

Fuck.

Eine gefühlte Ewigkeit lang saß er nur da und wälzte die Worte in seinem Kopf hin und her. Eigentlich ergaben sie überhaupt keinen Sinn. Die ganzen letzten zehn Jahre war er davon überzeugt gewesen, dass Paul insgeheim froh über den Lauf der Dinge war oder zumindest hartnäckig die Augen vor der Wahrheit verschloss. Ihm war nicht klar gewesen, dass sein Bruder tatsächlich gelitten hatte. Der Gedanke, dass er das Ganze bereute, war Jackson nie gekommen.

Er hatte nicht geglaubt, dass Paul ihn immer noch liebte.

Im Geiste stand er wieder im Schlafzimmer ihrer Eltern in der alten Villa und starrte Paul an, der fieberhaft auf und ab ging. *Sag mir, dass du dieses Feuer nicht gelegt hast*, hatte er geflüstert, als sei die Polizei bereits im Haus. Zu diesem Zeitpunkt war die bereits mit einem Durchsuchungsbefehl auf dem Weg zu ihnen gewesen. Es ging das Gerücht von einem Augenzeugen, der Jackson am Tatort beobachtet hatte.

Jacksons Alibi war seine Familie. Zum fraglichen Zeitpunkt hatte er seine schluchzende Schwester im Arm gehalten und getröstet. Seit Wochen schon hatte er das Haus nicht mehr verlassen.

Paul war sich mit den Händen durchs Haar gefahren. *Es ist nicht so, wie du denkst.*

Ich denke, dass du das Feuer gelegt hast.

Ihre Mutter hatte bis dahin nur teilnahmslos die Wand angestarrt, aber in diesem Moment das Wort ergriffen. *Jackson, wenn die Polizei dich verhaften will, dann geh mit ihnen. Du bist unschuldig.*

Aber Mom …

Du bist unschuldig, Paul ist es nicht. Du musst deinen Bruder beschützen. Wir holen dich da schnell wieder raus, versprochen. Und wenn wir das nicht schaffen, wird Paul zu seiner Tat stehen und die Verantwortung dafür übernehmen.

Er hatte seiner Mutter in die Augen gesehen und ihr geglaubt. Und dann hatte Paul jenen Satz gesagt, der dafür gesorgt hatte, dass Jackson alles in seiner Macht Stehende tun würde, um seinen Bruder zu schützen.

Jackson hatte geduldig in seiner Gefängniszelle gesessen, während Reporter seinen Namen durch den Dreck zogen und der Bezirksstaatsanwalt damit prahlte, dass er den Sohn einer der zwei reichsten Familien des Landkreises zur Verantwortung ziehen würde. Er sah zu, wie sich die Indizienbeweise gegen ihn auftürmten, und hielt sogar bei seinem eigenen Anwalt dicht, der zwar clever und kompetent, aber dennoch von Jacksons Schuld überzeugt war.

Er war nicht eingeknickt. Er hatte stark bleiben müssen. Er hatte seinen Bruder beschützen müssen.

Sorgfältig faltete er den Brief zusammen und hielt ihn in den Händen. Was sollte er jetzt damit tun? Sicher hatte John ihm das absichtlich zukommen lassen.

Paul war tot. Wenn er wollte, konnte Jackson damit an die Öffentlichkeit gehen. Seinen Namen vor der Öffentlichkeit reinwaschen, die ihn zweifellos immer noch als Täter sah. Vielleicht würde er wegen Behinderung der Justiz verurteilt werden, aber niemand würde ihn mehr für einen Brandstifter halten.

Er könnte in Rockville bleiben, ohne befürchten zu müssen, dass alle, deren Weg er kreuzte, ihn für einen Verbrecher hielten. Aber dann würde auch jeder wissen, dass Sadia einen

Brandstifter geheiratet hatte, der seinen eigenen Bruder übers Ohr gehauen hatte.

Am liebsten wäre er auf der Stelle zu John gegangen. Aber das stand nicht zur Debatte. Er konnte nicht einfach zu dessen Villa fahren und eine Erklärung dafür verlangen, warum John diesen Brief ausgerechnet Sadia gegeben hatte …

Plötzlich gefror ihm das Blut in den Adern. Du lieber Himmel. Womöglich hatte Sadia ihn gelesen.

Jackson fand den Weg wie von selbst. Er war so oft in John Chandlers Villa gewesen, dass er ihn noch genau im Kopf hatte. Sein früheres Elternhaus befand sich in unmittelbarer Nähe, nur getrennt durch ein kleines Wäldchen. Sam und John waren wie Pech und Schwefel gewesen und hatten ihre jeweiligen Anwesen so dicht beieinander errichtet, dass ihre Kinder und Enkel im Grunde zusammen aufwuchsen.

Jackson parkte in Johns runder Auffahrt. Es war etwa sieben Uhr abends, also eigentlich zu spät für einen unverfänglichen Spontanbesuch, aber Jackson konnte nicht warten. Er musste John zur Rede stellen.

Er klingelte an der Tür und wartete, dann klingelte er erneut, getrieben von einer Ungeduld, die ganz und gar nicht seine Art war. Kurz darauf öffnete sich die Tür, und Jackson zuckte zusammen. Er hatte das Gefühl, dem Geist von Maria Chandler gegenüberzustehen. Das gleiche rundliche Gesicht, die gleiche kleine, dralle Gestalt, der gleiche dunkle Schopf, die gleichen Augen. Nur dass die Haare dieser jungen Frau glatt und nicht gelockt waren, und sie selbst eine Selbstbeherrschung und Ruhe ausstrahlte, die Nicholas' Mutter nie besessen hatte.

Jackson versuchte den sich aufdrängenden Gedanken an die Nacht, in der sein Vater gestorben war, zu verscheuchen. Es waren ohnehin nur Erinnerungsfetzen. Das Krächzen des

Polizeifunks, die Schreie seiner Mutter, das Schluchzen seiner Schwester, die laute Stimme seines Bruders.

Zur gleichen Zeit, als die Polizei an ihre Tür geklopft hatte, war ein weiterer Streifenwagen bei den Chandlers vorgefahren, um ihnen die Nachricht von Marias Tod zu überbringen.

Niemand wusste, warum die beiden in jener Winternacht zusammen in diesem Auto gesessen hatten, und Jackson war es auch gleichgültig. Kurz bevor er selbst ins Gefängnis musste, hatte er Eve Chandler zum letzten Mal gesehen. Damals war Nicholas' Schwester dreizehn Jahre alt gewesen, jünger noch als Sadias Zwillingsschwestern. Er wappnete sich. »Eve.«

Eve war über seinen Anblick anscheinend erheblich weniger überrascht als er über ihren. »Hallo, Jackson. Was führt dich her?«

Er schloss die Finger fester um das Buch in seiner Hand. »Ich möchte zu deinem Großvater.«

Sie neigte sanft den Kopf. »Ich schau mal nach, ob er Besuch empfängt. Warum wartest du nicht in der Bibliothek? Ich nehme an, du kennst den Weg?«

Er nickte und kam sich vor wie in einem surrealen Traum. Er wartete, bis Eve sich entfernt hatte, dann wanderte er langsam durch die Flure der Villa. Die Bibliothek war immer schon sein Lieblingszimmer gewesen. Er trat ein und sah zu den endlosen Reihen der Bücher empor. So viele Bücher, dabei kam ihm der Raum kleiner vor als in seiner Jugend.

Dann fiel sein Blick auf ein gerahmtes Foto an der Wand. Scharf sog er den Atem ein und trat vorsichtig näher. Doch gerade als er die Hand nach dem Bilderrahmen ausstrecken wollte, vernahm er Schritte hinter sich und hielt inne.

»Er ist gleich hier«, sagte Eve in neutralem Ton. Sie war im Türrahmen stehen geblieben. »Kann ich dir … oh.«

»Das hier ist verbrannt«, sagte er. Ihm war bewusst, wie ruppig er klang, aber er konnte nicht anders. Er sah Eve an, die eine Hand am Bilderrahmen, in der anderen das Tagebuch seines Großvaters. »Wie kommt das hierher?«

Ihr Blick wanderte zu der Fotografie hinüber. Das alte Bild in Schwarz-Weiß zeigte ihre beiden Großväter, noch nicht ganz den Kinderschuhen entwachsen. Das Bild war vor dem einstigen Supermarkt der Okas in San Francisco aufgenommen worden, kurz bevor Sam in ein Internierungslager nach Utah geschickt worden war. »Grandpa hat den Fotografen ausfindig gemacht. Im Flagship-Store von C&O hängt auch eine Kopie. Ehe er mit Livvy abgereist ist, hat Nicholas noch dafür gesorgt, dass es dort wieder seinen Platz findet.«

Jackson spürte, wie sich seine Brust zusammenzog. In all der Zeit, die er im Café gearbeitet hatte, war ihm kein einziges Mal der Gedanke gekommen, in den Supermarkt hineinzugehen.

Er konnte Pauls Schicksal und den Brand einfach nicht voneinander trennen. Deshalb verspürte er nicht den leisesten Wunsch, auch nur einen Fuß in den Laden zu setzen. Aber wenn er es getan hätte … Eves Worten nach hätte er dann das Bild seines Grandpas dort entdeckt. Das Foto, das er in seiner Kindheit so oft betrachtet hatte. Seine Vergangenheit, der Mann, von dem er abstammte.

Seine Finger klammerten sich noch fester um das Tagebuch.

Eve räusperte sich. »Ich hatte keine Ahnung, dass du in der Stadt bist.«

Er wandte sich wieder zu ihr um. Der Panzer um seine Seele hatte Risse bekommen, in die all diese ihm fremden Gefühle hineinsickerten, was ihn schärfer reagieren ließ, als er es normalerweise getan hätte. »Ich musste mich vergewissern, dass dein Bruder meiner Schwester nicht noch einmal wehtut.«

Sie lächelte reserviert. Jackson hatte das Gefühl, dass fast alles an der jungen Frau auf eine bestimmte Art zurückhaltend war, so wie ihr geschmackvolles Etuikleid in neutralem Rosé. »Ah ja. Du hasst Nicholas.«

»Sogar sehr.«

»Wahrscheinlich ebenso sehr, wie ich glaubte, Livvy zu hassen.«

Er verengte die Augen. »Wieso solltest du Livvy hassen? Sie hat dir doch gar nichts getan. Nicholas wiederum hat ihr mehr als übel mitgespielt.«

Sie zog eine zart geschwungene Augenbraue in die Höhe. »Bösewichte gibt es also nur in *meiner* Familie?«

Er öffnete den Mund, um ihr zuzustimmen, dann fiel ihm wieder ein, was er in Händen hielt.

Pauls verdammtes Geständnis.

»Mein Bruder ist ein guter Mensch«, fuhr sie leise fort. »Und deine Schwester ebenfalls. Ich glaube, es wird Zeit, dass unsere beiden Familien Frieden schließen, hm? Es gab auf beiden Seiten genügend Verluste.«

Anspannung kroch in seinen Kiefer. »Wir werden sehen, wie gut er es mit ihr meint.«

»Ja, das werden wir wohl. Sie kommen morgen zurück.«

»Morgen?«

»Nicholas hat mich heute früh angerufen.« Ein zartes Lächeln umspielte ihre Lippen. »Vornehmlich, um sich zu vergewissern, dass das Unternehmen ohne ihn tatsächlich ins Schwimmen gerät. Genau das wollte er meiner Meinung nach unserem Vater vor Augen führen.«

Nicholas hatte sich also bei seiner Schwester gemeldet, während Livvy abgesehen von dieser lächerlichen Voicemail keinerlei Lebenszeichen von sich gegeben hatte.

Jackson versuchte die ungerechtfertigte Eifersucht, die in ihm aufblitzte, in den Griff zu bekommen. »Gut.«

»Das will ich doch hoffen. Und ich hoffe auch, dass ihre Rückkehr ins reale Leben in jeder Hinsicht reibungslos verläuft.« Sie hob ihr rundliches Kinn und musterte ihn kühl. »Hast du mich verstanden?«

Wie alt war diese junge Frau? Dreiundzwanzig, vierundzwanzig? Bemerkenswert, wie deutlich sie ihm nur mit einem einzigen Blick zu drohen vermochte. »Arbeitest du auch in der Firma?« Den richtigen Killerinstinkt hatte sie jedenfalls.

Ihr Lächeln wirkte süffisant. »Nein. Ich habe für die Stiftung gearbeitet, aber vor Kurzem gekündigt.«

Marias Stiftung. Er hatte im Laufe der Jahre immer mal wieder Geld dafür gespendet. Nur weil er die Männer dieser Familie verabscheute, war die Idee, unterprivilegierten Kindern eine Chance aufs College zu eröffnen, dennoch eine gute Sache. Außerdem war Maria ihm gegenüber immer freundlich gewesen.

Das Surren des Rollstuhls riss ihn aus seinen Gedanken. Ruckartig wandte er den Kopf der Tür zur Bibliothek zu. Ein betagter Mann rollte herein.

John Chandler war älter geworden und kam Jackson viel kleiner vor als in seiner Jugend, als dieser Mann ihm beigebracht hatte, die berühmten Chocolate Chip Cookies seines Großvaters Sam zu backen. Sie waren so berühmt gewesen, dass man sie im alten C&O sogar als »Sam's Cookies« verkauft hatte. Wer weiß, wie die Chandlers sie jetzt nannten. Wahrscheinlich einfach »Kekse« oder etwas ähnlich Langweiliges.

Er trug legere Kleidung, aber das war nichts Neues – John hatte Anzüge und Krawatten immer gemieden und stets lässige Karohemden und Jeans vorgezogen, eine Marotte, die dem wohlhabenden Mann bei den Menschen in Rockville Bonuspunkte eingebracht hatte.

John kam näher, und Jackson erkannte, wie sehr ihn die vergangenen zehn Jahre verändert hatten. Sein Herz pochte so laut, dass es ihm in den Ohren dröhnte. Dieser Mann war ihm nicht nur ein Großvater gewesen, sondern vor allem ein Freund.

Davon hatte Jackson nie allzu viele gehabt. Livvy, Sadia

und dieser betagte Mann, der ihn so akzeptiert hatte wie er war – im Gegensatz zu seinem eigenen Vater, dem die Geduld gefehlt hatte, sich mit seinen Eigenarten zu befassen.

Der ältere Mann sah ihn lange an, dann breitete sich ein wehmütiges Lächeln auf seinem Gesicht aus. »Sieh dich an. Du bist erwachsen geworden.«

Jackson strich mit den Händen über seine Jeans. »Du doch auch.«

Johns Lachen ging in ein Husten über, und unwillkürlich machte Jackson einen Schritt auf ihn zu. Trotz seiner scherzhaften Antwort war er erschüttert. Wie klein und zerbrechlich dieser Mann jetzt wirkte. Früher war er ihm überlebensgroß vorgekommen, obwohl Jackson ihn an Körpergröße schon zu Mittelschulzeiten überragt hatte.

»Grandpa«, rief Eve aus und eilte zu ihm. Sie rieb seinen Rücken. »Alles in Ordnung? Soll ich dir ein Glas Wasser bringen?«

Wütend funkelte John sie an, tätschelte aber gleichzeitig ihre Hand. »Ich liege nicht im Sterben, ich hab mich lediglich verschluckt.«

»Oh.« Eves Schultern entspannten sich wieder.

»Lässt du uns für einen Moment allein, Evie? Du kannst dich später noch mit deinem alten Freund Jackson hier unterhalten.«

Er und Eve warfen einander misstrauische, abschätzende Blicke zu. Sie waren nie miteinander befreundet gewesen, auch nicht vor seiner Flucht. Und die Chance, dass sie es jemals sein würden, war nicht besonders groß. Immerhin standen sie im Livvy-Nicholas-Krieg auf gegnerischen Seiten.

Leise schloss sich die Tür hinter Eve, und John lehnte sich in seinem Rollstuhl zurück. »Schön dich zu sehen, Sohn.«

Das Atmen fiel ihm schwer. Seltsam, wie einem durch ein einziges Wort die Luft wegbleiben konnte, sodass man zu ersticken glaubte. Sohn. Schon sehr, sehr lange hatte ihn niemand mehr so genannt, und schon gar nicht mit diesem väterlichen Stolz in der Stimme. Er brachte kaum eine Antwort heraus. »Find … ich … auch.«

»Ich kann verstehen, dass du eigentlich gar keine Lust auf diesen Besuch hast«, sagte John sanft.

»Das hab ich nicht gemeint. Ich bin nur nicht besonders gut im Reden.«

Johns Blick war durchdringend, aber freundlich. »In deiner Jugend hattest du keine Probleme, mit mir zu reden.«

Weil John sich nie daran gestört hatte, dass er schwieg, wenn ihm danach zumute war. Während Livvy, Paul und Nicholas fröhlich mit John geplaudert hatten, hatte er Jackson meist ein Buch oder ein Messer und ein Stück Obst in die Hand gedrückt, womit er sich beschäftigen konnte und glücklich und zufrieden war.

Seine Mutter hatte sich sehr ähnlich verhalten. Im Gegensatz zu seinem Dad hatte sie seinen mangelnden Charme nie als Enttäuschung betrachtet. »Es hat sich manches verändert.«

»Du siehst aus wie dein Vater.«

Jetzt hatte er seine Stimme vollends wiedergefunden. »Ich weiß.«

»Und wie dein Großvater. Die Augenpartie. Und die Gesichtsform.« John strich über die Armlehne seines Rollstuhls. »Ich würde dich ja um eine Umarmung bitten, aber du hattest nie viel für Berührungen übrig.«

Außer bei den Menschen, von denen er sich berühren lassen wollte. Warum gab es in dieser Frage scheinbar nur Schwarz oder Weiß?

Jackson hielt das Buch in seiner Hand in die Höhe. »Ich bin deshalb hier. Du hast das Sadia gegeben.«

»Ja.«

Er zog Pauls Brief hervor. »Du hast *das hier* Sadia gegeben.«

»Nun ja, schon. Ich nahm an, dass du mich nicht würdest sehen wollen, wollte es dir aber unbedingt zukommen lassen.«

Wieder überkamen ihn die Angst und der Zorn von vorhin. »Und wenn Sadia es gelesen hätte?«

»Warum setzt du dich nicht einen Moment?« Ohne Jacksons Antwort abzuwarten, rollte er zur Couch hinüber. »Hierher? Dieses Sofa hast du doch immer gemocht, oder?«

Das stimmte. Zögernd folgte er dem alten Mann und ließ sich nieder. Eine direkte Bitte seines Ersatzgroßvaters konnte er nun mal schwer abschlagen.

Mit der Hand fuhr sich John über sein buschiges weißes Haar. »Wo waren wir stehengeblieben? Ach ja. Ich wusste, dass Sadia das Paket nicht öffnen würde.«

»Wie konntest du das wissen?«

»Ich habe sie gebeten, es nicht zu tun.«

Jackson blieb der Mund offen stehen. »Das ist alles? Du hast dich allein darauf verlassen?«

»Sadia war immer schon ein folgsames Kind. Ich war erstaunt, als sie mit deinem Bruder durchgebrannt ist. Ganz untypisch für sie.« John zuckte mit den Schultern. »Ich war ziemlich sicher, dass sie nicht hineinschauen würde, wenn ich sie darum bitte.«

Im Grunde lag John mit dieser Einschätzung nicht ganz falsch. Sadia respektierte die ältere Generation, und wenn er sie gebeten hatte, die Tasche nicht zu öffnen, hatte sie es wahrscheinlich tatsächlich nicht getan.

Eine hundertprozentige Sicherheit gab es natürlich nicht. Aber Jackson wollte jetzt nicht darüber nachdenken. Der Vorstellung, dass sie womöglich doch hineingesehen hatte, war er momentan nicht gewachsen. »John …«

»Ich weiß. Ich weiß. Es war ein Risiko. Aber ich musste dir das einfach geben. Ich versuche, mich einiger Dinge zu entledigen, bevor ich einmal nicht mehr bin, und zwar besser früher als später. Auf diese Weise habe ich zumindest in etwa die Kontrolle über das ein oder andere.« Mit einem Kopfnicken deutete er auf das Foto an der Wand. »Das habe ich für dich und Livvy aufbewahrt. Ich habe für jeden von euch eine Reproduktion anfertigen lassen. Und eine für Kareem.«

Seinem ersten Impuls folgend hätte er sich jetzt am liebsten das Foto geschnappt und die Flucht ergriffen, aber dann siegte die Vernunft. »Ich bin viel auf Reisen. Normalerweise habe ich nicht allzu viel Gepäck.«

»Deine Schwester hat das Gleiche gesagt. Du solltest darüber nachdenken, dich eine Zeitlang irgendwo niederzulassen. Eine feste Basis zu haben tut gut.«

»Rockville kommt dafür nicht infrage.« Er dachte an das Café und wie vollkommen vertraut sich der Ofen unter seinen Händen angefühlt hatte. »Ich muss … ich kann nicht hierbleiben.«

»Hm. Warum nicht?«

»Zum einen glaubt hier schließlich jeder, dass ich deinen Laden niedergebrannt habe.« Das Erlebnis mit Harriet war bislang ein Einzelfall gewesen. Trotzdem konnte es sich jederzeit wiederholen.

»Es war *unser* Laden, und wir wissen beide, dass du es nicht warst.« John deutete mit einem Kopfnicken auf das Tagebuch mit dem Brief.

Jackson sah in Johns gelassenes Gesicht. »Wie kannst du bei dem Thema nur so ruhig bleiben?«

»Die Versicherung hat alles bezahlt. Und es war ein Unfall.«

Jackson schüttelte den Kopf. Paul hatte nicht vorgehabt, das ganze Geschäft dem Erdboden gleichzumachen, aber dennoch hatte er den Brandsatz bewusst durch die Fensterscheibe geworfen. »War es nicht.«

»Hör zu, Jackson. Du und ich, wir werden genau ein einziges Mal über diesen Brief reden, nämlich jetzt und dann nie wieder. Ja, dein Bruder war für den Brandanschlag auf unseren Laden verantwortlich. Ja, ich weiß, dass er dich überredet hat, dich verhaften zu lassen. Ja, ich weiß, dass er etwas Schreckliches getan hat. Ich weiß aber auch, dass ihr beide damals blutjung wart, euch der Tod eures Vaters völlig aus der Bahn geworfen hatte und eure Welt plötzlich kopfstand. Manchmal machen Menschen nun mal Dummheiten, und die sollte man ihnen verzeihen. Ich habe Paul vergeben, und zwar schon vor langer Zeit. Aber ob du es ebenfalls tust, ist einzig und allein deine Entscheidung und geht mich nichts an. Du musst wissen, was du mit diesem Geständnis tust. Nutze es, um deinen Namen reinzuwaschen, rufe es von den Dächern, gib es deiner ganzen Familie zu lesen, was auch immer.«

»Was würdest du damit tun?«

Johns Augen schimmerten. »Es verbrennen. Aber ich wiederhole: Das ist nicht meine Entscheidung.« Er lehnte sich in seinem Stuhl zurück.

Jackson blickte sich in dem leeren Zimmer um. »Hast du diesen Zeugen bestochen?«

»Nein, das habe ich nicht.«

Johns Stimme klang so entschieden, dass Jackson ihm glaubte. Er nickte.

»Darf ich dich etwas fragen, Sohn? Immerhin ist dies das letzte Mal, dass wir darüber reden. Warum hast du dich darauf eingelassen? Musste er dich nur darum bitten?«

Jackson schluckte, und im Geiste befand er sich wieder im Schlafzimmer seiner Mutter, ein verängstigter neunzehnjähriger Junge. »Ja. Allerdings hat er auch dafür gesorgt, dass ich gar nicht anders konnte, als einzuwilligen.«

»Wie hat er das angestellt?«

Jackson blickte in Johns freundliche blaue Augen und wollte nichts lieber, als ihm dieses Geheimnis anvertrauen. Jenes Geheimnis, in das nur er, Paul und seine Mutter eingeweiht waren. Ein Geheimnis, von dem Sadia wirklich niemals erfahren durfte. »Ich kann es dir nicht sagen.«

»Na gut. Und der andere Grund?«

Jackson rieb sich die Stirn. Er tat sich schwer, John zu folgen. »Wie bitte?«

»Was ist der andere Grund, weshalb du nicht hierbleiben kannst?«

»Ich … ich kann einfach nicht.«

»Warum bist du dann überhaupt hier?«

Er presste die Lippen fest aufeinander. »Ich bin wegen Livvy hier. Das ist alles.«

»Aber sie ist nicht in der Stadt.«

»Ich helfe Sadia so lange, bis Livvy zurückkehrt und ich mich davon überzeugt habe …« Gerade noch rechtzeitig fiel ihm ein, dass Nicholas der geliebte Enkel dieses Mannes war, und aus Respekt ihm gegenüber unterbrach er sich. »Äh, mich davon überzeugt habe, dass es ihr gut geht.«

»Du bist also nur hier, weil du dich verpflichtet fühlst?« John schüttelte den Kopf. »Weißt du, an wen du mich erinnerst?«

»An meinen Vater.«

»Oh nein. Nicht an deinen Vater, und auch nicht an deinen Großvater. Sondern an den älteren Bruder deiner Großmutter.«

Jackson hatte Sams Frau Lea nie kennengelernt. Seine Großmutter war schon gestorben, als Tani noch ein Kind gewesen war. »Ich wusste gar nicht, dass sie einen großen Bruder hatte.«

»Sie hat nicht gern von ihm gesprochen. Und ich war wohl immer viel zu sehr damit beschäftigt, euch Kindern von Sam zu erzählen, um Lea allzu viel Aufmerksamkeit zu widmen. Heute bedaure ich das.«

Jackson ließ sich tiefer ins Sofa sinken. Früher hatte er nichts mehr geliebt, als Johns Geschichten zu lauschen.

»Als Sam in diesem Internierungslager in Utah war, wurden Lea und ihr Bruder nach Arizona geschickt. Michael war ein schweigsamer Junge, genau wie du. Und Bäcker war er auch. Das Cookie-Rezept hat Sam von ihm.« John zog die Mundwinkel herab. »Michael rechnete nicht damit, dass sie dort allzu lange festgehalten würden, und glaubte, dass sich alles zum Guten wenden würde. Aber er täuschte sich. Also gelangte er irgendwann zu der Überzeugung, dass er seine Loyalität für die Regierung unter Beweis stellen musste, um die Lage der Familie zu verbessern. Also verpflichtete er sich bei der Army, sobald er konnte.«

Jackson legte das Tagebuch auf seinen Schoß. Ihn beschlich das ungute Gefühl, dass die Geschichte ein trauriges Ende nehmen würde. »Er starb im Ausland.«

»Nein. Nein. Eine Kugel erwischte ihn im Bein, und er kehrte nach Hause zurück.« John blickte nun noch bedrückter drein. »Aber er hatte sich verändert. Er war desillusioniert. Er machte dicht. Kapselte sich ab. Und irgendwann nahm er sich das Leben.«

Jackson musste schlucken. »Ich war nie im Krieg, und selbstmordgefährdet bin ich auch nicht.«

»Oh, natürlich nicht. Und ich will Michaels Erlebnisse auch keinesfalls bagatellisieren. Aber du warst verletzt, nicht wahr? Zutiefst verletzt. Also hast du dich abgeschottet, hast deine Gefühle unterdrückt, damit dir niemand, den du liebst, mehr wehtun kann.«

Jackson starrte ihn an. Er brachte keinen Ton heraus.

John nickte wissend. »Es ist wirklich einen Versuch wert, deine Gefühle wieder zuzulassen, Jackson. Glaub mir.«

Er spürte, wie die Emotionen wie Farben in einem alten Fernsehgerät eine nach der anderen in seinem Herzen flackernd zum Leben erwachten. Wie gut hatte es getan, Maile zu sagen, dass er sie liebte. »Ich kann nicht …«

John hob die Hand und schnitt ihm so das Wort ab. »Weißt du, das habe ich früher auch häufig gesagt. Ich kann nicht. Dein Großvater hat mir das ausgetrieben. Er fragte dann immer: ›Kannst du nicht oder willst du nicht, John?‹, und die Antwort lautete beinahe immer, dass ich nicht wollte.«

Jackson klappte den Mund wieder zu. Natürlich hatte er das schon einmal gehört, aber plötzlich klang es auch in seinen Ohren wahr. *Nichts ist je vorbei, solange man nicht aufgibt.*

»Ich will nicht«, bekannte er leise.

»Weil du Angst hast. Es ist absolut verständlich, dass du versuchst, dich selbst zu schützen, Sohn. Problematisch wird es erst, wenn du dir selbst damit schadest.«

Im Zimmer war es dunkel geworden. Trotzdem hatten sie kein Licht eingeschaltet. Vielleicht lag es an der Abenddämmerung oder an dem tröstlichen Gefühl, mit John wieder in diesem Zimmer zu sitzen, dass Jackson gestand, wovor er sich am allermeisten fürchtete. »Ich glaube, ich weiß nicht, wie man jemanden liebt. Nicht mehr.«

»Du hast niemanden mehr geliebt, seit du diese Stadt verlassen hast?«

Er wollte gerade Nein sagen, aber dann dachte er an Ariel. Das Team, für das er verantwortlich war, das auch für ihn verantwortlich war. Natürlich empfand er etwas für sie. »Nicht so wie früher«, antwortete er endlich.

»Nun ja, Sohn. Man beschließt nicht einfach so zu lieben, und schon ist alles wieder in Butter. Zu lieben erfordert Übung. Lieben ist nicht passiv, sondern aktiv. Schließlich ist es ein Verb.« Er legte seine Hand über Jacksons auf dem Tagebuch. »Deine Vergangenheit hat dir Angst eingejagt. Ich kann nachvollziehen, wie verletzt du bist. Sich ihr zu stellen ist schmerzhaft, aber womöglich ist es die Sache wert. Für dich und für die Menschen, die du liebst.«

»Das alles ist ziemlich … viel.« Außerdem war er es mittlerweile gewohnt, seine Probleme zu verdrängen, um sich nicht weiter mit ihnen auseinandersetzen zu müssen. Er hatte ausschließlich in der Gegenwart gelebt. Hatte immer nur einen Tag nach dem anderen hinter sich gebracht. Hatte nie gewagt zurückzublicken.

John ließ seine Hand los. »Also dann. Geh nach Hause und denk drüber nach. Vielleicht kannst du irgendwann ja mal wiederkommen, damit wir uns weiter unterhalten.«

Seine Stimme war so voller Hoffnung, dass Jackson es nicht übers Herz brachte, ihn zu enttäuschen. Wie viele Menschen es gab, die ihn wiedersehen wollten. Wie merkwürdig das doch alles war. »Vielleicht.«

»Hast du gehört, dass Livvy und Nicholas morgen zurückkommen?«

»Ja.«

John lächelte schwach. »Scheint dich nicht sonderlich zu freuen.«

»Ich freue mich auf Livvy.«

»Ich kann deine Vorbehalte Nicholas gegenüber verstehen. Aber du weißt doch, dass sein Vater ihn damals unter Druck gesetzt hat, damit er die Beziehung beendet, oder?«

»Nicholas war ein erwachsener Mann. Er hätte dem Druck nicht nachgeben müssen.«

»Stimmt schon. Aber damals glaubte er seinem Vater. Er war fest davon überzeugt, dass er Eve schaden würde. Nicholas hat seine Schwester immer beschützt und tut es auch heute noch.«

Jackson rutschte unruhig auf dem Sofa hin und her. Die Vorstellung, dass Nicholas und er überhaupt irgendetwas gemeinsam hatten, behagte ihm ganz und gar nicht.

»Kannst du das nachvollziehen, Jackson? Kannst du dir vorstellen, dir selbst tiefen Schmerz zuzufügen, weil dir ein anderer Mensch so viel bedeutet?«

Sein Lid zuckte. »Smarter Zug.«

»Nicholas hat sich verändert. Und auch die Umstände sind anders als damals. Ich bin überzeugt, dass er deine Schwester abgöttisch liebt. Und ich glaube, dass ihre Beziehung unsere Familie heilen kann.«

»Wir sind keine Familie.«

Etwas Grausameres hätte er zu John gar nicht sagen können, doch der alte Mann lächelte unbeirrt weiter. »Lange Zeit waren wir das nicht. Aber wenn deine Schwester und Nicholas ihre Beziehung diesmal auf die Reihe bekommen, dann könnten wir zu einer zusammenwachsen.«

»Davon hast du immer geträumt, stimmt's? Du warst überglücklich, als die beiden damals ein Paar wurden.«

John zuckte mit den Schultern. »Kannst du mir daraus einen Vorwurf machen? Die Vereinigung unserer Familien würde eine Menge Probleme lösen.«

»Nur dass es keine Familien mehr gibt, die man vereinen könnte.«

Mit traurigen Augen sah John ihn an. »Das muss nicht so sein.«

Lieben ist aktiv.

Verdammt. »Ich werde mich bemühen, ihm nicht gleich einen Kinnhaken zu verpassen, wenn ich ihn sehe.« Noch einen.

»Mehr kann man nicht verlangen.«

Kapitel 13

SADIA

Er war wieder da.

Die Baseballkappe tief ins Gesicht gezogen, den großen Körper vornübergebeugt, als ob ihn das irgendwie unauffälliger machen könnte, hatte er sich diesmal eine andere Nische im O'Killian's ausgesucht. Das hier sollte sich nicht so anfühlen wie vor zwei Wochen. Das Wissen darum, wer er war, hätte Sadias Verlangen ausbremsen sollen. Nur war das nicht der Fall.

War es womöglich nicht der Sex, den sie vermisste, sondern Jackson?

Sie versuchte den Gedanken abzuschütteln. Immerhin würde das bedeuten, dass sie ihn unterschwellig immer schon begehrt hatte. Lächerlich. Sie war durchaus in der Lage, mit jemandem befreundet zu sein, ohne sexuelle Hintergedanken zu hegen. Meine Güte, Livvy war eine umwerfende Frau, aber nie hatte sie auch nur im Entferntesten darüber nachgedacht, sie zu küssen.

Einmal – nur ein einziges Mal – hatte sie in Jackson mehr als einen rein platonischen Freund gesehen, und zwar an jenem Abend, als er sie aus Mitleid zu ihrem Junior-Highschool-Ball begleitet hatte. Verzückt darüber, wie attraktiv er in seinem maßgeschneiderten Smoking ausgesehen hatte, ebenso wie über das rote Ansteckbukett, das er ihr geschenkt hatte, hatte sie ihn zum Abschied vor der Tür auf die Wange geküsst.

Aber aus dieser Schwärmerei war nichts entstanden, und kurz darauf hatte sie sich Hals über Kopf in Paul verliebt.

Doch jetzt pochte ihr Herz immer schneller, und ihre Handflächen wurden feucht. Sie wünschte sich nichts sehnlicher, als dass er ein Fremder wäre, dem sie einfach einen Drink spendieren und nach einem Flirt in sein Hotel begleiten könnte.

Richtiger Ort, richtiger Zeitpunkt. Falscher Mann.

»Stimmt etwas nicht?«

Sie lächelte der Blondine am Tresen vor ihr mechanisch zu. Vor ein paar Wochen hatte sie mit ihr eine heiße Nacht verbracht. Die hübsche Frau war beruflich viel unterwegs und stammte nicht von hier. »Nein.«

Sie beugte sich vor, und ihre Brüste wölbten sich über dem Saum ihres Dekolletés. Normalerweise hätte Sadia durchaus einen Blick riskiert. »Du siehst aus, als wärst du mit den Gedanken ganz woanders.« Sie legte den Kopf schief. »Stressiger Tag?«

Sadia war klar, dass die junge Frau ihr gleich anbieten würde, beim Stressabbau behilflich zu sein, allerdings war ihr Interesse daran gerade äußerst gering.

Verdammt. Sex konnte sie sich heute Abend wohl abschminken. Sie war so auf Jackson fixiert, dass alle anderen direkt einpacken konnten.

Sie mixte den Drink fertig und stellte ihn freundlich lächelnd vor die Frau hin. »Mir geht's gut, danke. Dir noch einen schönen Abend.«

Die Blondine nahm den Drink und die sanfte Zurückweisung mit bedauerndem Augenzwinkern zur Kenntnis. »Dir auch.«

Sadia wischte die Theke ab, nur um in Bewegung zu bleiben. Montagabends war leider Gottes meistens nichts los.

Ihr ganzer Körper kribbelte, als läge jedes Nervenende frei.

Sie wusste, dass er sie beobachtete, aber jedes Mal, wenn sie aufblickte, hatte er den Kopf abgewandt.

Wohl kaum stellte er sie sich gerade nackt vor oder dachte darüber nach, wie er sie gestern Abend ins Bett gebracht hatte. Und bestimmt spielte sich auch nicht ihr Kuss in der letzten Woche in Dauerschleife vor seinem inneren Auge ab.

Allerdings hatte er den Kuss erwidert.

Der kleine Teufel auf ihrer Schulter kicherte. *Also ist er auch interessiert an dir. Du solltest mit ihm ins Bett gehen. Jede Menge Sex haben. Es richtig krachen lassen, bis dir der Schweiß in Strömen am Körper herabläuft. Und du all die Stellen spürst, die sonst keiner so schnell zu Gesicht bekommt.*

Sadia stieß die Luft aus. Schluss damit.

Sie würde zu ihm gehen und Hallo sagen, mehr nicht. Ob Jackson hier saß oder im Apartment über ihrer Garage, machte keinen Unterschied. Auf jeden Fall kam er für ihre kurzfristigen Bedürfnisse nicht infrage.

Nachdenklich betrachtete sie die vor ihr stehenden Flaschen. Schließlich entschied sie sich für Gin.

Als sie auf ihn zuging, pochte ihr Herz so laut, dass sie beinahe fürchtete, er könnte es hören. Langsam hob er den Kopf.

Sie stellte den Drink vor ihn hin. »Der hier wurde von einem der ersten weiblichen Barkeeper im Land erfunden, noch vor der Prohibition.« Sadia wischte sich die Hände an der Schürze ab.

»Wie heißt er?«

Sie spürte, wie sie rot wurde. »Hanky Panky oder auch Techtelmechtel. Schon interessant, was für Namen man den Drinks früher gab.«

»Allerdings.« Er nahm einen kleinen Schluck, dann noch einen. »Schmeckt gut. Ich kann nicht viel davon trinken, aber er ist gut.«

»Du verträgst immer noch keinen Alkohol, hm?« Obwohl

sie gern als Barkeeperin arbeitete, trank auch sie nur in Maßen. Jackson hatte das immer ähnlich gehandhabt. Früher war ihm von wenig Bier schon übel geworden.

»Genau.« Er trommelte mit den Fingern auf die Tischplatte, und erst in diesem Augenblick bemerkte sie den angespannten Zug um seinen Mund. Sorge verdrängte vorübergehend ihre unanständigen Hintergedanken. Sie lehnte sich an den Tisch und musterte ihn. »Was ist los?«

Er schüttelte den Kopf und mied ihren Blick. »Nichts.«

»Doch, irgendetwas ist los.«

»So gut kennst du mich?«

»Ja.« Als sie das sagte, spürte sie einen Anflug von Erleichterung, von echter Verbundenheit mit einem anderen Menschen. Bei ihren Eroberungen in der Bar stellte sich diese Art der Vertrautheit nie ein.

Er zog seine Baseballmütze ab und legte sie auf den Tisch, fuhr sich mit den Händen durch die kurzen Haare. »Ich habe heute John besucht.«

»Oh.«

Er drehte das Glas in den Händen. »Du hast nicht in die Tasche geschaut, die er dir mitgegeben hat, oder?«

»Nein. Er hat mich gebeten, es nicht zu tun.«

Er nippte erneut an seinem Glas. »Und du hältst immer Wort.«

»Ich war auch ziemlich im Stress.«

»Es war nur das Tagebuch meines Großvaters.«

Sams Tagebuch hatte sie durchaus schon einmal gesehen. Nur merkwürdig, dass Jackson das offensichtlich so aufwühlte. »Willst du darüber reden?«

Noch bevor er antworten konnte, wurde sie von ihrem Kollegen hinter der Bar gerufen. Sie hob kurz die Hand. »Ich bin gleich wieder da.«

JACKSON

Nach dem Besuch bei John hatte Jackson Pauls Brief und das Tagebuch seines Großvaters in seine Wohnung zurückgebracht und war dann eine Weile ziellos herumgefahren, um das Chaos in seinem Kopf zu ordnen. Schließlich ertappte er sich dabei, wie er vor dem O'Killian's parkte. Er sagte sich, dass er nur etwas trinken wolle, aber im Grunde war er noch nie besonders an Alkohol interessiert gewesen.

Nein, er wollte Sadia sehen. Das war es.

Eigentlich hatte er vorgehabt, mit einem Ginger-Ale in einer Ecke zu sitzen und sich hin und wieder einen verstohlenen Blick auf sie zu gönnen, wie er es getan hatte, bevor sie ihn vor eine Woche dabei erwischt hatte. Merkwürdigerweise verfehlte das diesmal seine Wirkung. Vielleicht weil ihm klar geworden war, wie gut es ihm tat, sie nicht einfach aus der Ferne zu sehen. Sondern Zeit mit ihr zu verbringen. Sie zu berühren.

Sie zu küssen.

Er sah ihr nach. Das hautenge schwarze Shirt und die Hose, die jede Rundung ihres Körpers nachzeichnete, saßen wie angegossen.

Eigentlich war ein einfaches T-Shirt nicht wirklich sexy, aber sie hatte den Kragen aufgerissen, sodass der ausgefranste V-Ausschnitt geradewegs hinab auf das verheißungsvolle Tal zwischen ihren Brüsten wies. Am liebsten hätte er den Stoff beiseitegeschoben, um erst ihren Brustansatz mit seiner Zunge zu erkunden und sie dann weiter abwärts wandern zu lassen. Er wollte wissen, welche Farbe der BH hatte, den sie heute trug. War er aus Spitze? Baumwolle? Satin? War er rot?

Sein Blick blieb an ihrem Po hängen, aber in diesem Augenblick verstellte ihm jemand die Sicht, und er presste die Lippen aufeinander, um nicht frustriert aufzustöhnen.

Wollte er über John reden? Nein, eigentlich nicht. Er war seltsam überdreht, erfüllt von einer vibrierenden, nervösen Energie. Aber reden? Schon allein die Vorstellung machte ihn fix und fertig.

Wieder nippte er an seinem Cocktail. Es war laut in der Bar, und er fühlte sich auf die gleiche Weise anonym wie sonst auch in einer großen, fremden Stadt. Niemand würdigte ihn auch nur eines Blickes. So konnte er Sadia zuschauen und sich daran erfreuen, wie entspannt sie mit den Gästen umging.

Ich habe heute einen Job als Barkeeperin in der City gefunden, um mir noch etwas dazuzuverdienen. Paul meinte, dass ich als Kellnerin im Café anfangen sollte, wenn ich unbedingt wieder im Servicebereich arbeiten will, aber ich kann mir einfach nicht vorstellen, mit ihm nicht nur zusammenzuleben, sondern auch zusammen zu arbeiten. Ich meine, auch wenn ich ihn noch so liebe, aber dann würde ich ihn umbringen.

Außerdem gefällt mir die Arbeit hinter der Bar ganz gut! Mein Boss meint, dass ich ein Händchen dafür habe, und eigentlich ist es wie Chemie oder wie Kochen, nur dass ich im Mixen von Drinks eindeutig besser bin. Hinzu kommt, dass ich hier alle möglichen interessanten Menschen kennenlerne.

Jackson musterte seinen Drink. Sie hatte noch häufiger über das O'Killian's berichtet. Bis Kareem zur Welt gekommen war. Er hatte angenommen, dass sie lieber bei ihm zu Hause geblieben war, als weiter in der Bar zu jobben.

Sie war gut. Nicht nur, was die Drinks anging, sondern auch im Umgang mit den Gästen. Sie lächelte viel und unterhielt sich mit den Leuten, als ob sie ihr tatsächlich am Herzen lägen. Er hatte mit genügend Barkeepern zusammengearbeitet, um zu wissen, dass die wirklich erfolgreichen ein aufrichtiges Interesse an Menschen mitbrachten.

Stirnrunzelnd betrachtete er sein leeres Glas. Er hatte gar nicht bemerkt, dass er bereits ausgetrunken hatte. Er wollte gerade bei Sadia einen weiteren Drink bestellen, als ihm jemand auf die Schulter klopfte, sodass er erschrocken zusammenfuhr.

Er wandte den Kopf und sah sich zwei Typen gegenüber, an die er sich vage aus Highschool-Zeiten erinnerte. Beide waren blond und einigermaßen gutaussehend, piekfeine Schnösel, wie so viele Leute, mit denen er aufgewachsen war.

Die meisten Kids hatte man in zwei Lager einteilen können: diejenigen, die die Gesellschaft der Kanes wegen ihres Einflusses und Reichtums suchten, und die, die sie aus genau diesem Grund nicht leiden mochten. Allerdings hatten sogar die meisten der ersten Gruppe Jackson wahlweise ignoriert oder verspottet. Er war immer der seltsame Außenseiter gewesen.

»Heiliger Strohsack«, sagte nun einer von ihnen. »Jackson? Ich hab dich ja gleich erkannt, aber Eric konnte es nicht glauben.« Der Mann strahlte. »Ich bin's, Zach.«

Er starrte die Männer an und verzog keine Miene. Jackson hoffte, ihnen damit deutlich genug zu verklickern, dass er absolut keine Lust hatte, sich zu unterhalten. Seine Finger neben der Baseballkappe zuckten, aber es war zu spät, um sich zu verstecken.

Als er beharrlich schwieg, verblasste Zachs Lächeln. »Ziemlich abgewrackt, der Schuppen hier, was?«

Jackson sah sich in der Bar um. Sie war sicher nicht gerade toll, aber die Jungs übertrieben. »Finde ich nicht.«

Eric lehnte sich gegen den Tisch. Jackson hatte ihn schon damals noch mehr verabscheut als Zach. »Na ja, in deinen Augen wahrscheinlich nicht.«

Ah ja. Da Jackson damals aus der Stadt verschwunden war, hatte er nicht miterleben müssen, wie die anderen einigermaßen wohlhabenden Familien den Niedergang der Oka-Kanes mit kaum verhohlener Freude beobachtet hatten. Tani hatte sich ohnehin kaum mit jemandem abgegeben, aber wie hatte Paul das nur ausgehalten?

Denk nicht an Paul.

Jackson war jedenfalls sicher, dass er mehr Geld auf seinem Konto hatte als jeder einzelne dieser Idioten, aber er musste ihnen nichts beweisen.

Zach räusperte sich. »Deine Schwägerin arbeitet hier, stimmt's? Mann, dein Bruder war ein echter Glückspilz. Sie ist heiß.«

Eric stieß Zach an. »Komm, wir sagen ihr Hallo.«

Eine Welle der Wut stieg in ihm empor, weil diese Typen es wagten, so über Sadia zu denken. »Lasst das mal lieber sein.«

Zachs Augen blitzten. Als wittere ein Hai Blut im Wasser. Haie, ja, das passte zu ihnen. Kaltblütig auf ihre Chance lauernd. »Na, na, wir wollten dir doch nur Hallo sagen. Kein Grund, gleich beleidigt zu sein, Knastbruder.«

Bevor er antworten konnte, fiel ein Schatten über sie. »Nachdem ihr das ja nun getan habt, könnt ihr euch vom Acker machen, Jungs. Ich werde nämlich jetzt mit meinem Freund hier einen trinken.«

Ein muskulöser Mann mit dunklem kastanienbraunem Haar und Bart schob sie beiseite und setzte sich Jackson gegenüber, wobei er ein halb leeres Glas Bier auf den Tisch stellte. Er war lässig in ein Flanellshirt und zerrissene Jeans gekleidet. Lachfältchen bildeten sich um seine Augen, als er breit in die Runde grinste.

»Sieh mal einer an«, meinte Zach in abfälligem Ton. »Wenn das nicht unser barmherziger Bruder ist, der aus Mitleid den Spinner rettet. Kommt mir glatt vor, als wären wir wieder auf der Highschool.«

Gabriel Hunters Lächeln wurde noch breiter, und Jackson fragte sich, ob die beiden Idioten neben ihrem Tisch die Drohung, die hinter seiner freundlichen Miene lauerte, überhaupt wahrnahmen. Gabe war zwar der Sohn ihrer ehemaligen Haushälterin, hatte aber die gleiche Schule besucht. Er war im Jahrgang über Paul und Nicholas gewesen.

Gabe legte den Kopf schief. »Wenn wir noch auf der Highschool wären, würde ich dir draußen eins aufs Maul hauen, Zachary.«

Jetzt hatte Jackson genug. Es hatte seinen Grund, warum er mit den meisten Männern nicht klarkam – diese absurden Machtspielchen waren einfach idiotisch. Er richtete sich aus seiner zusammengesunkenen Haltung zu voller Größe auf. Noch im Sitzen überragte er Zach. Und Eric. Zusammen. »Dieser Spinner braucht niemanden, der ihn verteidigt«, erklärte er ohne Umschweife. »Und jetzt macht ihr beiden am besten, dass ihr rauskommt aus diesem *abgewrackten Schuppen.*« *Und wagt es ja nicht, auch nur ein einziges Wort mit Sadia zu wechseln.*

Eric öffnete den Mund, aber Zach musterte seine große Gestalt noch einmal und zerrte seinen Freund dann vom Tisch fort.

Gabe und er blieben allein zurück. Jackson erwartete fast, dass er aufstehen und gehen würde. Doch sein Gegenüber lehnte sich in die Polster zurück, und sein Grinsen wirkte nun aufrichtig erfreut. »Jackson, du Mistkerl, mein Gott, schau dich einer an. Du bist deinem Bruder wie aus dem Gesicht geschnitten.«

Beinahe wäre Jackson zusammengezuckt. Früher hatten Paul und er Witze darüber gerissen, und sein Bruder hatte ihn dann immer in den Schwitzkasten genommen. *Nur weil wir gleich groß sind und die gleiche Haarfarbe haben, halten uns alle für Zwillinge.*

Insbesondere dieser Zeuge in jener Nacht vor dem C&O. Er hatte sie definitiv miteinander verwechselt.

»Wie geht's dir?«

»Gut, danke.« Er freute sich wirklich, Gabe zu sehen, trotzdem hätte er sich liebend gern verdrückt. Smalltalk. Megaätzend. »Und dir?«

»Fantastisch.« Gabe deutete mit dem Daumen über die Schulter auf einen Tisch. »Ich warte auf meine Schwester, die gerade zu Besuch ist. Sie hat eine App programmiert. Wohnt jetzt in San Francisco.«

»Toll.« Jackson umfing mit einer Hand sein leeres Glas. »Und deine Mutter? Wie geht's ihr?«

Gabes Gesicht nahm einen weichen Ausdruck an. Mrs Hunter war schon vor Jacksons Geburt die Haushälterin der Familie gewesen. Eine freundliche, bodenständige Frau, die den großen Haushalt mit beeindruckender Effizienz geführt hatte. »Gut. Ist viel auf Reisen, schaut sich gern die Welt an. Im Moment ist sie in Chicago.«

»Super.« Er zermarterte sich das Gehirn nach einem Gesprächsthema. Er und Gabe waren zusammen aufgewachsen, aber er war im gleichen Alter wie Nicholas und Paul und hatte eher mit den beiden als mit ihm herumgehangen. Im Gegensatz zu den meisten anderen hatte Gabe nie auf Jackson herabgeblickt oder Angst vor ihm gehabt.

Nicht unbedingt ein Freund, denn davon hatte er sowieso nicht allzu viele, aber auch kein Feind. Als Robert starb, war Gabe gerade in Kalifornien gewesen, aber zur Beerdigung war er nach Hause gekommen. Jackson hatte sich ein oder zwei Mal gefragt, was aus ihrer treuen Haushälterin wohl geworden war, nachdem Tani die Villa verkauft hatte und in ein kleineres Heim gezogen war. Er war froh, dass sich alles so gut für sie gefügt hatte.

»Wusste gar nicht, dass du in der Stadt bist«, sagte Gabe nun.

»Ja. Wie ich höre, arbeitet Livvy für dich?«

»Sie ist der Hammer. Die Leute kommen von überallher, um sich von ihr tätowieren zu lassen. Vor ein paar Wochen war sogar ein Typ aus Washington bei uns.«

Das ging runter wie Öl. Jackson war immer schon stolz auf Livvy gewesen, schon allein weil sie die letzten Jahre überhaupt durchgestanden hatte, aber es war eine Weile her, seit ihm jemand von ihr so vorgeschwärmt hatte.

»Anscheinend ist sie ja wieder mit Nicholas zusammen, oder?« Gabe schüttelte den Kopf. »Mannomann, das war echt eine Wahnsinnsaktion, die er da für sie hingelegt hat. Das Leben ist manchmal echt komisch. Aber ich freu mich für die beiden.«

Irgendwann würde er sich erkundigen, wie genau Nicholas es angestellt hatte, seine Schwester wieder für sich zu gewinnen. Vielleicht später, wenn der Mann sich in Jacksons Augen bewährt hatte. »Du hast also noch mit Nicholas Kontakt?«

Gabe lächelte wehmütig. »Nein, schon seit Jahren nicht mehr. Mir wurde im Freunde-Sorgerechtsstreit sozusagen Paul zugesprochen.«

»Sorgerechtsstreit?«

»Na ja, was dachtest du denn?« Gabe stützte sich mit einer Hand auf dem Tisch ab. »Nach allem, was passiert war. Die Fronten waren völlig verhärtet. Ich glaube, Nicholas hätte das nicht so eng gesehen, aber du kanntest ja Paul. Für ihn gab es da nur Schwarz oder Weiß: Freunde waren entweder ganz auf seiner Seite oder gar nicht. Außerdem hätte ich es seltsam gefunden, mit einem von beiden immer nur reden zu können, wenn der andere nicht dabei ist. Da ich einer der wenigen gemeinsamen Freunde war, die nicht auch für C&O – äh, Chandler's – arbeiteten, fiel mir die Entscheidung letztlich nicht besonders schwer.«

Er hatte ganz vergessen, wie viel Gabe … redete. »Ich verstehe.«

»Pauls Tod tut mir so leid. Ich kann es immer noch nicht glauben. Wie hart das für dich sein muss, will ich mir gar nicht erst vorstellen.«

Jackson spielte mit dem leeren Glas vor sich auf dem Tisch. Paul und Gabe mochten Freunde gewesen sein, aber offensichtlich hatte Paul ihm dennoch verschwiegen, dass er keinen Kontakt mehr zu seinem jüngeren Bruder gehabt hatte. Und aus welchem Grund. »Ja.« Wie reagierte man angemessen auf eine Beileidsbekundung? Er war viel zu sehr mit seiner Trauer beschäftigt gewesen, um sich an das zu erinnern, was nach der Beerdigung seines Vaters abgelaufen war, und wegen Paul hatte ihn bislang noch niemand angesprochen oder gar trösten wollen. »Danke.«

Gabe stieß die Luft aus und wandte sich kurz ab, die dichten Augenbrauen zusammengezogen. Als er ihn wieder ansah, lächelte er strahlend. Warm. »Und wie lang wirst du hierbleiben?«

»Nicht lang.«

Gabe warf einen Blick zur Bar hinüber. »Du bist oft mit Sadia zusammen?«

In der Frage lag keine Verurteilung, aber Jackson verkrampfte sich trotzdem. »Äh, ja.«

»Gut. Ich hab versucht, immer mal wieder bei ihr vorbeizuschauen. Sie wirkt ziemlich eingespannt. Ein bisschen mehr Familie kann da sicher nicht schaden.«

Familie. Familienmitglieder dachten nicht so aneinander, wie er an Sadia dachte. Und ganz sicher liebkosten sie sich nicht am ganzen Körper, so wie er es bei ihr tun wollte. »Genau.«

»Bist du ganz allein hier? Willst du dich nicht zu mir und meiner Schwester setzen? Sie würde dich sicher gern sehen.«

»Äh.« Ihm sträubten sich die Nackenhaare. Er sah kurz zur Bar hinüber und registrierte, dass Sadia ihn aus dunklen Augen beobachtete. Er wandte sich wieder Gabe zu. »Nein, ich sollte … ähm.« Das war der Grund, warum er Gespräche mied. Er hatte einfach keine Ahnung, wie er jemandem etwas abschlug oder eine Unterhaltung beendete, ohne harsch oder unhöflich zu wirken.

»Gabe, hi«, erklang neben ihm eine weibliche Stimme, und plötzlich stand Sadia dort, genau neben seinem Ellbogen. Sie hatte ihre Schürze ausgezogen.

»Sadia!« Gabe stand auf und nahm sie in den Arm. Es war eine platonische Umarmung, aber der Anblick ihres zierlichen Körpers in Gabes tätowierten, muskulösen Armen versetzte ihm einen Stich. »Wie geht es meiner Lieblingsbarkeeperin?«

»Wie viele Bars besuchst du, dass du sogar eine Lieblingsbarkeeperin hast?« Sadia löste sich von ihm.

»Zu viele. Aber verrat's meiner Mama nicht.« Gabe strahlte ihn an. »Weißt du, warum in diesem Laden hier immer so viel los ist? Das liegt nur an Sadia und ihren berühmten Cocktails.«

Sadia verdrehte die Augen. »Nicht berühmt.«

»Sie kann zu jedem Drink, den sie serviert, die historischen Fakten liefern. Verdammt süß.«

Jackson wartete darauf, dass Sadia errötete, aber sie schien sich über die etwas plumpe Flirterei eher zu amüsieren. »Wenn ich schon ein paar alte Bücher über Mix-Kunst im Schrank habe, kann ich sie auch benutzen.«

»Wie geht es Kareem?« Gabe schenkte Jackson ein verschwörerisches Lächeln. »Der Kleine ist der Kracher, was?«

Jackson erstarrte, gab aber keine Antwort, als Sadia meinte: »Ihm geht's gut. Mir allerdings weniger, nachdem du ihm dieses nervige Schlagzeug geschenkt hast.«

Gabe schniefte. »Als ehrenamtlicher Onkel habe ich nun mal die Pflicht, meinen Neffen zu verwöhnen.«

Jackson fühlte sich immer unbehaglicher. Er war der leibliche Onkel des Kleinen und hatte den Jungen nicht verwöhnt. Dabei hätte er Kareem Sachen aus der ganzen Welt mitbringen können.

Er hatte darüber nachgedacht. Manchmal hatte er irgendeine Kleinigkeit entdeckt und war versucht gewesen, sie für Kareem zu kaufen, aber immer hatte er den Laden mit leeren Händen verlassen.

»Demnächst verwöhnst du ihn besser mit etwas, was nicht so viel Krach macht«, meinte Sadia trocken und sah nun wieder Jackson an. »Tut mir leid, wenn ich euer Wiedersehen störe, aber Jackson, könntest du mir bei einer Kiste hinten helfen?«

Jackson nickte eifrig. Die Chance, sich sozialverträglich aus dieser Unterhaltung zu ziehen, würde er bestimmt nicht ungenutzt lassen. »Ja, klar.«

»War schön, dich zu sehen, Gabe. Grüß deine Schwester und deine Mutter von mir«, sagte Sadia.

»Hat mich auch gefreut.« Gabe grinste Jackson an. »Wenn du irgendwann mal Lust hast, einen trinken zu gehen, wär ich dabei.«

Seine Stimme klang absolut aufrichtig. Jackson neigte den Kopf. »Äh, danke.«

Er folgte Sadia durch die Bar, die sich inzwischen gefüllt hatte, in den hinteren Flur, in dem ebenfalls jede Menge Leute standen. Sie biss sich auf die Unterlippe, sah sich kurz nach ihm um und winkte ihn mit dem Finger zu sich. »Hier lang.«

Verwirrt folgte er ihr, während sie sich zwischen den Menschen hindurchschlängelte, zur Hintertür. Als sie aus dem Gebäude traten, traf ihn die kühle Luft wie ein Schlag ins Gesicht. Mit einem lauten Knall fiel die Tür hinter ihm ins Schloss. »Wobei soll ich dir helfen?«

»Bei gar nichts. Ich hab jetzt Pause. Und du sahst aus, als könntest du auch eine brauchen.« Sie schob die Hand in die Tasche, zog eine Zigarette daraus hervor und gab sie ihm. Er nahm sie überrascht an. »Meine Kollegin raucht. Seit du durch die Tür kamst, wirktest du total angespannt. Und in Gabes Gesellschaft schienst du auch nicht gerade ungezwungen.«

Jackson drehte die Zigarette zwischen den Fingern, gleichermaßen verwirrt und gerührt. Woran hatte sie das gemerkt? Er hatte geglaubt, sich einigermaßen im Griff gehabt zu haben. »Ich hab mit dem Rauchen aufgehört.« Er zerbrach die Zigarette und stopfte sie in seine Tasche, um sie später wegzuwerfen.

»Seit wann?«

Seit ihm klar geworden war, dass die Raucherei ihr Asthma verschlimmerte, aber das konnte er ihr natürlich nicht sagen. »Ich wollte es eigentlich schon eine ganze Weile sein lassen.«

»Hm.« Sie vergrub die Finger in der Tasche ihrer Jeans und ließ sich gegen die Tür sinken.

Behutsam lehnte er sich gegen die Backsteinmauer neben ihr. Schweigend standen sie eine Weile so da, während gedämpfte Musik und Stimmen aus der Bar zu ihnen drangen. Langsam ließ die Spannung in seinen Schultern nach. Für einen Moment konnte er seine Sorgen über seinen Bruder, diesen Brief, John, seine Mutter und Livvy vergessen.

Genau danach hatte er gesucht. Deshalb war er hier. Niemand vermochte ihn so gut zu beruhigen wie Sadia. Sie wusste immer, was sie sagen sollte, und vor allem, wenn sie besser nichts sagen sollte, wann er Abstand und Zeit brauchte, um die Dinge zu verarbeiten und zu durchdenken. Sie hatte in ihm immer schon gelesen wie in einem offenen Buch, sogar besser als seine Zwillingsschwester.

Sie regte sich. »Nach Pauls Tod war Gabe für mich da. Hat dauernd bei uns nach dem Rechten gesehen. Er und Paul standen sich ziemlich nahe. Aber manchmal kann er ziemlich raumgreifend sein.«

»Gabe will mein Freund sein.«

»Weißt du, Gabe will eigentlich mit jedem befreundet sein. Er ist wie ein Welpe. Ein riesiger, tätowierter Welpe in Flanell.«

»So richtig besser fühle ich mich damit jetzt nicht. Ich kapiere einfach nicht, warum man jedermanns Freund sein möchte.«

»Liegt vermutlich an seiner extrovertierten Art.«

»Jedenfalls danke, dass du eingesprungen bist. Ich tue mich schwer, Unterhaltungen zu beenden.«

Ein schwaches Lächeln umspielte ihre Lippen. »Ich weiß. Und genauso schwer tust du dich, ein Gespräch anzufangen oder am Laufen zu halten.«

»Aber er hat mich immerhin vor den anderen Typen gerettet.«

Sie zog die Nase kraus. »Ich musste mich um ein paar Gäste kümmern, sonst wäre ich schon vorher dazwischengegangen. Widerlich. Wie heißen die beiden noch gleich? Eamon? Zeke?«

Seine Stimmung hob sich. »Eric und Zach.«

»Wie auch immer. Die meisten der Typen, mit denen wir zusammen auf der Highschool waren, ähnelten einander aufs Haar.«

»Sie haben die Bar einen abgewrackten Schuppen genannt.«

Sie schnaubte. »Wenn sie für den Banksy der Gastronomie gut genug ist, dann ist sie es für sie allemal. Das hast du ihnen hoffentlich gesagt?«

Das Blut schoss ihm in die Wangen. Dieser Vergleich stammte von einem Reporter, und er hatte ihn auf Anhieb gehasst. Er war kein Künstler. »Du hast mich gegoogelt.«

»Keine fünf Sekunden, nachdem du mir erzählt hast, was du beruflich machst. Du bist eine richtig große Nummer.«

»Nein.«

»Du reist als Kochsensation um die Welt und bist zudem ein Kreuzritter der Menschenrechte.«

Jackson machte ein grimmiges Gesicht. Er kochte und machte sich gelegentlich für andere stark, wenn Not am Mann war. »Aus deinem Mund klingt es viel glamouröser, als es ist.«

»Jetzt wünsche ich mir umso mehr, du hättest auf meine

Mails geantwortet, dann hätte ich stellvertretend durch dich etwas erleben können. Wahrscheinlich bist du doch von einem Abenteuer ins nächste gestolpert.«

Er warf ihr einen flüchtigen Blick zu, um abzuschätzen, ob sie wütend war oder die Bemerkung sarkastisch meinte, aber sie wirkte nur nachdenklich. »Würdest du gern reisen?«

»Ja. In meiner Jugend war ich in Pakistan und England, aber meine Eltern hatten keine Lust auf Fernreisen mit fünf Kindern im Schlepptau. Unsere Ferien in der Umgebung waren schon anstrengend genug.«

»Und warum gehst du jetzt nicht auf Reisen?«

»Geld.«

»Ist das der einzige Grund?«

Sie zog eine Schulter hoch. »Na ja, ich bräuchte zumindest einen vertrauenswürdigen Stellvertreter für das Café. Aber ja. Es scheitert eigentlich vornehmlich am Geld.«

»Das Geld könnte ich dir geben.«

Das Angebot klang beiläufig, und sie reagierte im gleichen Ton. »Danke. Aber nein. Ich nehme kein Geld von dir.«

»Aus Stolz.«

»Das weißt du doch.« Sie zuckte mit den Schultern. »Du musst mir irgendwann mal von deinen Reisen erzählen. Das reicht mir vorläufig. Google hat seine Grenzen.«

Er stellte sich vor, wie er ihr von all den Orten berichtete, die er besucht hatte. Normalerweise wäre er schon beim Gedanken daran, so viel reden zu müssen, erschöpft gewesen, aber stattdessen war er plötzlich ganz aufgeregt. Er wollte ihr davon erzählen. Er wollte die Welt noch einmal mit ihren Augen sehen. »Und erfahre ich dann auch alles über dich, was ich verpasst habe?«

Sie schabte mit dem Fuß über den Betonboden. »Du weißt doch, was du verpasst hast. Ich habe es dir geschrieben.«

Wieder erwähnte sie die E-Mails, die unbeantwortet geblieben waren, klang aber immerhin nicht mehr so verbittert wie zuvor. »Dadurch habe ich nur die großen Ereignisse in deinem Leben mitbekommen. Du könntest mir noch ein paar Einzelheiten liefern. Ich weiß doch wohl nicht alles über dich, oder?«

»Da gibt es nicht viel zu erzählen.«

»Irgendwie bezweifle ich das.«

Mit einem Mal lag Spannung in der Luft. »Was willst du denn wissen?«

Er rückte näher an sie heran. Die Glühbirne über der Hintertür war durchgebrannt, und die Straßenlaterne beleuchtete lediglich ein kleines Dreieck der Gasse. Aber seine Augen hatten sich an die Dunkelheit gewöhnt, sodass er trotz des Dämmerlichts ihre Züge erkennen konnte. »Was immer du mir erzählen willst.«

Sie atmete tief ein. »Ich will dich nicht schockieren.«

»Ich glaube, das schafft man nicht so leicht.«

Sie schnaubte. »Das sagst du jetzt.«

»Ich meine es ernst.«

Ihr Blick war unergründlich. »Was geht dir durch den Kopf, wenn du mich ansiehst, Jackson?«

Perfektion. »Ich sehe eine außergewöhnliche Frau.«

Sie erstarrte. »Was?«

Hatte er schon wieder etwas Falsches gesagt?

Sie trat einen Schritt näher. »Sag das noch einmal.«

»Ich sehe eine Frau?« Es war mehr eine Frage als eine Antwort, denn er wusste nicht so genau, was sie von ihm hören wollte.

Sie öffnete den Mund, aber ein schrilles Lachen unterbrach sie. Instinktiv schob Jackson Sadia hinter sich, um sie zu schützen.

Ein Mann und eine Frau, beide beschwipst, waren auf unsicheren Beinen von der Straße in die Seitengasse getaumelt. Jackson spannte sich an, bereit, sofort einzugreifen, sollte irgendetwas bei den beiden nicht stimmen. Aber die Frau schob den Mann gegen die Mauer und drängte sich an ihn. »Küss mich«, wehte ihre Stimme durch die herbstliche Brise zu ihnen herüber.

»Mit Freuden«, murmelte der Mann, ehe sich ihre Lippen trafen. Der Kuss war wild, grob und schamlos.

Genau so wollte er Sadia küssen. Begierig, mit offenem Mund, seine Zunge verschmolzen mit der ihren.

Der Mann war groß und muskulös, die Frau sehr kurvig und nur halb so groß wie er, obwohl sie ihn scheinbar mühelos an die Wand presste. Ihr blondes Haar schimmerte im Mondlicht, als er die Finger darin vergrub.

Sie keuchte auf und legte den Kopf in den Nacken, während er lauter Küsse bis zu ihrem Dekolleté hinab verteilte. Sie bot ihm ihren Hals dar und blickte dabei in Jacksons und Sadias Richtung. Er spannte sich erneut an. Sadia stand hinter ihm, und es war so dunkel, dass das Paar sein Gesicht wahrscheinlich nicht erkennen konnte. Dennoch machte er sich auf alles gefasst.

Doch statt empört zu reagieren, lachte die Frau nur kehlig. »Darling, ich glaube, wir werden beobachtet.«

Der Mann leckte die Mulde an ihrer Kehle. »Stört dich das?«

»Natürlich nicht, das weißt du doch«, flüsterte sie laut. »Sollen sie ruhig alles sehen.«

Jackson drehte den Kopf und sah Sadia an. Er erwartete eine flapsige Bemerkung über das liebeshungrige Paar, aber sie war wie gebannt. Ihre Augen waren weit aufgerissen, unverwandt auf die beiden gerichtet.

Neugier. Interesse. Lust.

»Willst du wieder hineingehen?«, fragte er leise.

Er wartete darauf, dass sie nickte, aber sie öffnete nur die Lippen. Er schob den Arm zurück und streifte ihren kleinen Fingern mit dem seinen.

Langsam drehte sie die Hand um und schob sie in seine. Dann rückte sie näher, presste sich an ihn, sodass sich ihre Brüste an seinen Rücken schmiegten.

Ihm stockte der Atem. »Willst du zusehen?«

Jetzt. Jetzt würde sie Nein sagen. Aber stattdessen ... schenkte sie ihm diesmal ein Nicken.

Du lieber Himmel!

Er drehte den Kopf wieder nach vorn. In Wien war er einmal auf eine Party gegangen, die sich sehr schnell zur Orgie entwickelt hatte. Er hatte sich nicht direkt beteiligt. Aber er war ein neugieriger Mensch, der sich die Welt ansah, um sich seine eigenen Gedanken darüber zu machen. Also hatte er mit Erlaubnis der Anwesenden einfach dagesessen und zugeschaut. Es war das erotischste Erlebnis seines Lebens gewesen, ohne dass ihn jemand berührt hatte.

Bis jetzt. Dieses Paar, das zufällig ihren Weg gekreuzt hatte, dabei zu beobachten, wie es sich küsste, während Sadia die beiden mit Blicken verschlang, war womöglich eine Steigerung.

Er war nicht sicher, ob er es überstehen würde, sollte es nicht beim Küssen bleiben.

Aber das würde er bald herausfinden.

Der Mann drehte sich um und presste nun seinerseits die Frau gegen die Backsteinmauer. Seine Finger tanzten ihren Nacken entlang zur Schleife ihres Neckholder-Kleides. Er zog einmal daran, und schon fiel der Stoff herab. Mit nacktem Oberkörper stand sie da, die festen Brüste und pinkfarbenen Brustwarzen reckten sich der Nachtluft entgegen.

Das Blut schoss Jackson in den Schwanz. Seine Gedanken wanderten zu Sadias Brüsten. Waren ihre Brustwarzen auch so groß? Waren sie hellbraun oder dunkler?

Der Mann senkte den Kopf und schloss den Mund um eine Brustspitze. Jackson fuhr sich mit dem Daumen über die Lippen. Genau das wollte er auch tun. Mit weit geöffnetem Mund so viel von Sadia in sich aufnehmen wie nur irgend möglich. Er wollte Besitz von ihren Brüsten ergreifen, ihr Lust bereiten wie keiner vor oder nach ihm.

Die Unbekannte umfasste den Kopf des Mannes und drückte ihn an ihre Brust, während sie den Kopf wieder in den Nacken legte. Ihr Atem ging stoßweise. »Mach's mir«, flüsterte sie.

Ihr Gegenüber verteilte Küsse auf ihrem ganzen Hals. Er leckte und saugte an ihr und zerrte gleichzeitig an seiner Hose.

Dann griff er nach dem Bein der Frau und hob es bis zu seiner Taille hoch. Der Rock ihres Kleides verbarg sie den Blicken, aber am Gleichklang ihres Stöhnens erkannte Jackson, wann er in sie eindrang.

Etwas streifte seine Handfläche. Sadia fuhr mit dem Finger daran entlang, auf und ab, im Rhythmus der beiden Körper vor ihnen.

Es war nur ihr Finger, dennoch musste er die Augen schließen, aus Angst, sich zu blamieren.

»Jackson«, wisperte sie, und seine Entschlossenheit war dahin. Noch nie hatte er sie seinen Namen auf diese Weise flüstern hören, voller Lust und Verlangen.

»Ja«, antwortete er flüsternd.

»Ich brauche etwas.«

Wie immer war er ihr hilflos ausgeliefert. Er würde ihr geben, was sie sich wünschte. »Was brauchst du?«

Die Lustlaute der Fremden wurden von der Musik und der Menge im Innern der Bar übertönt. Der Mann begann nun, energisch in sie zu stoßen. Seine Hüfte bewegte sich vor und zurück, so heftig, dass ihre nackten Brüste erbebten.

Sadia ließ die andere Hand an seinem Arm hinaufwandern, und die Berührung brannte wie Feuer. »Was ich brauche, ist falsch.«

Sehnsucht. »Nichts ist falsch.«

»Doch, das schon. Es ist falsch.«

Er blickte weiter geradeaus, als fürchtete er, diesen sinnlichen, verführerischen Zauber zu durchbrechen. Wieder hüpfte er von Kissen zu Kissen, um der Lava auf dem Boden zu entgehen. Diese Lava würde ihn verbrennen. »Sag es mir.«

»Du hast gesagt, ich sei perfekt. Aber das bin ich nicht.«

Also *hatte* er doch das Falsche zu ihr gesagt – zumindest bei ihrem Gespräch in seinem Apartment, ehe sie zur Arbeit gefahren war. Wie sollte er ihr erklären, dass sie für ihn vollkommen war?

»Ich habe versucht, perfekt zu sein. Ich habe mich wirklich angestrengt, aber es ist mir nie richtig gelungen. Ich versuchte, die beste Mom, die beste Ehefrau und die beste Tochter zu sein, und … ich kann nie einfach … die durchschnittliche alte Sadia sein.«

Trotz seines Verlangens war er wie gebannt. Seit ihrer Jugend hatte er nicht mehr erlebt, dass Sadia ihre Verletzlichkeit auch nur im Mindesten preisgab.

Durchschnittlich? Unsinn! Sie war alles andere als durchschnittlich.

Sie lachte bitter. »Ich wollte mir heute jemanden suchen, um mit ihm ins Bett zu gehen. Tue ich häufiger. Aber nur hier, in der Bar, wo ich Leute aufreißen kann, die mich nicht kennen. Wo ich mir eine Stunde oder so für meine Bedürfnisse stehlen kann, während mein Sohn sicher zu Hause und in der Obhut einer vertrauten Person ist.« Ihre Brust hob und senkte sich an seinem Rücken. Sie stützte das Kinn auf seine Schulter, und ihr Atem kitzelte sein Ohr. »Was hältst du davon? Schockiert dich das?«

Er war erregt. Schweigend schüttelte er den Kopf.

»Was wäre …« Ihre Worte waren beinahe ein Flüstern. »Was wäre, wenn ich dir sagte, dass ich darüber nachdenke, unanständige Dinge mit dir anzustellen?«

Jackson hatte schon ein oder zwei Mal einen Schlag gegen die Brust einstecken müssen. Und so fühlte es sich auch jetzt an, als habe jemand die Faust gegen seinen Solarplexus gerammt. Ihm blieb die Luft weg.

Wie war das doch gleich? Er wollte ihr alles geben?

Weil du sie liebst.

Die Erkenntnis traf ihn nicht wie ein Donnerschlag, sie glich vielmehr einem sanften Flüstern, denn die Liebe war schon immer in ihm gewesen, hatte unter der Oberfläche gelauert. Er hatte nur Angst gehabt, sie sich einzugestehen.

Er hatte sich selbst belogen. Denn er hatte sein Herz nicht einfach gegen ein Schwarz-Weiß-Modell eingetauscht, sondern komplett den Stecker gezogen. Mit seiner Heimkehr war es wieder ans Stromnetz angeschlossen worden, und nun kamen alle Farben eine nach der anderen zurück.

Die Liebe ist wie eine Sucht.

Sie hatte nur gesagt, dass sie ihn begehrte, nicht, dass sie ihn liebte, aber das hier … das veränderte alles. Denn selbst wenn sie ihn nie lieben würde, konnte er ihr jetzt etwas geben, das ihr sonst niemand geben konnte.

Zum Teufel mit dem Warten, dem Zögern, dem Grübeln. *Lieben ist aktiv.*

Ein Adrenalinrausch durchflutete ihn. Außer ihrer belastenden Vergangenheit gab es keinen Grund, einander nicht zu begehren. Oder sogar zu lieben. Doch im Augenblick würde er sich mit der Lust zufriedengeben, die sie ihm gestanden hatte.

Er ließ ihre Hand los und wandte sich um. Dann umfing er ihre Taille und schob sie gegen die Tür.

»Jackson, ich will …«

»Shhh.« Er brauchte nur einen Augenblick, um sie emporzuheben, ähnlich wie es der Fremde vorhin in der Gasse mit der anderen Frau getan hatte. Automatisch umklammerten ihre Beine seine Taille, und er stöhnte auf, als sich sein Körper zwischen ihre geöffneten Beine schmiegte. »Du willst kommen.« Seine Stimme war leise und kehlig. Sie verdiente Romantik und Blumen, nicht diese Schnörkellosigkeit, aber sie hatte nur ihn, und er war nun mal schnörkellos.

Sie stöhnte leise.

»Was hast du in deiner Fantasie mit mir getan?« Er musste es wissen.

Die Schreie der Frau wurden lauter, unterstrichen von dem Stöhnen des Mannes und dem leisen Rhythmus ihrer Körper. Sadias Wangen glühten, und ihr Blick huschte hektisch zwischen ihm und der Szene hinter seinem Rücken hin und her.

»Das?« Seine Hüfte zuckte ihr entgegen, sodass sie sich an seiner Wölbung reiben konnte. »Hast du dir vorgestellt, dass ich es dir so besorge?«

»Ja«, flüsterte sie. »In meiner Fantasie war der Vibrator in mir dein Schwanz.«

Beinahe wäre er auf der Stelle gekommen. »Benutze mich, so wie sie ihn benutzt«, murmelte er. »Benutze mich so, wie jeden anderen, den du heute Abend aufgabeln wolltest.«

»Was meinst du damit?«

Statt einer Antwort ließ er seine Hüfte kreisen. In der Dunkelheit stimmte sie keuchend in den Chor der Ekstase hinter ihnen ein.

»Oh, hör nicht auf. Das fühlt sich so gut an«, stöhnte die andere Frau, und Sadia sah ihn unverwandt an. Sie rieb sich an ihm und nickte zustimmend. Er war mittlerweile so hart, dass der Reißverschluss seiner Hose womöglich einen Abdruck auf seinem Penis hinterlassen würde.

Er umfing ihren Po und bewegte sie langsam und gemächlich auf und ab. Hinter ihnen schrie die Frau auf, und er presste sich heftiger an Sadia, genoss den lusterfüllten Ausdruck auf ihrem Gesicht. Wie sehr wünschte er sich, dass sie beide jetzt nackt wären. Er wollte in sie eindringen, leidenschaftlich, tief.

Aber das ging nicht, nicht hier in dieser Gasse. Doch etwas konnte er ihr geben. »Komm auf meinem Schwanz«, raunte er und packte sie fester, zog sie noch dichter an sich. Sein ganzer Körper war angespannt, so groß war sein Verlangen nach ihr. Er presste seine Lippen auf die ihren, und nichts an diesem Kuss ähnelte dem auf der Treppe in der vergangenen Woche. Jener war eher zaghaft und forschend gewesen. Dieser ließ Sadias Lust freie Bahn. Als sie kam, erschauerte sie in seinen Armen, während die Frau hinter ihnen in orgiastischer Glückseligkeit aufschrie.

Langsam löste er sich von ihrem Mund, bedauerte, dass sie jetzt keine Zeit zum Reden haben würden und … na ja, das, was immer Menschen eben so taten, wenn sie einander verführten. Aber er wollte vermeiden, dass das Paar einen von ihnen erkannte. Er lockerte seinen Griff um ihre Taille, sie ließ ihre Beine sinken und kam wieder zum Stehen. Sein Glied pulsierte noch immer vor Lust, aber darum würde er sich später kümmern. »Geh hinein.« Er küsste sie auf die Stirn.

Ihr Atem ging weiterhin so schnell, dass sie kaum ein Wort herausbrachte. Ihr Blick war dunkel, aufgewühlt. Er versuchte, die offenbar in ihr aufsteigende Panik abzuwenden. »Mach dir keinen Stress deswegen. Es hat nichts zu sagen. Wir sehen uns morgen.«

Er versetzte ihr einen kleinen Schubs, denn sie schien es nicht eilig zu haben, und endlich rührte sie sich, huschte ins Innere der Bar, wobei sie ihm noch einen verwirrten Blick über die Schulter hinweg zuwarf.

Er stemmte die Hände in die Hüfte und wandte dem Paar so lange den Rücken zu, bis die beiden lachend davonstolperten. So gut wie jetzt hatte er sich schon lange nicht mehr gefühlt.

Jackson würde sich später damit auseinandersetzen, was es für sie beide hieß, dass sie mit seinem Bruder verheiratet gewesen war. Was sein kompliziertes Verhältnis zu Paul bei alldem bedeutete. Nun, da er wusste, dass sie ihn begehrte? Nun, da er sich endlich, endlich sein Verlangen nach ihr eingestehen konnte?

Nun würde er aufs Ganze gehen.

Kapitel 14

SADIA

In Sadias Elternhaus war Fernsehen die Ausnahme gewesen. Kindersendungen hatte sie sich immer heimlich anschauen müssen. Sie hingegen versuchte, Kareems Fernsehkonsum auf ein gesundes Maß herunterzuschrauben, aber wenn er hier und da mal eine Stunde mehr vorm TV saß, fand sie das nicht dramatisch. Insbesondere, wenn das hieß, dass sie es gemeinsam taten.

Sadia gab ihrem Sohn einen Kuss auf die Stirn und sog seinen vertrauten Kleinkindgeruch und den Duft nach frischer Wäsche ein. Kareem kuschelte sich dicht an sie. Seit er vor etwa einer Stunde von der Schule heimgekommen war, schauten sie zusammen fern. Sie wusste, dass sie sich irgendwann dazu aufraffen musste, etwas Produktives anzugehen und ihn zu seinen Hausaufgaben zu motivieren, aber diese Auszeit wollte sie so lang wie möglich genießen.

Erst seit sie sich für Kareems Betreuung auf ihre Schwestern und ihre Schwiegerfamilie verlassen musste, weil sie arbeitete, war ihr so richtig bewusst geworden, wie sehr sie die Zeit mit ihrem Sohn zu Hause genoss. Heute ertappte sie sich manchmal dabei, dass sie eifersüchtig auf die Menschen war, die mit Kareem zusammen sein durften, während sie selbst ihn gar nicht zu Gesicht bekam.

Dass sie jetzt zu Hause bleiben konnte, war einzig und allein dem Riesen-Muskelpaket geschuldet, das momentan in ihrem Café arbeitete.

Was war in sie gefahren, dass sie Jackson gestanden hatte, Sex mit ihm haben zu wollen? Dass sie regelmäßig Eroberungen für One-Night-Stands in der Bar abschleppte?

Und was hatte sein Verhalten zu bedeuten? Er war schließlich ohne zu zögern auf sie eingegangen. Seine Reaktion – und der Orgasmus, den er ihr verschafft hatte – hatten ihr gestern Nacht nach ihrer Heimkehr einen traumlosen Schlaf beschert. Nachdem sie eine ganze Weile zu seiner dunklen Wohnung hinübergestarrt hatte.

Heute Morgen war sie mit dem festen Entschluss aufgewacht, Jackson bis ans Ende ihrer Tage aus dem Weg zu gehen. Auch wenn er sich von ihr hatte verführen lassen, konnte sie sich nicht vorstellen, ihm jemals wieder unter die Augen zu treten, ohne vor Scham im Boden zu versinken.

Aber er hatte ihr einen Strich durch die Rechnung gemacht. Kaum hatte sie das Büro betreten, war er ständig in ihrer Nähe aufgetaucht. Zuerst brachte er eine Apfeltasche und einen Kaffee zum Frühstück vorbei, dann eine Poké Bowl, die er neu für die Mittagskarte kreiert hatte und die – natürlich – direkt ein Riesenhit im Café gewesen war.

Beide Male hatte er nicht viel gesagt, aber bei den wenigen Worten, die er an sie gerichtet hatte, war sein Blick warm gewesen, und er war auch nicht vor Körperkontakt zurückgescheut. Zwar winzige Berührungen, am Arm oder an der Schulter, aber bei jeder einzelnen durchflutete sie eine Woge der Erregung. Mit dem Ergebnis, dass sie sich in den Stunden zwischen seinen Besuchen in ihrem Büro kaum hatte konzentrieren können.

Erleichtert war sie schließlich dem Café entflohen, um ihren Sohn abzuholen.

Kareem schmiegte das Gesicht an ihre Seite, als merke er, wie aufgewühlt sie war. Offenbar hatten Paul und sie es irgendwie hinbekommen, einen absolut empathischen kleinen Jungen aufzuziehen.

Es klingelte an der Tür, und sie blickte auf Kareem hinunter. »Erwartest du Besuch?«

Er nahm ihre Frage ernst und schüttelte den Kopf. Sie stand auf. »Dann wollen wir doch mal sehen, wer da ist.«

Als sie die Tür öffnete, verschlug es ihr die Sprache.

Livvy lächelte verlegen. Ihre beste Freundin und ehemalige Schwägerin trug klobige Schnürboots, zerfranste Jeans und ein pinkfarbenes Hemd. Ihr Haar war jetzt leuchtend blau gefärbt und auf dem Oberkopf zu einem lässigen Knoten zusammengefasst. Livvy hatte schon immer den Gothic-Punk-Look geliebt, der seltsamerweise an ihrer zierlichen Gestalt stets wie maßgeschneidert wirkte.

Sadia verschränkte die Arme über der Brust, um ihrem Impuls, die Freundin zu umarmen, nicht nachzugeben. Sie konnte nicht anders, denn irgendwie war sie immer noch sauer, weil Livvy kein Wort über ihre Affäre mit einem Mann verloren hatte, mit dem sie beide aufgewachsen waren. Ganz zu schweigen davon, dass sie noch nicht mal einen Anruf für nötig gehalten hatte, als sie mit ihm durchgebrannt war. »Na, sieh mal einer an …«

»Hey, Tante Livvy.« Kareem drängte sich an ihr vorbei und strahlte seine Tante an. »Mom hat gesagt, dass du Urlaub gemacht hast. Hast du mir was mitgebracht?«

»Kareem«, schalt sie. Er war viel zu verwöhnt, weil ihre Schwestern ihm immer etwas von ihren Reisen mitbrachten.

Livvy kniff die Augen zusammen. »Äh, eigentlich …« Sie griff in ihre Tasche und kramte kurz darin herum. Dann zog sie triumphierend eine Packung Kaugummi hervor.

Kareem beäugte die halb aufgebrauchte Packung, dann sah er zu Sadia empor. »Ich mag Kaugummi.«

Sie seufzte. »Du kannst ihn haben.«

Er schnappte seiner Tante das Päckchen aus der Hand, noch bevor sie den Satz beendet hatte. Nachdem er sein Ziel erreicht hatte, rannte er davon, zurück zum Fernseher. »Was sagt man?«, soufflierte sie noch.

»Danke, Tante Livvy.«

Als er verschwunden war, sah sie Livvy wieder an und schürzte die Lippen. »Ich bin stinksauer auf dich.«

»Verständlich.« Livvy nickte so energisch, dass ihr blauer Haarknoten auf und ab wippte. »Es tut mir so leid.«

Sadia senkte die Stimme. »Nicht zu fassen, dass du mir verschwiegen hast, dass du dich wieder mit Nicholas triffst. Ich bin deine beste Freundin. Sogar deine Mutter und deine Tante wussten Bescheid, während ich von nichts eine Ahnung hatte. Und, und … du bist einfach abgehauen, ohne mir zu sagen, wohin. Ich musste deine Mom und Maile ausquetschen, ob es etwas Neues von dir gibt, während mich sämtliche Klatschbasen dieser Stadt mit Fragen gelöchert haben, was bei dir abgeht.«

Livvy biss sich auf die Unterlippe, und beinahe hätte Sadia eingelenkt. Aber eben nur beinahe, schließlich war sie immer noch verdammt sauer.

»Meine Mom und meine Tante wissen nicht alles.«

Sadia schnaubte. »Denk ja nicht, dass ich dir das verzeihe, nur weil du mir irgendwelche schmutzigen Details erzählst.«

»Okay, aber … Nicholas und ich treffen uns schon seit zehn Jahren regelmäßig. Jedes Jahr an meinem Geburtstag.«

Sadia starrte sie einen Moment lang an, dann zog sie die Tür weiter auf. »Kaffee oder Tee?«

Eine halbe Stunde später saßen die beiden schweigend beieinander, nachdem Livvy ihr das endlose Nicholas-Drama in Kurzform erzählt hatte.

»Hm«, machte Sadia schließlich. Sie war nicht mehr beleidigt, ihr Zorn war schnell verraucht und von Faszination verdrängt worden.

Jia hatte Recht. Die Kanes und die Chandlers boten definitiv genug Stoff für eine Seifenoper.

Livvy umschloss ihren Kaffeebecher mit beiden Händen und beugte sich vor. »Tut mir wirklich leid, dass ich dich nicht eingeweiht habe. Genau genommen habe ich es niemandem erzählt … Mom und Tante Maile sind von allein dahintergekommen. Ich wusste nicht, wie ich das Thema anschneiden sollte. So lange schon war Nicholas mein schmutziges Geheimnis.«

»Mach dir darüber keine Gedanken. Zwischen uns ist alles in Ordnung. Aber wie steht es zwischen euch beiden jetzt?«

Livvys Augen leuchteten auf. »Ziemlich gut … glaube ich jedenfalls. Es ist noch zu früh, um etwas Definitives zu sagen, aber während der letzten paar Wochen haben wir jeden freien Moment damit verbracht, über alles zu reden.«

»Denkst du, dass du hierbleibst?« Sie versuchte, sich nicht anmerken lassen, wie sehr sie sich wünschte, die Freundin in der Nähe zu haben, sich einfach ins Auto setzen und zu ihr fahren zu können. Die beiden waren stets in Kontakt geblieben, und Livvy war immer für sie da gewesen. Doch ihr wie jetzt gegenüberzusitzen war besser als jedes Telefonat und jede Textnachricht.

»Vorläufig schon. Nicholas regelt gerade alles in der Firma, und ich bin das Herumreisen sowieso leid.«

Sadia nickte. Paul war immer ein wenig neidisch darauf gewesen, dass seine Geschwister alles hingeworfen hatten, um in der Welt herumzuziehen. Wenn sie ganz ehrlich war, hatte auch Sadia sie beneidet. Sie hatte immer von der Freiheit geträumt zu reisen, die Welt zu sehen und Abenteuer zu erleben. Die Ferne zu erkunden, im sicheren Wissen, ein Zuhause und Wurzeln zu haben, zu denen sie zurückkehren konnte, wann immer sie dazu bereit war.

»Und was, wenn dich die Ruhelosigkeit doch wieder packt?«

Livvys Lippen zuckten. »Ich bin nicht durch die Welt gereist, weil ich ruhelos war. Sondern weil ich auf der Suche war nach … keine Ahnung. Einer Heimat?« Sie legte eine Hand auf den Küchentisch. »Einem Ort, wo ich hingehöre, mit Menschen, die zu mir gehören.«

»Mich hattest du doch immer«, meinte Sadia barsch.

»Weiß ich.« Livvys Augen schimmerten feucht. Sie lehnte sich zurück und nahm ihre Tasse zur Hand. »Und, was gibt es bei dir Neues?«

Nicht viel.

Immer das gleiche Lied.

Viel Arbeit.

Alles akzeptable Antworten. Umso verblüffter war sie, als ihr die Wahrheit herausrutschte. »Ich hatte was mit deinem Bruder.«

Livvy zuckte mit keiner Wimper. »Davon war ich ausgegangen, Kareem ist ja nicht vom Himmel gefallen. Aber Details brauche ich trotzdem nicht, danke.«

Ach du je. Aber jetzt gab es kein Zurück mehr … »Nicht mit *diesem* Bruder.« Sadia fuhr sich mit der Hand durchs Haar. »Mit dem anderen. Jackson.«

Sehr langsam stellte Livvy ihre Tasse auf den Tisch. »Was?«

»Ich hatte was mit Jackson.«

»Moment mal.« Livvy schüttelte den Kopf. »Was?«

Sadia biss sich auf die Unterlippe. »Du machst mich wahnsinnig.«

»Ich mache *dich* wahnsinnig?« Livvy riss die Augen auf. »Okay, okay, okay. Noch mal langsam zum Mitschreiben … Jackson ist immer noch *hier*?«

»Oh. Das wusstest du gar nicht?«

Mit einer fahrigen Bewegung löste Livvy ihren Haarknoten. »Nein!«

»Also eigentlich, ähm … wohnt er bei mir.«

»Was?«

»Du wiederholst dich.«

Livvy fasste ihr Haar zusammen und ließ es wieder auf die Schultern fallen. »Weil du mir dauernd die krassesten Neuigkeiten erzählst.«

»Er hilft mir im Café und wohnt über der Garage.«

»Ist er jetzt zu Hause?«

»Nein, im Café.«

»Wie lange läuft das schon zwischen euch?«

»Seit etwa einer Woche nach deiner Abreise. Ich brauchte einen Koch.«

Livvys Nasenflügel bebten. »Jackson ist Koch?«

Sadia stieß die Luft aus. »So langsam beschleicht mich der Verdacht, dass du dich mal unter vier Augen mit ihm unterhalten solltest.«

»Ohne Scheiß!«

Sadia nahm sich vor, später noch mal mit Livvy über ihre Wortwahl zu reden.

»Und du hattest was mit *Jackson*?«

»Psst.« Sadia blickte zur offenen Küchentür hinüber, aber im Fernsehen plärrte immer noch der Zeichentrickfilm. Kareem war also abgelenkt. »Eigentlich hatte ich das gar nicht vor. Jackson …«

»Wow. Das pack ich ja nicht«, fiel ihr Livvy ins Wort und verzog das Gesicht, als hätte sie einen schlechten Geschmack im Mund. »Und bitte, nenn ihn nicht Jackson. Wir können darüber nur reden, wenn du einen anderen Namen benutzt. Nenn ihn einfach Bob.«

»Das ist doch albern.«

»Wie fändest du es, wenn ihr dir erzählte, dass ich mit einer deiner Schwestern herummache?«

Äääh. Sadia nickte. »Okay, ja, so gesehen hast du Recht. Verstehe schon. Also, ich habe früher nie so für … Bob … empfunden. Ich kapier' es einfach nicht. Es ist, als sähe ich ihn plötzlich in vollkommen anderem Licht, seit er wieder in der

Stadt ist.« Vielleicht hätte sich alles anders entwickelt, wenn sie sich nicht eine ganze Woche lang nach ihm verzehrt hätte. Wenn er zum Beispiel einfach nur an ihrer Tür geklopft hätte, anstatt sich in der Bar herumzudrücken.

Sie musste an seinen Körper und an seine Hände denken, und ihr war sofort klar, dass es keinen Unterschied gemacht hätte.

Livvy zog die Mundwinkel herunter. »Bob hat durchaus attraktive Gene«, räumte sie dann jedoch ein. »Du hast vorher echt nie was für ihn empfunden?«

»Ich hatte viele Gefühle für ihn, aber keines davon war sexueller Natur. Immerhin war ich mit Paul zusammen.«

»Nennen wir ihn Carl.«

Sadia verdrehte die Augen, spielte aber mit. »Erst war ich mit Carl liiert und dann mit ihm verheiratet. Niemals hätte ich mich gleichzeitig von seinem Bruder angezogen fühlen können. So was ist … widerlich. So bin ich einfach nicht gestrickt.«

»Okay, aber Paul ist jetzt über ein Jahr lang tot, Sadia. Wenn du es jetzt mit Jackson treibst, ist das kein Ehebruch mehr.«

Da Livvy die albernen Pseudonyme fallen ließ, tat es auch Sadia. Sie blies die Wangen auf, hin- und hergerissen, ob sie der Freundin alles erzählen sollte. Nach einem weiteren Blick zur Tür beugte sie sich vor und senkte die Stimme noch mehr. »Vor dem Unglück hatten Paul und ich uns getrennt.«

»Oh.«

»Deshalb ist er alleine zu dieser Wanderung aufgebrochen. Normalerweise sind wir den Weg immer an unserem Hochzeitstag zusammen gegangen, und du weißt ja, was für ein Gewohnheitstier er sein konnte. Obwohl man diese Tour ausdrücklich nicht alleine machen sollte …« Sie sprach nicht weiter. Die Vorstellung, dass Paul ausgerechnet auf dem Trail verunglückt war, den sie stets zusammen gewandert waren, war geradezu unerträglich. Sie wollte nicht darüber nachdenken, wie seine letzten Stunden ausgesehen hatten.

Man hatte ihr gesagt, dass er abgestürzt sei und sich dabei so schwere Verletzungen zugezogen habe, dass er sofort gestorben sei. Doch das glaubte sie bis heute nicht. Paul war ein sehr erfahrener Wanderer und sicher zu Fuß gewesen.

Livvy gab ein mitfühlendes Geräusch von sich. »Tut mir leid.«

»Niemand wusste von unserer Trennung, was die ganze Situation nach seinem Tod noch komplizierter gemacht hat. Getrauert habe ich trotzdem.«

»Natürlich. Du hättest es mir sagen sollen, und sei es auch nur, um dir von mir helfen zu lassen.«

»Ich wollte nicht, dass du zwischen mir und Paul stehst.«

»Sankt Sadia«, meinte Livvy liebevoll.

Sadia seufzte. »Ich bin keine Heilige.«

»Du solltest ein bisschen auf dich selbst aufpassen, Schwester.« Livvy legte ihre Hand auf Sadias. Sie drehte sie um und verschränkte ihre Finger mit denen der Freundin. »Egal, was du wegen Pauls Tod, deiner Ehe oder erotischen Beziehungen zu anderen Leuten empfindest: Es ist okay, was du fühlst.«

»Bis Jackson auftauchte, hatte ich eigentlich kein Problem damit, jemand anderes zu küssen.«

»Und warum hast du eines bei ihm?«

»Wahrscheinlich weil unsere Vergangenheit so kompliziert ist.«

»Ja, damit kenne ich mich aus.« Livvy lächelte traurig, aber voller Verständnis.

»Ich mache mir Sorgen, dass wegen mir jetzt alles so bizarr ist.«

»Unsere ganze Situation ist schon seit Langem bizarr, Sadia.«

»Stimmt.«

Livvys Gesicht drückte Mitgefühl aus, aber Gott sei Dank kein Mitleid. »Ist das Ganze nur durch eure Vergangenheit so schwierig?«

»Ich möchte im Moment keine Beziehung.« Sie wollte sich nicht noch einmal in einen Menschen verlieben. Jetzt nicht und vielleicht sogar nie wieder.

»Will er denn eine?«

»Keine Ahnung.« Schweigend saßen sie eine ganze Weile da. Dann regte Sadia sich. »Er ist ein guter Onkel. Kareem mag ihn.«

Livvys Miene hellte sich auf. »Er ist ein guter Mensch. Daran hat sich nichts geändert.«

Sadia dachte daran, dass er in der Stadt geblieben war, nur um ihr zu helfen, und das, obwohl er wusste, dass es ein Spießrutenlauf für ihn werden könnte. Und sie dachte daran, wie er sich bei ihrer Panikattacke um sie gekümmert hatte.

Wie er sich gestern Abend in der Gasse um sie gekümmert hatte.

»Ja.« Sie atmete lautstark aus. Sie hatte gar nicht gemerkt, dass sie die Luft angehalten hatte. »Weißt du, ich war so wütend auf ihn. Und jetzt wünsche ich mir fast, ich könnte wieder einfach nur wütend auf ihn sein.«

»Manchmal fällt Wut leichter als Liebe.«

Sie machte den Mund auf, wollte den Zusammenhang von Liebe und Jackson leugnen, aber dann schwieg sie. Sie liebte ihn. Sie liebte ihn auf so vielerlei Arten.

Sie durfte ihn nur nicht als Mann lieben.

Und doch hatte sie das Bedürfnis, ihn ständig zu berühren, wann immer er in Reichweite war.

Verflucht! »Das Leben ist hart.«

Livvy verzog das Gesicht. »Ja. Tut mir leid. Ich wünschte, ich könnte dir einen Rat geben, aber ich weiß keinen.«

Sadia ging es genauso. Sie lehnte sich auf ihrem Stuhl zurück. »Genug von mir und Bob. Erzähl mir alles über das Liebesnest in Paris, in das du dich mit Nicholas geflüchtet hast.«

»Paris?« Livvy runzelte die Stirn. »Wir waren in einer Hütte etwa dreißig Kilometer von hier.«

Kapitel 15

JACKSON

Jackson nahm die Treppenstufen zum Tattoostudio hinauf jeweils zwei auf einmal. Livvy hatte ihm geschrieben, dass sie wieder in der Stadt war, und eine kleine Standpauke hinzugefügt:

OMG! ICH KOMME GERADE VON SADIA, SIE HAT MIR GESAGT, DASS DU HIER BIST? WIE KONNTEST DU MIR DAS NUR VERSCHWEIGEN?? UND DU BIST KOCH? VERDAMMT NOCH MAL, JACKSON, DU ERZÄHLST MIR ECHT GAR NICHTS. ICH MUSS JETZT ZUR ARBEIT, ABER DANACH KOMM ICH VORBEI, UND WIR WERDEN UNS UNTERHALTEN, MISTER.

Eigentlich hätte er nervös sein sollen, aber stattdessen freute er sich auf sie. Er wollte seine Zwillingsschwester sehen. Er wollte, dass sie ihn in den Arm nahm, zum Teufel, er wollte sogar mit ihr reden.

Außerdem wollte er sich davon überzeugen, in welcher Verfassung sie war, und ausloten, ob und wie heftig er Nicholas verprügeln musste. Mal wieder.

Die Glocke über der Tür klingelte, als er den stillen Laden betrat. Er stellte sich darauf ein, es erst mit dem freundlichen Gabe zu tun zu bekommen, aber es war keine Menschenseele zu sehen. Der Wartebereich war ordentlich aufgeräumt und blitzblank. Der Vorhang zum hinteren Teil des Salons, in dem tätowiert wurde, war zugezogen.

»Hallo?«, rief er.

»Jackson? Ah! Warte kurz.« Der Vorhang raschelte, und dann stand seine Schwester vor ihm. Ihr Haar war von leuchtend blauen Strähnen durchzogen und zu einem Knoten zusammengefasst.

Nach ihrer verschnupften Nachricht wusste er nicht so genau, worauf er sich gefasst machen musste, aber als sie ihn sah, verzog sie das Gesicht zu einem breiten Lächeln und jauchzte vor Freude. Dann rannte sie förmlich auf ihn zu. Beinahe überrumpelt fing er sie auf und hob sie hoch, sodass sie die Arme um ihn legen konnte.

Er schloss die Augen. Umarmungen waren noch immer ungewohnt für ihn, aber Livvy schien sich nicht daran zu stören. »Hey.«

Sie hob ihren Kopf, den sie an seinen Hals geschmiegt hatte, und strahlte ihn an. Ihre Haut schimmerte. Wäre er nicht so ein Zyniker, hätte er es der Liebe zuschreiben können, aber er vermutete, dass sie bei ihrem Ausflug mit Nicholas die letzten Strahlen der Herbstsonne abbekommen hatte. »Du bist hiergeblieben.«

»Stimmt.«

»Hätte ich nicht gedacht.«

Er ignorierte den Stich, den er bei dieser Antwort verspürte. »Ich weiß.«

»Aber du bist hier.« Sie drückte ihn noch einmal, dann löste sie sich von ihm.

Der Vorhang bewegte sich, und Nicholas betrat den Wartebereich, während er seinen Ärmel herunterkrempelte. Jackson erhaschte einen flüchtigen Blick auf eine mit Edding aufgemalte Prinzessin, dann war sie unter dem Stoff verschwunden.

Wie ein Straßenköter, der Frischfleisch wittert, richtete Jackson sich auf und erdolchte Nicholas förmlich mit seinem Blick. »Du.«

Nicholas sah ihn ausdruckslos an, ganz der kalte Roboter wie eh und je. Er knöpfte sich den Hemdsärmel zu, dann blieb er etwa einen halben Meter entfernt von ihm stehen. »Jackson. Freut mich zu hören, dass du in der Stadt geblieben bist.«

»Nein, das freut dich nicht.« Jackson machte eine Pause. »Nicky.«

Seltsamerweise lächelte Nicholas. Was zur Hölle? Er wollte sich nicht von Nicholas angrinsen lassen. »Ah ja. Ihr seid definitiv Zwillinge.«

Livvy räusperte sich. »Okay, Jungs. Seid nett zueinander. Ich hab keine Lust, hier Blut von den Fliesen zu wischen.«

Auf Nicholas' Blut war Jackson gar nicht so scharf. Nur wehtun wollte er ihm, und zwar ordentlich. »Ich wusste nicht, dass er hier ist«, sagte er zu Livvy. »Ich kann später wiederkommen.«

Nicholas wippte auf den Fersen zurück. »Ich wollte sowieso gerade gehen. Ich muss zur Arbeit.«

»Was für eine Überraschung«, murmelte Jackson. Nicholas und Livvy ignorierten ihn. Jackson biss die Zähne zusammen, als er sah, wie die Augen seiner Schwester leuchteten. So hatte sie Nicholas auch in ihrer Jugend angesehen, bis zu dem Tag, an dem er ihr das Herz gebrochen hatte.

Zugegeben, Nicholas machte ein ähnlich bescheuertes Gesicht. *Das hat nichts zu sagen.*

Manchmal war Liebe eben nicht selbstlos. Manchmal war sie sogar ausgesprochen egoistisch. Manipulativ.

Nicholas zog Livvy an sich. Als sie sich küssten, ballte Jackson unwillkürlich die Hand zur Faust. Schließlich löste Nicholas sich von Livvy, um Atem zu schöpfen, und warf Jackson einen abschätzenden Blick zu. »Alles klar, Jackson?«

»Ja«, sagte Livvy entschieden. »Ihm geht es gut.«

»Nein, tut es nicht. Mir gefällt das alles nicht. Du tust ihr sowieso irgendwann wieder weh.«

Gelassen erwiderte Nicholas seinen Blick, ohne auch nur einen Hauch eingeschüchtert zu wirken. Körperlich war Jackson größer als der andere, und er hatte in seinem bisherigen Leben schon einige recht ungemütliche Ecken dieser Welt kennengelernt. Jemanden mit den Fäusten zu traktieren wäre nichts Neues für ihn. Wenn Jackson Nicholas nicht aus tiefstem Herzen verabscheuen würde, hätte ihn seine Furchtlosigkeit wahrscheinlich beeindruckt. »Diesmal nicht.«

»Man kann nie sicher sein.«

»Ich weiß aber, dass wir diesmal keine Geheimnisse voreinander haben. Und außerdem weiß ich, dass ich sie liebe.«

Jackson verzog höhnisch die Lippen. Er wusste, was Liebe war, wahre Liebe. Um ihretwillen hatte er alles aufgegeben. Nicholas aber hatte Livvy aufgegeben.

»Du glaubst mir nicht?«, fragte Nicholas.

»Spielt keine Rolle«, stieß Livvy hervor. »Jackson, hör auf.«

Weder Jackson noch Nicholas reagierten darauf. »Nein, ich glaube dir nicht. Du hast sie auch damals geliebt. Was ist jetzt anders?«

»Ich bin kein Kind mehr, das ist der Unterschied.«

»Du warst damals genauso wenig ein Kind wie ich. Hätte man mich vor Gericht gestellt, wäre ich wie ein Erwachsener verurteilt worden.«

»Weil Brandstiftung kein Kinderstreich ist …«

»Nicholas!«

Nicholas verstummte sofort und sah seine Freundin an. Dann holte er tief Luft und wandte sich wieder Jackson zu. »Entschuldigung. Livvy ist von deiner Unschuld in Bezug auf diesen Brand überzeugt, und ich habe ihr versprochen, ihr zu vertrauen.«

Woran er offensichtlich scheiterte. Jackson erkannte die Wahrheit in Nicholas' Augen. Er würde sein Leben lang glauben, dass Jackson das Feuer gelegt hatte. Außer den Kane-Frauen und Sadia würde niemand je hundertprozentig davon überzeugt sein, dass Jackson Nicholas' Familienerbe nicht niedergebrannt hatte.

Jackson lief es kalt den Rücken herunter. Am liebsten hätte er sich irgendwo verkrochen, aber das war unmöglich. Als er schwieg, fuhr Nicholas mit leiserer Stimme fort. »Ich weiß, dass unsere Vergangenheit nicht einfach ist, aber ich will mit niemanden aus Livvys Familie Streit haben. Also auch nicht mit dir.«

Livvy stieß Nicholas in die Seite. »Warum gehst du jetzt nicht zur Arbeit, Nico? Lass mich mit meinem Bruder reden.«

Nicholas strich ihr mit der Hand über den Rücken und nickte. Er musterte Jackson ein letztes Mal prüfend, dann setzte er sich in Bewegung. An der Tür blieb er noch einmal stehen und warf ihm einen warnenden Blick zu. »Mach ihr keinen Kummer.«

Jackson verzog höhnisch die Lippen. »Ganz sicher nicht. Ich habe ihr noch nie wehgetan.« Im Gegensatz zu dir – stand der Vorwurf unausgesprochen im Raum.

An Nicholas' Kinn zuckte ein Muskel, aber er sagte nichts mehr und schloss nur geräuschlos die Tür hinter sich. Die Glocke bimmelte noch, als Livvy Jackson einen Schlag gegen die Brust versetzte.

Er rieb sich die Stelle. »Ich bin es satt, dass ihr Kane-Frauen dauernd auf mich eindrescht«, knurrte er.

»Dann hör auf, dich so aufzuführen, als hättest du es nicht verdient. Mach Nicholas nicht so blöd an.«

Jackson schnaubte. Schon am ersten Abend, den er wieder in der Stadt gewesen war, hatte er gemerkt, wie leicht Livvy und er in ihre gewohnte Nähe zurückfanden. In der Mischung aus Necken und Zanken blitzten immer wieder tiefe Gefühle und Beschützerinstinkte auf. Wenn er mit seiner Schwester zusammen war, war er lauter, das Reden fiel ihm leichter, ihre unverblümte Art machte ihn lockerer.

Er würde nicht zulassen, dass so ein dahergelaufener Roboter im Designeranzug sie fertigmachte. »Er hat Glück, wenn ich mich damit begnüge, ihn nur blöd anzumachen.« Wie bitterlich und lange hatte Livvy geweint, nachdem Nicholas sie verlassen hatte? Wie viele potenziell gefährliche Gegenstände hatte er aus ihrem Zimmer gefischt, damit sie sich nicht etwas antat? Wie viele Stunden hatte er auf dem Boden ihres Zimmers gesessen und über sie gewacht, weil er befürchtete, irgendetwas Scharfes oder irgendwelche Tabletten übersehen zu haben?

Seine Schwester stemmte die Hände in die Hüfte. Sie sah aus wie ihre Mutter, nur ihr leuchtend blaues Haar störte das Bild etwas.

Er schnippte mit dem Finger gegen ihren lockeren Haarknoten, vornehmlich um sie zu necken, und natürlich schlug sie seine Hand fort. »Ich hab's dir schon mal gesagt. Nicholas trägt keine Schuld an meiner depressiven Episode damals. Oder an den Selbstmordgedanken.«

Bei diesem Wort zuckte Jackson zusammen. »Das hast du mir schon gesagt.«

»Es ist wahr.«

»Schon klar.«

»Wirklich.«

»Als ich dich das letzte Mal gesehen habe, hast du behauptet, eine Beziehung zu Nicholas nicht riskieren zu wollen.«

»Er hat mich überzeugt, dass es diesmal anders laufen wird.«

Unwillkürlich schnaubte Jackson. »Und du glaubst ihm.«

»Ja. Er ist nicht mehr so wie damals.«

»Es gibt keine Garantie …«

»Ja, du hast Recht, die gibt es nicht. Die gibt es für gar nichts. Aber wir reden miteinander, und ich glaube, dass wir es probieren sollten. Vielleicht kriegen wir es ja diesmal hin. Ich will es einfach versuchen, Jackson. Unbedingt sogar.« Ihre Stimme war voller Sehnsucht und Schmerz. »Ich liebe ihn.«

Er vergrub die Hände in den Hosentaschen. »Ich bin nicht gekommen, um mit dir zu streiten.«

Sie reckte das Kinn. Offensichtlich war sie sauer. »Warum dann?«

Ich konnte nicht fernbleiben. Aber das brachte er noch nicht über die Lippen. Er sah sich im Laden um, während die Gedanken in seinem Kopf rasten. »Du hast mir gesagt, dass ich mich von niemand anders als von dir tätowieren lassen soll. Hier bin ich also.«

Sofort hob sich ihre Stimmung, und ihr Gesicht leuchtete auf. »Ach ja? Woran hast du gedacht?«

Er sagte das Erste, das ihm in den Sinn kam. »Eine Rose. Rot. Purpurrot.«

»Jetzt?«

»Wenn du Zeit hast.«

»Hab ich.«

Er war gar nicht so sehr darauf erpicht gewesen, sich ein weiteres Tattoo stechen zu lassen, aber plötzlich wollte ihm diese Idee nicht mehr aus dem Kopf gehen. Außerdem war ein Originaltattoo von Livvy Kane beileibe keine Alltäglichkeit. »Machen wir's.«

»Komm mit.«

Nur wenige Minuten später saß er mit freiem Oberkörper auf Livvys Tätowierstuhl. »Traust du mir zu, freihändig zu arbeiten?«, fragte sie, während sie mit ihren Werkzeugen hantierte.

»Ja.«

»Warum eine Rose?«

Er dachte an Sadia. Dieses Kleid. Dieses Ansteckbukett. »Aus keinem besonderen Grund.«

Als sie mit ihren Vorbereitungen fertig war, sah sie sich den Palmwedel auf seiner Schulter genauer an. »Was hat der zu bedeuten?«

Er zuckte mit den Schultern.

Sie musterte das Tattoo, das seinen gesamten Oberarm bedeckte, kritisch. »Cool, dass die Kopie von Daddys Tattoo so gut gelungen ist.« Sie tippte auf eine Stelle der Tätowierung an seiner Schulter. »Eine Rose würde sich gut darauf machen. Ich könnte sie recht gut einarbeiten, aber woanders geht natürlich auch.«

»Nein. Mach, was du willst.«

Aus ihrem Blick sprach reine Glückseligkeit. »Ooooh, hurra, magische Worte. Okay, lehn dich zurück.«

Er schloss die Augen, während sie seine Haut desinfizierte, und zuckte nicht mal zusammen, als die Nadel in seine Haut fuhr.

»Du hilfst also Sadia?«

»Ja.«

»Sie hat immer noch keinen Koch gefunden, was?«

»Nein.« Zwei Männer hatten sich mittlerweile vorgestellt. Er hatte sich beide Lebensläufe angesehen und sie dann in den Mülleimer geworfen. Sadia war nicht im Café gewesen, daher hatte sie davon nichts mitbekommen.

Es hatte keineswegs vor, ihr bewusst qualifiziertes Personal vorzuenthalten. Doch beide waren Amateurköche ohne Berufserfahrung gewesen. Er wollte weder ihre Zeit verschwenden noch die Gunst der Kunden, die er zurückerobert hatte, aufs Spiel setzen. Sobald sich jemand Kompetentes bewarb, würde er die Unterlagen mit Freuden an Sadia weitergeben.

»Wie findest du Kareem? Ist der Kleine nicht süß?«

Megasüß sogar, verdammt. »Ja.«

Livvy räusperte sich. »Tu dir keinen Zwang an, du darfst ruhig ins Detail gehen.«

Er öffnete die Augen und starrte an die Decke. »Ich will dich nicht ablenken.«

»Ich arbeite auch dann hervorragend, wenn ich rede.«

Aber ihm fiel es schwer, egal, in welcher Lebenslage.

»Ich wusste nicht einmal, dass du Koch bist.«

»Doch, bin ich.« *Details.* »Ich ziehe Pop-up-Restaurants auf.«

»Welche Küche?«

»Einfache Hausmannskost. International.« Er hatte nicht mal gewusst, dass dies eine Küchenausrichtung war. Für die Markenpolitik ihres Unternehmens war vornehmlich Ariel zuständig, und der Begriff passte zu dem, was er kochte. Schlichte, herzhafte warme Mahlzeiten, für die er sich von Orten auf der ganzen Welt inspirieren ließ. Nicht nur Feinschmecker kamen in Scharen, auch ganz normale Leute liebten sein Essen.

»Wow, wie cool ist das denn? Wann bekochst du mich denn mal?«

Jetzt hatte er ja eine Küche. Er konnte tatsächlich für seine Schwester kochen. »Wann du willst.«

Sie hielt den Blick auf ihre Arbeit gerichtet. »Schön. Und wo wohnst du noch mal?«, fragte sie viel zu beiläufig.

Er kniff die Augen zusammen. »Du weißt, dass ich bei Sadia wohne. Sonst hättest du nicht gefragt.«

»Kann sein, dass sie so was erwähnt hat.«

A-ha. Er hatte in seiner Zwillingsschwester immer schon lesen können wie in einem offenen Buch. »Was hat sie sonst noch erwähnt?«

»Nichts.«

Zu schnell. »Raus mit der Sprache.«

»Nein. Ich will nicht zwischen euch geraten.«

Also wusste Livvy, dass zwischen ihm und Sadia etwas lief. Das Blut schoss ihm in die Wangen. Am liebsten wäre er aufgesprungen und aus dem Studio geflohen, aber die Nadel in seiner Haut hinderte ihn daran. »Was hat sie gesagt?«

»Nei-hein. Meine Lippen sind versiegelt.« Sie warf ihm einen strengen Blick zu. »Wir sind nicht mehr auf der Highschool. Wenn du wissen willst, was ihr durch den Kopf geht, frag sie selbst.«

Das hatte er ja vorgehabt, verdammt. Den ganzen Morgen im Café hatte er sie auf seine unbeholfene, plumpe Weise umworben. Er hatte für sie gekocht. War in ihrer Nähe geblieben. Hatte sogar mit ihr gesprochen. Warum reichte das nicht?

Livvys Gesichtsausdruck wurde weich, obwohl sie den Blick nicht von ihrer Arbeit abwandte. Beeindruckend, wie souverän sie mehrere Dinge auf einmal meisterte. Wenn er kochte, wollte er sich eigentlich einzig und allein darauf konzentrieren.

»Ich mache mir ein bisschen Sorgen um dich, Jackson«, sagte sie.

»Musst du nicht.«

»Ich will nicht, dass du leidest.«

»Werde ich nicht.«

Sie schwieg lange, sodass das Surren der Tätowiermaschine das einzige Geräusch im Raum war. Er ließ sich nur allzu gern von diesem trügerischen Wohlbehagen einlullen, aus dem sie ihn jedoch mit einem einzigen Satz jäh herausriss. »Liebst du sie?«

Er öffnete die Augen. »Ja.«

»Und was, wenn sie deine Liebe nicht erwidert?«

Sein Herz zog sich zusammen. Sadia *hatte* etwas zu ihr gesagt. »Jetzt *musst* du mit mir reden. Hat sie dir erzählt, dass sie mich nicht liebt?«

Sie presste die Lippen fest aufeinander und schüttelte den Kopf, sodass ihr leuchtend blauer Knoten wackelte. »Aber sie sagte, dass sie im Moment nicht auf eine langfristige Beziehung aus ist.«

Jackson verzog keine Miene. Eine Beziehung. Wenn er ehrlich war, hatte er so weit noch gar nicht gedacht. Er hatte kaum eine Ahnung davon, wie man jemanden liebte, und schon gar nicht, wie man eine richtige Beziehung führte.

Allem Anschein nach war Sadia jedoch einer vorübergehenden Affäre nicht abgeneigt. Ob er wohl für eine gewisse Zeit mit ihr zusammen sein könnte? Sein Bauchgefühl schrie Nein, aber dann meldete sich sein Pragmatismus zu Wort: Er würde nehmen, was auch immer er kriegen konnte. Eine Woche mit Sadia war so viel wert wie ein Jahr mit jeder anderen Frau. »Danke, dass du mir das erzählst.«

Sie runzelte die Stirn. »Ich mache mir Sorgen um dich, Bruder.«

»Musst du nicht.«

»Ich finde, du brauchst ein paar Menschen um dich herum, jemanden, der dich im Zweifel auffängt – so wie ich damals.«

»Ich brauche so ein soziales Netz nicht.« Niemand hatte sich je um ihn gekümmert. Und jetzt, mit über dreißig Jahren, musste auch keiner mehr damit anfangen.

»Aber es hilft. Ich jedenfalls weiß, dass ich mich besser fühle, wenn du hier bist. Wenn ich dich sehen kann, hören kann, berühren kann … damit wird ein Traum für mich wahr.«

Unruhig zappelte er mit den Füßen. Er war sicher, dass er ganz und gar nicht der Typ war, der Stoff zum Träumen hergab. »Ja.« Er hätte sich im Laufe der letzten Jahre mehr Mühe geben sollen, sich mit Livvy zu treffen. Immerhin war er durchaus hin und wieder in den Staaten gewesen, wenn auch nie lange. »Äh, dito.«

Sie strahlte ihn an. »Ich liebe dich auch.«

Er grunzte. »Ja. Schön.« Noch ein Grund, warum er an seiner Beziehungsfähigkeit zweifelte. Er konnte sich selbst kaum eingestehen, dass er Sadia liebte. Dabei wünschten Frauen sich doch immer, dass man ihnen so was sagte, oder?

»Hast du Maile oder Mom schon besucht?«

»Ja. War okay«, log er. »Mom und ich waren höflich zueinander. Und es war schön, Maile wiederzusehen.«

»Überrascht mich, dass unsere Tante nicht wie eine Klette an dir hängt.«

»Wahrscheinlich will sie mir einen gewissen Freiraum lassen.«

»Hm.« Sie widmete sich wieder konzentriert seiner Schulter. »Begleitest du mich zu Pauls Grab?«

Uff. Früher waren Livvys Gedankensprünge nicht mit so viel Schmerz verbunden gewesen. »Das halte ich für keine gute Idee.«

»Ich muss sozusagen damit Frieden schließen, dass ich nie meinen Frieden mit ihm geschlossen habe.« Ihre Worte überschlugen sich fast. »Ich war seit seiner Beerdigung nicht mehr an seinem Grab. Ich sollte hingehen.«

»Kannst du ja auch.«

»Jackson …«

»Nein, für mich ist das nichts. Ich kann nicht.«

Kann nicht oder will nicht?

Vielleicht beides.

Nicht alle Erinnerungen waren gleich. Es war eine Sache, sich seiner Vergangenheit zu stellen, wenn es um John oder Maile oder Sadia ging – oder sogar um seine Mutter. Aber bei Paul brachte er es einfach nicht fertig. Denn wenn er an Paul dachte, würde er auch an das Geständnis denken müssen, das auf seinem Nachttisch lag, versteckt in jenem Tagebuch. Dazu war er nicht bereit. Noch nicht, vielleicht sogar nie.

»Okay. Ich will dich nicht unter Druck setzen.« Sie arbeitete weiter. Die Berührungen ihrer Hände waren sanft.

»Danke.«

»Für dich tue ich alles.«

Jackson wandte den Blick ab, unfähig, seine Gefühle zu verbergen. Sein Herz weitete sich, aus Schwarz und Weiß wurden leuchtende Farben. *Für dich tue ich alles.* Genau wie er alles für sie getan hätte.

Er glaubte immer noch nicht, dass er ein soziales Netz brauchte, aber sie hatte trotzdem Recht. Zu wissen, dass sie auf seiner Seite stand, das war verdammt fantastisch.

Kapitel 16

SADIA

Nach ihrem Gespräch mit Livvy ertappte Sadia sich dabei, dass ihr Blick viel zu häufig zu Jacksons Apartment hinüberwanderte. Schließlich schnappte sie sich ihren Sohn und fuhr zum Café. Papierkram ließ sich außerhalb der Öffnungszeiten am besten erledigen, und Kareem liebte es, im leeren Café herumzustromern. Dann konnte er sich dort frei bewegen, ohne ausgeschimpft zu werden, weil er seine Nase in die Küche, ins Büro oder den Gastraum steckte.

Außerdem war heute ohnehin jede Menge Arbeit liegengeblieben, während Jackson um sie herumscharwenzelt war und ihr dauernd etwas zu essen gebracht hatte.

Doch ihr Plan ging nicht auf, wie sie feststellen musste, als sie in die am Tisch versammelte Runde blickte. Sie hatte den Fehler gemacht, Noor am Telefon zu erzählen, wo sie war. Kurz darauf war diese zusammen mit Zara im Café aufgetaucht. Sie hatte Kareem ihr Handy zugeworfen, der sich in eine der Sitzecken verdrückte und vermutlich alle Spiele durchdaddelte, die es hergab.

Sie hatten behauptet, über die Party zum Hochzeitstag ihrer Eltern reden zu wollen. Aber eigentlich hätten sie dann doch auch Jia und Ayesha mitbringen müssen. Es sei denn …

Noor beugte sich vor, wobei sie ihre Teetasse mit beiden Händen umfing. Ihr locker um den Kopf drapierter Schal streifte den Tisch. »Wir müssen uns über Jia unterhalten.«

Innerlich seufzte Sadia tief. »Was gibt es da zu reden?«

Noor schnaubte. »Über diese absurde Idee, das Medizinstudium zu schmeißen.«

Bei den Kapriolen, die ihr eigenes Leben gerade schlug, hatte Sadia ihr Versprechen, Jia zu helfen, beinahe vergessen. Sie hatte die Finanzen ihrer Schwester gecheckt und sah wirklich keinen Grund, warum diese ihre Träume nicht verwirklichen sollte. Jetzt schon scheffelte die junge Frau mit ihren YouTube-Videos jede Menge Geld, und zwar wesentlich mehr, als Sadia erwartet hatte, und sie hatte einen soliden Fünf- und Zehnjahresplan aufgestellt.

Sadia trommelte mit den Fingern auf ihrem Planer herum. Den anderen schien ihre To-do-Liste herzlich egal zu sein. Die Detailplanung für die Party würde also an ihr hängen bleiben, aber das war jetzt egal. Hier bot sich eine wunderbare Gelegenheit, sich wie versprochen für ihre Schwester einzusetzen. »Wisst ihr eigentlich, wie viel sie verdient?« Sadia ratterte die Zahlen aus dem Gedächtnis herunter.

Zara hielt inne. »Warte mal. So viel kann man verdienen, nur weil man anderen zeigt, wie man sich schminkt und einen Hidschab drapiert?«

Gut, dass Jia gerade nicht da war. Bei diesen Worten wäre sie sicher vor Wut geplatzt. »Sie ist eine beliebte Influencerin. Sie kommt gut an. Und sie hat noch mehr Pläne: Sie will ein Buch schreiben, modeln, schauspielern.«

»Wow.« Zara runzelte die Stirn und dachte nach. Wahrscheinlich vornehmlich übers Geld.

»Ich freue mich natürlich, dass ihr das im Augenblick so viel Geld einbringt, aber wir wissen doch alle, wie schnell dieser YouTube-Hype wieder vorbei sein kann«, wandte Noor gnadenlos ein. »Ich werde nicht zulassen, dass meine Schwester mit dreißig pleite ist, weil sie mit diesem Spleen alles auf diese eine Karte gesetzt hat.«

Sadias Lid zuckte. Kurz nach Pauls Tod hatte sie darüber nachgedacht, Insolvenz anzumelden. Und diese Gefahr war auch jetzt noch nicht vom Tisch. Falls es dazu kam, lag auf der Hand, was ihre Familie davon halten würde. »Es ist kein Spleen. Es ist das, was sie wirklich liebt.«

»Von mir aus kann sie das in ihrer Freizeit machen.«

Sadia fuhr sich mit der Hand übers Gesicht. »Wie viel Freizeit hast du, Noor? Und du, Zara? Was für Hobbys habt ihr?«

Ihre beiden älteren Schwestern plusterten sich auf wie wütende Krähen. »Wir haben Unmengen von Hobbys«, antwortete Zara. »Aber Beruf und Kinder halten uns eben ziemlich in Atem.«

»Und wenn Jia einmal eine Familie hat, muss sie ihre Hobbys ebenfalls auf Eis legen.« Sadia breitete die Hände vor sich aus. »Sie ist vierundzwanzig Jahre alt. Lasst sie doch die nächsten Jahre nutzen. Falls sie feststellt, dass das Ganze doch nichts für sie ist, oder sie damit scheitert, kann sie das Medizinstudium immer noch fortsetzen.«

»Wahrscheinlich würde sie das sogar tun«, räumte Zara ein.

Noor funkelte sie wütend an. »Du kaufst ihr diesen Schwachsinn doch nicht ernsthaft ab?«

Zara pochte mit ihren manikürten Fingern auf den Tisch. Anscheinend kam sie direkt von der Arbeit, denn sie trug immer noch einen eleganten schwarzen Hosenanzug und eine lavendelfarbene Bluse. Eine schicke Sonnenbrille thronte auf ihrem Kopf und hielt ihr Haar zurück. »Sie verdient viel Geld. Mehr als wir.«

»Es geht nicht ums Geld. Was werden die Leute denken?«

»Wen interessiert's?«, fragte Sadia schärfer als beabsichtigt. Und tatsächlich, wen juckte es denn wirklich, was die Leute dachten? »Sie ist eine erwachsene Frau. Lass sie doch ihr Glück finden.«

»Mom und Daddy werden das niemals unterstützen. Ich

versuche, sie vor dieser Enttäuschung zu bewahren. Du weißt doch am besten, wie Mom reagiert, wenn ihr irgendetwas gegen den Strich geht, Sadia.« Noor warf ihr einen bedeutungsvollen Blick zu.

»Ja«, antwortete Sadia langsam. »Ich weiß genau, wie sie reagieren würde. Aber ich weiß auch, dass es bei mir wahrscheinlich anders gelaufen wäre, wenn eine von euch sich damals für mich starkgemacht hätte.«

Wow. Sie war über ihre eigenen Worte mindestens genauso erstaunt wie ihre Schwestern.

Zara erholte sich als Erste. Sie nahm ihre Sonnenbrille vom Kopf und legte sie auf den Tisch. Ganz die Therapeutin fragte sie mit betont beruhigender Stimme: »Sadia, machst du uns dafür verantwortlich, wie Mom und Dad reagiert haben, als du dein Studium aufgegeben hast?«

Ihr erster Impuls war zurückzurudern, die Wogen zu glätten und zur Tagesordnung überzugehen. Sie sah zu Kareem hinüber, der an dem am weitesten entfernten Tisch saß. Er war ganz in das Handy vertieft und bekam von ihrer Unterhaltung nichts mit. »Nein, ich mache euch nicht verantwortlich.«

»Was hätten wir denn deiner Meinung nach tun sollen«, schnaubte Noor. Sie war sichtlich verärgert. »Wir haben dir damals geraten, Paul erst zu heiraten, wenn du mit dem Studium fertig bist.«

»Nun ja, mir zu sagen, ich hätte eben nicht tun sollen, weswegen ich verstoßen wurde, trifft nicht gerade meine Vorstellung von Unterstützung.«

»Du bist nicht verstoßen worden. Ich meine, es war doch klar, dass Mom und Daddy dich nach der Hochzeit nicht mehr finanziell unterstützen würden, aber …«

»Es ging mir nicht ums Geld.«

Der finanzielle Teil hatte am wenigsten wehgetan. Es war ihr gewiss nicht leichtgefallen, sich vom gewohnten Wohlstand auf ein Leben von der Hand in den Mund umzustellen. Aber Paul hatte damit erheblich größere Schwierigkeiten gehabt.

Nein, alles andere hatte ihr viel stärker zu schaffen gemacht. Für einen Familienmenschen wie sie, der sich nach seinen Lieben sehnte und sie brauchte, war es die Hölle gewesen, mit ihren Eltern zerstritten zu sein. Es hatte sich angefühlt, als habe man ihr ein Stück ihres Herzens aus der Brust gerissen. »Ich konnte nicht zu den Familienessen kommen. Ich konnte nicht auf einen Kaffee bei Mom vorbeischauen. Ich konnte nicht …« Sie deutete auf ihren Kalender. »Ich konnte auch keine Jahrestage planen.«

Noor richtete sich kerzengerade auf. »Du selbst hast dich damals entschlossen, auf all das zu verzichten, Sadia. Mit keinem Wort haben Mom und Daddy dir verwehrt, nach Hause zu kommen.«

»Man muss ein Kind nicht offiziell verstoßen, um ihm das Gefühl zu geben, nicht mehr willkommen zu sein. Wie würdest du dich fühlen, wenn Rohan von unseren Eltern ignoriert würde oder sie ihm das Gefühl gäben, er sei nicht willkommen? Paul war mein *Ehemann.*« Sadia schüttelte den Kopf. Jetzt, da sie in dieses Wespennest gestochen hatte, gab es kein Zurück mehr. »Ja, ich habe unüberlegt gehandelt. Ihn heimlich zu heiraten war womöglich das größte Wagnis, das ich je eingegangen bin. Allein die Tatsache, dass ich es überhaupt gemacht habe, hätte euch doch Beweis genug sein müssen, wie sehr ich es mir wünschte und wie sicher ich mir meiner Liebe zu ihm war.«

»Du gibst uns die Schuld für das Verhalten unserer Eltern«, sagte Zara nun mit sanfter Stimme. »Das ist nicht fair.«

»Nein, ich werfe euch vor, dass ihr euch nicht wie meine großen Schwestern verhalten habt.« Mit zitternder Hand schloss sie den Planer vor ihr auf dem Tisch. »Ihr hättet einfach nur hinter mir stehen sollen, auch wenn ihr mit meiner Entscheidung nicht einverstanden wart. Und genau das werden wir jetzt für Jia tun. Wir werden sie unterstützen und uns mit ihr freuen und sie trösten, wenn sie scheitert, und Bemerkungen wie ›Wir haben es dir ja gleich gesagt‹ werden wir uns genauso verkneifen wie …« Sie unterbrach sich, bevor sie zu viel über ihre Ehe oder ihre Ängste verriet. »Zumindest ich werde es so handhaben. Ihr könnt natürlich tun, was ihr wollt.«

»Okay.« Zara nestelte an ihrem Ohrring herum. »So langsam läuft das hier ein bisschen aus dem Ruder. Warum gönnen wir uns nicht alle eine kleine Aus…«

»Ich brauche keine Auszeit. Ich habe gesagt, was ich zu sagen hatte. Ich werde mich um die restlichen Details für die Party kümmern. Ihr könnt jetzt gehen.« Sadia stand auf. Und genau in diesem Augenblick öffnete sich die Eingangstür des Cafés.

Drei Augenpaare wandten sich ihr zu, und im Geiste seufzte Sadia. Was für ein beschissenes Timing Jackson doch hatte!

Oder vielleicht war es ja perfektes Timing? Sie war so wütend, dass sie auch mit dieser Situation genau so umgehen würde, wie sie es für richtig hielt.

Jackson trat ein und schloss leise die Tür hinter sich. Er blickte ihr in die Augen, und sie sah seine Verblüffung. Instinktiv wich er zunächst einen Schritt zurück, doch dann erfasste er die Lage und straffte die Schultern, wie um sich zu wappnen.

Er kam auf den Tisch zu und nickte ihren älteren Schwestern zu. »Noor. Zara. Nett, euch wiederzusehen.«

»Jackson?«, brachte Noor schließlich heraus. »Was … was für eine Überraschung.«

»Ja. Sorry, dass ich so spät noch vorbeischaue. Ich hätte nicht gedacht, dass noch jemand hier ist.« Er hob die Tasche in seinen Händen etwas. »Ich wollte ein neues Rezept ausprobieren.«

»Ein neues Rezept ausprobieren?«

Jackson schwieg, und ihr wurde klar, dass er auf ihre Erklärung wartete. »Jackson arbeitet seit ein paar Wochen hier. Rick hat gekündigt. Ich brauchte ihn. Außerdem wohnt er bei mir«, verkündete sie knapp und prägnant. Sadia nickte Jackson zu. »Du kannst herkommen, wann immer du willst. Schließlich gehört dir dieses Café ebenso wie mir.«

Er musterte sie kurz, dann nickte er. »So langsam wird diese Tasche schwer«, sagte der Mann, der aussah, als könne er mit Leichtigkeit ganze Autos stemmen. »Ich ziehe mich dann in die Küche zurück.«

Er ging davon, verlangsamte aber seinen Schritt, als er Kareem am Tisch neben der Küchentür entdeckte. Er blieb vor dem kleinen Jungen stehen, und Kareem strahlte. »Hey.«

»Hi. Willst du mir vielleicht in der Küche helfen?«, fragte er etwas schroff.

Kareem legte Noors Handy beiseite und sah Sadia um Erlaubnis heischend an. Sadia räusperte sich. »Ja, geh nur.«

Die Miene ihres Sohnes hellte sich auf. Er kletterte von der Sitzbank herunter, gab Noor ihr Mobiltelefon zurück und rannte dann hinter Jackson her.

Kaum waren die beiden außer Hörweite, wirbelte Sadia zu ihren Schwestern herum: »Ja, ich weiß, dass er wegen Brandstiftung verhaftet wurde. Aber er wurde nie verurteilt. Er ist unschuldig.«

»Ich habe doch gar nichts gesagt«, rief Noor.

»Du hast es gedacht.«

Noor hatte zumindest den Anstand, schuldbewusst dreinzublicken. »Vielleicht. Sadia, wir müssen uns unterhalten.«

»Ich kann nicht.« Sadia ballte die Hände zu Fäusten. »Ihr solltet jetzt gehen. Wir müssen über all das nachdenken. Vielmehr müsst ihr darüber nachdenken, wenn ihr nicht versteht, warum ich so sauer bin.«

Ihre Schwestern wirkten nach ihren vorwurfsvollen Worten ziemlich betreten, aber das reichte ihr nicht.

Sie machte die Tür hinter ihnen zu und schloss ab. Zuerst hätte sie ins Büro gehen sollen, um sich wieder zu beruhigen, aber die Düfte und Geräusche, die aus der Küche drangen, waren so verlockend, dass sie ihrer Nase folgte.

Schon beim Eintreten hob sich ihre Stimmung. Kareem stand auf einem Tritthocker neben Jackson und trug eine riesige Schürze um die Taille. Er hatte einen weißen Streifen im Gesicht und konzentrierte sich gerade darauf, unter Jacksons wachsamem Blick ein Stück Käse zu reiben.

Kareem schwatzte fröhlich vor sich hin, als kenne er seinen Onkel schon seit einer Ewigkeit. »Und dann hat das Mädchen gesagt, sie würde nicht zur Schule kommen, weil sie krank ist, aber sie war gar nicht krank – sie hat nur so *getan*.«

Jackson brummte zustimmend und zeigte Kareem, wie er die Reibe richtig hielt.

»Kareem?« Sadia betrat die Küche und ließ die Tür hinter sich zufallen. »Würdest du mich mit deinem Onkel mal ganz kurz allein lassen?«

»Klar.« Kareem warf Jackson einen Blick zu. »Onkel Jackson, hast du irgendwelche Spiele auf deinem Handy?«

»Äh. Höchstens einen Taschenrechner.«

Kareem blinzelte zu ihm empor, dann sah er sie an. »Dann spiele ich eben an deinem Computer, Mom.«

»Okay, Süßer.«

Sie wartete, bis er verschwunden war, und wollte etwas sagen, doch Jackson kam ihr zuvor. »Hoffentlich hat mein Auftritt nicht für Erregung gesorgt. Wahrscheinlich wussten deine Schwestern nicht mal, dass ich hier arbeite, oder?« Er sah sie nicht an, sondern widmete sich wieder seinem Gericht, und sie war froh darüber. Hätte er sie weiterhin so intensiv angesehen, wäre sie wohl zu keinem klaren Gedanken mehr fähig gewesen. Zumal, wenn er Worte wie *Erregung* benutzte.

»Nein. Schon gut. Außerdem ist es dein gutes Recht, hier zu sein.«

Nun warf er ihr aus den Augenwinkeln doch einen kurzen Blick zu.

»Das ist mein voller Ernst.« Bevor er widersprechen konnte, wechselte sie das Thema. »Was kochst du?«

»Käsemakkaroni, aber ich experimentiere immer noch an dem Rezept herum. Außerdem hat Kareem sich eine heiße Schokolade gewünscht. Die ist fertig.«

Sie hatte vorhin Pizza für sich und Kareem bestellt, trotzdem knurrte ihr schon wieder der Magen, und sie scharwenzelte zum Herd hinüber. »Oh.«

Er holte eine Tasse heraus und schöpfte eine Portion des dickflüssigen Kakaos hinein. Dann hielt er ihr sie hin. »Ist noch nicht vollständig abgekühlt, aber wenn du Kakao noch genauso abgöttisch liebst wie früher, ist dir das vermutlich egal.«

Sie nahm die Tasse entgegen und sog genüsslich den aromatischen Duft ein. »Heute mästest du mich ja richtig.«

Er zuckte mit den Schultern. »Wenigstens etwas, das ich für dich tun kann.«

»Du tust eine ganze Menge für mich.«

Er grunzte.

Also, wegen gestern Abend … »Livvy ist wieder da«, sagte sie stattdessen.

»Ja, ich war bei ihr.«

Sie wartete darauf, dass er weitersprach, aber er schwieg. »Ah.«

»Nicholas war auch da.« Energisch bearbeitete er mit der Reibe das Stück Käse. Zu energisch.

»Ahh.« Wenn Jackson etwas beschäftigte, kochte er. Das

war schon immer so gewesen. »Du hast ihn doch nicht geschlagen, oder?«

»Nein. Heute nicht.«

»Gut. Dann belass es dabei.«

»Hast du dich über deine Schwestern geärgert?«

Offenbar wollte er das Thema wechseln, und sie war immer noch so aufgewühlt, dass sie sich darauf einließ. Sie biss sich auf die Unterlippe und setzte sich auf einen Hocker, wobei sie die Tasse heiße Schokolade mit beiden Händen umfing. »Jia will das Medizinstudium schmeißen. Meine Eltern werden davon nicht begeistert sein. Noor und Zara wollen sie nicht unterstützen, sondern überlegen stattdessen, wie sie Jia dazu bringen können, sich dem Willen meiner Eltern zu fügen, damit es keinen Streit gibt. Ich glaube, die ganze Situation hat in mir etwas ausgelöst.«

»Es erinnert dich daran, wie sie dich behandelt haben, als du Paul geheiratet hast?«

Sie zögerte. »Woher weißt du das? Ich habe dir gegenüber nie etwas erwähnt.«

»Das stand zwischen den Zeilen. Normalerweise hättest du mir häufiger von deiner Familie geschrieben, hast du aber nicht. Erst nach Kareems Geburt hast du sie wieder erwähnt.«

Sie schluckte und dachte an ihre E-Mails an ihn. Er hatte wohl Recht, und dennoch war es ein wenig absurd, dass er sie so gut kannte, um ihre Familienprobleme sogar aus der Ferne zu erahnen.

Jackson fuhr sich mit dem Arm über die Stirn. »Ich war froh, weil du dich anscheinend wieder mit ihnen versöhnt hattest. Deine Familie ist dein Fels in der Brandung.«

»Stimmt. Ich hätte nie so handeln können wie du.«

Er hielt inne und sah sie an. »Was meinst du?«

»Du hast uns alle hinter dir gelassen.«

»Glaubst du, das war leicht?«

»Nein, bestimmt nicht«, antwortete sie beruhigend. »Ich weiß, dass du traumatisiert warst durch diese Verhaftung …«

»Nicht die Verhaftung war traumatisierend.«

Sie verstummte und stellte den halb leeren Kakaobecher auf die Theke. »Was dann?«

Sein Gesicht wirkte jetzt so hart, als sei es in Granit gemeißelt. »Egal. Unwichtig.«

»Sag es mir. Wenn es nicht die Verhaftung war und das Gerede, was dich von hier und uns weggetrieben hat, was dann? War es etwas, das deine Mom oder Paul oder ich …«

»Du nicht.« Er presste die Lider aufeinander und schüttelte den Kopf. »Du niemals.«

Da er sich zumindest sporadisch bei Livvy gemeldet hatte, vermutete sie, dass auch seine Schwester nicht der Grund für sein Verhalten gewesen war. Aber dass Paul oder seine Mutter etwas damit zu tun hatten, hatte er nicht abgestritten.

Sie glitt von dem Hocker herunter und kam langsam näher. Sie konnte seinen Schmerz beinahe körperlich spüren, und ihr Herz zog sich zusammen. »Jackson? Ist vor deinem Verschwinden etwas zwischen dir und deiner Mom vorgefallen?«

Er nickte beinahe unmerklich. Sie konnte kaum ertragen, wie verletzt er wirkte, sodass sie ihm unwillkürlich die Hand auf die Brust legte. »Und du und Paul?«

Noch ein Nicken.

»Hattet ihr Streit, oder …?«

Er stieß zittrig den Atem aus, den er bisher angehalten hatte, legte eine Hand über ihre und drückte sie. Dann öffnete er die Augen wieder und sah sie an. »Es spielt keine Rolle.«

»Doch.«

»Nein. Die Vergangenheit ist vorbei. Ich will nicht mehr daran denken.« Mit dem Daumen fuhr er über ihren Handrücken, und mit einem Mal war die Luft in der Küche beinahe stickig. »Ich denke lieber an die Gegenwart.«

Sie sah auf seinen großen Zeigefinger herab und errötete heftig. »Jackson …«

Er senkte den Kopf, bis seine Lippen nur noch Millimeter von ihren entfernt waren. »Hm?«

»Wir sollten das nicht mehr tun.«

»Was denn?«

»Uns berühren. Diese gegenseitige Anziehung … keine Ahnung, wie das kam.«

»Ist doch egal, wie das kam.« Sein Atem kitzelte ihre Lippen.

»Ich bin … ich bin gerade nicht auf der Suche nach einer Beziehung, Jackson.«

»Sagst du das auch all den Leuten, die du in der Bar aufgabelst?«

Sie errötete noch mehr. Wie hatte sie ihm das nur erzählen können? »Nein. Aber die wissen genau, dass ich es nicht ernst mit ihnen meine.«

Er schob ihr eine Haarsträhne hinters Ohr und ließ dann seinen vom Kochen schwieligen Finger ihre Wange hinab- und an ihrem Kinn entlanggleiten. »Warum muss es zwischen uns denn ernst sein?«

»Weil … weil wir sind, wer wir sind. Wegen unserer Vergangenheit und unserer Familie und … wegen Kareem …«

Ehe sie weitersprechen konnte, ließ er die Lippen über ihre gleiten. Mein Gott, der Mann wusste, was er tat. Ihr Verstand setzte aus, und automatisch erwiderte sie seinen Kuss.

Sie blinzelte zu ihm herauf, als er sich wieder von ihr löste. »Wenn ich dich küsse, ist all das vergessen.«

Ihr ging es ebenso, und genau das war das Problem. »Es ist einfach nicht richtig.«

»Tust du immer nur das Richtige?«

»In letzter Zeit schon.« Sie musste. Sie konnte sich nicht einfach so ihrer Leidenschaft hingeben, denn für sie stand einfach zu viel auf dem Spiel.

»Es wäre vielleicht falsch, aber kein Risiko.« Er ließ die Hand an ihrem Arm hinab- und wieder hinaufgleiten. »Du hast gesagt, dass du mich begehrst. Ich begehre dich auch. Die Anziehung zwischen uns muss nicht automatisch in eine Beziehung münden.«

Sie lachte ungläubig auf.

Er runzelte die Stirn. »Ist das so lustig?«

»Nein, sorry.« Dieser sachliche, unverblümte Verführungsversuch war so absolut typisch für Jackson.

»Ich will nicht das Gefühl haben, dich nur zu benutzen.«

»Ich will doch benutzt werden. Wenn du irgendetwas Körperliches von mir haben willst, dann nimm es dir. Ich bin bereit.«

»Aber du bist Pauls Bruder«, flüsterte sie.

»Ist egal.«

»Aber …« Ihr Handy piepte, und sie beide sahen auf ihre Tasche hinunter. Sie seufzte, griff hinein, zog es hervor und sah auf das Display. »Ach, Mist!«

»Was ist los?«

»Ich hab ganz vergessen, dass ich einem der Barkeeper versprochen habe, heute Abend seine Schicht zu übernehmen.« Eigentlich hatte sie Noor oder Zara bitten wollen, auf Kareem aufzupassen, aber dann hatte sie sich so sehr über die beiden geärgert, dass sie gar nicht mehr daran gedacht hatte. »Ich habe niemanden für Kareem.«

»Ich kann mich um ihn kümmern.«

»Hm.« Sie sah zu ihm auf.

»Das heißt, wenn du willst.«

»Ich will bei Onkel Jackson bleiben!«

Als sie Kareems Stimme hörte, trat Sadia erschrocken einen Schritt von Jackson zurück, obwohl sie doch eigentlich nichts Unangemessenes getan hatten. »Äh …«

»Bitte, Mom?« Kareem sah zu seinem Onkel auf. »Können

wir wieder Kekse backen, und darf ich mehr als nur einen essen?«

Jackson legte dem Jungen die Hand auf die Schulter, wartete aber auf ihre Antwort. Sie verzog das Gesicht. Eigentlich hatte sie heute Abend gar keine besondere Lust zu arbeiten, aber da Kareem in die Küche geplatzt war, konnten sie ihre Unterhaltung ohnehin nicht fortführen. Vielleicht war jetzt ein bisschen Abstand gar nicht so schlecht, eine kleine Auszeit, in der sie ihre Hände und ihr Hirn mit anderen Aufgaben beschäftigen konnte. »Ihr könnt Cookies backen, und du darfst zwei essen.«

»Gut.«

Fast verblüfft sah sie, wie Jacksons Lippen sich verzogen. Es war beinahe … beinahe! … ein Lächeln. Ein winziges zwar, aber eindeutig ein Lächeln.

Sie hatte ihn schon so lange nicht mehr lächeln sehen. Sie sehnte sich beinahe genauso sehr danach wie nach seinem Körper. Doch seine Worte waren eindeutig gewesen: Seinen Körper durfte sie haben, mehr nicht.

Ich begehre ihn.

Er begehrt mich.

Ich liebe ihn.

Ich darf mich nicht in ihn verlieben.

Kompliziert. So verdammt kompliziert.

Kapitel 17

SADIA

Auf Zehenspitzen betrat Sadia ihr stilles Haus. Zu ihrem Ärger hatte sie in der Bar heute Überstunden machen müssen. Sie hatte sich keine Sorgen um Kareem gemacht, denn sie vertraute darauf, dass Jackson sich gut um ihn kümmern würde. Aber lieber hätte sie die Zeit mit ihnen gemeinsam verbracht.

Na ja, einfach Spaß mit ihnen haben und zusehen, wie sie sich besser kennenlernten. Und hinterher Zeit mit Jackson verbringen mit … etwas anderem.

Ich will benutzt werden.

Zweimal hatte sie ihm heute Abend geschrieben, und beide Male hatte er ihr versichert, dass alles bestens lief. Das glaubte sie ihm gern, denn Jackson war verantwortungsbewusst, und Kareem war ein lieber und meist auch gehorsamer kleiner Junge.

Sadia würde Jackson jede Gelegenheit bieten, sich emotional auf seinen Neffen einzulassen. Kareem sollte seinen Onkel in seinem Leben haben.

Im Wohnzimmer brannte noch Licht. Sie ging hinein und blieb wie angewurzelt stehen.

Oh. Mein. Gott. So etwas Süßes hab ich ja noch nie gesehen.

In einer Ecke türmten sich Unmengen von Kissen und Decken. Alles war übersät mit Spielzeug. Um das Sofa herum lagen mehrere Bücher verstreut, als hätte jemand einen ganzen Stapel umgeworfen.

Jeder andere hätte sich vielleicht über dieses Chaos geärgert, aber sie war lang genug Mutter, um den Anblick einordnen zu können.

Die beiden hatten sich prächtig amüsiert.

Ihr Lächeln wurde noch breiter, als sie die Couch in Augenschein nahm. Jackson lag tief und fest schlafend auf dem Bauch, den Kopf auf die Arme gebettet. Kareem war auf ihm eingeschlummert, die Wange an das Schulterblatt seines Onkels geschmiegt. Sein kleiner Körper hob und senkte sich im Rhythmus von Jacksons tiefen Atemzügen.

So sacht sie konnte, hob Sadia ihren Sohn hoch. Er war schwer, und sie hielt ihn ganz fest an sich gepresst, während sie den Flur hinab- und die Treppenstufen zu seinem Zimmer hinauflief. Sie legte ihn aufs Bett und war froh über ihre eigene Weitsicht, ihm noch vor der Arbeit eine Pyjamahose angezogen zu haben.

Kareems Wimpern flatterten, als sein Rücken die Matratze berührte. »Mom?«

»Schhh.« Sie ließ sich neben ihm aufs Bett sinken. »Schlaf weiter.«

»Ich liebe Onkel Jackson«, sagte er schläfrig.

Ihr Herz machte einen kleinen Satz. Wie leicht Kinder sich doch verliebten. *Jackson, bitte vergiss diesen kleinen Jungen nicht, wenn du wieder gehst.* »Ja?«

»Ja. Hat Spaß gemacht.«

»Das freut mich.«

»Wir haben eine Festung gebaut.«

Das sollte der Kissenstapel also darstellen. Sie gab ein interessiertes Geräusch von sich.

»Er ist schüchtern.«

Beinahe musste sie darüber lachen, wie man darauf kommen konnte, Jackson mit dem Wort *schüchtern* zu umschreiben. Er war nicht schüchtern. Er war groß und ungehobelt und hätte sie wahrscheinlich mit nur einem Arm hochheben können und …

Aber gleichzeitig lernte er nicht gern neue Leute kennen, rannte vor jedem Fremden davon und hielt sich im Hintergrund, sobald er es mit einer Menschenmenge zu tun bekam.

Womöglich war er ja tatsächlich ein wenig schüchtern.

»Da hast du vielleicht sogar Recht, Kareem.«

»Ich weiß. Er hat es mir selbst gesagt.«

Sie strich ihm übers Haar und überlegte, worüber die beiden sonst noch gesprochen haben mochten. »Was hat er dir denn so erzählt?«

»Er hat mir von Grandpa Sam erzählt. Der war der beste Freund von Grandpa John.«

Ihr Lächeln wurde noch breiter. Sie war mit den Oka-Kanes aufgewachsen und kannte Sams Geschichte, hatte Kareem aber immer nur in groben Zügen davon berichten können. Jackson konnte die Lücken füllen, denn er war der einzige der drei Geschwister, der sich überhaupt für die Familiengeschichte interessierte.

»Er sagte, dass Grandpa Sam und Grandma Lea ins Gefängnis gesperrt wurden, weil die Leute sich davor fürchteten, wie sie aussahen.«

Ihr Lächeln verblasste. Sie fragte sich, ob man mit einem Sechsjährigen wirklich schon über Internierungslager sprechen sollte, aber – Gott im Himmel! – eigentlich war man für dieses Thema niemals alt genug. »Verstehe.«

Er rutschte näher an sie heran, und ihr wurde klar, warum er aufgewacht war, als sie ihn ins Bett gelegt hatte. Ihr Baby hatte noch nie schlafen können, wenn ihm irgendetwas durch den Kopf ging, und nun war seine Miene eindeutig beunruhigt. »Ich bin zu einem Viertel Japaner.«

»Stimmt. Zu einem Viertel bist du Amerikaner japanischer Abstammung, zu einem weiteren Viertel Hawaiianer und zur

Hälfte Amerikaner pakistanischer Herkunft.« Sie beugte sich zu ihm herab und rieb seine Nase mit ihrer. »All das vereinst du.«

»Könnte mich jemand ins Gefängnis stecken, auch wenn ich nichts getan habe?«

Innerlich zuckte Sadia zusammen, ließ sich aber vor ihrem Sohn nichts anmerken, sondern legte ihm die Hand auf die Wange und strich mit dem Daumen über seine samtweiche braune Haut. »Dafür müssten sie erst mal an mir vorbei«, sagte sie leichthin.

All das Böse in der Welt, all die Gefahren, die auf diesen Jungen warten. Wie willst du ganz allein auf ihn achtgeben?

Sie verscheuchte die Panik, die in ihrer Brust aufflackerte. Nein. Sie durfte nicht scheitern. Außerdem war sie nicht allein. »An mir, an deinen Großmüttern und an Grandpa, an deinen Tanten, Onkeln, Cousins und Cousinen. Es gibt so viele Menschen, die dich beschützen würden.«

»Onkel Jackson auch. Er ist groß. Er könnte es mit allem und jedem aufnehmen.«

Nicht mit allem. Einige Dinge ließen sich nun mal nicht mit Muskelkraft bezwingen. Aber Kareem sollte jetzt schlafen. »Ja.« Sie strich mit dem Daumen nun an seiner Nase entlang und über die Nasenwurzel. Die gleichmäßigen Bewegungen machten ihn immer schläfrig, und so war es auch diesmal. Innerhalb kurzer Zeit atmete er tief und gleichmäßig.

Sie saß da und betrachtete ihn. Die Minuten verrannen. Er war jetzt beinahe sieben. In zehn Jahren würde er aufs College gehen. Zumindest, falls er aufs College wollte.

Sie ballte die Hände zu Fäusten, damit sie zu zittern aufhörten. Dann wäre er auf sich gestellt. Sie würde ihn weder beschützen noch beeinflussen können.

Das war einerseits zwar beängstigend, andererseits aber auch natürlich und ganz normal. Genauso sollte es sein, ermahnte sie sich.

Sie stand auf und machte sich auf den Weg ins Wohnzimmer. Eigentlich erwartete sie, Jackson dort immer noch schlafend vorzufinden, aber er hockte neben der Spielzeugtruhe und hob den Kopf, als sie hereinkam. Er trug ein weißes T-Shirt und eine Jogginghose, das Haar stand ihm vom Kopf ab, die Augen blickten immer noch verschlafen drein, in der Hand hatte er eine Pokémon-Figur.

Nie hatte er so sexy ausgesehen. »Lass liegen«, sagte sie. »Ich räume es später auf.«

»Macht mir nichts aus.« Er legte das Spielzeug in die Kiste und begann, die Legosteine aufzusammeln.

Sie setzte sich auf die Armlehne der Couch. »Danke, dass du heute Abend auf Kareem aufgepasst hast.«

»War mir ein Vergnügen.«

»Er sagte, dass du ihm von deinem Großvater erzählt hast.«

Jackson verzog das Gesicht. »Sorry, falls das zu schwere Kost war. Ich habe Sam erwähnt, und er wollte eine Geschichte hören.«

»Schon gut. Er sollte über seine Familie Bescheid wissen.« Sie verschränkte die Arme vor der Brust. »Natürlich würde ich alles Schlimme dieser Welt am liebsten von ihm fernhalten, aber so läuft das nun mal nicht.«

Jackson nickte, und ein dunkler Schatten glitt über sein Gesicht. Er war viel herumgekommen, und wahrscheinlich hatte er die Abgründe der Menschheit ebenso kennengelernt wie ihre schönsten Seiten. »Ja.«

Nervös fuhr sie mit den Händen über ihre Oberschenkel. »Willst du etwas trinken?« Noch bevor er antworten konnte, sprang sie auf. Sie hatte nie viel Alkohol im Haus, weil sie allein nicht gern trank, aber im Kühlschrank waren noch ein paar Flaschen Bier. Sie holte zwei heraus und kehrte zu Jackson zurück.

Er hatte schon einen Großteil der Spielsachen aufgeräumt

und faltete gerade die Decken zusammen. »Eine Festung, hat Kareem gesagt.« Sie reichte ihm die Flasche.

»Genau.« Er legte die Überdecke auf die Couch und setzte sich. Sie ließ sich neben ihm nieder und zog die Beine unter sich. Gleich, wenn er fort war, würde sie ihre Barkeeper-Uniform ausziehen, aber im Augenblick tat es ihr einfach nur gut, in der Stille des Hauses neben ihm zu sitzen.

Er nahm einen Schluck Bier. »Diesmal kein raffinierter Drink?«

»Ich habe keine harten Sachen im Haus.«

»Willst die Arbeit nicht mit nach Hause bringen.«

Sie lächelte. »So ungefähr.«

»Du machst dich gut als Barkeeperin. Schöne Idee, diese ganzen alten Drinks wieder auszugraben.«

Sie lehnte sich auf dem Sofa zurück. Wie lange sie so etwas schon nicht mehr gemacht hatte, sich mit jemandem nach der Arbeit einfach nur zu entspannen. »Du weißt doch, dass ich schon immer etwas für Geschichte übrighatte. Und dann bekam ich dieses alte Buch über Barkultur in die Finger, und den Kunden macht es Spaß, wenn ich ihnen irgendetwas Neues präsentiere. Eigentlich albern.«

»Überhaupt nicht albern. Nicht, wenn du es gern tust.«

»Ja, es gefällt mir.«

»In diesem Fall solltest du es viel häufiger tun.«

»Ha. Ja. Und was mache ich dann mit dem Café?«

Er legte den Kopf schief. »Du könntest es in eine Bar verwandeln.«

Sie fing an zu lachen, merkte dann aber, dass er es ernst meinte. »Das kann ich nicht machen.«

»Warum nicht?«

»Alkohol ist nicht gerade das Aushängeschild des Kane's.«

»Das lässt sich ändern. Es gehört jetzt dir. Du kannst das. Mach eine Mischung aus Café und Bar daraus. Am Abend servierst du ausschließlich besondere Drinks, Cocktails, kein Bier oder Wein. So zieht der Laden auch keine Säufer an. Könnte durchaus einträglich sein.«

Das klang einleuchtend. Paul hätte noch nicht einmal gewagt, die Speisekarte zu verändern, geschweige denn den Charakter des Cafés, indem er es abends öffnete und in eine Bar verwandelte. Doch Paul war nicht mehr da.

Allerdings … »Wahrscheinlich habe ich dann noch mehr Papierkram am Hals.«

Er musterte sie etwas zu durchdringend. »Du bist nicht gern Cafébesitzerin, oder?«

»Was? Nein.«

»Bist du nicht. Schon okay. Nicht alle wollen unbedingt einen eigenen Laden haben.«

Sie hätte gern stärker protestiert, aber die Energie dazu ging ihr ab. Schließlich seufzte sie. »Eigentlich müsste ich es lieben. Ein Unternehmen zu leiten ist absolut respektabel.« Und wenn sie es erfolgreich tat, würde auch niemand auf die Idee kommen, sie als Versagerin zu sehen.

Er streckte die Beine vor sich aus. »Du *musst* gar nichts lieben. Es ist völlig okay, wenn man einfach etwas tun möchte, worin man gut ist, auch wenn man damit kein Vermögen verdient.«

»Mit dem Geld, das ich als Barkeeperin verdiene, würden Kareem und ich wahrscheinlich sogar über die Runden kommen«, bekannte sie. Finanzielle Probleme hatte sie eigentlich nur wegen des Cafés und der Kredite.

»Also bekommst du gutes Trinkgeld?«

Er zwinkerte fast unmerklich.

»Wie ich schon sagte: Ich liebe diesen Job aus bestimmten Gründen, und das ist einer davon.«

»Was sind die anderen Gründe?«

»Dort kann ich so sein, wie ich bin. Ich kann mit Menschen

reden, mich mit ihnen unterhalten. Und ich bleibe in Übung, was das Mixen angeht.«

»Was sonst noch?«

Er wusste es. Er erinnerte sich daran, was sie gesagt hatte. Dass sie One-Night-Stands in der Bar aufgabelte. Ihr Atem ging schneller. »Ich … das weißt du doch.«

»Sag es mir noch einmal.« Er stellte das Bier, das er kaum angerührt hatte, auf den Couchtisch.

Benutze mich.

»Ich … mag den Sex. Dort finde ich Menschen, die mich nicht kennen.«

»Ich kenne dich in- und auswendig.«

»Vielleicht nicht ganz.«

»Aber fast.«

»Ja«, flüsterte sie. »Deshalb habe ich mir auch immer wieder gesagt, dass es falsch war, zu …«

Er griff nach ihrer Bierflasche und stellte sie ebenfalls auf den Tisch. Dann rückte er näher, sodass ihre Hüften sich berührten. »Was war falsch?«

»Dich so zu begehren.«

»Das ist nicht falsch.«

Zu dieser späten Stunde würde sie niemand mehr stören. Nichts konnte sie mehr aufhalten.

Sie wollte ihn. Es war unklug und kompliziert, sich mit ihm einzulassen, aber sie wusste nicht, was sie tun sollte, wenn sie ihr Verlangen nach ihm nicht endlich stillen konnte.

Sie würde es ewig bereuen, und sie bereute jetzt schon zu viel in ihrem Leben.

»Grundregeln.«

»Ja?«

Sie strich ihm über die Nase. Er regte sich nicht, als sie ihren Finger erst über seine Lippen gleiten ließ, dann über seine Augenbrauen, seine Wangen, seine Ohren. Sie ließ sich Zeit, erkundete jedes Detail. Sie musste ihn erst wieder ganz neu kennenlernen. Dies war nicht der Junge von früher. Er war nicht der Mann, den sie sich vorgestellt hatte, wie er meilenweit entfernt ihre E-Mails las.

Er war ein anderer, genau wie sie selbst.

»Sadia. Die Regeln?«

Ach, ja. Sie streichelte seinen Hals, fühlte, wie sein Puls an ihrem Zeigefinger pochte. »Egal, was zwischen uns geschieht, du tauchst nicht wieder ab. Du darfst die Stadt verlassen, und du kannst auch mich meiden, aber du wirst weiter für Kareem da sein. Er braucht einen Onkel wie dich.«

Er sah sie sehr lange an, dann verzog er ganz langsam die Mundwinkel nach oben. Die Fältchen um seine Augen kräuselten sich, und seine Zähne blitzten auf.

Ein Lächeln.

Sie lehnte sich ein Stück zurück. Es war genauso schnell wieder verschwunden, wie es gekommen war, sodass es ihr beinahe entgangen wäre. Im Geiste presste sie es nun an ihr Herz wie einen Schatz.

»Zu Kareems Leben zu gehören wäre mir eine Ehre. Und ich tauche ganz bestimmt auch nicht wieder ab.«

Sie wusste nicht, ob sie Letzteres glauben sollte, aber solange er sich mit dem ersten Teil einverstanden erklärte, kam sie klar. Sie beugte sich vor und presste die Lippen auf seine. Dann strich sie ihm über den Kopf und ließ die Hände zu seinem breiten Nacken hinabwandern, wobei sie mit den Fingernägeln über seine Haut fuhr. Der Kuss war sanft, forschend.

Schließlich löste sie sich von ihm. »Willst du mit in mein Schlafzimmer kommen?«

Er sah sich im Wohnzimmer um, und sein Blick blieb an dem gerahmten Familienfoto auf dem Bücherschrank haften. Sie errötete.

Man konnte die Tatsache, dass sie das Bett mit seinem Bru-

…eilt hatte, nun mal nicht elegant umschreiben, also ent… sie sich, ihm unverblümt die Wahrheit zu sagen. »Paul … waren getrennt. Vor seinem Tod hatten wir schon beinahe ein ganzes Jahr nicht mehr miteinander geschlafen. Das Bett in meinem Schlafzimmer ist neu.« Ihre Worte waren gleichzeitig Angebot und Erklärung.

Sie erwartete, dass er sie jetzt mit Fragen wegen ihrer Trennung bombardieren würde, aber außer einem nachdenklichen Stirnrunzeln kam keine Reaktion von ihm. Dann nickte er. »Vielleicht nächstes Mal. Bei diesem ersten Mal jedoch … will ich dich an einem Ort, dem keine Erinnerungen anhaften.« Er streckte die Hand aus. »Kommst du mit mir?«

JACKSON

Jackson wartete auf Sadia, die noch ihr Handy aus dem Schlafzimmer holte, mit dem sie Zugriff auf die Kamera in Kareems Raum hatte. Die ganze Zeit über mied sie seinen Blick, machte aber keinen verlegenen Eindruck.

Nein, sie war erregt. Er merkte es an der Rötung ihrer Wangen, an ihrem schnellen Atem. »Hier«, sagte sie, nachdem sie das Haus abgeschlossen hatte, und reichte ihm ein kleines foliertes Päckchen.

Er schloss die Faust darum, verstand nun, warum sie wirklich ins Schlafzimmer gegangen war. Verlangen und Lust hatten die Regie übernommen, jeder einzelne Blutstropfen aus seinem Hirn strebte in seinen Unterleib. Und in sein Herz, das so laut pochte, dass er fast glaubte, sie könnte es hören.

Auf der dritten Stufe der Veranda blieb er stehen. Sie sah ihn an. »Was ist los?«

Er verlagerte sein Gewicht auf der Stufe. »Irgendwas stimmt mit der hier nicht.«

»Ich weiß.«

»Ich werde sie reparieren«, versprach er.

Ihre Augen funkelten in der Dunkelheit. »Später. Repariere sie später.«

Ja. Später.

Er ging in Richtung Garage voraus, und sie fing an zu lachen. »Jackson, hast du etwa vor …«

»Was?« Er öffnete die Beifahrertür, schob den Sitz so weit wie möglich nach hinten und stieg ein. Der Wagen war noch einigermaßen neu, erst wenige Jahre alt.

Er wollte das hier nicht an einem Ort erleben, wo sie auch mit Paul zusammen gewesen war. Es wäre zu schräg, zu sehr mit Assoziationen verbunden, die er mit aller Macht vermeiden wollte.

»Ich hatte nicht mehr Sex im Auto seit – eigentlich noch nie.«

»Dann solltest du mit mir den Anfang machen.«

Ihre Lippen verzogen sich zu einem Lächeln. Schemenhaft beleuchtete das Licht aus dem Wageninneren ihre Züge und ihren Körper. Sie legte ihre Hand in seine, und er hob sie hoch und zog sie auf seinen Schoß. Ihre Lippen glitten feucht über seine hinweg. Er schloss die Augen und ließ zu, dass sie von ihm kostete, mit jedem bedächtigen Lecken ihrer Zunge schlossen sich seine Finger etwas fester um ihre Taille. Er schob ihr Shirt nach oben und zog es ihr über den Kopf. Dann warf er es auf die Rückbank. Anschließend öffnete er ihren BH, schleuderte ihn ebenso von sich, viel zu versunken in die Liebkosung ihrer Brustwarzen, um auch nur einen Gedanken daran zu verschwenden, wo das Kleidungsstück landete.

Sie hielt ganz still, während er Küsse an ihrem Hals verteilte. Als er ihr Ohrläppchen zwischen die Zähne nahm, spürte er, wie ihr der Atem stockte. Er liebkoste es, knabberte sacht, begann dann, daran zu saugen. Sie stieß einen erstickten Schrei aus, bäumte sich ihm entgegen, sodass ihr Schoß sich an seinem rieb.

»Magst du das?«, flüsterte er ihr ins Ohr. Als Antwort fuhr sie ihm erneut mit den Nägeln über den Nacken und zog ihn dichter an sich. Wieder saugte und leckte er an ihrem Ohr, ließ die Zunge darin abtauchen, um sich sogleich der anderen Seite zu widmen. »Sag mir, was dir gefällt«, verlangte er.

»Ich mag … das hier. Was du gerade tust.«

»Was sonst noch? Wovon träumst du?«

Mit der Zungenspitze benetzte sie den Mundwinkel. »Von allem.«

»Wovon genau?«

Ihre langen Finger glitten zu seinem Schritt hinab. Sie strich über seine Jogginghose, deren Stoff verheißungsvoll über seine Erektion rieb. Scharf sog er den Atem ein. »Davon.«

»Meinem Schwanz?«

Bei diesem Wort erbebte sie. »Ja.«

»Wann hast du von meinem Schwanz geträumt, Sadia?« Eine absolut unfaire Frage. Ganz sicher hatte sie nie auf die gleiche Weise von ihm geträumt, wie er von ihr.

Ihr Blick verdunkelte sich. »Nach unserem Kuss.«

»Als du deinen Vibrator benutzt hast?«

»Ja.« Das Wort glich dem Schnurren einer Katze. Ihre Brustwarzen waren dunkelbraun, die Spitzen hart und geschwollen. Er prägte sich ihren Anblick ein. Womöglich sah er sie nie wieder so. Ihre Hand fuhr fort, ihn zu liebkosen, wieder und wieder streichelte sie ihn bedächtig.

Sein Körper erbebte, und seine Erektion wurde härter. Ihre Lippen öffneten sich.

Er stellte sich vor, wie sie es sich in ihrem Bett mit ihrem Vibrator besorgte und dabei an ihn dachte. Er zerrte an ihrer Hose, und sie kniete sich hin, sodass er sie ihr im engen Raum des Wagens samt ihrem pinken Baumwollslip ungeschickt herunterziehen konnte. Die schwache Innenbeleuchtung tauchte ihren Körper in einen grau-grünen Schein.

Ihr Körper war perfekt, die Schenkel wohlgerundet, der Bauch weich. Ein winziges V aus Schamhaaren beschirmte ihre Mitte vor seinen Blicken. »Benutze mich, wie du diesen Vibrator benutzt hast«, forderte er mit kehliger Stimme. Wie sie ihn in jener Gasse benutzt hatte. Nur diesmal nackt, damit er spürte, wie feucht sie wurde.

Sadias Nasenflügel bebten. Sie befreite seinen Penis aus der Jogginghose, während er das Folienpäckchen aufriss. Sie nahm ihm das Kondom aus der Hand.

Der Anblick ihrer Finger an seinem Penis war beinahe zu viel für ihn, dennoch konnte er den Blick nicht abwenden, als sie ihm das Latex überstreifte. Sein Magen zog sich zusammen, während sie ihre Position verlagerte und seinen Penis zwischen ihre Beine schob. Sie ließ den Kopf in den Nacken fallen und stöhnte.

In kleinen Kreisen rieb sie die Spitze seiner Erektion an ihrer Klitoris. Wie gebannt beobachtete er sie dabei. Am liebsten hätte er eine ganze Abhandlung darüber verfasst, wie man Sadia am besten Lust bereitete. »So also gefällt es dir«, murmelte er und legte die Hand über ihre, drückte fester zu, als sie es gewagt hatte, wobei er den Rhythmus und die Bewegung beibehielt, die sie sich wünschte. »Was sonst noch? Treibst du es auch manchmal richtig mit deinem Vibrator?«

Sie schluckte. »Manchmal.«

»Zeig es mir.«

Ihre vollen Brüste schwangen ihm entgegen, als sie sich vorbeugte, und er konnte einfach nicht anders, als nacheinander ihre Brustwarzen in seinen Mund zu saugen. Ihr Körper zuckte und drängte sich an den seinen. »So kann ich mich nicht konzentrieren.«

Mit den Zähnen umfing er kurz ihre Brustspitze und zupfte sanft daran, ehe er sie freigab. »Ist das etwas Schlechtes?«

»Du willst mich vögeln, oder nicht?«

Sein ganzer Körper spannte sich an, als er dieses vulgäre Wort aus Sadias engelsgleichem Mund hörte. »Ja.«

Sie richtete seinen Penis zwischen ihren Schenkeln aus. »Bitte darum.«

Wenn sie glaubte, dass er nicht betteln würde, kannte sie ihn schlecht. Auf diesen Augenblick hatte er sein Leben lang gewartet. »Bitte.«

Sie kniff die dunklen Augen zusammen und bewegte sich gerade so viel, dass seine Spitze in ihr versank. Seine Brust hob und senkte sich ruckartig. Gierig schob sie sein Shirt in die Höhe. Er erwartete, dass sie nun zärtlich seine Brust streicheln würde, sie aber fuhr mit den Nägeln über seinen muskulösen Bauch, sodass er sich ihr entgegenbäumte. Ein weiterer Zentimeter seines Penis tauchte in ihr ab. »Bitte mich, dich zu reiten.«

Er biss die Zähne zusammen. Ihm war es grundsätzlich gleichgültig, wer im Schlafzimmer den Ton angab, solange er und seine Partnerin damit glücklich waren, aber im Augenblick fand er es einfach atemberaubend, dass Sadia die Führung übernahm.

Zweifellos gab er ihr genau das, was sie brauchte. »Bitte reite mich.«

Ihre Nägel bearbeiteten seine Brust wie die Krallen einer zufriedenen Katze. »Gut«, seufzte sie und ließ sich auf ihn herabsinken.

Es war himmlisch. Das pure Nirwana. Beinahe hätte er die Augen geschlossen, doch er beherrschte sich. Er wollte zusehen, wie sie ihren geschmeidigen, hochgewachsenen Körper an ihm rieb. Ihre braune Haut schimmerte, ihr Gesichtsausdruck war gleichzeitig konzentriert und lustverzerrt. Sie vergrub die Finger in seinem kurzen Haar, umfing seinen Kopf, während ihre Hüfte sich immer schneller und leidenschaftlicher bewegte. Mit jeder heftigen Kontraktion wurden seine Hoden härter.

Aber zu lange konnte er sich mit der passiven Rolle nicht begnügen. Er bäumte ihr die Hüfte entgegen, drang mit kurzen, heftigen Stößen in sie ein, bis sie keuchte und aufschrie, zügellos und laut. Sie hielt sich nicht zurück, wie sie es neulich in der Gasse hinter der Bar getan hatte. Sadias Hände glitten über seine Schultern, und er gab einen kleinen Schmerzenslaut von sich, als sie sein frisches Tattoo streifte, das unter seinem Shirt und einem Verband verborgen lag. Er schob ihre Hand etwas von der empfindlichen Stelle fort. »Was möchtest du?«

Statt einer Antwort ergriff sie seine Hand und führte sie an ihren Kitzler. »Fass mich an«, flüsterte sie. »Berühre … oh.« Sie lehnte sich nach hinten, um ihm Raum zu geben, und er sah, wie er in sie eindrang, während er den Finger in Kreisen über ihre Klitoris rieb, sodass er feucht glänzte.

»Schau hin«, befahl er.

Das Haar fiel ihr über die Schulter nach vorn und kitzelte ihn an der Brust, als sie tat, worum er sie bat. Er legte seine Stirn an die ihre, während sie beide auf ihre Vereinigung starrten und ihrer beider Atem den gleichen Rhythmus fand. Seine Stöße wurden langsamer, konzentrierter. »Du bist so hübsch. Sieh dich an, dieses Verlangen.«

»Ich will kommen. Härter.«

Er beugte sich vor, umfing mit einer Hand ihre Taille, um ihre Bewegungen besser steuern zu können. Mit dem Daumen der anderen Hand liebkoste er weiter ihren Kitzler. »Dein Wunsch ist mir Befehl.«

Heftig und tief drang er in sie ein, während er sie an sich presste. Ihr Stöhnen wurde lauter, und er nahm ihr Ohrläppchen zwischen die Lippen, saugte heftig daran. Sie erschauerte und kam atemlos stöhnend auf seinem Schoß.

Ihr Inneres umklammerte seinen Penis so fest, dass er gleichzeitig mit ihr zum Höhepunkt gelangte, wobei sein ganzer Körper sich erst anspannte und dann erschlaffte.

Am liebsten wäre er ewig in dieser Stellung verharrt, aber schließlich kroch sie auf den anderen Sitz hinüber. Schweigend zog sie sich an, murmelte ein leises Danke, als er ihr Shirt und den BH vom Rücksitz angelte. Er selbst musste sich nur um das Kondom kümmern und seine Jogginghose wieder hochziehen.

Sein Bein knirschte leise, und er zuckte zusammen. Für Sex im Auto war er wohl zu alt.

Beinahe erwartete er, dass sie die Flucht ergreifen oder verlegen reagieren würde, sobald sie sich wieder gefangen hatte, aber stattdessen kletterte sie ungeschickt wieder auf seinen Schoß und schmiegte sich an ihn. Erstaunt legte er unwillkürlich den Arm um sie.

»Können wir das öfter machen?«, fragte sie.

Oh, Gott sei Dank. »Ja.«

»Ich weiß, dass du bald nach New York abreist. Und wer weiß wohin danach.«

Er fragte sich, ob sie das eher sich selbst oder ihm ins Gedächtnis rufen wollte. Vielleicht ihnen beiden.

Es spielte keine Rolle. Die Gegenwart zumindest konnten sie genießen, auch wenn nichts daraus erwuchs. Er hatte seine Lektion gelernt, wusste, wie schmerzhaft die Liebe sein konnte. Wenn er sich von ihr löste und sie zurückließ, würde er versehrt sein, aber die leuchtend bunten Farben in seinem Herzen waren diesen Schmerz wert. Er wollte diese Farben so lang wie nur irgend möglich genießen. Die Liebe war tatsächlich wie eine Sucht.

Kein Wunder, dass er bereit gewesen war, ihretwegen eine Anklage wegen eines Verbrechens in Kauf zu nehmen. Er hatte es für Paul getan, ja, aber noch viel mehr für sie. Doch das durfte sie nie erfahren. »Komm her.« Er zog sie dichter an sich, blieb aber eine Antwort schuldig. Er würde alles tun, um sie zu beschützen, und dabei auch Schmerz in Kauf nehmen. Er war schon so oft verletzt worden, hatte sich aber niemals unterkriegen lassen.

Er befürchtete, sie allzu fest zu halten, aber sie beklagte sich nicht. Ja, trotz des Schmerzes, der ihn erwartete, wollte er die Gegenwart genießen.

Kapitel 18

SADIA

Er war in der Bar.

Die Baseballkappe tief ins Gesicht gezogen kauerte er an einem Tisch in der dunkelsten Ecke des O'Killian's, weit entfernt vom Gedränge. An Freitagabenden war immer viel los, aber da sie nach ihm Ausschau gehalten hatte, war ihr sofort aufgefallen, als er sich hereingestohlen hatte.

Am liebsten hätte sie einen Hechtsprung über die Theke gemacht und wäre auf ihn zugesprintet, aber das hätte sicher weit mehr Aufmerksamkeit erregt, als ihnen beiden lieb war. Außerdem war sie immer noch bei der Arbeit.

Sie stellte dem Gast vor ihr seinen Drink hin. »Lass es dir schmecken.«

Der junge Mann blickte zu ihr auf. »Heute Abend keine Geschichtsstunde?«

»Hm.« Sie zermarterte sich das Hirn nach dem Namen und Entstehungsjahr des Getränks, das sie ihm gemixt hatte. »Etwa … Jahrhundertwende und äh …«

Aus den Augenwinkeln sah sie, wie Jackson sich regte und breitbeinig hinsetzte.

Eigentlich war ihre Schicht schon seit fünf Minuten vorbei. Höchste Zeit, Schluss zu machen.

»Schmeckt gut«, schloss sie. »Probier mal.«

Sie entfernte sich, bevor er sie mit weiteren Fragen malträtieren konnte. Noch im Gehen zog sie die Schürze aus und blieb nur kurz stehen, um noch ein paar Worte mit ihrem Kollegen zu wechseln. »Ich bin jetzt weg, wenn du nichts dagegen hast.«

Jason nickte. »Kein Problem.«

Nachdem sie sich vergewissert hatte, dass niemand auf sie achtete, machte sie sich auf den Weg zu dem Tisch in der Ecke, an dem Jackson saß. Trotz Baseballkappe und dem hier herrschenden Schummerlicht konnte sie sehen, wie seine Mundwinkel sich nach oben zogen. Sie liebte dieses verhaltene Lächeln und hatte sich in den letzten Wochen schon richtig daran gewöhnt.

Sie würde es vermissen, wenn er wieder fort war. Der Tag, an dem er zu seinem Job nach New York aufbrechen würde, rückte schnell näher. Sie wusste nicht, was danach kam, aber da er Livvy und Maile inzwischen ein paar Mal besucht hatte, nahm sie an, dass er zumindest ihretwegen zurückkehren würde. Und sicher auch wegen Kareem, der ihm wie ein winziger Schatten überallhin folgte. Die beiden waren mittlerweile beinahe unzertrennlich, sodass jeder zweite Satz aus dem Mund ihres Sohnes mit »Onkel« anfing.

Sie konnte nur hoffen, dass er auch ihretwegen wiederkommen würde. Weil sie miteinander schliefen oder weil sie einfach Freunde waren. Obwohl ihr dieser Wahnsinns-Sex fehlen würde. Sie hatte auch früher schon guten Sex gehabt, aber Jackson war ganz versessen darauf, ihr wirklich jeglichen Wunsch zu erfüllen.

Sadia erschauerte. Versessen war gar kein Ausdruck!

An seinem Tisch blieb sie stehen. Ihre Haut kribbelte in freudiger Erwartung seiner Berührung. »Schon wieder da, hm?«

»Konnte mich nicht zurückhalten.« Er hob den Kopf, und wie immer, wenn er sie so ansah, schlug ihr Herz unweigerlich ein wenig schneller. »Und heute Abend hast du mir keinen speziellen Drink gemixt?«

Sie hatte es so eilig gehabt, zu ihm zu gelangen, dass sie das ganz vergessen hatte. »Ich hol dir etwas.«

Bevor sie jedoch wieder verschwinden konnte, hielt er sie am Handgelenk fest. »Nein. Schon gut. Ich bin eigentlich lieber nüchtern, wenn ich in dir bin.«

Sie errötete und sah sich automatisch um, aber niemand achtete auf sie. »Jackson«, zischte sie.

Sein Blick wurde warm. »Oder hattest du etwas anderes vor?«

»Natürlich nicht.« Sie drehte die Hand, griff nach der seinen und zog daran. »Komm. Machen wir, dass wir heimkommen.«

Er folgte ihr, und gemeinsam verließen sie die Bar. Der Lärm verebbte, als die Tür sich hinter ihnen schloss. Tief atmete sie die nach Äpfeln duftende Luft ein. »Bald kommt der Winter.«

»Mhm. Warst du schon mal in der Vorweihnachtszeit in New York?«

Ein Schauer lief ihr über den Rücken, der nichts mit der Witterung zu tun hatte. »Nein.«

»Das solltest du dir mal ansehen.«

Ah, okay. Das war keine Einladung gewesen. Vielmehr ein Vorschlag.

Sie war nicht enttäuscht. Eine Einladung hätte sie ablehnen müssen. Eine Einladung würde viel zu sehr nach Beziehung klingen. Bislang war sie absolut darauf bedacht gewesen, sich keinesfalls in ihn zu verlieben. Mit Erfolg.

Wirklich?

Ja. Aber sicher. »Irgendwann bestimmt.« Neben dem Auto blieb sie stehen. Er schlang ihr den Arm um die Taille und schob sie rückwärts, bis ihr Po an die Karosserie stieß.

Jackson lehnte die Stirn gegen die ihre, zog ihr Shirt ein Stück nach oben, um den Hautstreifen über ihrer Hose zu streicheln. »Wie hat sich Lucy heute gemacht?«

Ihr Lächeln ähnelte einer Grimasse. Lucy hatte am Vortag im Café angefangen. Sie war eine fröhliche junge Köchin, die gerade ihre Ausbildung beendet und hervorragende Empfehlungen vorzuweisen hatte. Zudem besaß sie eine durch und durch positive Ausstrahlung. Jackson hatte sie über seine mysteriösen beruflichen Kontakte aufgetrieben. Lucy hatte sich mit Leichtigkeit in der Küche zurechtgefunden, und nachdem er ihr den ganzen gestrigen Tag lang über die Schulter gesehen hatte, hatte er sie heute probehalber allein gelassen.

»Sie hat ihre Sache nicht gut gemacht«, schlussfolgerte er, als er ihr Gesicht sah. »Meine Freundin kann dir auch jemand anderen suchen.«

»Nein, nein. Sie ist großartig. Ich mag sie sehr.« Das Problem war nicht Lucy. Das Problem war das, wofür sie stand. Sie erinnerte einmal mehr daran, dass sich Jacksons Zeit hier dem Ende zuneigte. Sadia schlang ihm die Arme um den Hals und zog ihn an sich. »Reden wir nicht mehr über die Arbeit, ja?«

Mit dem Daumen streichelte er ihre Taille. »Worüber willst du denn dann reden?«

»Ich will gar nicht reden.« Oder nachdenken.

Seine Lippen berührten die ihren, und er küsste sie, als könne er diesen Wunsch absolut nachvollziehen. Mit den Händen fuhr er über ihren Rücken, zupfte am Saum ihres Shirts und ließ sie daruntergleiten bis hinauf zu ihrem BH.

Er tastete nach dem Verschluss, aber ehe er ihn öffnen konnte, ertönte ein lauter Pfiff hinter ihnen, gefolgt von lautem, betrunkenem Gelächter.

Jackson zog die Hand zurück und schützte sie mit dem Körper vor den Blicken der anderen. Ihr fiel auf, dass er seinen Körper ziemlich häufig als Schutzschild für sie einsetzte. »Ich sehe gern zu, aber ich hasse es, wenn man *mir* zusieht«, sagte er. »Lass uns gehen.«

Sie errötete, als sie daran dachte, wie sie das Pärchen in der

Gasse hinter der Bar beim Liebesspiel beobachtet hatten. Das war verdammt heiß gewesen, aber auch sie hatte kein Verlangen danach, in einem solchen Szenario als Darstellerin zu fungieren. »Gehen wir.«

Er ließ sie los und trat einen Schritt zurück, wartete, bis sie im Auto saß, bevor er es umrundete und sich auf den Beifahrersitz fallen ließ. Mittlerweile war es für sein Bike zu kalt. Er hatte es in der Garage abgestellt. Was keineswegs hieß, dass er bleiben würde, wie sie sich immer wieder sagte.

Auf der Heimfahrt ruhte seine Hand auf ihrem Schenkel. Mit dem Daumen strich er über den dünnen Stoff ihrer schwarzen Hose, sodass sie die Berührung beinahe auf der Haut spürte. Die winzigen kreisförmigen Bewegungen steigerten das Verlangen in ihr beinahe ins Unerträgliche, sodass ihr ein Schauder der Erleichterung über den Rücken lief, als sie in der Garage parkten. Das schwache Licht der Deckenleuchte betonte seine markanten Gesichtszüge.

Sie leckte sich über die Lippen. »Wo?« Sie musste nicht erklären, was sie meinte. Inzwischen hatten sie beinahe überall Sex gehabt, außer in ihrem Haus.

Seine Finger wanderten ein wenig an ihrem Oberschenkel empor. »Du hast die Wahl.«

Die Nähe seines anziehenden, starken Körpers machte ihr es allerdings schwer, überhaupt einen klaren Gedanken zu fassen.

Er ließ den kleinen Finger zwischen ihre Beine gleiten und rieb ihn hin und her. Ihre Schenkel schlossen sich unwillkürlich, sodass seine Hand zwischen ihren Beinen gefangen war. »Wenn du so weitermachst, bleiben wir letztlich im Auto hängen«, sagte sie warnend.

»Wäre nicht das erste Mal.« Er krümmte seine Finger ein wenig in der Enge zwischen ihren Schenkeln, streifte ihren Kitzler und stupste ihn sanft an. Jackson hatte es sich geradezu zur Mission gemacht herauszufinden, wo und wie sie am liebsten berührt wurde. »Willst du es so?«

»Keine Ahnung.«

Er presste seine Hand fester auf ihre Vulva. Sie hatte Recht gehabt. Seine Hände waren in jeder Hinsicht die eines Künstlers. »Ich mache alles, was du willst.«

»Wirklich?«

»Klar. Vielleicht solltest du heute einfach komplett bestimmen, wo es langgeht.«

Ihr wurde beinahe schwindlig, und ihr Atem ging schneller. Sie legte ihre Hand auf die seine, sodass er innehielt. Er setzte eine Unschuldsmiene auf, aber sie ließ sich nicht täuschen. Immerhin kannte sie seine geheimen Abgründe.

Nach außen hin war der Mann nichts weiter als ein sanfter Riese, im Bett aber kannte er keine Tabus.

»Oben. Gehen wir nach oben.« Sie hatten bereits in dem Apartment miteinander geschlafen. Zunächst hatte sie befürchtet, auch dort von Erinnerungen heimgesucht zu werden. Aber anscheinend brachte sie die Wohnung inzwischen nur noch mit Jackson in Verbindung.

Er öffnete seinen Gurt, und das Klicken klang in der Stille des Autos übermäßig laut. Sie schluckte, ehe sie weitersprach. »Ich gebe dir ein paar Minuten Vorsprung. Zieh dich aus, und warte auf mich.«

Wieder dieses verhaltene Lächeln. Vor lauter Anspannung zuckte sie sogar zusammen, als die Wagentür hinter ihm mit einem Knall zufiel.

Ein paar Minuten lang wartete sie ab, zog sich die Lippen nach und zupfte den Ausschnitt ihres tief ausgeschnittenen Shirts zurecht, um ihre Brüste in Szene zu setzen. Nachdem sie genug herumgetrödelt hatte, kletterte sie schließlich aus dem Wagen und erklomm die Treppenstufen zum Garagenapartment.

Zuerst wollte sie klopfen, entschied sich aber dann für die offensive Variante und trat einfach ein. Bei dem Anblick, der sich ihr bot, bekam sie weiche Knie. Sie schloss die Tür hinter sich und damit die Außenwelt und ihr Gedankenchaos aus. Sie wollte sich jetzt nur noch auf eines konzentrieren: ihn zu berühren. Ihn zu begehren. Ihr Verlangen zu stillen und sich mit ihm der puren Lust hinzugeben.

Er saß auf der Bettkannte. Sein splitternackter, prächtiger Körper wurde nur vom schwachen Schein der Deckenleuchte im Bad beschienen. Die Hände hatte er hinter sich auf dem Bett abgestützt, sodass das Relief seines Bizepses scharf hervortrat. Seine golden getönte, seidenweiche Haut umspannte geschmeidig Muskeln, Knochen und Sehnen – ein perfektes Abbild von Männlichkeit.

Wie immer fiel ihr Blick auf sein Tattoo. Die geometrischen Linien auf seinem Arm, die Blätter, die seine Schulter bedeckten, und Livvys neuestes Werk, eine wunderschöne rote Rose, deren üppige Blüte so realistisch aussah, dass es ihr den Atem raubte. Er hatte ihr gesagt, dass die Haut dort nicht mehr empfindlich sei, dennoch war sie stets sorgsam darauf bedacht, die heilende Wunde zu meiden. Auf ihre Frage, ob die Rose etwas zu bedeuten habe, hatte er nur mit den Schultern gezuckt.

Die Tätowierung betonte die Muskeln an Arm und Brust auf besondere Weise, doch auch sein restlicher Körper war ein Kunstwerk. Sein flacher Bauch war ein einziges Sixpack, seine Schenkel stark und athletisch. Die Füße flach auf dem Boden, saß er mit leicht gespreizten Beinen vor ihr. Sein Penis ragte zwischen ihnen hervor, eine verheißungsvolle Länge, die ihr inzwischen vertraut war. Sie hatte ihn zwischen ihren Beinen, in ihrem Mund und beinahe an allen Stellen ihres Körpers gespürt.

Sie wollte, dass er sie küsste wie zuvor – als müsse er sterben, wenn er nicht in sie eindringen und sie schmecken könne. Oder dass er ihr die Kleider vom Leib riss und in aller Ruhe ihren Körper betrachtete. Oder dass er auf die Knie fiel und sie leckte, als könne er nicht genug von ihr kriegen. Oder dass er stillhielt, damit sie das Gleiche mit ihm tun konnte.

So viele Möglichkeiten. Also besann sie sich auf ihre bewährte Strategie und machte im Geiste eine Liste.

Sadia knöpfte ihre Hose auf und schälte sich heraus, wobei sie seinen begierigen Blick auf sich spürte. Sie streifte das Shirt über den Kopf und ließ es zu Boden fallen, dann ihren BH und ihr Höschen. Jackson hob die Hand, als wolle er seinen Penis umfassen. »Nein.« Ihre Stimme klang scharf.

Er erstarrte und ließ die Hand wieder aufs Bett sinken, wo er sie ins Betttuch krallte.

Das Gefühl der Macht berauschte sie. »Komm her.«

Er erhob sich und kam auf sie zu, wobei sie das Spiel seiner Beinmuskeln beobachtete. Diese Schenkel hätten es verdient, in Oden besungen zu werden.

Dicht vor ihr blieb er stehen, erwartete ihre Anweisung. Seine harte Länge streifte ihren Bauch und hinterließ dort eine feuchte Spur. Am liebsten wäre sie auf die Knie gefallen und hätte ihn mit ihrem Mund erkundet, aber sie hatte nun mal diese Liste im Kopf, und von der würde sie nicht abweichen. Sie legte ihre Hände auf seine Arme und atmete tief seinen Duft nach Gewürzen und warmem Brot ein. Ihm haftete der köstliche Geruch ihrer Küche an. Sie wünschte sich, dass er nach ihr roch, ein seltsam besitzergreifender Gedanke, wie sie ihn noch nie gehabt hatte. »Küss mich.«

Sie hatte erwartet, dass er sie nun leidenschaftlich küsste, aber stattdessen umfing er ihre Wange und hob ihr Gesicht leicht an. Sein Atem wehte federleicht über ihre Haut hinweg, als er ihr einen keuschen, zärtlichen Kuss auf die Stirn gab, ehe seine Lippen weiter über ihre Nase und hinab zu ihren Lippen wanderten. Dann trank er geradezu von ihnen, labte sich an ihr, und ihr stockte der Atem.

Zärtlich geliebt. Umsorgt. Eine Illusion, an die sie nur zu gern glauben würde.

»Du bist so vollkommen«, flüsterte er.

Sie öffnete den Mund, um etwas zu sagen, schloss ihn aber wieder, merkwürdig erschüttert über dieses wiederholte Kompliment. Sie war eine Niete. Eine Versagerin. »Bin ich nicht. Aber dafür bin ich müde«, bekannte sie, und sofort spürte sie den Stich der Scham. Normalerweise beklagte sie sich nicht. Niemals. Auch Klagen war eine Form des Versagens.

Doch Jackson tadelte sie nicht. Sacht ließ er die Hand über ihre Schulter, ihren Arm bis zu ihrer Taille wandern. »Dann lass mich deine Müdigkeit vertreiben.«

Wäre sie nicht ohnehin schon feucht gewesen, bei diesen Worten wäre sie in jedem Fall dahingeschmolzen. Sie legte den Kopf in den Nacken, und als er sie noch näher an sich zog, spürte sie seine hart aufragende Lust so deutlich und verführerisch, dass sie sich noch dichter an ihn presste.

»Sag mir, was ich tun soll.«

»Ich habe so viele Wünsche.«

Er streichelte sie. »Benutze mich für jeden einzelnen davon.«

Sie hielt inne. Bisher hatte sie sich nichts dabei gedacht, wenn er von *benutzen* gesprochen hatte, aber nun hinterließ dieses Wort einen bitteren Geschmack in ihrem Mund.

»Was ist los?«

»Ich will dich nicht benutzen.« Nicht so wie die anderen Menschen, mit denen sie geschlafen hatte. Mit ihnen hatte das Arrangement auf Gegenseitigkeit beruht. Sie hatten sich gegenseitig benutzt – wie man bei Juckreiz eben kratzte.

Mit Jackson war das anders. Auch ohne ihre komplizierte Vergangenheit wäre es mit ihm anders gewesen.

»Aber ich mag es. Ich genieße es.«

Sadia legte ihm die Hand an die Wange. »Wie wäre es, wenn wir ab sofort immer davon sprechen, dass wir einander Freude bereiten? Das klingt besser.«

Er überlegte. »Na gut. Aber du kannst trotzdem weiterhin so tun, als würdest du mich benutzen.« Sein breites Lächeln hatte etwas Verruchtes. »Ich finde es heiß, wenn du dir nimmst, was du brauchst.«

Seine Worte entfachten die Lust in ihr aufs Neue. »Wenn das so ist, dann küss mich, als gäbe es kein Morgen.«

Er senkte seine Lippen auf ihre hinab, erkundete hingebungsvoll ihren Mund. Der Kuss war obszön, feucht und wild, ein Vorgeschmack auf das, was nun folgen würde. Sie wollte diese Zunge am ganzen Körper spüren.

Sadia löste sich von ihm und lehnte sich mit dem Rücken an die Tür, schob die Hüfte nach vorn und spreizte die Beine. »Knie dich hin und mach es mir mit dem Mund.«

Kaum hatte sie den Satz ausgesprochen, ließ er sich auch schon zu Boden sinken. Eigentlich hatte sie ihr Schamhaar schon seit Längerem rasieren oder stutzen wollen – sie war grundsätzlich nicht besonders scharf darauf, sich ihrer Körperbehaarung zu entledigen, es sei denn, es gab jemanden, der diesen Aufwand zu schätzen wusste –, ihm aber schien ihre Behaarung nichts auszumachen, weshalb die Prozedur nicht besonders weit oben auf ihrer Prioritätenliste rangierte. Seine Finger durchkämmten nun ihre Pracht, und das sanfte Rascheln kam ihr im Halbdunkel des Zimmers überlaut vor.

Mit zwei Fingern öffnete er sie, und sein Atem glitt über ihre feuchten Schamlippen hinweg. Sanft blies er darüber. Ihr lautes Stöhnen daraufhin beantwortete er mit einem leisen, tiefen Lachen. Er lachte noch seltener als er lächelte, sodass es sie beinahe abgelenkt hätte, aber dann fuhr seine Zunge über ihre Mitte, und ihre Knie gaben nach. Seine starken Finger gruben sich in ihren Hintern, als er sie stützte.

Immer wieder glitt seine Zunge über ihre Vulva hinweg, als sei sie eine Delikatesse, er hielt nur inne, um an ihrer Klitoris zu saugen. Er hielt sie so fest, dass sie sich nicht hätte bewegen können, selbst wenn sie es gewollt hätte. Möglicherweise würde sie morgen sogar ein paar blaue Flecken haben, aber das machte ihr nichts aus. Nicht solange er sich so unersättlich an ihr labte. In den letzten paar Jahren waren Orgasmen für sie eher zur hastigen Routine geworden, schnell sollte es gehen, damit sie schlafen oder sich wieder ihrem Alltag zuwenden konnte. Jacksons Mund hingegen ließ sich Zeit.

Als sie sich unter ihm wand, saugte er heftiger an ihr und schob erst einen, dann zwei Finger in sie hinein, krümmte sie und massierte die empfindlichen Nervenstränge tief in ihrem Innern. Sie stöhnte, und sofort bewegte er die Hand schneller, ohne auch nur eine Sekunde lang diesen perfekten Druck zu vermindern. Sie erschauerte und kam, stöhnend vor Lust.

Er wartete, bis sie sich wieder gefangen hatte, streichelte sacht die Seiten ihrer Schenkel und ihren Hintern. Sie sah auf seinen dunklen Schopf zwischen ihren Schenkeln hinab und schöpfte langsam Atem. »Guter Junge.«

Er liebkoste sie mit der Nase. »Wie gut?«

Mit den Fingern fuhr sie ihm durch das kurze Haar. »So gut, dass du eine Belohnung verdient hast.«

Er fuhr sich mit der Zunge über die Zähne. »Ja?«

»Oh, ja.« Sie zog an seinen Haaren. »Steh auf und geh zum Sessel hinüber.« Er erhob sich und wandte sich um. Um ihn zu necken, gab sie ihm einen Klaps auf den Po. Er erstarrte und warf ihr einen Blick über die Schulter zu.

»Das gefällt mir.«

Gerade eben noch hatte sie einen Orgasmus gehabt, und

schon packte sie wieder das Verlangen nach ihm. »Wirklich?« Sie gab ihm einen Schlag auf die andere Pobacke, dann streichelte sie die harten Muskeln. Sie hätte sich den ganzen Tag nur mit seinem Hintern beschäftigen können, aber es gab da ja diese Liste in ihrem Kopf.

»Der Sessel.« Sie tippte ihn an.

Er ging zu ihm hinüber und setzte sich, wobei sein Penis um ihre Aufmerksamkeit warb. Also folgte sie ihm und ging vor Jackson auf die Knie, dann nahm sie seine Erektion in die Hände. Sie sog ihn tief in ihren Mund hinein, zog sich aber wieder zurück, als sie spürte, wie er die Finger in ihrem Haar vergrub. »Nichts da«, sagte sie entschieden. »Behalte die Hände schön bei dir.«

Seine Augen blitzten in der fast völligen Dunkelheit. »Fesselst du mich, wenn ich nicht gehorche?«

Merkwürdig, wie wortgewandt dieser Mann sein konnte, wenn er sich einmal dazu entschlossen hatte. Sie stellte sich vor, wie er an ihr Bett gefesselt geduldig darauf wartete, dass sie mit ihm tat, was in den dunklen Gefilden ihrer Fantasie lauerte.

Beim nächsten Mal würde sie ein paar Seidenschals mitbringen. »Ganz genau.«

Jackson umkrampfte die Armlehnen des Sessels. Sie schlang sich das Haar um die Hand und warf es sich über die Schulter, damit es nicht im Weg war, dann nahm sie seinen Penis wieder in ihren Mund, saugte daran, sodass er geschmeidig und feucht wurde.

Er stöhnte, als sie ihn wieder freigab. »Nicht aufhören.«

»Ich sage, wo es langgeht, weißt du noch? Und im Augenblick …«

Sie nahm ihn in beide Hände und streichelte seine harte, feuchte Länge. »Möchte ich diesen Schwanz massieren.«

»Massieren … oh Gott.« Er ballte die Hände zu Fäusten, während sie ihn weiter rieb. Abwechselnd bearbeitete sie ihn nun mit dem Mund, sodass er weiterhin feucht blieb, und mit den Händen, bis er stöhnte.

»Ich will in dir sein«, stieß er schließlich keuchend hervor.

Sie leckte seinen Schwanz. »Warum?«

»Was?«

»Warum willst du in mir sein?«

»Weil … weil du die schönste Frau bist, die ich je gesehen habe.«

Ihr Herz schmolz. »Es gibt viel schönere Frauen als mich.«

Er runzelte die Stirn. »Nein.«

Nur das. Ein einfaches Nein. Mit den Nägeln kratzte sie ihm seitlich über die muskulösen Schenkel. »Bleib hier.«

Sie erhob sich, und als sie zum Bett ging, kam sie sich tatsächlich wie die schönste Frau der Welt vor. Sie genoss seinen gequälten Seufzer, während sie sich auf Händen und Füßen auf dem Bett positionierte, den Rücken durchstreckte und ihm den Po entgegenreckte.

Sie legte ihre Stirn auf ihren Handrücken ab. »Nimm mich.«

Er schoss so plötzlich aus seinem Sessel empor, als hätte sie eine unsichtbare Leine durchtrennt. Sein Schwanz strich über ihren Hintern, als er sich über sie beugte und aus der Schublade im Nachttisch ein Kondom angelte.

Ihr bleib gerade ein kurzer Moment, sich auf ihn vorzubereiten, bevor er in sie eindrang und sie hart und tief nahm. Sie krallte die Finger in die Bettdecke und schmiegte die Stirn an den weichen Stoff. Zwischen den Wogen der Lust tauchte nur ein einziger Gedanke auf. »Hör nicht auf.«

»Werde ich nicht.« Er trieb härter in sie hinein, zog ihre Hüfte höher hinauf.

Sie wimmerte leise, und ihre vibrierende Ungeduld zerrann in der Hitze des Augenblicks. Ihr Innerstes war zum Zerreißen gespannt, und der Orgasmus überkam sie wie ein Rausch, ließ sie erschauern, sodass ihr ganzer Körper erschöpft an den seinen sank und zur Ruhe kam.

Auch er stöhnte auf und spannte sich an, stütze sich auf den Armen ab, damit er nicht auf ihr zusammenbrach, und rollte sich auf die Seite.

Beide atmeten schwer, waren für den Augenblick zutiefst befriedigt. Er nahm sie fest in die Arme, und sie legte ihm die Hand genau unter die langsam verheilende rote Rose. Ihre Wange lag an seiner Brust, sodass sie die japanischen Schriftzeichen an der Innenseite seines Bizepses mustern konnte.

Nachdem sich sein Atem beruhigt hatte, fragte sie: »Was bedeutet das?«

Er hob den Kopf und blickte auf die Schriftzeichen. »Übersetzt heißt das so viel wie ›Einmal im Leben oder nie wieder‹.«

»Oh.« Sie hatte ihn schon einmal gefragt, welche Bedeutung seine Tattoos für ihn hatten, aber, da er immer verschlossen wie eine Auster war, nicht mit einer Antwort gerechnet.

Er küsste sie auf die Stirn, dann stand er auf. Als er die Lampe einschaltete, zuckte sie geblendet zusammen. »Bin gleich wieder da.«

Sie lächelte und lehnte sich in die Kissen zurück, beobachtete das Spiel seiner Muskeln an seinem Po, während er ins Bad ging, und versuchte, die seltsame Traurigkeit in ihrer Seele zu ignorieren. In der letzten Woche hatten sie häufig miteinander geschlafen, aber nur sehr selten hinterher gekuschelt. Was okay war. Sie hatte ihn nicht darum gebeten. Hätte sie es getan, wäre er sicher auch diesem Wunsch nachgekommen.

Sie wollte nicht liebkost werden, sagte sie sich entschlossen. Es ging ihr gut. *Gut.*

Sie drehte sich um und bemerkte, dass die Nachttischschublade noch immer offen stand. Sadia stützte sich auf einem Ellbogen ab, um sie zu schließen. Sie wusste nicht so genau, was genau ihre Aufmerksamkeit erregte, aber ihr Blick fiel auf ein in

Leder gebundenes Buch, das darin lag wie eine Hotelzimmerbibel. Sams Tagebuch, das er von John bekommen hatte.

Ihr Faible für Historisches und Familiengeschichte veranlasste sie, es in die Hand zu nehmen. Sie blätterte darin, überflog noch einmal Passagen, die sie schon vor langer Zeit einmal gelesen hatte. Sam war ein nüchterner, entschlossener Mann gewesen. Obwohl John sein Andenken bei ihnen allen wachgehalten hatte, hätte sie ihn gern auch persönlich gekannt.

Sie blätterte eine weitere Seite um, und ein zusammengefaltetes Blatt Papier flatterte aus dem Buch auf die Bettdecke. Sie setzte sich auf, nahm es zur Hand, öffnete es.

Lieber Grandpa John …

Ihr war nicht bewusst gewesen, dass sie weinte, bis ihr jemand den Brief aus der Hand nahm. Sie sah auf. Jacksons erstarrtes Gesicht erschien durch den Schleier der Tränen undeutlich und schemenhaft. Er hatte seine Boxershorts und Jeans angezogen.

Sie schüttelte den Kopf. »Nein«, sagte sie. Mehr brachte sie nicht heraus. »Nein, nein, nein, nein …«

Er legte den Brief so vorsichtig auf den Nachttisch, als könne er jeden Augenblick zu Staub zerfallen. »Sadia …«

»Nein!«

»Hör mir zu.« Er versuchte, ihr die Hand auf die Schulter zu legen, aber sie wich vor ihm zurück.

»Das ist nicht wahr. Sag mir, dass das nicht wahr ist.«

Sein Blick verdunkelte sich. »Es ist nicht wahr.«

»Jetzt lügst du mich an.« Sie presste die Handballen auf die Augenhöhlen, als könne sie dadurch vergessen, was sie gerade gelesen hatte.

Der Mann, den sie geliebt und geheiratet hatte, der Vater ihres Kindes, hatte nicht nur ein Verbrechen begangen, er hatte auch seinen jüngeren Bruder überredet, sich verhaften zu lassen und dichtzuhalten.

Sadia schluckte, während sie gegen die in ihr aufkommende Übelkeit ankämpfte. »Ich habe immer geglaubt, dass es ein Unfall war oder dass es jemand anders getan hat und man dich nur zum Sündenbock gemacht hat. Und das warst du in der Tat, nur dass mein eigener Mann dahintersteckte.«

»Bitte, reg dich nicht so auf.«

»John wusste Bescheid. Sonst noch jemand?«

»Meine Mom.«

»Natürlich.« Sie nickte, und ein hysterisches Lachen stieg in ihrer Kehle empor. »Ich wusste, es musste einen Grund geben, aus dem du dich von beiden losgesagt hast.« Jetzt ergab alles einen Sinn, als hätte jemand in ihrer dunklen Welt endlich das Licht eingeschaltet. Sie selbst war immer noch tief verletzt, weil ihre Schwestern vor zehn Jahren nicht hinter ihr gestanden hatten. Wie musste Jackson sich gefühlt haben, als sein Bruder ihn genötigt hatte, die Schuld für ein Verbrechen auf sich zu nehmen, das er nicht begangen hatte. »Ich kann nicht glauben, dass das wahr ist.«

»Es tut mir so leid. Ich wollte nicht, dass du davon erfährst.«

»Oh Gott, nicht *dir* muss es leidtun, sondern *mir!*«

»Wenn ich es nicht bedauern muss, dann du genauso wenig.«

»Ich war mit ihm verheiratet. Ich hätte es wissen müssen.«

Nicht ansatzweise konnte sie das Bild des Mannes, der sein Kind so zärtlich im Arm gehalten hatte, mit dem Lügner in Einklang bringen, der fähig war, seinen kleinen Bruder ins Gefängnis werfen zu lassen.

»Woher hättest du das wissen sollen?«

»Keine … keine Ahnung. So oder so, er war mein Mann. Für das, was er getan hat, bin ich mitverantwortlich.«

Er drehte sich etwas, sodass er ihr gerade ins Gesicht sehen konnte. »Das ist doch absurd.«

»Wie hat er dich dazu gebracht, dich darauf einzulassen?«

»Unwichtig.«

»Sag es mir, verdammt noch mal!«

»Er hat behauptet, dass du schwanger warst!«

Zum allerersten Mal hörte Sadia, wie Jackson die Stimme erhob. Gleich darauf presste er die Lippen fest aufeinander, als wolle er seine Worte zurücknehmen.

Zu spät.

»Schwanger?«, flüsterte sie. »Ich war nicht schwanger.« Sie und Paul hatten stets penibel auf Verhütung geachtet. Und später hatten sie sich ein ganzes Jahr abmühen müssen, bis sie mit Kareem schwanger geworden war.

»Ich weiß. Er gestand mir später, dass er gelogen hatte.«

Langsam dämmerte ihr die Wahrheit. Paul hatte seinen Bruder manipuliert. Er wusste, dass Jackson aus freien Stücken die Gefängnisstrafe auf sich nehmen würde, wenn das bedeutete, dass Paul bei ihr und ihrem ungeborenen Kind bleiben konnte.

Menschen. Qualität. Fairness.

»Oh mein Gott. Du musst ihn hassen.« Dann wurde sie von plötzlichem Entsetzen gepackt, so heftig, dass sie glaubte, den Boden unter den Füßen zu verlieren. Sie umklammerte die Decke und zerrte sie nach oben, um ihren Körper zu verhüllen. »Fuck, ist es das? Du und ich? Ist das eine Art … eine Art kranker Rache?«

Er riss die Augen auf und schüttelte den Kopf. »Oh, nein. Nein, ganz sicher nicht.« Er griff nach ihren Händen, aber sie klammerte sich weiter krampfhaft an der Decke fest.

»Er ist tot, aber ich bin noch hier, nicht wahr?« Ihr kam die Galle hoch. »Zumindest mich konntest du bestrafen …«

»Nein. Niemals. Ich habe mit dir geschlafen, weil …«

»Weil was?«

»Weil ich dich liebe.«

Ihre Hand verkrampfte sich unwillkürlich noch stärker. »Freundschaftlich«, sagte sie schwach.

»Nein. Es ist mehr als Freundschaft. Paul war nicht blöd. Er wusste, dass ich alles für dich getan hätte. Ich habe dich immer schon geliebt, von dem Augenblick an, da ich dich auf dem Schulhof sah in diesem rosenroten Kleid. Und ich werde dich immer lieben.«

Ihr blieb die Luft weg. Ihre Lunge zog sich schmerzhaft zusammen. Ihr Blick fiel auf die frisch tätowierte Rose.

Es war totenstill im Raum, nur ihre mühsam rasselnden Atemzüge waren zu hören. »Was … immer?«

»Immer.«

Seine Worte waren unmissverständlich, und zu Scherzen schien er auch nicht aufgelegt. Das hier war real. Er hatte sie wirklich immer schon geliebt, als Frau geliebt.

Sie öffnete den Mund, brachte aber keinen Ton heraus. Ihre Gedanken überschlugen sich. Und während sie noch verzweifelt nach einer Antwort, irgendeiner Antwort, suchte, sah sie, wie Jackson dichtmachte. Er schloss die Augen, presste die Lippen aufeinander. Und schließlich erhob er sich vom Bett und vergrub die Hände in den Taschen. »Ich werde gehen.«

»Warte.« Er blieb stehen, aber sie brachte nur ein Kopfschütteln zustande. »Ich brauche etwas Zeit.«

Er nickte. Sie hatte geglaubt, er würde verstehen, worum sie ihn bat – sie in den Arm zu nehmen, sie zu trösten, ihr Zeit zu lassen, um das alles zu verarbeiten, damit sie darüber reden konnten –, aber er hob nur sein Shirt und die Schuhe vom Boden auf und verließ geräuschlos das Zimmer. Ließ sie mutterseelenallein mit den Geistern ihrer Vergangenheit zurück.

Kapitel 19

JACKSON

Irgendjemand pfiff eine unbekannte Melodie, und mühsam öffnete Jackson die Augen. Er brauchte nie lange, um wach zu werden. Auf seinen Reisen quer durch die Welt hatte er in so vielen fremden Zimmern geschlafen, dass ihm das Gefühl der Orientierungslosigkeit nach dem Aufwachen, das die meisten Menschen kannten, inzwischen völlig fehlte.

Heute jedoch starrte er zu der weißen Decke empor und brauchte einen Moment, um sich zurechtzufinden. Seine Augen waren nach den wenigen Stunden Schlaf, die er bekommen hatte, verklebt. Er sehnte sich nach einer Tasse Kaffee und einer Zigarette.

Letzteren Wunsch würde er ignorieren, aber vielleicht konnte er zumindest eine Tasse Kaffee schnorren. Er stützte sich auf die Ellbogen und spähte über die Rückenlehne des Sofas. Nicholas stand vor dem runden Spiegel im Wohnzimmer und band sich die Krawatte. Ihre Augen trafen sich im Spiegel, und Nicholas schrak zusammen und wirbelte herum. »Fuck! Verdammt, Jackson. Was zur Hölle?!«

»Fluchst du auch so, wenn meine Schwester dir zuhört?« Jackson fuhr sich mit der Hand übers Gesicht. Er wusste nicht so genau, was ihn dazu getrieben hatte, mitten in der Nacht hierherzukommen. Nachdem er das Apartment verlassen hatte, war er ins O'Killian's zurückgekehrt und hatte dort ein paar Bier gekippt, genug, um betrunken zu sein. Er konnte sich nicht mal mehr daran erinnern, dem Taxifahrer diese Adresse genannt zu haben.

»Sicher doch«, antwortete Nicholas grimmig. »Habe ich dir nicht deutlich gesagt, was passiert, wenn du noch mal bei mir einbrichst?«

»Dann mach es mir nicht so verdammt leicht.« Undeutlich entsann Jackson sich daran, im Schloss herumgestochert und dabei die Alarmanlage im Auge behalten zu haben. »Diesmal der Geburtstag deiner Mutter? Ich hab dir doch geraten, statt Livvys Geburtsdatum einen Sicherheitscode zu nehmen, der schwerer zu erraten ist.«

»Zufällige Zahlenkombinationen vergesse ich immer.«

Jackson seufzte. »Lass dir was Besseres einfallen, schließlich übernachtet Livvy öfter bei dir.« Nicholas musterte ihn aus verengten Augen, und Jackson schwang die Beine auf den Boden und stand auf. Er suchte Streit. Vielleicht hatte ihn sein Unbewusstes deshalb im Morgengrauen zu Nicholas' Haus geführt.

»Jackson? Was machst du denn hier?«

Er sah zum Türbogen hinüber, und seine Wut war wie weggeblasen. Livvy trug lose Sportshorts und ein T-Shirt mit U-Boot-Ausschnitt, kein Make-up und das Haar offen. Sie sah nicht wie eine erwachsene dreißigjährige Frau, sondern wie ein Teenager aus.

Er ließ die Hände in seinen Taschen verschwinden, brachte aber keinen Ton heraus. Was sollte er sagen? Es gab keine Entschuldigung dafür, dass er diese Nacht einfach in Nicholas' Haus eingedrungen war, außer dem, dass er Livvys Auto davor hatte stehen sehen.

Er hatte sich nach seiner Schwester gesehnt, weil er sie brauchte.

Ein ungewohntes Gefühl. Früher war es umgekehrt gewesen: *Sie* hatte *ihn* gebraucht. Wegen seiner großen, massigen Gestalt und seiner geschickten Hände wirkte er auf seine Umgebung normalerweise vollkommen unabhängig und eigenständig.

Das war er auch. Nur nicht in dieser Sache. Sein Herz tat höllisch weh.

Als er weiterhin schwieg, wurde ihre Miene weich. »Nico, warum machst du uns nicht einen Kaffee?«, sagte sie an Nicholas gewandt.

»Livvy, ich will nicht, dass dein Bruder hier einbricht, wann immer ihm der Sinn danach steht.«

»Er macht bestimmt keine Gewohnheit daraus.«

Er und Nicholas tauschten einen Blick, und Jackson wartete darauf, dass dieser ihn verriet, aber Nicholas schnaubte nur und stapfte, wenn auch lauter als nötig, aus dem Zimmer.

Livvy kam zu ihm hinüber und nahm seinen Arm. »Setz dich.«

»Dein Freund hat Recht. Ich sollte nicht hier sein.«

»Ich finde, du bist genau da, wo du sein sollst«, widersprach Livvy im Brustton der Überzeugung und zog ihn zum Sofa. »Und jetzt setz dich endlich.«

Er ließ sich von ihr auf die Couch drücken. »Ich war nicht sicher, ob du hier sein würdest.«

Livvy verzog das Gesicht. »Mom hat immer noch Vorbehalte gegen Nicholas. Nach dem Abendessen hatten wir einen kleinen Streit, da bin ich hergekommen.«

Kein Wunder, dass seine Mutter von dieser Liaison nicht begeistert war. Davon mal abgesehen, dass Nicholas' Vater die Firma an sich gerissen hatte, war schließlich ihr Mann gemeinsam mit Nicholas' Mutter gestorben. Allein sein Anblick war sicher nicht leicht zu verkraften für sie.

»Sie wird sich schon wieder einkriegen«, fuhr Livvy fort. So viel Optimismus ihrerseits war für Jackson ohne einen Schluck Kaffee beinahe zu viel an diesem Morgen. »Ganz bestimmt.«

»Wir werden uns wohl kaum demnächst zum gemütlichen Familien-Dinner treffen«, warnte er Livvy.

Sie wandte den Blick ab, und ihm wurde klar, dass ihr genau das vorschwebte. »Livvy …«

»Ja, ja, ich weiß! Ich bin ein Weichei.« Wütend funkelte sie ihn an. »Musst mich nicht dran erinnern.«

»Du und Nicholas, ihr habt euch eine Auszeit gegönnt und über eure Probleme gesprochen. Aber alle anderen brauchen noch Zeit.«

»Und manche werden sich nie damit abfinden, schon klar«, ergänzte sie leise. Er wusste, dass sie dabei an Nicholas' Vater dachte. Sie setzte ein fröhliches Lächeln auf. »Aber genug von mir. Was ist los mit dir?«

Wieder rieb er sich mit der Hand übers Gesicht. »Ich habe Sadia gestern Abend gesagt, dass ich sie liebe, und sie hat nichts darauf geantwortet.« Noch während er das sagte, hatte er das Gefühl, neben sich zu stehen und sich selbst entsetzt zu beobachten.

Er war nackt, verletzlich. Aber Livvy wirkte weder beunruhigt noch verwirrt oder überrascht. Sie schürzte die Lippen. »Ah.«

Er faltete die Hände und klemmte sie zwischen die Knie. »Und davor habe ich noch eine Menge anderer Dinge gesagt.«

»Und was?«

Er war so müde. »Paul hat das Feuer im C&O gelegt.«

Sie wurde blass, wirkte aber nicht besonders überrascht. »Etwas in der Art hatte ich schon vermutet«, murmelte sie. »Die Leute haben euch ja ständig verwechselt. Es wäre nicht so abwegig gewesen, dass der Zeuge Paul für dich gehalten hat.«

Außerdem passte er besser ins Bild. Paul war in der Stadt sehr beliebt gewesen, der zukünftige Erbe des Familienimperiums. Man hatte einfach nicht glauben wollen, dass er dahintersteckte. »Ja.«

»Er hat dich gebeten, dich widerspruchslos verhaften zu lassen, stimmt's?«

»Ja. Er meinte, es lägen schließlich keine Beweise gegen mich vor.« Er verschwieg Livvy die Rolle ihrer Mutter bei dem Ganzen. »Und als ich zögerte, behauptete er, Sadia sei schwanger.«

Livvy schrak zurück. »Ah, sie war damals nicht schwanger.«

»Ich weiß. Es war eine Lüge. Später beichtete er es mir, und wir hatten einen Riesenstreit.« Er sah zu ihr auf. »Er befürchtete, ich würde allen erzählen, dass er das Feuer gelegt hatte. Und ich hatte Angst, dass er Sadia die Wahrheit sagt. Außerdem schämte ich mich, weil er wusste, dass ich in sie verliebt war. Ich hatte mir solche Mühe gegeben, mir ihr gegenüber nichts anmerken zu lassen.«

»Warum?«

»Was?«

»Warum wolltest du dir deine Gefühle für sie auf keinen Fall anmerken lassen?«

»Weil sie mit Paul zusammen war.«

»Aber ihr beiden wart schon lange befreundet, noch bevor sie sich in Paul verliebte«, erläuterte Livvy.

»Ich war … keine Ahnung.« Er dachte nach. »Ich glaube, ich hatte einfach Angst. Später redete ich mir ein, dass ich ihr die Wahrheit ersparen wollte, aber ich habe es auch meinetwegen getan.« Indem er seine Gefühle vor ihr verbarg, hatte er auch nie mit einer Zurückweisung fertigwerden müssen.

Die er womöglich nicht verkraftet hätte.

Er ballte die Hände zu Fäusten, als ihm die Wahrheit aufging. Er hatte tatsächlich Angst gehabt. Immer schon. »Ich habe versucht, für niemanden Gefühle zu entwickeln. Das bringt mir nur Probleme.«

»Nein. Gefühle sind nicht der Grund für deine Probleme. Zumal du dich ziemlich liebevoll um andere kümmerst.« Sie legte ihre Hand auf seine. »Niemand weiß das besser als ich. Das Problem ist nur: Du bist auch ein Weichei.«

Seine Lippen verzogen sich zu einem Lächeln. »Ich dachte, du bist das Weichei.«

»Ja«, bestätigte sie fröhlich. »Wir beide sind eine Weicheier-Familienpackung. Wenn dir einer auf die Schale haut, spürst du, wie es knackst, oder? Du bekommst ein paar Dellen.«

»Ich verstehe nicht, worauf du mit diesem Vergleich hinauswillst.«

Ihr Lächeln verblasste. »Ich will Folgendes sagen: Paul hat dich verletzt, indem er dich belogen hat. Er hat deine Liebe zu Sadia ausgenutzt. Das war grausam und gemein, und am ätzendsten ist, dass du ihn deshalb nicht zur Rechenschaft ziehen kannst. Er hat dir einen ziemlich heftigen Knacks verpasst, und du bist davongelaufen, um dich selbst zu schützen. Aber das kann wieder heilen. Indem du hierher zurückgekehrt bist, versuchst du genau das.«

Bebend stieß er den Atem aus. »Ich weiß echt nicht mehr weiter.«

»Niemanden zu lieben ist etwas ganz anderes, als sich reiflich zu überlegen, wen man liebt, und vorsichtig zu sein. Sadia ist nicht Paul. Ich bin nicht Paul.« Sie machte eine Pause. »Und obwohl auch ich mit ihm jede Menge Probleme hatte, Jackson, ich glaube, der Paul, der auf diesem Wanderpfad starb, war nicht der gleiche Paul, der dich verletzt hat.«

Jackson dachte an diesen Brief, in dem Paul John seine Sünden gebeichtet hatte. *Ich liebe meinen Bruder.* »Ich weiß nicht … ich weiß es einfach nicht.«

»Es fällt ganz schön schwer, Frieden mit jemandem zu schließen, der nicht mehr lebt. Oder besser gesagt: Frieden damit zu schließen, dass man nie Frieden schließen kann.« Ihr Lächeln war traurig. »Aber manchmal bleibt einem nichts anderes übrig.«

Ein Geräusch an der Tür ließ sie beide aufblicken. Nicholas beobachtete sie, die Lippen fest aufeinandergepresst, zwei Tassen in den Händen.

Mist. Wie viel hatte er mitbekommen?

Livvy war ebenfalls erstarrt. Nicholas kam herüber und gab ihm die eine Tasse, dann reichte er Livvy die andere. Sie sah zu ihm auf, und er legte seine Hand an ihre Wange. Dann sah er zwischen beiden hin und her. »Wenn ihr beiden nichts dagegen habt, schlage ich vor, dass das, was hier gerade gesagt wurde, in Zukunft nicht wiederholt wird. Zumindest nicht außerhalb dieser Familie. Und ich für meinen Teil würde jedem, der es wissen will, versichern, dass Jackson vollkommen unschuldig ist.«

Livvy schloss die Augen, dann öffnete sie sie wieder. Nicholas wischte ihr eine Träne ab. »Danke«, flüsterte sie.

Der Blick, mit dem Nicholas Livvy bedachte, war so zärtlich und so voller Liebe, dass Jackson verlegen den Blick abwandte und sich im Zimmer umsah. »Du musst dich nicht bei mir bedanken«, sagte Nicholas. »Mir hat Paul ebenfalls viel bedeutet, und es besteht keine Veranlassung, noch einmal in dieses Wespennest zu stechen. Die einzigen, denen wir damit schaden würden, sind du, Kareem und Sadia.« Nun sah Nicholas Jackson an, diesmal mit strenger Miene. »Jackson, ich weiß, dass du mich nicht magst, aber was Sadia betrifft, möchte ich dir wirklich raten, dich zusammenzureißen und mit ihr zu reden.«

»Aber …«

»Sie hat erfahren, dass sie selbst einer der Gründe war, warum du ins Gefängnis musstest, und sie hat entdeckt, dass ihr Mann hinter dem Brandanschlag steckte. Außerdem hast du ihr gesagt, dass du sie liebst, und bist dann *gleich* abgehauen, nur weil sie nicht schnell genug reagiert hat. Stimmt doch so weit, oder?«

Fuck. So formuliert klang das Ganze sogar noch schlimmer, als er gedacht hatte. »Ich …«

»Sie ist das Beste, was dir und deinem Bruder je passiert ist. Ist doch verständlich, dass sie gestern total fertig war. Lass ihr ein wenig Zeit, und dann erkläre ihr, warum sie dich anhören sollte.«

»Typisch Chandler«, sagte Livvy liebevoll. »Immer andere herumkommandieren.«

Nicholas lächelte und ähnelte jetzt so gar nicht mehr einem Roboter. »Typisch Kane«, erwiderte er. »Macht mir dauernd die Hölle heiß.«

»Unerträglich, dieses Geplänkel«, murmelte Jackson und stand auf. Er sah Nicholas ins Gesicht und streckte ihm die Hand entgegen. »Vielleicht bist du ja doch nicht so übel.«

»Welch hohes Lob.« Nicholas schlug ein. »Sorry, dass ich dich für einen Brandstifter gehalten habe.«

»Ich kann's nachvollziehen.« Und das stimmte tatsächlich.

»Aber tu mir trotzdem einen Gefallen«, fügte Nicholas hinzu. »Hör auf, bei mir einzubrechen, ja?«

Kapitel 20

SADIA

Als Sadia die weiblichen Stimmen im Flur vor ihrem Schlafzimmer hörte, blinzelte sie mühsam, ließ das aber vor lauter Erschöpfung direkt wieder bleiben. Ihre Augen waren total verklebt und schmerzten. Trotzdem hatte sie keine Minute lang geschlafen und war total groggy.

Ihr Sohn kuschelte sich dichter an sie. Erst als Kareem vor ein paar Stunden in ihr Bett geklettert war und ihr verkündet hatte, dass Ayesha schon das Haus verlassen hatte, war ihr eingefallen, dass Samstag war. Auch dass ihre Schwester hier übernachtet hatte, hatte sie ganz vergessen.

Sadia hatte Kareem ihr Handy überlassen, damit er sich mit Videos und Spielen beschäftigen konnte. Sie musste ihm dringend Frühstück machen, sich anziehen und im Café melden, in dem sich hoffentlich auch Lucy schon eingestellt hatte, um wie vereinbart zu kochen. Sie wusste nicht, ob Jackson da sein würde oder ob er vielleicht bereits die Stadt verlassen hatte. Nachdem sie aus seinem Apartment getaumelt und in ihr Haus zurückgekehrt war, um unter der Dusche lautlos zu weinen, war er womöglich zurückgekommen und hatte seine Sachen gepackt.

Ich liebe dich.

Sie presste die Lider noch heftiger zusammen, als könne sie so ausblenden, was letzte Nacht passiert war.

»Sadia? Liegst du etwa noch im Bett?«

Sie öffnete ihre verkrusteten Augen und sah ihre vier Schwestern ins Schlafzimmer hereinströmen, allesamt mit großen Kleidersäcken bewaffnet. Merkwürdig.

Kareem sah kurz von seinem Video auf. »Hey, Tanten.«

»Was macht ihr denn hier?« Sie war heiser, und wahrscheinlich klang sie sogar noch schlimmer, als sie aussah, denn ihre Schwestern tauschten ein paar stumme Blicke.

»Wir sollten doch heute Morgen zu dir kommen, um über die letzten Vorbereitungen für die Party heute Abend zu sprechen, weißt du noch?« Zara sprach langsam und gemessen. »Du hast uns Listen geschickt.«

Fuck. Die Party zum Hochzeitstag ihrer Eltern. Sie wollte weder hingehen noch irgendetwas organisieren oder sich auch nur aus dem Bett bewegen müssen heute.

Was werden die Leute sagen?

Was spielte das für eine Rolle?

Noor eilte zu ihr und legte ihr die Hand auf die Stirn. »Fieber hast du nicht. Bist du krank? So lange liegst du doch sonst nicht im Bett.«

Sadia schüttelte teilnahmslos den Kopf.

Der Blick ihrer Schwester wanderte zu der Holzkiste auf dem leeren Kissen neben Sadia hinüber. Sie nahm sie in die Hand. Sadia brachte einfach nicht die Energie auf, sie daran zu hindern.

Noor betrachtete eine ganze Weile die Ringe und Pauls Foto. Dann klappte sie den Deckel zu. Sadia zuckte zurück, als sie sah, was sich im Gesichtsausdruck ihrer Schwester spiegelte.

Mitleid.

Noor fing sich wieder. »Ayesha, könntest du bitte dafür sorgen, dass Kareem sich wäscht und anzieht?«

»Er hat auch noch nichts gegessen«, stieß Sadia mühsam hervor.

»Ich habe keinen Hunger«, warf Kareem ein, dessen Blick unverwandt am Handy klebte.

»Schauen wir mal, ob es nicht irgendwo doch etwas Leckeres für dich gibt«, meinte Ayesha gut gelaunt.

Sadias Arme fühlten sich leer an, als Kareem aus dem Bett kroch und ihr Handy mitnahm. Schon okay. Heute brauchte sie es nicht. Ihr Zeitplan war ohnehin für die Katz.

Sie presste die Lider fest aufeinander in dem Versuch, ihre übrigen Schwestern auszublenden. Wenn sie sie nicht sehen konnte, würden sie sie ja vielleicht in Ruhe lassen.

Diese Hoffnung war natürlich albern. Die Matratze sank unter dem Gewicht der drei ein, als sie darauf Platz nahmen, eine rechts, eine links, eine an ihrem Bein.

Eine kleine, kühle Hand strich ihr über die Stirn. Zara. »Sadia, was ist los?«

»Nichts.«

Jias Hand stahl sich in die ihre und drückte sie. »Sieht aber gar nicht so aus.«

»Kareem …«

»Kareem geht es gut«, unterbrach Noor sie und berührte sie an der Schulter. »Ayesha kümmert sich um ihn.«

Eine Träne rann ihr aus dem Augenwinkel herab. »Kaum zu glauben, dass ich ihm nicht mal Frühstück gemacht habe.«

»Wenn ein Kind mal eine Mahlzeit auslässt, ist das wohl kaum das Ende der Welt. Und zur schlechten Mutter macht dich das auch nicht gleich.« Zara fuhr fort, ihr beruhigend über die Stirn zu streicheln. »Also, was ist los?«

Sie konnte es ihnen nicht erzählen. Unter gar keinen Umständen würde sie jemandem etwas von Paul und dem Feuer und Jackson verraten können, nicht mal ihrer Familie. Sie wandte den Kopf und sah Noor an, die perfekte, makellose Noor.

Sie selbst war alles andere als perfekt und zudem zutiefst erschöpft. Sie wollte ihnen zeigen, wer sie wirklich war, das Bild, das sie vielleicht noch von ihr haben mochten, vollends zerstören. »Jackson liebt mich«, sagte sie tonlos.

Noor zog die Augenbrauen hoch. »Dein Schwager?«

»Ja.«

»Er liebt dich? Also so richtig, meine ich?«

»Ja. Er ist nach Rockville zurückgekehrt, ich hatte eine Affäre mit ihm, und er hat mir gesagt, dass er mich liebt.«

»Meine Güte.« Noor schürzte die Lippen. »Du bleibst deinem Typ treu.«

»Noor«, blaffte Zara, aber als Sadia ihr den Blick zuwandte, wurde ihr Ton wieder weich. »Kein Problem, Sadia. Wenn man trauert, neigt man eben manchmal zu unüberlegten Aktionen und …«

»Ich trauere nicht. Das mit Jackson hatte nichts mit Trauer zu tun. Ich habe mit ihm geschlafen, weil ich ihn begehrte.« Sie musterte ihre Schwestern, aber keine von ihnen wirkte besonders schockiert.

»Aber du erwiderst seine Liebe nicht?«, erkundigte sich Jia.

Sadia zögerte. Sie war verwirrt, weil die drei vor Entsetzen nicht völlig aus dem Häuschen gerieten. Sie hatte mit ihrem Ex-Schwager geschlafen, und alle sahen sie an, als sei das vollkommen normal. »Es spielt keine Rolle, ob ich ihn liebe oder nicht. Ich kann nicht mit ihm zusammen sein.«

Noor legte den Kopf schief. »Warum nicht?«

Sprich es nicht aus. Dieses Gespräch brachte sie nicht weiter. Sie sollte aufstehen und diese Therapiesitzung beenden. »Weil ich es vermasseln würde. Ich bin eine Versagerin«, platzte sie heraus.

Jia verzog das Gesicht. »Wie bitte?«

Noor richtete sich kerzengerade auf. »Nein.«

»Warum denkst du das?«, fragte Zara.

Wieder stahl sich eine Träne ihre Wange herab. »Meine Ehe ist gescheitert.«

»Dein Mann ist gestorben, Liebes.« Zaras Stimme war sehr sanft. »Das ist nicht deine Schuld.«

»Nein.« So sehr sich alles in ihr dagegen sträubte, sie konnte einfach nicht länger schweigen. »Sie war noch vor seinem Tod am Ende. Wir wollten uns scheiden lassen. Deshalb ist er auch alleine auf diese Wanderung aufgebrochen. Sonst wäre ich bei ihm gewesen …« Plötzlich verstummte sie, und ihre Augen weiteten sich. Oh Gott. Ihr war gar nicht klar gewesen, dass ihr Unbewusstes zwischen beidem einen Zusammenhang hergestellt hatte. »Er wäre nicht gestorben«, flüsterte sie schließlich, und jetzt begannen die Tränen erst recht zu fließen. »Kareem hätte noch einen Vater. Ich bin der Grund … oh Gott. Ich bin schuld, dass er keinen Vater mehr hat.«

»Oh nein.« Zara beugte sich vor und nahm sie in die Arme, als sie zu schluchzen begann. »Nein, Liebes. Das ist doch Unsinn.«

Sadia presste die Hand auf ihre Brust und betete, dass diese wohlbekannte Enge sich heute nicht einstellen würde. Eine Panikattacke war das Letzte, was sie jetzt brauchen konnte. Sie war ohnehin schon fix und fertig. Sie ließ sich von Zara trösten, von Noor sanft den Rücken tätscheln, schöpfte Kraft aus Jias liebevollem Zureden.

Als die Tränen langsam versiegten, ergriff Zara das Wort. »Sadia, warst du mal bei diesem Psychiater, den ich dir nach Pauls Tod empfohlen habe?«

»Ich hatte ein paar Termine bei ihm. Er gab mir ein paar Medikamente, wirklich gesprochen haben wir aber nie. Ich hatte das Gefühl, meine Zeit dort zu verschwenden.«

Zara wirkte verstimmt. »Ich werde dir jemand anderen suchen. Aber eins versichere ich dir: Dich trifft definitiv keine Schuld an Pauls Tod.«

»Aber ich …«

»Wenn ich morgen die Scheidung einreichte, würdest du mich dann als Versagerin bezeichnen?«

»Nein.«

»Und was ist mit Noor?«

Sadia schniefte. Ihr war klar, worauf Zara hinauswollte. »Nein.«

»Was ist mit jeder anderen Frau?«

»Nein.«

»Warum also urteilst du strenger und grausamer über dich selbst als über jede Fremde?«

Das klang logisch. Dennoch vermochte sie das erdrückende Gefühl, versagt zu haben, einfach nicht abzuschütteln. »Ich bin in jeder Hinsicht gescheitert. Ich kann nicht allein für Kareem sorgen, und ich kann dieses Café nicht leiten, ich kann nicht für diese Party aufstehen, und ich – ich kann einfach gar nichts.«

Noor tippte ihr aufs Knie. »Du sorgst hervorragend für Kareem. Du bist eine bessere Mutter als ich.«

»Aus Noors Mund ist das ein Riesenkompliment«, warf Jia bewusst leichthin ein. »Sie hält sich nämlich in allem für die Beste.«

Noor schnaubte. »Oh, bitte. Ich weiß, dass ich nicht die Beste bin. Und ich weiß, dass du keine Niete bist, Sadia. Du bist einfach nur eine absolute Perfektionistin, die sich ständig wegen irgendetwas Sorgen macht – genau wie wir alle.«

Sadia wischte sich die Nase ab. »Ich habe Panikattacken.«

»Ich auch«, bekannte Zara zu ihrer Verblüffung. Ihre ältere Schwester lächelte schwach. »Liebes, oberflächlich betrachtet sind wir ziemlich verschieden, aber Noor hat Recht: Tief im Innern sind wir uns ähnlicher, als wir meinen. Ich selbst musste zum Beispiel ganz schön an mir arbeiten, um die Latte nicht immer so hoch zu legen, dass ich unmöglich Erfolg haben konnte. Denn sobald ich meine eigenen Erwartungen nicht erfüllte, kam ich mir wie ein Loser vor. Früher bekam ich schon Panikattacken, wenn ich keine Bestnoten schrieb.«

»Während meiner Facharztausbildung musste ich mich jeden Morgen übergeben«, bekannte Noor unwirsch. »Immer wenn mich jemand kritisierte, war ich davon überzeugt, alles vermasselt zu haben.«

Sie sahen Jia an, die verlegen die Nase krauszog. »Wenn ich ein Foto poste, aktualisiere ich es wie eine Besessene immer wieder, bis ich eine bestimmte Anzahl von Likes zusammenhabe. Deshalb kann ich auch vor dem Schlafengehen nichts posten.«

Zara lächelte. »Noor und ich haben uns in der letzten Woche über all das intensiv unterhalten, stimmt's, Schwester? Darüber, wie verschieden wir alle sind und dass Erfolg für jede von uns etwas anderes bedeutet. Und dass jede von uns ihre eigenen Träume verfolgen sollte.«

Bei diesen deutlichen Worten stieß Noor hörbar die Luft aus. »Ja.« Sie nickte ihrer jüngsten Schwester zu. »Jia, ich will sämtliche finanziellen Informationen haben, die du zu diesem albernen – ich meine, zu dieser Geschäftsidee – hast.«

Jia schrak zusammen. »Oh.« Dann ging ihr auf, was Noor damit meinte, und sie riss erstaunt die Augen auf. »Ausgerechnet jetzt hätte ich das nun nicht gerade erwartet, aber ja! Mach ich. Ich schicke dir alles zu.«

Zara tippte Sadia mit dem Finger gegen die Wange, damit sie sie ansah. »Merkst du was? Das ist *dein* Verdienst. Du bist unser moralischer Kompass, unser Organisationsgenie und unser Herz, Sadia. Du willst wissen, worin du gut bist? Das hier ist das beste Beispiel.«

Wärme durchrieselte sie und ließ die bedrohliche Enge in ihrer Brust schmelzen.

»Tut mir leid, wenn ich dir jemals das Gefühl gegeben habe, nicht gut genug zu sein.« Noor zog sie verlegen in die Arme. »Du hattest Recht. Wir hätten hinter dir stehen und dich unterstützen sollen, statt dir dauernd in den Ohren zu liegen, dass du eine schlechte Entscheidung getroffen hast.«

Noor entschuldigte sich nur selten, und schon gar nicht bei ihr. Momente wie diese konnte Sadia an einer Hand abzählen. Sie erwiderte die Umarmung, dann lehnte sie sich wieder in die Kissen. »Danke.«

Noor sah auf die Uhr und stand auf. »Du musst nicht zur Party gehen, wenn du nicht willst, Sadia. Aber könntest du uns bitte eine Ansage machen, was wir noch zu erledigen haben?«

Sadia fuhr sich mit der Hand durchs Haar und spürte, wie verfilzt es war. »Ich muss zu dieser Party gehen. Was werden die Leute sonst sagen?«

Noor verdrehte die Augen. »Also ehrlich! Wen juckt's?«

Kapitel 21

JACKSON

Livvy hatte absolut Recht behalten. Mit einem Toten seinen Frieden zu schließen war so gut wie unmöglich.

Mühelos fand Jackson Pauls Grab. Es lag in der Nähe der Gräber seines Vaters und seiner Großeltern. Sie alle sahen gepflegt aus. Auf den Grabsteinen wucherte kein Unkraut, und er entdeckte mehrere kleine Vasen mit frischen Blumen.

Zuerst ging Jackson zu Robert Kanes Grabstein und legte die Hand auf den kalten Marmor. Der Wind wurde stärker und drang durch seine Lederjacke. Abgestorbene Blätter umwirbelten ihn. »Hey, Dad. Sorry, dass ich so lang nicht hier war.« Eigentlich war er noch kein einziges Mal hier gewesen.

Er streichelte den Marmor, der nach zehn Jahren erste Verwitterung zeigte. Die Beziehung zu seinem Vater war nie besonders eng gewesen, aber sie hatten einander geliebt. Ein Teil von ihm war froh, dieses Grab nicht früher besucht zu haben. Lieber erinnerte er sich an Robert als großen, lauten Mann, als das Bild dieses kalten Steins vor Augen zu haben, der seine letzte Ruhestätte markierte.

Einen Moment lang stand Jackson reglos da, dann machte er sich auf den Weg zu Pauls Grabstein. Er war kleiner als der seines Vaters. Jackson ging in die Hocke und begann, an einem kleinen Unkraut herumzuzupfen. »Hallo Bruder«, sagte er leise. »Ich bin so sauer auf dich.«

Noch während er diese Worte aussprach, hob sich das Gewicht von seinen Schultern, das er seit zehn Jahren mit sich herumtrug. »Ich bin sauer, weil du mir weisgemacht hast, dass mir nichts passieren würde. Ich bin sauer auf dich, weil du mich wegen Sadia belogen hast. Ich bin sauer, weil du wusstest, dass ich sie liebe. Aber vor allem bin ich stocksauer, dass du dich einfach davongemacht hast, dass du gestorben bist, bevor ich dir all das sagen konnte.« Er zerrte heftiger an dem Unkraut. Ein Teil von ihm hatte fest daran geglaubt, dass er Paul eines Tages wiedersehen würde. Dass sie sich streiten und anschreien würden und dass danach wieder alles so sein würde wie vor jenem entsetzlichen Tag im Schlafzimmer ihrer Mutter. »Du hast John einen Brief geschrieben, ausgerechnet ihm, du Blödmann. Konntest du diesen Brief nicht *mir* schreiben? Konntest du mir nicht direkt sagen, dass du mich liebst? Was ist falsch daran, zu …« Er holte tief Luft, als er merkte, dass er ein Grab anschrie. »Ich bin sogar sauer auf diesen Brief. Weil du es so wenigstens hingekriegt hast, mir mitzuteilen, dass du mich liebst, ich hingegen … ich werde dir nie sagen können, dass ich dich ebenfalls liebe.«

Er weiß es.

Eine Sekunde lang war ihm, als habe ihm jemand diese Worte zugeflüstert. Doch dann merkte er, dass sie aus seinem Inneren kamen. »Er wusste es nicht.« Sein Bruder hatte nur eins gewusst: dass Jackson sich nach seiner Frau verzehrte.

Du warst bereit, seinetwegen eine Anklage auf dich zu nehmen. Für Sadia, ja, aber auch für ihn. Er wusste es.

Jackson schloss die Augen. Normalerweise betete er nie, aber nun tat er es, betete darum, dass es stimmte. Er betete, dass sein Bruder gewusst hatte, dass er irgendwann zurückkehren würde, dass er ihn bedingungslos geliebt hatte. Plötzlich war ihm das ungeheuer wichtig.

»Jackson?«

Er öffnete die Augen und sah seine Mutter vor sich. Tani

hielt ein paar Blumensträuße in der Hand. Ihre Krücke hatte sie scheinbar nicht dabei. Leicht humpelnd kam sie näher.

»Du bist allein hier?«, fragte er in unwirschem Ton. Er stand auf und nahm ihr die Blumen ab. Sie ließ sie nur zögernd los.

»Ich komme immer allein her. Und auch eine gebrochene Hüfte kann mich davon nicht abhalten.«

Er trat zurück, damit sie das Grab ihres Sohnes umrunden konnte. Als sie sich unter Schmerzen auf die Knie sinken lassen wollte, legte er seine Hand auf ihren Arm. »Lass mich dir helfen. Bitte.«

Er stützte sie beim Hinknien, und sie holte die älteren Blumen aus der Vase und streckte die Hand aus. Er gab ihr den Strauß und sah zu, wie sie die Blumen sorgsam und systematisch in der Vase arrangierte. »Ich bin überrascht, dich hier zu sehen«, sagte sie leise.

»Livvy meinte, ich müsste meinen Frieden mit Paul schließen.«

»Das klingt tatsächlich ganz nach Livvy. Seit sie zurück ist, spricht sie wie eine Therapeutin.«

Das hörte sich zwar nach Kritik an, trotzdem schwang ein liebevoller Unterton mit. Livvy und Tani hatten stets eine seltsame Beziehung zueinander gehabt, die einerseits von Tadel, andererseits von Liebe geprägt gewesen war, und die er nie so recht verstanden hatte. In seiner Jugend hatte seine Mutter ihn selbst nie heruntergeputzt wegen seines Gewichts, seiner Essgewohnheiten oder mangelnder Körperpflege, weshalb er annahm, dass das zwischen den beiden so ein Mutter-Tochter-Ding war, das er niemals ganz durchschauen würde.

Er kniete neben seiner Mutter nieder und registrierte mit Bedauern, dass sie zusammenzuckte. Er wandte den Blick nicht von Pauls Grab ab. »Du musst keine Angst vor mir haben«, murmelte er. »Ich bin nicht … ich war wütend auf dich. Vielleicht ist ein Teil von mir das auch immer noch. Ich dachte immer, ich sei dein Liebling, aber du hast dich ohne zu zögern auf Pauls Seite geschlagen. Du hast seine Lüge über Sadia gedeckt. Und dann hast du mich im Gefängnis noch nicht mal besucht. Dabei hatte ich solche Angst. Aber ich versuche, meine Wut zu überwinden. Hoffentlich schaffe ich das irgendwann einmal, und wir können wieder eine Art Beziehung zueinander aufbauen.«

Es war raus.

Er wollte sich erheben, aber seine Mutter legte ihm eine zarte, zitternde Hand auf den Arm. »Bist du jemals durch ein Unwetter gefahren? Wenn der Regen auf die Windschutzscheibe prasselt und die Scheibenwischer auf höchster Stufe stehen, du aber trotzdem keine fünf Meter weit sehen kannst?«

Als er nickte, fuhr sie fort: »Genauso fühlte ich mich in den Wochen nach dem Tod deines Vaters. An vieles aus dieser Zeit erinnere ich mich kaum. Letzte Woche sagte Livvy, dass ich womöglich eine depressive Episode hatte, und vielleicht hat sie Recht, keine Ahnung.«

»Wir müssen nicht darüber reden«, warf er ein.

»Doch. Denn ich erinnere mich daran, wie panisch Paul war, als er mir seine Tat gestand und von dem Mann berichtete, der ihn gesehen hatte. Und an Sadias angeblicher Schwangerschaft habe ich keinen Augenblick lang gezweifelt. Viel später erst erfuhr ich, dass das gelogen war.« Sie holte tief Luft. »Ich habe dich gebeten, mit der Polizei mitzugehen, Jackson, weil ich ganz ehrlich davon überzeugt war, dass sich die ganze Sache innerhalb eines Tages oder so aufklären würde. Dass es so lang dauern würde, habe ich nicht geahnt.«

»Keiner von uns kannte sich mit dem Gesetz aus, weshalb es …«

»Ich schon«, widersprach sie harsch. »Dieser Augenzeuge verlangte immer mehr. Ich brauchte ein paar Wochen, um das nötige Geld lockerzumachen und ihn zu bezahlen.«

Er wich zurück. Instinktiv sah er sich um, aber der Friedhof war menschenleer. Der ideale Ort für eine Beichte wie diese. »Wie bitte?« Er schüttelte den Kopf, als habe er sich verhört. »Was hast du gesagt?«

Tani seufzte und rückte eine Blume zurecht, die eigentlich perfekt in der Vase saß. »Ich hätte niemals zugelassen, dass einer meiner Jungs ins Gefängnis geht. Glücklicherweise konnte ich die Anteile am C&O an Brendan verkaufen. Allerdings dauerte es eine Weile, bis ich das Geld flüssig hatte. Du fragst mich, warum ich den Verkauf des Unternehmens nicht bedaure? Vor allem deshalb, weil dadurch weder du noch Paul mit seinem Leben für einen einzigen unbedachten Augenblick des Zorns bezahlen musste.«

»Mom. Mein Gott.«

»Du sollst den Namen des Herrn nicht missbrauchen«, sagte sie steif – eine Frau, die immerhin eine Brandstiftung vertuscht hatte. »All das bleibt natürlich unter uns. Und es entschuldigt auch nicht, dass ich dich nicht besucht oder mit deinem Anwalt gesprochen habe. Aber die Zeit damals war wie besagte Fahrt durch strömenden Regen. Das zu überstehen, während ich versuchte, genug Geld zusammenzukratzen, um diesen Zeugen zu bestechen, dafür brauchte ich meine ganze Kraft. Für Gefängnisbesuche war nichts mehr übrig. Und das tut mir leid.«

Ihm fehlten die Worte. Normalerweise war er ein Verfechter von Fairness und Gerechtigkeit, aber wer hätte etwas davon gehabt, wenn er seine Mutter der Bestechung bezichtigt hätte. Nicholas und John hatten bereits betont, wie gleichgültig es ihnen war, was Paul getan hatte. Paul war tot. Nicholas' beschissener Vater war der Einzige, der von dieser Enthüllung hätte profitieren können, und Jackson hatte nicht vor, ihm auch nur ein Sterbenswörtchen zu verraten.

Er war plötzlich merkwürdig gerührt. Er wusste besser als

jeder andere, in was für einem Zustand Tani damals gewesen war. Wahrscheinlich hatte es sie tatsächlich ihre ganze Kraft gekostet, aus dem Bett zu steigen und … sich zu einer Straftat aufzuraffen.

Er atmete scharf aus. Wie verdammt verkorkst seine Familie doch war. »Sind das jetzt alle Geheimnisse? Gibt es noch etwas, das wir einander beichten sollten?«

»Du könntest mir verraten, was du die ganze Zeit über gemacht hast.«

»Ist eine lange Geschichte.«

Seine Mutter erhob sich, und er half ihr, stand ebenfalls auf. »Ich habe Zeit«, sagte sie.

Ein solches Angebot würde er keinesfalls ausschlagen. Derlei zweite Chancen boten sich einem allzu selten. Trotzdem musste er aufpassen, was er im Hinblick auf Sadia preisgeben wollte. »Wir können nach Hause gehen. Ich kann für uns ein Mittagessen kochen und dir die Kurzversion erzählen. Vielleicht kannst du mir ja sogar helfen.«

»In Bezug auf Sadia? Was ist passiert? Hast du sie verärgert?« Sie lächelte über sein überraschtes Gesicht. »Ja, ich habe schon vermutet, dass du aus einem bestimmten Grund bei ihr wohnst. Du hast sie von klein auf geliebt, jeder Idiot konnte es sehen. Paul würde sich für euch freuen.«

»Bist du sicher?«

»Dein Bruder liebte Kareem und Sadia mehr als alles auf der Welt. Jemanden wie dich in ihrem Leben zu wissen? Wo du doch bereits bewiesen hast, wie viel du für diese Frau zu opfern bereit bist? Er wäre begeistert.«

»Ich hoffe es.«

»Ich weiß es.« Seine Mutter neigte nicht zu Gefühlsausbrüchen, aber jetzt schien sie von innen heraus zu leuchten. Sogar ihre Haut glühte. Ohne zu zögern, hakte sie sich bei ihm unter.

Und ohne zu zögern, legte er seine Hand auf ihre.

Kapitel 22

SADIA

Nachdem sie ein paar Stunden mit ihren Schwestern verbracht hatte, ging es Sadia wieder gut genug, um zur Party zu gehen. Nicht weil die Meinung der Leute sie jetzt doch scherte, sondern weil sie das Fest ihrer Eltern auf keinen Fall verpassen wollte. So ein Hochzeitstag war schließlich etwas Einmaliges. Ihre Schwestern hatten ihr beim Ankleiden geholfen, und Jia hatte mit dem Schminkpinsel wahre Wunder gewirkt, sodass sie nicht mehr so erschöpft aussah.

Im Haus war es laut, jede Menge Gäste, die die beiden Ärzte schon seit Ewigkeiten kannten, drängten sich in den Räumen. Sadia bemühte sich zu lächeln, zu nicken, sich unter die Leute zu mischen, obwohl sie am liebsten nach Hause gelaufen wäre, um nachzusehen, ob Jackson schon gepackt hatte.

Ich liebe dich.

Sie stieß die Luft aus, wusste immer noch nicht so recht, was sie davon halten sollte. Sie hatte vielleicht nicht auf ganzer Linie versagt, doch eine Garantie, dass sich alles zum Guten wenden würde, gab es trotzdem nicht. Er hatte sie schon einmal verlassen. Woher sollte sie wissen, dass er es nicht wieder tun würde?

Damals galten mildernde Umstände.

»Hallo, Sadia.« Plötzlich stand ihr Vater neben ihr. Er trug einen Anzug, den er sicher für diese Gelegenheit hatte maßschneidern lassen, der aber trotzdem etwas zu locker an ihm herabhing.

»Daddy. Toll siehst du aus.« Sie rückte seine Krawatte gerade, obwohl das eigentlich gar nicht nötig war.

»Ich sehe immer noch nicht ein, warum ich im Anzug herumlaufen soll«, grummelte er.

Sadia beugte sich nah zu ihm hin. »Weil Mom es liebt, wenn du dich schick anziehst. Sie findet eben auch, dass du toll aussiehst.«

Seine Wangen röteten sich. »Ach. Unsinn.« Dann hielt er inne. »Hat sie dir das gesagt?«

Zum ersten Mal an diesem Tag gestattete sie sich einen Augenblick der Belustigung. »Das musste sie gar nicht. Man merkt es daran, wie sie dich ansieht.«

Mohammad war ein großer Mann, der mühelos über die Köpfe der Menschen hinweg nach seiner Frau Ausschau halten konnte. Als er sie in ihrem hübschen, nagelneuen blauen Salwar Kamiz entdeckte, nahm sein Gesicht einen weichen Ausdruck an. »Na ja, es hat schon was, sich hin und wieder in Schale zu werfen.«

»Stimmt.«

Mohammad wandte sich wieder Sadia zu. Sein Blick war warm. »Danke, dass du diese Party für uns organisiert hast. Alles ist perfekt.«

»Oh, das haben wir alle zusammen gemacht.«

»Sadia, ich kenne meine Töchter.« Ihr Vater legte ihr den Arm um die Schultern und drückte sie flüchtig an sich. »Als du noch klein warst, warst du vor einer Reise die Einzige, bei der ich nicht das Gefühl hatte, einen Sack Flöhe hüten zu müssen.« Ein wehmütiges Lächeln umspielte seine Lippen. »Du hattest jede Menge Listen und dann wiederum Listen für deine Listen.«

Sadia lächelte ihn an. »Ich freue mich, dass die Party dir gefällt.«

Er gab ihr einen flüchtigen Kuss auf die Stirn. »Das tut sie. Maschallah, ich bin ein glücklicher Mann.«

Ihr ging das Herz auf. Sie räusperte sich und fragte sich, ob eine ihrer Schwestern mit ihm über sie gesprochen hatte. Normalerweise neigte er nicht zu solchen Gefühlsäußerungen, auch wenn er trotz seines anstrengenden Berufs stets liebevoll mit seinen fünf Kindern umgegangen war. »Warum gehst du nicht zu deiner Frau und machst ihr ein Kompliment?« Sie fischte eine weiße Rose aus einem Blumenarrangement auf einem der Stehtische. »Gib ihr das. Sei ein Gentleman.«

Er nahm die Rose. »Aus diesem Grund hat mich deine Mutter schließlich geheiratet. Weil ich so galant bin.«

Sadia sah ihm hinterher, wie er den Raum durchquerte, und grinste, als er vor Farzana stehen blieb und eine schwungvolle Verbeugung machte. Ihre Mutter kicherte und errötete, sah sich verstohlen um, akzeptierte dann aber die Rose mit einem verschwörerischen Lächeln.

Sadia wandte sich um, gerade noch rechtzeitig, um Kareem vorbeihuschen zu sehen. Bevor er wieder verschwinden konnte, hielt sie ihn am Arm fest und schnalzte missbilligend mit der Zunge, als sie die Saftflecken auf seinem Shirt entdeckte. »Kareem, also wirklich.« Mit einer Serviette tupfte sie daran herum.

»Mom, lass mich«, quengelte er. »Ich will spielen gehen.«

Das bekam sie immer von ihm zu hören, wenn er mit seinen Cousins zusammen war. Sie verdrehte die Augen und richtete sich wieder auf. »Na gut, ab mit dir.« Am Ende dieses Abends würden die Kinder mehr als nur Saftflecken auf ihren Klamotten haben, so viel stand fest.

Er rannte davon, blieb dann aber stehen und wirbelte noch einmal herum. »Kommt Onkel Jackson eigentlich auch?«

Sie verspürte einen schmerzhaften Stich und musste schlucken. Sofort war ihre Laune wieder im Keller. »Ich hab dir doch schon gesagt, dass er heute Abend nicht dabei ist.«

Kareems Enttäuschung stand ihm ins Gesicht geschrieben,

aber er fing sich schnell wieder und stürmte davon. Solange er mit seinen Cousins spielen konnte, würde er sich von nichts die Laune verderben lassen.

Wenn *sie* das nur auch von sich behaupten könnte.

Sie ließ sich durch die Menge treiben und machte hier und da unverdächtigen Smalltalk. Zumindest hoffte sie das. So geistesabwesend wie sie war, konnte sie sich dessen nicht ganz sicher sein. Ihr Verstand kreiste unablässig um jenen Mann, dem es gelungen war, sich innerhalb weniger Wochen in ihren Kopf und ihr Herz zu schleichen.

Ich liebe dich. Ich habe dich immer geliebt.

»Wo steckt mein Neffe? Ich hab noch einen Kaugummi für ihn.«

Erleichtert entspannte Sadia die Schultern und wandte sich zu Livvy um. »Du bist gekommen.«

»Natürlich.« Livvy hatte für die Party einen dezenteren Look gewählt. Das gefärbte Haar war ordentlich hochgesteckt, und sie trug ein schlichtes schwarzes Kleid und Ballerinas.

Sadia hatte Livvy schon in der vergangenen Woche eingeladen, war aber nicht sicher gewesen, ob sie kommen würde. »Ist Nicholas auch da?«

»Nein. Das wäre vielleicht doch ein bisschen zu viel Ablenkung gewesen.«

Eine gute Entscheidung. Die Chandlers standen ohnehin schon überall im Rampenlicht. Und als Paar hätten Nicholas und Livvy ihren Eltern definitiv vollends die Show gestohlen. Sadia sah sich um. »Ich muss mit dir reden.«

Livvy lächelte betrübt. »Dachte ich mir schon, Schwester. Komm.«

Zielsicher ging Livvy durch Sadias Elternhaus voran bis zur Hintertür. Sie schlüpften nach draußen auf die Veranda, auf der glücklicherweise kein Mensch zu sehen war.

Sie öffnete den Mund, aber Livvy kam ihr zuvor. »Ich weiß

von Paul. Ich habe es heute erfahren. Eigentlich unglaublich, aber trotzdem war ihm das zuzutrauen. Es tut mir so leid.«

Sadia presste die Lippen aufeinander. »Du hast Jackson getroffen?«

»Ja.« Livvy nahm Sadias Hände und hielt sie fest. »Du kommst dir vermutlich hintergangen vor.«

»Allerdings.«

»Es tut mir so leid«, wiederholte Livvy und verzog das Gesicht. »Schließlich weiß ich, wie ungern du dich in das Familiendrama der Kanes hineinziehen lässt.«

Sadia lachte humorlos. »Na ja, wie man es auch dreht und wendet, es ist schließlich auch meine Familie – also auch mein Drama.«

»Es geht mich im Grunde überhaupt nichts an, was du jetzt über Paul denkst. Ich für meinen Teil bin stinksauer auf ihn, und ich bin nicht diejenige, die mit ihm verheiratet war. Andererseits, Sadia, er war kein schlechter Mensch. Das alles war einfach nur eine Riesendummheit.« Livvy zog eine Schulter hoch.

»Das kannst du laut sagen. Und das Schlimmste daran ist, dass ich noch nicht mal mit jemandem darüber reden kann.«

»Doch, mit mir. Und mit meiner Mom wahrscheinlich auch. Und … na ja … mit Jackson?«

Einen Augenblick lang musterte sie Livvy. »Er hat dir von uns erzählt«, riet sie. Sie war Livvy in letzter Zeit aus dem Weg gegangen, weil sie befürchtet hatte, dass ihre beste Freundin etwas von ihren immer stärker werdenden Gefühlen für Jackson ahnen könnte.

»Ja. Ich hab ihm gesagt, dass er's vermasselt hat, dass er dich überfordert hat und mit dir reden sollte.« Livvy wandte den Blick ab und ließ ihn über den Garten schweifen. »Er sieht das genauso.«

Automatisch folgte Sadia der Richtung ihres Blicks. Sie

traute ihren Augen nicht. An einer Säule des Pavillons, der schon seit Urzeiten in diesem Garten stand, lehnte Jackson. Dort hatten sie als Kinder zusammen gespielt, gelesen und sich unterhalten.

Aber sie waren keine Kinder mehr.

Jemand hatte die Lichterketten eingeschaltet, die den Pavillon zierten, sodass sein schönes Gesicht und sein atemberaubender Körper in einen goldenen Schein getaucht waren, der seine braune Haut ebenso liebkoste wie seine scharf gemeißelte Nase und seine vollen Lippen. Wie immer war er lässig gekleidet, aber seine Jeans und sein Pullover schienen neu zu sein. »Willst du mit ihm reden?«, fragte Livvy leise. »Wenn nicht, kann ich …«

»Nein«, antwortete sie. »Kannst du so lange Kareem im Auge behalten?«

»Geht klar.«

Eine Woge der Dankbarkeit durchflutete sie. Sie hatte wirklich Glück mit ihrer Familie.

Sie raffte den Saum ihres Kleides ein wenig in die Höhe und ging zum Pavillon hinüber. Unverwandt folgten Jacksons Augen jeder ihrer Bewegungen. Leise und unsicher erklomm sie die Treppenstufen.

Sein Gesicht nahm einen liebevollen Ausdruck an. »Du siehst wunderschön aus.«

Mit der Hand strich sie sich über das Kleid. Es war mit Pailletten besetzt und aufwendig gearbeitet, aber für Partys wie diese absolut angemessen. »Danke.«

»Eigentlich wollte ich die Party mit einer ähnlich großen Geste sprengen, wie Nicholas es bei Livvy gemacht hat, aber …« Er warf einen Blick auf das Haus. »Ich hätte es bestimmt vermasselt. Wäre bestimmt ein ziemlich peinlicher Auftritt geworden.«

Sie unterdrückte ein Lächeln. Davon war sie überzeugt.

Größere Menschenansammlungen machten Jackson einfach allzu nervös. »Schon gut. Ich brauche keine großen Gesten. Du kannst mir das, was du sagen willst, auch einfach hier draußen sagen.«

Mit dem Stiefel stieß er gegen das Holz. »Hast du heute mal in deine E-Mails geschaut?«

Sie legte den Kopf schief. »Nein.«

»Könntest du es jetzt tun?«

Sie hatte keine Ahnung, worauf er hinauswollte, holte aber ihr Handy aus der kleinen paillettenbesetzten Handtasche, öffnete ihre Mails und aktualisierte das Postfach. Ihre Augenbrauen schossen in die Höhe. Eine E-Mail nach der anderen purzelte in ihren Posteingang. Der Absender war jedes Mal Jackson. »Was ist das?«

»Das ist jede einzelne Mail, die ich dir je geschrieben habe.«

Verwirrt scrollte sie durch die Nachrichten. »Du hast mir nie geschrieben.«

»Doch. Ich habe sie dir nur nie *geschickt*. Ich habe dir bestimmt hundert Mal geantwortet. Das ist mein gesamter Entwurfsordner.«

Sie ließ sich auf die Bank sinken und öffnete aufs Geratewohl eine der Mails, während weitere ankamen. Seine Nachricht war nicht so lang und mitteilsam wie ihre es gewesen waren, sondern vielmehr kurz und prägnant. Wie es seiner Art entsprach.

KAREEM IST WUNDERSCHÖN. ICH BIN SO FROH, DASS DIE GEBURT GUT GELAUFEN IST. KEINER VON UNS IST BESONDERS RELIGIÖS, ABER DU SOLLST WISSEN, DASS ICH FÜR DICH UND IHN GEBETET HABE.

Dann eine andere: ICH WEISS, DASS DU MICH VERMISST UND DU WILLST, DASS ICH ZURÜCKKOMME, ABER ICH KANN NICHT.

Und noch eine: BITTE SCHICK MIR NOCH MEHR FOTOS VON EUCH ALLEN.

Sie blinzelte und hob den Kopf, als er sich neben sie setzte. Sie hatte keine Ahnung, wie lange sie bereits hier saß und seine Mails las. »Ich bin … ich weiß nicht, was ich sagen soll. Und mir ist nicht so ganz klar, warum du mir diese Mails jetzt zeigst.«

»Ich habe dir gestern eine Menge zugemutet.«

»Stimmt.«

»Diese Sache mit Paul …« Er zog die Schultern hoch. »Ich will nicht, dass du dich deshalb schuldig fühlst.«

»Ich kann es einfach nicht fassen. Ich bin so wütend. Und ich fühle mich … hintergangen, als hätte ich ihn gar nicht richtig gekannt.«

Jackson nickte, dann griff er in seine Tasche. »Hier. Lies das.«

Sie nahm den ziemlich zerknitterten Brief entgegen, öffnete ihn aber nicht. »Hab ich schon.«

»Behalte ihn. Lies ihn noch einmal. Er fühlte sich schrecklich. Er hat ein Geständnis unterzeichnet. Und zwar, weil er dich und Kareem so sehr liebte, dass er sich wegen euch wieder auf seinen Anstand besinnen wollte.«

Sie hielt ihm den Brief vor die Nase. »Du solltest eigentlich viel wütender sein als ich. Hast du ihm vergeben?«

»Keine Ahnung, ob ich ihm jemals ganz verzeihen werde. Aber … ich kann nicht ändern, was er getan hat. Trotzdem gibt mir das Wissen, dass es ihm leidtat und er mich liebte, ein wenig Frieden.« Sein Adamsapfel hüpfte auf und ab, und er runzelte die Augenbrauen. Der Versuch, ihr klarzumachen, was er empfand, wühlte ihn sichtbar auf, und unwillkürlich setzte sie sich gerader hin. »Du hast mich bei unserem Wiedersehen gefragt, warum ich nie auf deine E-Mails geantwortet habe. Ich hatte große Angst, dass du aufhören würdest, mir zu schreiben. Aber ehrlich gesagt … hatte ich auch Angst vor mir selbst. Ich wollte nichts unternehmen, weil das möglicherweise bedeutet hätte, dass du etwas Furchtbares über mich erfährst. Ich wollte Paul oder Mom oder – Gott bewahre! – Kareem keinesfalls hassen. So jemand wollte ich nicht sein. Ich wollte ein anständiger Mensch sein.«

»Das bist du doch.« Er war einer der anständigsten Menschen, die sie je kennengelernt hatte.

»Alles, was ich heute bin, bin ich deinetwegen. Wegen dir und Paul und meiner ganzen Familie. Ich habe meine Gefühle jahrelang unterdrückt, aber tief im Innern habe ich mich nicht verändert.« Mit einem Kopfnicken deutete Jackson auf das Papier. »Und ich muss daran glauben, dass Paul trotz einer Lüge, eines Fehlurteils ebenfalls der gleiche anständige Kerl geblieben war.«

Sie versuchte vergeblich, den Kloß in ihrer Kehle herunterzuschlucken. »Das klingt sehr schön.« Sie sah Jackson an, der so ganz anders war als sein Bruder und doch so viele Werte mit ihm teilte. Menschen. Qualität. Fairness.

Liebe.

»Ich muss nach New York.«

Sie umklammerte den Brief. »Heute Abend noch?«

»Ja. Aber keine Sorge. In ein paar Wochen bin ich wieder da. Unterdessen kümmert sich Lucy ums Café.«

Sie biss sich auf die Unterlippe. »Was ist mit uns? Was willst du von mir?«

»Ich will gar nichts von dir. Ich wünsche mir einfach nur, dass ich dich lieben darf.« Er legte den Kopf schief. »Und vielleicht kannst du meine Liebe ja eines Tages erwidern. Du musst mich nicht sehr lieben. Ein kleines bisschen reicht mir schon.«

»Du willst eine Beziehung.«

»Ist mir egal, wie du es nennst. Ich will neben dir einschlafen. Ich will eine Familie haben. Ich will mit dir die Welt bereisen und dann mit dir in unser Zuhause zurückkehren.«

Ihr Herz schlug Purzelbäume. »So einfach ist das nicht.«

»Ich weiß. Seit ich erwachsen bin, war buchstäblich gar nichts in meinem Leben einfach, Sadia. Früher bin ich vor Problemen davongelaufen, aber diesmal sollte ich vielleicht kämpfen. Und ich würde kämpfen. Natürlich ist es ganz schön viel verlangt, wenn ich dich bitte, mir zu vertrauen.«

»Das ist es wohl.« Aber die wahre Aufgabe war, ihr selbst zu trauen.

Er nickte. »Wie ich schon sagte: Lass dir Zeit. Ich komme zurück.«

»Wirklich?«

»Ja.« Er beugte sich zu ihr und drückte ihr einen Kuss auf die Stirn, dann wandte er sich zum Gehen. Noch einmal blieb er stehen, drehte sich um und runzelte die Stirn. »Eins noch … ich komme in jedem Fall wieder. Ob du mir nun eine Chance gibst oder nur mit mir befreundet sein willst. Ob du mich hasst oder mich nur als Kareems Onkel akzeptieren kannst.«

Sie schluckte. »Okay.«

Er musterte sie eindringlich, als wolle er sich ihr Gesicht genau einprägen. Und dann ging er davon.

Kapitel 23

SADIA

Normalerweise hätten die vielen Menschen sie eingeschüchtert, doch heute lag ihre ganze Konzentration auf der Aufgabe vor ihr. Sie kannte sich in New York City nicht aus, und der Laden war selbst für Midtown-Verhältnisse gerappelt voll. Doch ihr Entschluss stand fest, seit sie zu Hause aufgebrochen war, und sie würde sich von so etwas Albernem wie diesem Gedränge jetzt nicht abschrecken lassen.

Sadia schob sich an der Schlange vorbei und betrat das Restaurant. Weder ein Schild noch sonst irgendwas ließ von außen vermuten, dass hier Besonderes geboten wurde, dennoch schienen alle Bescheid zu wissen. Sie vermutete, dass die Wartenden über Social Media oder durch Mundpropaganda von diesem Pop-up-Restaurant angelockt worden waren. Oder einfach vom köstlichen Essensduft.

Die Gerichte, die sie auf den wenigen Tischen im Innern des Restaurants erspähte, kamen ihr mehr als bekannt vor. Sie entdeckte Käsemakkaroni, heiße Schokolade, Cookies und Croque Monsieurs. Hausmannkost.

Sie holte tief Luft und trat an die Theke, wofür sie von der Bedienung und dem Gast, mit dem diese gerade beschäftigt war, einen genervten Blick kassierte. Sie räusperte sich. »Ich möchte gern den Küchenchef sprechen.«

Der Kunde schnaubte, und die Frau an der Kasse reagierte belustigt. »Tut mir leid. Den bekommt niemand zu sehen.«

Unter den langen Ärmeln ihres Mantels ballte sie die Fäuste. »Mich wird er sehen wollen. Könnten Sie ihm bitte ausrichten, dass Sadia hier ist?«

»Sadia?«

Neben ihr tauchte eine Frau auf. Sie war schlank und gut gekleidet, das rote Haar zu einem ordentlichen Zopf geflochten. Eine attraktive Mittfünfzigerin.

»Ja«, antwortete Sadia. Sie kannte die Frau nicht, die sie jetzt zwar freundlich anlächelte, aber in deren Augen sich eine gewisse Sorge widerspiegelte.

Sie zögerte, dann nickte sie der Bedienung zu, nahm Sadia am Arm und zog sie mit sich. »Ich heiße Ariel. Ich bin hier die Managerin. Wie kann ich Ihnen behilflich sein?«

»Ich weiß, dass der Zeitpunkt schlecht gewählt ist, aber es ist sehr wichtig, dass ich mit J… – dem Koch persönlich spreche.«

»Warum?«

»Weil ich ihn brauche.«

Ariel musterte Sadia einen Augenblick lang, dann entspannte sie sich. Sie bedeutete ihr mit einem Kopfnicken, ihr zu folgen. »Kommen Sie mit.«

Sie führte Sadia durch zwei Türen hindurch, die provisorisch mit Schlössern versehen worden waren – man nahm die Aufgabe, Jacksons Identität geheim zu halten, offenbar sehr ernst.

Ein junger Souschef mit fleckiger Schürze blickte irritiert auf. Als er Sadia entdeckte, riss er erstaunt die Augen auf, aber sie schenkte ihm keine Beachtung. Sie richtete ihre gesamte Aufmerksamkeit auf Jackson, der mit feuchtem Gesicht, sich kräuselndem Haar und grimmig gerunzelter Stirn vor dem Herd stand und in einem Topf rührte.

Auf Ariels Räuspern hin hob er den Kopf. Gereiztheit und Ungeduld spiegelten sich in seiner Miene.

Aber kaum sah er Sadia, war dieser Ausdruck wie weggeblasen. »Alle raus«, bellte er.

Der Souschef und Ariel huschten so schnell davon, dass Sadia beinahe den Luftzug spürte. Aber auch darauf achtete sie nicht, denn nun tat Jackson etwas, das sie schrecklich vermisst hatte.

Er lächelte.

Es war kein breites Lächeln, aber es erreichte seine Augen und ließ deren Braunton sanfter wirken. »Sadia?«, fragte er so zögerlich, dass sie überlegte, ob er sie allein mit seiner Stimme zu verscheuchen fürchtete.

»Hey«, sagte sie und ging um die Theke herum zu ihm. »Ich will dich nicht lange stören.«

»Nein, nein. Schon gut.« Seine Hände schwebten in der Luft, als wolle er sie berühren, aber dann ließ er sie sinken. »Was führt dich her? Ich habe dir doch versprochen, dass ich zurückkomme.«

»Das habe ich dir auch geglaubt.« Sie sah sich um. »Ein beeindruckender Betrieb, den du hier hast. Du kannst stolz darauf sein.«

Er winkte ab. »Der einzige Grund, warum ich überhaupt etwas zustande bekommen habe, warst immer nur du.«

Oh. »Ich habe deine Mails gelesen.«

Er spannte sich an. »Und?«

»Besonders originell waren sie nicht.«

»Ich bin nun mal nicht originell.«

Definitiv nicht. »Ich wünschte, du hättest sie mir damals geschickt.«

»Ich wusste nicht, wie …«

»Nein, ich verstehe schon.« Sie griff in ihre Manteltasche und zog Pauls Brief hervor. Er war zerknittert und zerfleddert, aber das war egal. Allzu lang würde sie ihn sowieso nicht mehr behalten. »Auch den hier habe ich noch einmal gelesen. Bestimmt eine Million Mal.«

»Ach ja?«

Nachdenklich betrachtete sie das Blatt, spürte mit dem Finger Pauls Unterschrift auf dem Papier nach. »Ich bin immer noch enttäuscht von ihm, aber du hast Recht. Ich habe Paul geliebt, und ich werde immer um ihn trauern. So wütend ich auch auf ihn bin wegen dem, was er getan hat, er war ein großartiger Mann. Er hat es verdient, dass man um ihn trauert.« Sie holte tief Luft. »Aber Kareem darf nie davon erfahren.«

»Ganz deiner Meinung.«

Sie schluckte, dann wandte sie sich dem Herd zu. Sie zündete eine Gasflamme an, hielt den Brief hinein und ließ ihn verbrennen.

Jackson sah schweigend zu, wie sie dieses Geständnis vernichtete, die schwelenden Überreste ins Spülbecken warf und die Glut mit einem kräftigen Wasserstrahl löschte. Die verkohlten Papierfetzen würde sie später entsorgen.

»Ich mache es kurz, deine Fans warten schließlich auf dich. Ich habe Angst, Jackson. Ich war nicht auf der Suche nach irgendeiner Art von Beziehung, als du in mein Leben tratst. Dein Timing ist miserabel.«

»Ich weiß.«

»Und du bist der falsche Mann.«

Er zuckte zusammen. »Ich weiß.«

Sie schürzte die Lippen. »Und ich kann nicht aufhören, mich nach dir zu verzehren.«

Ruckartig hob er den Kopf.

Sie strich sich mit der Hand durchs Haar. »Ich habe lange nachgegrübelt. Du weißt, dass mir Sicherheit wichtig ist. Was, wenn wir es nicht schaffen?«

»Das würde mich ziemlich fertigmachen«, sagte er unumwunden. »Und dich ebenso.«

Sie wartete, aber mehr sagte er nicht dazu. »Sicherheit vermittelt mir diese Antwort jetzt nicht gerade.«

»So etwas wie Sicherheit gibt es auf dieser Welt nicht, Sadia.« Er schenkte ihr ein winziges Lächeln. »Ich weiß das besser als jeder andere. Ich habe überall danach gesucht. Wir mögen uns. Und ich glaube, dass das genug ist.«

Sie wischte sich mit dem Handrücken über den Mund. »Ich habe das Gefühl, dass Paul nicht gestorben wäre, wenn ich ihm eine bessere Ehefrau gewesen wäre.«

Jackson machte zwei Schritte auf sie zu. »Nein …«

»Nein, schon klar. Ich weiß natürlich, dass das albern und irrational ist. Aber das ist das Päckchen, das ich zu tragen habe und in eine Beziehung mit einbringe.«

»Ich habe starke Schultern. Ich helfe dir dabei, dein Päckchen zu tragen.«

Sie stieß einen zittrigen Seufzer aus. »Mein Gott. Du bedeutest mir wirklich sehr viel, Jackson.«

»Wirklich?«

»Ja. Immer schon.«

»Das ist … gut. Toll.«

Sie schluckte, hatte das Gefühl, sich am Rande eines Abgrunds entlangzutasten. »Wie wäre es, wenn du wieder nach Rockville zurückkehrst, wenn du hier fertig bist? Du könntest in dem Apartment über der Garage wohnen, und wir könnten … na ja, daten?«

»Daten?« Er sprach das Wort aus, als höre er es zum ersten Mal in seinem Leben.

»Ja. Wir könnten essen gehen oder ins Kino. Uns in Autos vergnügen.«

Er runzelte die Stirn. »Wir hatten doch schon Sex im Auto.«

Sie atmete aus. »Ich will damit sagen, dass ich es langsam angehen will, Jackson. Aber ich bin … ich bin bereit, es zu versuchen.« Sie hatte sich um eine Trauertherapie gekümmert, neue Pläne fürs Café gemacht und sich vorgenommen, weniger zu arbeiten. Sicher war dies nicht der ideale Zeitpunkt, um sich auf eine neue Partnerschaft einzulassen. Aber gab es den überhaupt? Sie konnte nur eins tun: an sich selbst und an ihrer Beziehung zu Jackson arbeiten.

Sie wollte ihn. Sie vermisste ihn. Sie liebte ihn.

Vielleicht noch nicht ganz und gar auf romantische Weise, aber auch das war nur eine Frage der Zeit.

Er richtete sich auf. »Ja. Gut. Langsam könnte funktionieren.«

Sie musterte ihn misstrauisch. Er ließ sich viel zu schnell darauf ein, ohne auch nur den leisesten Widerspruch zu erheben. »Ich meine es ernst, Jackson. Ich brauche Zeit, um all das zu verarbeiten.«

»Ich habe mein Leben lang auf dich gewartet, Sadia. Ich kann warten, egal, wie lang du brauchst.«

Ihre Augen weiteten sich. »Du meinst … auf allen Ebenen?«

Jackson runzelte die Stirn. »Was meinst … oh!« Drollig, was für einen Schreck er bekam! »Nein, nein. Das meinte ich nicht. Hm, obwohl ich vielleicht sogar Enthaltsamkeit üben würde, wenn ich wüsste, dass es sich lohnt.«

Sie lächelte zittrig, aber aufrichtig. »Stell dich darauf ein, dass ich dich sehr lieben werde, wenn wir uns auf all das einlassen. Denn die hast du verdient. Unendlich viel Liebe.«

Er zog sie in seine Arme, sodass sein Kinn auf ihrem Scheitel ruhte. »Na dann, arbeiten wir einfach daran, einander unendlich viel Liebe zu schenken.«

Epilog

SADIA

Sadia folgte dem Klang der Kinderstimme, die aus der Küche des Cafés über den Flur hinweg zu ihr herüberdrang. Sie hinkten ein wenig hinter ihrem Zeitplan hinterher, aber das war nicht zu ändern. Sie und Jackson hatten einen Großteil des Nachmittags damit verbracht, sich mit dem neuen Herd vertraut zu machen, der ins Café geliefert worden war.

Die Kücheneinrichtung war ihr herzlich egal, aber seine Begeisterung für das neue Gerät war nun mal ansteckend gewesen. Sogar Kareem war ganz aufgeregt gewesen, und ihm war die Kücheneinrichtung sicher noch gleichgültiger als ihr.

Als sie durch die Tür trat, musste sie lächeln. Zu lächeln war ihr während der letzten sechs Monate zur Gewohnheit geworden. Ebenso wie Jackson.

Kareem klammerte sich wie ein Äffchen am Rücken seines Onkels fest, er hatte die Arme um seinen Hals geschlungen und spähte interessiert über dessen Schulter. Ihr Sohn hatte einen Wachstumsschub hinter sich und war mittlerweile so groß, dass sie ihn nicht mehr herumtragen konnte, aber sein Onkel schaffte das noch mühelos.

»Sieh dir das an«, meinte Jackson, stolz wie ein Vater, der sein Baby vorzeigt. »Siehst du, wie gleichmäßig dieses Ei brät? Hast du so was schon mal gesehen …« Er unterbrach sich, als er Sadia an der Tür entdeckte. »Ah, hi.«

»Sprich doch bitte weiter.«

Seine Wangen nahmen einen charmanten Rotton an. »Nein, schon gut. Kareem hat sich ein Spiegelei gewünscht.«

»Wir sind doch heute Abend zum Essen eingeladen«, erinnerte sie die beiden.

Ihre beiden Männer wirkten nicht allzu begeistert von dieser Aussicht. Jackson knirschte unverhohlen mit den Zähnen, und Kareem zog einen Flunsch. »Mom, ich bin das einzige Kind dort. Was, wenn es nichts gibt, was ich gern esse?«

Sadia zupfte an ihrem Ohrläppchen herum. »Ich bin sicher, sie haben an etwas für dich gedacht. Aber wenn dir Onkel Jackson schon Eier gebraten hat, dann solltest du sie auch essen.«

Jackson ging in die Hocke, und Kareem glitt von seinem Rücken. Er holte einen Teller aus dem Oberschrank, gab das Ei und eine Scheibe Toast darauf und reichte es Kareem, der es vorsichtig ins Café trug, um dort zu essen. »Häng dir eine Serviette um, damit du dich nicht schmutzig machst. Ich habe keine Ersatzklamotten für dich dabei«, rief sie ihm hinterher.

»Okay, Mom.«

Jackson zuckte mit den Schultern. »Sorry. Er hat behauptet, Hunger zu haben.«

»Wir waren schon häufiger bei Leuten zum Essen eingeladen, bei denen keine anderen Kinder da waren. Dann isst er immer vorsorglich schon mal etwas. Aber ist schon okay. Der Herd funktioniert also?«

Seine Begeisterung kehrte zurück, und er tätschelte das Gerät. »Perfekt.«

Es war nur eine von Jacksons diversen Neuanschaffungen, seit er Sadia vor einem Monat das Café abgekauft hatte. Der nostalgische Charme, den die Kundschaft so liebte, war geblieben, aber sämtliches veraltete oder abgenutzte Inventar war systematisch ersetzt worden.

Sie ging zu ihm hinüber und legte ihm den Arm um die

Taille. Er brauchte einen Moment, um sich vom Herd zu lösen und die Umarmung zu erwidern, doch es schien ihm nicht schwerzufallen. Körperkontakt war immer noch nicht sein Ding, aber sie und Kareem nahm er mittlerweile gern in die Arme.

»Deine Rolle als Chef scheint dir durchaus zu gefallen«, sagte sie.

»Ist nicht schlecht.« Aber er konnte seine helle Begeisterung nicht verbergen. Nachdem sie einige Monate zusammen gewesen waren, hatte er angefangen, sie zum Verkauf des Cafés zu überreden, aber sie war standhaft geblieben. Nicht etwa, weil er ihr nicht genug Geld geboten hatte. Vielmehr war die Summe viel zu hoch gewesen. Sie hätte ihm das Café auch so überlassen, aber davon hatte er erst recht nichts wissen wollen. Also hatte sie ihn hinhalten müssen, bis er ihr endlich eine Zahl genannt hatte, die sie gerechtfertigt fand.

Vielleicht hätte sie sogar noch länger gewartet, um den Preis noch weiter zu drücken, aber er hatte ihr den Vertrag auf den Tisch geknallt, als sie nach einem langen Tag voller Papierkram fix und fertig gewesen war. Sie hatte unterschrieben, und sie hatten mit Champagner gefeiert. Und mit Sex, aber den hatten sie sowieso dauernd.

Er streichelte über ihren Po, als hätte er gerade an etwas Ähnliches gedacht. »Und gefällt es dir, *keine* Chefin mehr zu sein?«

»Mein Gott, und wie!« Sie hatte mehr Schichten im O'Killian's übernommen, während Jackson sich mit dem Einbau einer Bar im Kane's beschäftigte. Ursprünglich hatte sie nach dem Verkauf damit gerechnet, sich wieder einmal wie eine Versagerin zu fühlen. Aber dann stellte sie fest, dass die Erleichterung überwog, weil sie nicht länger die Last des Familienerbes zu schultern hatte. Das Café gehörte jetzt wieder einem Kane, so wie es sein sollte.

Erst küsste er sie auf die Stirn, dann auf die Nase. »Hübsch siehst du aus.«

Sie hatte sich im Büro schnell umgezogen und ihr neues Kleid übergestreift, ein schlichtes dunkelblaues Fit-and-Flare aus Jerseystoff, das sie mit dunklen Strümpfen und ihrem einzigen Paar High Heels kombiniert hatte. »Danke. Ziehst du dich auch noch um?«

Er sah auf seine Jeans und sein Button-down-Shirt herab und zuckte mit den Schultern. »Nein.«

Sie biss sich auf die Unterlippe. Zweifellos grauste es Jackson vor diesem Dinner bei Nicholas. Daher würde sie ihm – Millionärswohnung hin oder her – wegen seiner lässigen Klamotten jetzt wohl kaum die Hölle heißmachen. »Na ja, du siehst immer gut aus, egal, was du trägst.«

Jackson rieb seine Wange an ihrer, küsste und liebkoste ihr empfindliches Ohrläppchen. »Warum lassen wir das Ganze nicht ausfallen. Wir könnten ins Kino gehen.«

So gern sie mit Jackson zusammen war – und mit ihm allein oder mit ihm und Kareem Zeit verbrachte –, sie würde nicht zulassen, dass er sich drückte. Er und Nicholas hatten mittlerweile Waffenstillstand geschlossen, fühlten sich aber in der Gesellschaft des jeweils anderen immer noch nicht recht wohl. So langsam mussten sie sich einfach aneinander gewöhnen. »Führe mich nicht in Versuchung.« Sie lehnte sich zurück. »Und ruiniere mir bloß nicht mein Make-up. Ich musste mir vier von Jias Tutorials anschauen, um meinen Eyeliner so hinzukriegen, wie die coolen Kids ihn heute tragen.«

Er musterte ihr Gesicht. »Ich kann ehrlich gesagt gar nicht erkennen, ob du geschminkt bist oder nicht.«

»Glaub mir, ich bin geschminkt.«

Er küsste sie, dann schürzte er die Lippen. »Habe ich jetzt irgendwo Lippenstift?«

Diese neckende, alberne Seite von ihm zeigte er nur wenigen Menschen. Wann immer sie zum Vorschein kam, war Sadia hin und weg. »Hast du.« Sie wischte ihm mit dem Daumen über die Unterlippe, und er schnappte spielerisch danach. »Ich weiß, dass du keine Lust auf den Abend hast, aber wenn du ein braver Junge bist, kriegst du später von mir eine Belohnung.«

Seine Augen blitzten, und er nahm sie noch fester in den Arm. »Tatsächlich?«

»Ganz bestimmt.«

»Mom?«

Sadia nahm es als gutes Omen für ihre Beziehung, dass sie sich nicht sofort von Jackson löste. Als es zwischen ihnen ernst wurde, hatten sie und Jackson sich mit Kareem hingesetzt und sich bemüht, ihm ihre Beziehung so gut sie konnten zu erklären. Kareem hatte die Neuigkeiten mit kindlicher Gelassenheit aufgenommen und schien sich nie daran zu stören, wenn sie Händchen hielten oder einander in den Arm nahmen.

Sadia drückte Jackson, dann ließ sie ihn los. »Ja?«

»Ich bin fertig. Müssen wir immer noch dahin?«

»Auf jeden Fall«, verkündete sie entschlossen, wobei sie nicht so genau wusste, ob ihr entschiedener Ton Kareem oder Jackson galt.

»Darf ich auf Onkel Jacksons Bike mitfahren?«

»Auf *keinen* Fall«, antwortete Jackson. »Wir nehmen den Wagen.«

»Och mann«, schmollte Kareem. »Wenn ich mal groß bin, fahre ich nur Motorrad.«

»Darüber machen wir uns Gedanken, wenn wir beide älter sind.« Sanft legte Jackson ihr die Hand auf den Rücken. »Fertig?«

»Ich schon. Und du?«

Er verzog den Mund. Sie kannte ihn zu gut, um nicht das Widerstreben in seinem Blick zu erkennen. »Klar.«

JACKSON

Sadia glaubte offensichtlich, dass er Nicholas nicht sehen wollte, aber das war gar nicht der Punkt. Sicher würden sie niemals dicke Freunde werden, hatten aber einigermaßen Frieden miteinander geschlossen. Ihr gemeinsamer Nenner war ihre Liebe zu Livvy.

Nein, wegen Nicholas machte er sich keine Sorgen, dafür aber wegen so ziemlich aller übrigen Anwesenden. Obwohl Livvy im Grunde jetzt bei Nicholas wohnte, war ihre Mutter nach wie vor eine harte Nuss und hatte sich mit der Beziehung immer noch nicht abgefunden. Dieses Dinner war eine Art Friedensgipfel für beide Familien.

Ausgenommen war natürlich Nicholas' Vater. Er war nicht eingeladen. Jackson hatte keine Ahnung, was zwischen Brendan Chandler und seinen Kindern vorgefallen war, und wollte es eigentlich auch gar nicht so genau wissen.

Falls der heutige Abend in einer Katastrophe endete, würde seine Schwester am meisten darunter leiden. Aber er würde für sie da sein, würde sie auffangen. Und sie wusste, dass sie auf ihn zählen konnte.

Kaum hatten sie Nicholas' Wohnung betreten, fielen Livvy und Sadia einander begeistert kreischend in die Arme, obwohl sie sich doch morgens erst gesehen hatten. Er und Nicholas nickten einander argwöhnisch, aber respektvoll zu. »Danke, dass du diesmal die Tür genommen hast«, bemerkte Nicholas.

Klugscheißer. »Hab ich sonst doch auch. Hast du mittlerweile den Code der Alarmanlage geändert?«

»Natürlich.«

»Und ist dir etwas anderes als dein Geburtsjahr eingefallen?«

»Ja.«

»Oder das Jahr, sagen wir, deines Highschool-Abschlusses?«

Nicholas' Augenlid zuckte. Er gab keine Antwort.

Jackson lächelte schmallippig. Wie herrlich man sich doch über berechenbare Menschen amüsieren konnte.

»Grandpa John!« Kareem warf seine Vorbehalte gegenüber einer Dinnerparty mit lauter Erwachsenen über Bord und lief schnurstracks auf die Couch und seinen neuen Lieblingsverwandten zu. Johns Gesicht leuchtete auf, er breitete die Arme aus und zog Kareem fest an sich. Sadia war gerade in eine Unterhaltung mit Livvy vertieft, also folgte Jackson seinem Neffen.

Kareem erwiderte die Umarmung des alten Mannes und kletterte mit der Zuversicht eines Kindes, dem nie etwas anderes als liebevolle Zuneigung entgegengebracht wurde, auf seinen Schoß. John rückte den Jungen zurecht und grinste zu Jackson empor. »Wie geht es dir, Sohn?«

»Gut, danke. Sei vorsichtig, Kareem.«

»Das geht schon.« John hielt den Jungen gerade so fest, dass er ihm zwar nicht wehtat, aber doch klar war, dass er sich das Kind nicht abnehmen lassen würde.

Eve erhob sich vom Sofa und trat hinter den elektrischen Rollstuhl ihres Großvaters. Sie trug ein elegantes blaues Cocktailkleid, das am Hals von einer Schleife zusammengehalten wurde.

Jackson schenkte ihr ein herzliches Lächeln. Seltsamerweise waren er und Eve einander mittlerweile sehr zugetan. Er fand ihre reservierte Art angenehm und fühlte sich in ihrer Gesellschaft wohl. »Eve.«

»Jackson.« Sie zerzauste Kareems Haar. »Hi, Kareem.«

Der Junge reckte den Hals. »Hi.«

»War eure Reise schön?«, fragte sie Jackson höflich.

»Ja, großartig.«

»Wir haben sogar Affen gesehen«, platzte Kareem heraus.

Dies war einer der vielen Gründe, warum er so gern mit dem Kleinen zusammen war. Kareem wusste immer etwas zu erzählen, sodass nie peinliche Gesprächspausen zu befürchten waren.

»Affen!«, rief Eve. »Cool.«

»Und das Essen war so lecker!« Kareem legte die Hand auf den Bauch. »Ich hab alles aufgegessen.«

»Auch deine Flugtickets?«, fragte John todernst.

»Nein!«

»Was ist mit dem Gepäck? Hast du das gegessen?«

Kareem prustete vor Lachen.

In diesem Moment trat Sadia zu ihnen. Ihre Haut war in den wenigen Wochen, die sie in Karatschi verbracht hatten, dunkler geworden. Dort hatte er ein Pop-up-Restaurant betrieben, was ihm aber vornehmlich als Vorwand gedient hatte, um Sadia zu einer Reise zu überreden. Er hatte gewusst, wie versessen sie darauf war, ihrem Sohn zumindest einen kleinen Teil jenes Landes zu zeigen, aus dem ihre Familie stammte.

Sadias Stolz legte ihm häufig Steine in den Weg, aber glücklicherweise liebte er Herausforderungen.

Doch am Ende hatte er sich auch auf die Heimkehr gefreut. So langsam hatte er sich wieder in seiner Heimatstadt eingelebt. Er war immer noch menschenscheu, aber dank des Bewusstseins, dass er ein paar Verbündete hatte, fiel es ihm leichter, sich auf Rockville und die Menschen hier einzulassen.

Seltsamerweise gehörte ausgerechnet Harriet zu diesen Verbündeten. Nach einem Gespräch mit Sadia hatte er die Frau wieder eingestellt. Denn, wie Sadia mit einem Augenrollen kommentierte: *Ihre Vermutung, dass ihr Cousin bestochen wurde, war ja nicht völlig falsch.*

Sadias kleiner Finger streifte den seinen. Sie neigten beide nicht dazu, vor anderen ihre Gefühle groß zur Schau zu stellen, was ihm nur recht war. Aber winzige Berührungen dieser Art trugen ihn durch den Tag. »Die Reise war fantastisch«, stimmte nun auch sie zu.

»War das Käne ein Erfolg?«, erkundigte sich Eve.

Unbehaglich rieb Jackson sich den Nacken. Er war nicht daran gewöhnt, dass außerhalb seines Teams überhaupt jemand von seiner geheimen Identität wusste, aber zum Kreis der Eingeweihten gehörten mittlerweile auch seine Familie, Nicholas, Eve und John.

Er vertraute ihnen, aber dennoch war es ein merkwürdiges Gefühl. »Ja.«

Wie immer schien Sadia zu spüren, wenn er sich nicht wohl in seiner Haut fühlte. »Was ist mit dir, Eve? Was treibst du so? Arbeitest du jetzt woanders?«

Eve trat unruhig von einem Fuß auf den anderen. Jackson fand die Ähnlichkeit mit Maria immer noch verblüffend. Sie hatte überhaupt nichts von ihrem Vater. »Ich lasse mir Zeit.«

Nicholas, der mit Livvy gerade zu ihnen trat, schnaubte. »Deine Generation lässt sich viel zu viel Zeit. In der Firma wartet ein Job auf dich.«

Eve lächelte nachsichtig. »Ich will nicht in der Firma arbeiten. Und außerdem gehören wir der gleichen Generation an, Nicholas.«

»Nur oberflächlich betrachtet.«

Jackson war normalerweise zwar eher schweigsam, ergriff aber mit Freuden jede Gelegenheit, um Nicholas zu widersprechen – Waffenstillstand hin oder her. »Sie ist noch jung. In ihrem Alter hat man noch jede Menge Zeit, um herauszufinden, was man machen will.« Er selbst hatte zwar schon mit vierundzwanzig ein eigenes Unternehmen auf die Beine gestellt, aber schließlich war er durch die Umstände gezwungen gewesen, schnell erwachsen zu werden. Für Eve gab es keinen Grund zur Eile.

»Siehst du?«, rief Eve auftrumpfend. »Kein Problem.«

Nicholas sah ihn aus verengten Augen an. Jackson erwiderte den Blick ruhig, obwohl er innerlich ein klein wenig triumphierte.

Zwar hasste er Nicholas nicht mehr, aber dennoch genoss er diese winzigen Scharmützel.

Kareem legte den Kopf auf Johns Schulter und schenkte ihm ein zuckersüßes Lächeln, bei dem jedes Herz dahingeschmolzen wäre. »Können wir jetzt mit deinem Rollstuhl herumfahren?«

John lachte und rückte seine Fliege zurecht. Alle hatten sich in Schale geworfen, nur Jackson trug Jeans und Hemd. Gut, dass Livvy nicht von ihm verlangt hatte, sich ebenfalls elegant zu kleiden. Er hätte sich extra für diesen Abend noch etwas kaufen müssen.

»Kareem, immer schön höflich«, schimpfte Sadia.

John tat ihre Bemerkung mit einer Handbewegung ab. »Vielleicht drehen wir eine Runde, wenn alle da sind«, antwortete er Kareem. Sein Blick wanderte zum Eingang.

Und wie aufs Stichwort klingelte es. John und Livvy versteiften sich, und Nicholas legte seiner Freundin den Arm um die Schultern.

Sadia deutete mit einer beinahe unmerklichen Kopfbewegung zur Tür, und er verstand, ging hin und öffnete. Mit einem Kopfnicken begrüßte er seine Mutter und Maile. »Hey.« Dann machte er einen Schritt zur Seite, um sie eintreten zu lassen.

Tani war blasser als sonst. Ihre Finger klammerten sich an ihrer Tasche fest. Mit ihrem hübschen schwarzen Kleid war sie viel zu elegant gekleidet, aber diese Marotte kannte er von früher. Wenn seine Mutter sich nicht wohlfühlte, pflegte sie ihr Unbehagen durch besonders förmliches Auftreten überzukompensieren. Er nahm Tani die Stola ab und erwiderte Mailes Umarmung.

Kareem hüpfte zu ihnen hinüber. »Hi Grandmas.«

Mit ihren starken Armen hob Maile ihren Großneffen in die Höhe und wirbelte ihn herum, bis er kreischte. »Da ist ja mein Junge.«

Tani wandte sich den anderen zu. Gespannt schweigend warteten die Anwesenden ab, was nun passieren würde.

Soweit Jackson wusste, trafen John und seine Mutter seit dem Unfall heute zum ersten Mal wieder aufeinander. John war für Jackson wie ein zweiter Großvater gewesen, aber nur, weil er für Tani ein Vaterersatz gewesen war.

Tani schien auf niemanden sonst zu achten. Sie machte ein paar Schritte auf John zu.

Dieser schluckte sichtlich. Er fuhr mit dem Rollstuhl auf sie zu und ergriff Tanis schlaffe Hand. »Nun sieh dich einer an. Du hast dich kein bisschen verändert.«

Bedächtig drehte nun Tani ihre Hand und ergriff die seine. »Lügner. Ich bin alt geworden.«

John lachte rau. Er tätschelte seinen Stuhl. »Ja, na ja. Ich ja auch.«

Ihr Blick huschte über den Rollstuhl. »Wie geht es deinem … geht es dir gut?«

»Den Umständen entsprechend.«

»Brendan ist nicht hier?« Ihre Stimme zitterte.

Nicholas räusperte sich. »Mein Vater ist nicht eingeladen.«

»Hab ich dir doch gesagt, Mom.« Livvy griff nach Nicholas' Hand.

Tanis Schultern entspannten sich. Sie blickte weiterhin unverwandt John an. »Ich weiß. Aber ich war trotzdem unsicher.«

»Mein Sohn ist ein Arschloch«, sagte John.

Tani nickte. »Stimmt.«

»Aber mit meiner Tochter habe ich Glück.« Johns Stimme klang heiser und bewegt.

Scharf atmete Tani ein. Sie hob Johns Hand an die Lippen und küsste sie. »Ich bin so froh, dich zu sehen«, flüsterte sie.

Die Emotionalität des Augenblicks ging an keinem der Anwesenden spurlos vorüber. Sadia trat neben Jackson, der ihr auf der Suche nach Halt seine Hand auf den Rücken legte. Livvy tupfte sich mit dem Ärmel die Augen, während Nicholas neben ihr stand und ihr über die Schulter strich. Eve hatte die Hände vor sich gefaltet, und ein Lächeln umspielte ihre Lippen.

Tani und John sagten kein Wort, sie hielten sich nur an den Händen und schienen auf ihre ganz eigene Art zu kommunizieren.

Schließlich durchbrach Kareem die Stille und flüsterte laut: »Können wir jetzt was essen?«

Tante Maile lachte und gab ihm einen Kuss. Ihre dunklen Augen waren feucht. »Ja, warum eigentlich nicht?«

Livvy schreckte auf. »Natürlich! Kommt. Das Essen steht schon auf dem Tisch.«

Im Vorbeigehen tätschelte Maile Johns Schulter, und sie machten sich auf den Weg ins Esszimmer. Alle außer Tani und John.

Jackson sah sich gerade in dem Moment nochmals um, als Tani auf die Knie sank und den Kopf an Johns Brust legte. Als ihr die Tränen kamen und John sie an sich zog, um beruhigend auf sie einzureden, wandte er den Blick jedoch ab.

Seine Mutter tickte wie er: Diese Situation war viel zu persönlich für Zeugen.

Kareem hatte sich umsonst wegen des Essens Gedanken gemacht – Nicholas und Livvy servierten ihm einen Kinderteller mit Toast und Chicken Nuggets. Glücklich machte er sich darüber her, während die Erwachsenen einen exquisiten Entenbraten genossen. Jackson war weiterhin schweigsam, zumal alle anderen umso mehr redeten. Er verspeiste seine Mahlzeit, ließ hie und da eine Bemerkung fallen und half, wenn nötig, Kareem.

Der Junge saß zwischen ihm und Sadia, ganz als seien sie eine richtige Familie. Früher wäre ihm das sicher seltsam vorgekommen, aber jetzt fand er es vollkommen normal. Sie *waren* eine Familie, wenn auch nicht im herkömmlichen Sinne.

Sadia lächelte ihm liebevoll zu, als sie seinen Blick bemerkte, und er erwiderte die Geste.

Einige Menschen fehlten an diesem Tisch: Maria, Robert, Paul und Brendan. Ihre Abwesenheit wog schwer, und immer wenn die Gespräche verebbten, fragte er sich, ob die anderen die Lücken ebenso spürten wie er. Doch schon bald ergriff wieder jemand das Wort, etwas lauter diesmal, wie um diese Leere auszugleichen.

Jackson blickte in die Runde und spürte seinen Gefühlen nach. Er prägte sich jedes einzelne Gesicht genau ein. Er prägte sich den Augenblick ein. Er würde sich nicht wiederholen, nicht einmal, wenn sie sich morgen noch einmal um den gleichen Tisch versammelten.

Während des Desserts räusperte sich Livvy plötzlich. »Danke, dass ihr alle gekommen seid. Der Abend lief besser, als Nico und ich uns das jemals hätten träumen lassen. Wir hatten schon eine ganze Weile vor, euch einzuladen, aber der Zeitpunkt schien nie richtig zu passen. Aber da wir es jetzt doch geschafft haben, wollten wir die Gelegenheit nutzen, um euch etwas zu verkünden.«

Scheppernd ließ Tani die Gabel fallen. »Oh nein, du bist schwanger.«

Livvys Wangen färbten sich rot. »Ach, du liebe Güte, nein!

Nicholas lächelte Livvy an. »Wir sind verlobt.«

Alle hörten auf zu essen. Sadia war als Einzige unbeeindruckt, weshalb Jackson vermutete, dass seine Schwester ihr bereits davon erzählt hatte. Er nahm sich vor, ihr später wegen ihrer Geheimniskrämerei ein wenig auf den Zahn zu fühlen.

John fing sich als Erster. »Das ist ja wundervoll!«

Maile strahlte. »Wirklich wundervoll. Oh, Livvy, wir müssen unbedingt das perfekte Kleid für dich finden.«

Eve hob ihr Glas. Sie freute sich aufrichtig. »Wann soll die Hochzeit stattfinden?«

»Nächsten Monat.«

Jackson stützte die Ellbogen auf den Tisch. Er freute sich über das Strahlen im Gesicht seiner Schwester, aber den Chandlers stand er nach wie vor ein wenig misstrauisch gegenüber. Eine Hochzeit würde nicht automatisch alles wieder in Ordnung bringen, was ihre Familien entzweit hatte. »Warum so schnell?«

Tani sah ihre Tochter mit hochgezogener Augenbraue an. »Weil du schwanger bist.«

Livvy wirkte entnervt. »Nein, versprochen. Mein Schoß ist leer, Mutter.«

Angesichts des Termins schien auch Sadia etwas perplex. »Oh, Livvy, das ist nicht genug Zeit, um eine Hochzeit zu planen.«

»Aber klar«, widersprach Livvy fröhlich. »Bei deinem Organisationstalent und Eves Erfahrungen als Partyplanerin kriegen wir das schon hin.«

Sadia blies die Wangen auf. Wahrscheinlich schrieb sie im Geiste schon die ersten Listen. »Ich weiß nicht so recht.«

»Wir wollen nur eine kleine Hochzeit«, beruhigte Livvy sie. »Nur engste Freunde und Familie. Du und Jackson, ihr seid meine Trauzeugen, und Eve und John stehen Nico zur Seite. Es wird sicher toll.«

Typisch Livvy, ihm einfach eine Rolle zuzuweisen. »Ich will nicht dein Trauzeuge sein.«

Livvy wirkte verletzt, und Nicholas funkelte ihn wütend an. Mist. Er hatte das Falsche gesagt.

»Damit will er keineswegs sagen, dass er eure Heirat nicht gutheißt«, eilte ihm Sadia zu Hilfe, und Jackson warf ihr einen dankbaren Blick zu.

Eilig schob er nach: »Ich will nur nicht vor vielen Leuten stehen und womöglich auch noch eine Rede halten müssen.«

Livvy runzelte die Stirn. »Aber so viele sind wir doch gar nicht.«

Es spielte keine Rolle. »Lass mich für euch kochen«, schlug er vor. Es war ein spontanes Angebot, aber kaum hatte er es ausgesprochen, spürte er auch schon, wie richtig es sich anfühlte. Er hatte nicht allzu viel für Nicholas übrig, aber seiner Schwester würde er durch das Essen zeigen können, wie sehr er sie liebte. »Dann habt ihr eine Sorge weniger. Und du kannst sicher sein, dass es dir schmeckt.«

Livvy schürzte die Lippen. »Das klingt gut, aber dann habe ich einen Trauzeugen zu wenig. Eigentlich möchte ich dafür jemanden aus der Familie haben, und Mom und Tante Maile sollen mich schon zum Altar führen.«

Tani hatte sich von ihrem Schreck erholt. Sie griff nach ihrer Gabel und pickte an ihrem Schokoladenkuchen herum. »Frag deinen Boss, ob er dein Trauzeuge sein will.«

»Gabe?« Livvy überlegte.

Eve, die Jackson gegenübersaß, verschluckte sich an ihrem Wasser. »Alles okay?«, fragte er.

Sie winkte ab und presste sich eine Serviette vor den Mund.

»Du bist immerhin mit ihm aufgewachsen.« Tani steckte sich einen winzigen Bissen in den Mund.

Livvys Gesicht hellte sich auf. »Ja, im Grunde gehört Gabe auch zur Familie. Eigentlich eine gute Idee.«

Sadia strich sich eine Haarsträhne hinters Ohr und schob ihren Stuhl zurück. »Okay, wir haben nicht allzu viel Zeit. Lass mich eben meinen Planer aus dem Auto holen, dann legen wir gleich los.«

Am Tisch brachen wilde Diskussion über verschiedenste Hochzeitsszenarien aus, nur Jackson lehnte sich schweigend zurück. Vor seinem geistigen Auge tanzten bereits diverse Menüfolgen.

Schokolade, kräftige Aromen, dramatische Überraschungen. Genau das würde er Livvy schenken.

SADIA

»Überlegst du immer noch, was du kochen wirst?«

Jackson, der zum Fenster hinausgesehen hatte, wandte sich ihr zu und blinzelte. Also war er tatsächlich mit den Gedanken beim Hochzeitsmenü gewesen.

Sadia grinste und blickte wieder auf die Straße. »Und was wird der Hauptgang?«

»Lammbraten. Für die Vegetarier muss ich mir noch etwas einfallen lassen.« Er sah sich nach Kareem um, der in seinem Kindersitz tief und fest eingeschlummert war. »Und eine kindgerechte Alternative brauche ich auch.«

»Anscheinend bist du mit deiner Planung ja schon ziemlich weit.«

»Wusstest du, dass sie heute ihre Verlobung verkünden würden?«

»Ich hatte so eine Ahnung. Livvy meinte irgendwann einmal, dass sie und Nicholas mit der Hochzeit warten wollen, bis sämtliche Familienmitglieder in der Lage seien, friedlich miteinander am Tisch zu sitzen.«

»Und dann hat sie die erstbeste Gelegenheit ergriffen, die sich ihr bot.«

»Sie haben lange genug darauf gewartet. Ich kann's ihnen nicht verübeln.«

»Ich auch nicht.«

Sie nahm eine Hand vom Lenkrad und griff nach seiner. »Geht es dir gut mit ihrer Entscheidung?«

»Ja, ich will, dass Livvy glücklich ist.«

»Ich auch.«

»Aber die Hochzeit wird wohl kaum all ihre Probleme lösen.«

»Es gibt kein Leben ohne Probleme. Man kann nur darauf

hoffen, jemanden zu finden, der sie gemeinsam mit einem angeht.«

Er drückte ihre Hand.

Sie parkten in ihrer Auffahrt. Jackson wohnte mittlerweile im Haupthaus und schlief in ihrem Bett. Er hatte vorgeschlagen, in einem anderen Haus einen neuen Anfang zu wagen, aber Sadia hatte ihrem Sohn nicht noch mehr Veränderungen zumuten wollen. Und da sie bereits eine Therapie machte, um ihre Trauer zu verarbeiten und ihre Panikattacken in den Griff zu bekommen, hatte er ihre Entscheidung akzeptiert.

Tatsächlich blieben die Schuldgefühle aus, die sie nach Jacksons Einzug erwartet hatte. Der Paul, in den sie sich seinerzeit verliebt und der ihr so viel bedeutet hatte, wäre damit einverstanden gewesen.

Ihr war bewusst, dass es etwas gewagt war, den Mann, den sie geheiratet hatte, im Geiste nicht mit der Brandstiftung in Verbindung zu bringen. Aber nur so konnte sie mit seiner Tat fertigwerden. Eines Tages würde sie mit ihrem verstorbenen Mann auf die gleiche Weise Frieden schließen, wie Jackson es getan hatte, aber dafür brauchte sie Zeit. Unterdessen war es eine Riesenhilfe, mit Jackson und Livvy über alles reden zu können.

Tani war in dieser Hinsicht keine Unterstützung. Als Sadia einmal versucht hatte, das Thema anzuschneiden, hatte sie nur einen warnenden Blick von ihrer Schwiegermutter geerntet. Trotz ihres Alters und ihrer Gebrechlichkeit war Sadia so eingeschüchtert gewesen, dass sie fortan schwieg.

Es hatte wohl nicht nur am Geld gelegen, dass dieser Zeuge den Mund gehalten hatte.

Jackson trug Kareem ins Haus und brachte ihn ins Bett, während sie ins Schlafzimmer ging. Sie schälte sich aus ihrem Kleid und hing es sorgsam auf den Bügel. Dann ging sie zu ihrem Toilettentisch hinüber und zog die Ohrringe aus.

Leise betrat Jackson das Zimmer, machte die Tür hinter sich zu und schloss ab. Er stellte sich hinter sie und fuhr mit den Händen über ihre Schultern, umfing ihre Brüste, wobei er die Körbchen ihres BH herabschob, um ihre nackte Haut zu berühren. »Du hast versprochen, mich zu belohnen, wenn ich ein braver Junge bin.«

Sie konnte den Blick nicht von ihrem Spiegelbild abwenden. Seine langen, eleganten Finger liebkosten ihre Brustwarzen, pressten und zwickten sie, bis sie sich lustvoll aufstellten.

Sie schmiegte sich an ihn. »Du warst ein sehr braver Junge.«

»Sag mir, was du willst«, raunte er dicht an ihrem empfindlichen Ohrläppchen.

»Ich will zusehen, wie du mich nimmst.«

Er lächelte breit. Dann löste er sich von ihr, zog erst sein Hemd und dann die Jeans aus. Sie stützte die Hände auf dem Frisiertisch ab. Ihr Atem ging schneller, obwohl er sie noch gar nicht berührt hatte.

Er ließ die Hände an ihren Seiten entlanggleiten, streifte ihren Slip herunter und zog sie nach hinten, sodass sie sich ihm entgegenstreckte. Sein Penis berührte ihren Schenkel und hinterließ dort eine kleine feuchte Spur. Sie nahm jetzt die Pille, und beide hatten sich vor Monaten testen lassen. Sehr schnell war auch sie bereit gewesen, auf Kondome zu verzichten.

Er tauchte in ihr ab, drang tief in sie ein, und sie stöhnte. Mein Gott, wie gut er sich anfühlte. Sie wünschte, ihn für immer in sich spüren zu können.

Der Tisch schwankte, als er das Tempo steigerte, und sie hob den Kopf, um sein Gesicht im Spiegel zu betrachten. Die Haut über seinen hohen Wangenknochen war gerötet, seine harten Bauchmuskeln arbeiteten, als er wild und immer wieder in sie stieß. Sein Blick wanderte zwischen ihrer Vereinigung, ihrem Gesicht und ihren wogenden Brüsten hin und her. »Stopp!« Scharf durchbrach ihre Stimme die Stille im Raum.

Seine Nasenflügel bebten, aber er erstarrte sofort, wobei er immer noch halb in ihr war.

»Zieh ihn heraus.«

Er gab ein gequältes Stöhnen von sich, gehorchte aber.

Ihre Knie waren so weich, dass sie kaum mehr stehen konnte. Langsam drehte sie sich um und setzte sich auf den Schminktisch, stützte sich zu beiden Seiten mit den Händen darauf ab. Sie hob ein Bein und stellte es ohne jede Verlegenheit auf den Stuhl, öffnete sich seinem Blick.

Seine Augen ruhten unverwandt auf ihrer Mitte. Jeder Muskel seines Körpers war angespannt, sein Glied ragte feucht und hart auf. Seine Erektion war mit Sicherheit schmerzhaft, trotzdem machte er keine Anstalten, sich Erleichterung zu verschaffen, sondern ballte die Hände an seinen Seiten zu Fäusten.

»Du wolltest eine Belohnung«, schnurrte sie. Ein Teil ihrer selbst beobachtete fassungslos ihr eigenes Treiben. Wenn sie mit Jackson allein war, war sie ein anderer Mensch. Nicht Mutter, nicht Witwe. Ganz und gar Frau.

Die sich einem Mann hingab, der alles tat, was sie wollte.

»Stimmt«, stieß er mühsam und mit einem Knurren hervor und benetzte mit der Zunge den Mundwinkel.

»Wenn du mir einen richtig guten Orgasmus verschaffst, sorge ich dafür, dass auch du auf deine Kosten kommst.«

Noch bevor sie den Satz beendet hatte, ließ er sich vor ihr auf die Knie fallen, doch sie verzieh ihm sein Ungestüm. Er ließ die Zunge an ihrer Scham hinauf- und wieder hinabgleiten, um sich schließlich ihrem Kitzler zu widmen. Sie biss sich auf die Unterlippe, um nicht laut aufzuschreien, als er kräftig daran saugte.

Während er sie weiter mit den Lippen liebkoste, ließ er zwei Finger immer wieder in sie hineingleiten. Mittlerweile kannte er ihren Körper so gut, dass es nicht lang dauerte, bis sie sich lustvoll fest um ihn schloss.

Sie hatte sich noch nicht ganz erholt, als er sie fest an sich presste, sodass sie seinen harten Penis an ihrer feuchten Scham spürte. »Jetzt?« Seine Stimme klang gepresst. »Ich will mich in dir spüren.«

Sie nickte beinahe unmerklich, aber das reichte ihm. Er hob sie hoch, als sei sie leicht wie eine Feder, und warf sie aufs Bett. Sie breitete Beine und Arme aus, und schon war er auf ihr und schob sich in sie. Nachdem er für ihren Orgasmus gesorgt hatte, war er nun selbstsüchtig auf seine Erfüllung bedacht, stieß so heftig in sie, dass sie im Bett hinaufrutschte und nur die Kissen verhinderten, dass sie gegen das Kopfteil stieß. Er nahm sie in einem leidenschaftlichen Kuss und stöhnte. Unter ihren Händen spürte sie die Kontraktion seiner Muskeln, bis ihr die Feuchtigkeit zwischen ihren Beinen verriet, dass er seine Lust gestillt hatte.

Keuchend vergrub er das Gesicht an ihrem Hals, und sie strich ihm übers Haar, während die Hitze ihrer Körper langsam verebbte. Bald würde Sadia sie beide zudecken, und sie würden einschlafen, aber erst einmal verharrten sie in dieser Position. Es war so wunderschön.

Schließlich rollte er sich von ihr herunter und zog sie an sich, sodass sie sich an ihn schmiegen konnte, wie sie es am liebsten tat. Mit den Fingern fuhr sie den Umrissen der Rose nach, die er sich ihretwegen hatte stechen lassen, dann ließ sie sie über die Blätter wandern, die Livvy symbolisierten, und anschließend über das geometrische Tribal, das ein Andenken an seinen Vater war. Zum Schluss strich sie über die japanischen Schriftzeichen, die eine Erinnerung an seinen Großvater Sam darstellten.

Sie hatte ihn gefragt, ob er Pläne für weitere Tattoos habe. Eines für Paul oder seine Mutter. Er hatte nachdenklich ausgesehen, und am darauffolgenden Nachmittag war er verschwunden. Als er zurückkehrte, waren neben der Rose folgende Worte zu lesen: *Wegen dir bin ich der Mann geworden, der ich heute bin.*

Er seufzte tief und bebend. »Ich will dich heiraten, Sadia«, sagte er.

Sie kuschelte sich dichter an ihn. Eigentlich hätte der Gedanke an Heirat sie in Panik versetzen müssen, aber nichts geschah. Sie hatte keine Furcht. »Noch nicht. Erst einmal sollten Livvy und Nicholas im Rampenlicht stehen.«

»Bei unserer Heirat gäbe es kein Rampenlicht.«

Er klang so besorgt, dass sie ihm einen Kuss auf den Arm gab. »Nein, aber meine Familie würde ich doch gern dabei haben. Und deine.« Nie wieder würde sie mit einem Mann durchbrennen und heimlich heiraten. »Was ich meinte, war: Im Moment sollten alle Augen auf deine Schwester gerichtet sein. Ich will ihr den großen Tag nicht verderben.«

Er überlegte. »Aber bald, ja?«

»Ja. Sehr bald.«

»Ich liebe dich.«

Sie sah zu ihm auf. Sah seine dunklen Augen, seine unerschütterliche Kraft. Sie hatte es mittlerweile aufgegeben, zwischen Liebe und Verliebtheit zu unterscheiden, zumindest in Hinblick auf Jackson. Sie empfand beides. »Ich liebe dich auch.«

»Immer.«

Es gab keine Garantie für eine Zukunft, noch nicht mal für ein Morgen, aber das war okay. Sie würde diese Liebe annehmen, solange sie ihr zuteilwurde. Sie richtete sich auf und gab ihm einen federleichten Kuss. »Immer«, hauchte sie.